慶應義塾大学法学研究会叢書　別冊[15]

詐欺師
ジョエル・ソープの変貌

The Market-Place
Harold Frederic

ハロルド・フレデリック 著
久我俊二 訳

慶應義塾大学法学研究会

詐欺師ジョエル・ソープの変貌

第一章

戦いは終わったが、勝者は戦場に留まっていた。考えがまとまらないまま、一人座っていたのだ。

勝利はあまりにも圧倒的で、どう表現してよいのか分からない。どれほどの勝利なのか。推し量ろうとすると、心地よい疲労のようなものを感じた。限りなく、壮大な勝利があらゆる方向に広がっている。見渡す限りすべてを手中に収めた。実際、この程度で容赦してやろうという裁量さえも、すべて彼の気持ち次第である。制止の言葉を発しない限り、総崩れした敗者は、ますます恐怖を募らせながら、破滅していくのであった。飽きるほど敵を叩きのめし、苦しめ、略奪するのも可能である。敵をどこまで虐げるか、決めるのは自分であった。後で振り返ったら、そういう事実に思い至るかもしれない。しかしともかく今晩はそんなことは考えなかった。

暖炉の炎から、敗者たちの表情が浮かび上がってきた。亡霊めいた顔立ちは、皆似ていた。すべてユダヤ人で、敵意を忘れてはいなかったが、それよりも恐怖に歪んでいた。懇願するような目で自分を見ていた。その目には、怒りや策略よりも、恐れが先立っていた。彼らの顔からいくつか名前が思い浮かんできて、誰だか分かった。とは言え思い出しても、個人的恨みのある者は、ほとんどいない。表情には明らかに見覚えがあったが、彼らの仕打ちにはことさら個人的なものはなかったし、それは彼の徹底した報復も同じであった。思えば事実上、一つの顔しかなかった。つまり彼と戦った敵の、様々な表情が混じりあった顔で、それが打ち負かされ、足元で踏みつけられたのだ。彼はその顔を、勝者らしく冷たく一瞥してから、突然笑い声を上げた。と、静かな取締役室に鋭く響いた。ようやく夢想を振り払って、立ち上がった。突然冷気に触れたかのように少し震えた。

テーブルにはグラスに囲まれて、ブランデーの瓶が置いてあった。補佐役と称する二人の小者、即ち名ばかりの取締役たちが残していったものである。彼はブランデーを少し注いで飲んだ。この劇的な一日の間、今まで酒を飲もうという気にはならなかった。ストレートでブランデーを飲みほすと、たちまち心が落ち着き、元気を取り戻した。ゆっくりとした動作で、瓶のそばにある蓋のない、派手な装飾の大きな箱から葉巻を取り出して火をつけ、感慨深そうに鼻から長く煙を吹き出した。両手をポケットに入れて、暖炉に視線を移し、ため息とともに感嘆して微笑を浮かべた。やった！　これは疑いなく本当なのだ！

四十歳にもなる男が、初めて味わう高揚した気分で胸を躍らせていた。いや、初めての経験だという実感さえなかった。よく考えると、子供に戻ったような気分だ。喜びで興奮した子供に似た……。こんな子供みたいな素直な喜びの気分を味わえるとは、驚きでもあり楽しくもあった。自分の年齢は間違いではないのかという考えが、ぼんやりと頭に浮かんでいた。近頃ずっと、もう中年だと思っていた。額の辺りの白髪が増えて、何となく気持ちが滅入っていた。けれども今突然、自分は全然老けていないと実感したのだ。本当は若いのだという華やいだ気持ちがふつふつと沸き起こった。部屋を歩き回りながら、目を輝かせ、ようやく見えてきた幸せな将来を考えていた。もう足蹴にした憎むべき敵など意識していなかった。心は軽やかに弾んでいた。

と、突然外の廊下を誰かが歩いてきて、そばの扉を開けようとする音が、注意を引き戻した。驚いて一瞬、身じろぎせずに耳を澄ませた。が、肩をすくめ歩き出した。もうきっと七時近くになる。いつもより仕事で遅くなったが、オフィスに関係する者は皆、既に帰宅したはずだ。神経が高ぶるあまり錯覚し、一瞬ぎょっとしたのだと思った。気持ちがいつも不安な状態にあったのだ。その紛れもない証、誉れとさえ言える証だと思い直し、優しく微笑んだ。一晩ぐっすり寝れば落ち着くであろう。ありがたくも、どうやったら眠れるかも、今ならようやく分かるであろう。

けれども違う。確かに外に誰かがいる。ちょうど今、右側の扉、オフィスの入り口を叩いている。彼は少し考えてから、明かりのついていないオフィスに行って、磨りガラス越しに誰だと声をあげて聞いた。その口調は自分でもいやに横柄だと思った。返答を聞いて目に一瞬驚きの様子を浮かべた。急いで鍵を回し、扉を開けた。

「取締役室の明かりがついていると分かったもので」と部屋に入りながら男が言った。「いるに違いないと。お邪魔ではないよね。」

「これ以上の喜びはございません、プラウデン卿」と、彼は奥の部屋に導きながら答えた。「本当に、これほど嬉しいことは。」

声には訝しそうな調子があって、言葉と必ずしも合っていなかった。振り向いて、つり下がった電灯の下で、男と握手した。不審な声をまるで贖うかのように。

「もう一度感謝の握手をお願いします」と彼は早口で言った。「というのも今日の午後の握手は本当に形式的で、気持ちをお伝えできませんでした。すべてあなたのおかげだと思っております。」

「誰もいないからといって、そこまで言わなくても」とプラウデン卿は軽やかに答えた。「ちょっとコートを脱ぐから」と非常にくだけた口調で続けた。「ここは暑いな。本当にたまたまなのだが、シティにこんな時間までいたもので。と、ここの明かりが目に入って。落ち着いて話す機会が今日の午後は全然なかったし。あ、いや夕食前にお酒は……。でも葉巻を一服。ソープ、伝えたいのは」と座ろうとしながら続けた。「思うに君は素晴らしい仕事をした。公爵もそうお感じだ。もっとも公爵がよく分かっているとは言いたくないが。」

話した当人は事態がよく分かっている。そういう意味が、はっきりと言葉の響きに残っていた。ソープも座った。お互いをじっと見つめた。二人の表情は暖炉からの光で半分が赤黒く見え、一方電球が上から斜めに照らす部分は青白く、一瞬何か奇妙にも似た感じがした。が、眼差しから緊張が解けると、二人はたちまち全く別人に見えた。

プラウデン卿は通常美男として通る人物であった。ソープは、彼がイギリス一の美男だと言われるのを耳にしたこともあった。もっともそれはどうみても誇張であったが。しかし確かに美男であった。丈は高いが見る者にとって威圧感はなく、背をすっと伸ばした物腰は優雅で、体つきはがっちりとしながらも、すらっとした感じも失っていなかった。じっとしている時の表情は一層若々しく近衛兵を思わせ、端正で落ち着いていて、困難にも動じそうになかった。その一方、プラウデンが話すとき、あるいは人の話を聞くときは、行きすぎと思えるほど積極的な表情をした。瞳に精妙な輝きを浮かべながら、微笑みを惜しまず、いかにも分かったという風に眉を動かす。そうすると、近衛兵の表情から一変するのであった。肌は血色がよく、手入れされた控えめな口髭はほのかに暖かな褐色をしていた。一方、髪は波打つ長髪で、黒に見えた。幾筋かの白髪もあったが、三十五歳になったばかりであった。いつも非常に気を遣った身なりをしていた。

この人物と、対面している年上のソープとには、はっきりと違いがあった。ソープも背が高くがっちりだが、猫背であった。顔はくすんだ長い顎鬚に覆われていたが、特徴はなかった。誰もが見たことのある顔、大きくて表情に乏しく目立たない顔立ちであった。服や髪なども極めて平凡で、髪も髭も手入れされず伸び放題であった。ありふれた地味な服は、まるで寝るときもそのままのようであった。大きな膝に置かれた両手は無骨で、ごつごつと粗野な感じがした。

「お立ち寄りくださるなんて、本当にありがたく」と、ソープは警戒しながらゆっくりと言った。「誰が聞いていようがいまいが、関係なく私としては是非分かっていただきたいのです。あなたのおかげであると重々承知しておりますと。」

「私としては、相当儲かっていればと願うだけだよ」と相手は素直に微笑んで答えた。

「もちろん、現在の状況が続けば、相当な額になると思われます」とソープが言った。

自分の口調に一種隠し立てをしている感じがある。それに気づかれたのではと、ソープは焦った。考えてみると、すべて曝け出すことを希望している相手と、自分は応対しているのだ。言葉を切ると、沈黙に緊張を感じて居心地が悪かった。

「そういう風に言ってくれるとはありがたい」とプラウデンがようやく答えた。彼もまた気持ちを表現するのに苦労しているらしい。考えながら、葉巻を白い指で転がしてみせた。「君は完璧な成功を収めた、可能な限り完璧に。本当におめでとう。」

「いえ、私の成功とおっしゃらないでください。私たちの成功ですから」とソープが口をはさんだ。

「だけど君。」相手がたしなめた。「僕の儲けは君に比べたらほんの少しだ。もちろんここの取締役だし、取り分が少しはあると聞いて喜ばないわけではないが、でも……。」

ソープは大きく片手を上げて相手を制した。「そういう考えは全くしていません。率直なところ、さっきまで、あなたが来られる前まで色々考えておりました。何か別の基準で判断できないかと。お任せ願えれば、きっと後でよかったとお思いになるようにいたしたいと。」

この言い方のどこかが、プラウデン卿にいつもの饒舌さを取り戻させたらしい。

「正にそう言うために来たのだよ」と彼は言い出した。「君に正に任せようと。この点について、はっきり話す機会がなかった。でも分かってくれ。今、細かく立ち入りたくはない。実際そうはしたくない。言いたいのはこれだけだ。君を信用していると。そこまでしなくても、と思うくらいきっと僕にしてくれると。運命を共にしたい。言う意味は分かるだろう？　君は金融界の大物になろうとしている。人を金持ちにするのもしないのも、今に君の意のままに……。僕を金持ちにしてくれる気があるなら、本当に感謝する。」

上流社会に暮らすこの美男の貴族を、ソープは相手から見るといかにも熱意のなさそうな目で眺めていた。だが実際のところは、言われた意味をあらゆる角度から理解しようと必死になっていたのであった。けれども一生懸命考えると、それだけぼうっとした、輝きのない目つきになる。そういう癖に、自分では気づいていなかった。知らずに、プラウデンの気持ちを冷ややかにしてしまった。

「無理を言おうとしているなんて思わないでくれ」と、プラウデン卿は相手の生気のない視線に冷静になって続けた。「何かを頼んでいるわけではない。ついここに来てしまい、ただ君は素晴らしいと言いたかっただけだから。素晴らしい成功を、何より素晴らしい方法で収めたと。」

「というと、あなたはその方法をご存じなのだ。」ソープの口から、思わず驚きの声が上がった。やや前屈みになり、改めて相手の顔をじっと見た。

プラウデン卿は微笑んだ。「どうしようもない愚か者だと僕を思っていたのかい？」と答えた。

答えの代わりに、ソープは椅子にもたれかかり、足を組んで膝をさも満足そうに手で軽く叩いた。突然表情が明るくなった。灰色の目が考えながらもいかにも機嫌よさそうであった。

「その、お分かりの通り、あなた様とは微妙な立場にあったものですから」と、説明を始めた。話す口調に明らかにほっとした様子があった。「お伝えしようかどうしようか、どうしても決心がつかなかったもので。ええと、今日は木曜ですね。ゆっくりお会いしたのは火曜だったかと。ともかく計画が火曜の夜まで思い浮かばなかったもので。もちろん昨日ならばお伝えもできましたし、今日の午後でもそうでした。でも、申しました通り、決心がつかずで。一度口元まで出かけたのですが、どういうわけか言えなくて。それにあなたも、事情をご存じだという素振りさえお見せになりませんでしたし。」

再びプラウデン卿は微笑んだ。「君に賭けたのだよ」と穏やかに言った。

ソープは声を立てて笑い、葉巻に火をつけなおした。「いやそれは願ってもなかったことでした」と明言した。「私にとっては、何より最上で。」

「もしかすると君の言っている意味がよく分かっていないかも」と相手が探るように聞いた。

「と申しますのも。」ソープは言葉を選びながらも熱意を込めて答えた。

「何よりもあなた様が、どうお考えになるか気がかりだったのです。嘘は申しません。どうお感じになるか全く分からなかったもので。問題ないとお考えだったかもしれない。でもその後お叱りを受けるかも。いえ、もちろん本気で言っているわけではありません。でもあなた様は不本意だと思われるかもしれない。すっぱり手を引きたいと。ですから、このようにあなた様が満足されておられるというのが分かりまして、本当にほっとしているのです。これで先に進めます。」

「そうだな、進んでいけるのだな」とプラウデン卿は慎重な言い回しで言った。「教えてくれるかね？　というのも細かい点が全く不明なので。どれぐらいこの先もっと行けるのか。儲かっているのは分かっているが、しかしどれぐらいを目途と見ているのか。」

「まさかどうして」とソープは思わず気持ちを高ぶらせ、声を震わせながら言った。「目途なんてありえません。どうして止める必要があるのか。連中を追い詰めたのです。ついに。徹底的にやります。粉砕します。」自分の言い方を自ら不気味に笑いながら続けた。「奴らを粉砕したら、例の南アフリカ金鉱の儲け話でも聞いたことがないくらい、我々は儲かりますから。」

「聞いてもいいかね」と相手が尋ねた。「奴らって誰を？」

ソープは戸惑った。その連中の名前を思い出そうとして、眉をしかめた。「いや、大勢いますから」とはっきり答えなかった。「前にお話ししましたよね。南アの鉱山株筋の連中が、僕にいかにも期待しているように見せかけ、引き立てる振りをしていた経緯は……。ところが僕があまり投資しないので、奴らにすべてを任せないので、連中は一転して攻撃を仕掛けてきたのです。連中の名前を具体的には思い出せませんが。ライン産のワインの銘柄みたいにそれぞれ名前があるのでしょう。単に『連中』として見ていたので。とにかくユダヤ人をやっつけられないようだと、こっちの名がすたりますから。」

プラウデン卿は微笑んだ。「君がイギリス人だというのをいつも忘れそうになる。しかもロンドン子だと」と愉快そうに言った。「とうていイギリス人らしくない話し方をする。船で会ったときは絶対にアメリカ人だと思った。非常に特徴がある。イギリス人とはどこか違った……。本国を離れたのはほんの数年前だったと、先日聞かされたときは、本当にびっくりしたよ。」

「いや数年前ということでは。もう十五年ほども前で」とソープが訂正した。相手の顔をじっくりと見ていた。

「誤解されないように、お話ししたいのですが」と、少し間を置いてから続けた。「あの船上で最初お会いしたときに、もしあなたが私をイギリス人だと知っていたら、顔見知り程度のお付き合いしかしてくださらなかったのではないかと。実際のところ、私の方からそうしていたのではとさえ思っています。隠すつもりがあったのではありません。何か特別に。でもイギリス人だと言わなかったのは良かったと、常々思っています。もしあの時点で同胞だと分かっていたら、あなたも素っ気なくされたのではないかと。」

「それはかなり当たっているかも」と相手は穏やかに、悪びれず認めた。「まあ、巡り合わせでこうなったのだし。そうでなければどう違っていたのか。ともかく、君は実質上アメリカ人みたいなものだよね。」

「そんな！　アメリカ人になろうなんて一度だって」とソープは抗弁した。「ずっとイギリスに戻るつもりでした。でも、そう口にする資格がなかったとも言えるかもしれません。というのもずっと非常に貧乏で……。この国では貧乏人には居場所がありませんから。けれどもいつも自分に言い聞かせていたのです。もしいつか首尾よく金持ちになれたら、大西洋を渡って一刻も早く帰ろうと。」

プラウデンは瞳を奇妙に輝かせながら微笑んだ。「そして実際今は金持ちになったと。」かなり間を置いてからそう言った。

「二人とも金持ちになりました」とソープは厳かに答えた。

相手が話そうとしたとき、ソープはまた手を上げて制止した。「現状はこうなっていると思っております。あなた様や公爵のお名前が取引所で出るというのは、世間体を考えるとあまり得策ではありません。事実世間の目には触れないであろうことを、少し前に確認してきました。証券に貴族の肩書きが載っているというのは、もうロンドンでは古いやり方です。少なくとも現状では、そういうのは不都合の方が多いのではと。ですがそういうことはすべて別にして、あなたは初めから私に対して親切にしてくださった。私の目論見を全くご存じないときから。その後もずっと親切でした。励ましの言葉をどこで聞けるのかと迷うときでさえも……。本当に幸運でした。そして今の私が……。大成功です。もし私が一週前にあれほど感謝していた事実を、仮に今日忘れたとしたなら、恩知らずでしょう。でも忘れていません。会社の資産はすべてポンド株で、五十万ポンドになりました。その五分の一だけ一般株主にくれてやりました。残りの四十万ポンド相当の株が売主の私のものです。私の考えでは十万ポンドをあなたのものという風に取り分けたのですが。」

この驚くべき言葉にプラウデン卿の顔は青ざめた。「それはあまりにも莫大なのでは。よく考えないで言っているのでは？」困惑して小声で言った。

「いえ全く」とソープは相手を安心させた。「申しましたことはすべてその通りです。」

相手は少し震えながら立ち上がった。「ほんの少しの親切に対して途方もない恩返しを。もちろん嬉しくて息を呑むほどだが。でもそれを受け入れるべきではないとも思う。どうも落ち着きの悪い面もあって。もの凄い恩義を感じてしまう。どうしてよいのか、どう言っていいのか。」

「それならお任せを。」ソープは相手に再び座るように手で合図しながら答えた。「もう一言だけ。それで今日はお別れということに。こうお考えになったらいかがですか。あなたの祖父は大法官で父上はクリミアで司令官をお務めになった。私の祖父は小さな古書店を経営し、父親もその職を継ぎました。ある意味、私たちは遠くかけ離れています。だが私たちは気が合いますし、お互いにとって非常に役立つ面があります。だから互いは非常に近いとも言えます。あなた様はお金を必要とされ、それが実現しました。私が必要としましたのは、何と言いますか、然るべき足がかりを、然るべき人たちの間で作るのを手助けしてくれる人とでも申しますか。そしてそれをあなたがなさってくれました。ですが、よろしいでしょうか？私としては全く別の言い方にしたいのです。つまりすべてあなたの優しさと、私の感謝の気持ちからの話であると。どうしてもビジネスという観点でお考えになりたいなら、儲けもされたと。正真正銘。」

こう言うとソープは立ち上がり、プラウデンも従った。二人は無言で握手した。

沈黙を破ったのはプラウデンであったが、それは「ソーダ水の瓶の開け方を知っているかい？　やってみたけど分からなくて。この後、飲みたくなると思うので」というものであった。

二人はグラスを置くと、プラウデンが厚手のコートを着始めた。ソープは部屋の隅にある戸棚にブランデーと葉巻を戻し、きっちりと鍵をかけた。

「西に行くのなら、乗せてあげるが」と帽子を手に持ってプラウデンが言った。「どこでも降ろしてあげられる。あいにく、夕食に出かけねばならず、着替えるのに急がねばならないが。」

ソープは首を振った。「どうぞお先に」と答えた。「私は途中で用事がありますので。」

「それなら今度いつ会えるかね」とプラウデンが聞いた。と、突然新しい考えが浮かんだらしく、それが目に表れていた。一旦立ち止まって、「この土曜日に予定はあるかい？」と、勢いよく尋ねた。「このオフィスはお休みだろうし、明日の夜、ケントの私のところに一緒にどうかね。土曜日には狩りをしよう。君が好きなら日曜は馬車でどこかに……。気ままに話せるし。そうだ、絶対そうしなくては。猟銃も準備しておくから。チャリング・クロスに夜九時五十五分でどうかね。いや、夕方五時十五分の列車に乗れるのなら、館で夕食をしよう。」

ソープは答えあぐねていた。気がかりな問題が当座あるらしく顔をしかめ、見るからに焦った様子になった。「ご遠慮した方が。ともかくご好意には感謝いたします。」

「そんな！」とプラウデンは抗議した。「母も君に会うときっと喜ぶだろう。妹が友達を連れて来ないなら、多分他に誰もいないし。本当に気楽な晩餐になるから。」

ソープは少しためらってから「分かりました。チャリング・クロスに五時十五分に」と、一大決意をしたように重々しく簡潔に答えた。

ソープはプラウデンが去ってから、少しの間暖炉の火を眺めていた。それから部屋の端のクロゼットに行って、コートと帽子を取り出した。どういうわけかそれを掲げて、電球の明るい光の下でじっと見つめた。コートを着て帽子をかぶった。半ば軽蔑した、半ば面白がった微笑が顎鬚の辺りに浮かんでいた。

明かりを消すと取締役室が急に真っ暗になった。ソープは手探りでオフィスを退出し、階段を降りて通りに出た。風雨の強い十月の夜であった。足元はすべりやすく、帽子から雨のしずくが落ちてきた。通りの角のところに、形の崩れた帽子をかぶった御者が、雨でぎらつくゴム製のケープを身につけ、座席にちょこんと座って、明らかにじっと眠っていた。ソープは御者を命令口調で呼びつけ、ぶっきらぼうに「ストランドへ」と二人乗りの馬車に上りながら告げた。

第二章

「ルイーザ、言いたいのは要するに」と、三十分後にソープは話していた。「一度だって信用してくれなかったってことだよ。姉だったら、信じてくれてもよさそうなのに。」
狭くて天井の低い、ガス光が二つちらちらと薄暗く照らす陰気な部屋に、ソープは姉と二人でいた。暖炉に向かい、少し離れて座っていた。薪は火をつけられず積まれたまま、暖炉の格子の中に置かれていた。マントルの上には、いかめしい表情をした老人の大きな写真が掛かっている。ソープの視線は、短い間に何度もこの写真に戻っていた。写真のせいで、部屋は一層侘しく見える気がした。壁には絵も掛かっているのを何となく意識していた。色あせた小さな古い版画で、ディードーやアイネーアス、アガメムノーンなど★1 が描かれていた。子供時代の記憶が朧げに戻ってきた。
心の中を、子供のころの様々な印象や思い出が、ぼんやりと取りとめなく過ぎった。階下の古書店から独特の匂いが、煙草みたいに鼻の辺りに漂っていた。下のどこか、あるいは横壁の羽目板の中で、ネズミが一匹せっせと何かをかじっている音がする。あれはまさか同じネズミだろうか。心の中でニヤニヤしながら思っていた。部屋の隣で、かつて同じく奇怪な音を立てていたネズミと……。子供のころ、そのせいで夜中に目が覚めたのであった。
「あなたはいつもそう言うわね」とルイーザが冷やかに答えた。
当たり前だが彼女の方がソープより年長である。が、化粧も何もしなくても、年下に見えた。重たげな髪は、額の上から後ろに束ねてあり、灰色に近い褪めた褐色をしていた。面長の目立たない風貌で、見た目も気持ちもいかにも男っぽく、年齢不詳の様相があった。すらっとして痩せた体が、背の直立した椅子にしゃんと腰掛けていた。大きなよく動く両手を膝に載せて。

「まあそれ相応、と思えるくらいには、あなたを信用してきたわよ」と彼女は素っ気なく、ほとんどうんざりして続けた。「でも私の信用が、どうして問題なのか……。あなたは自分の道を進んで、したいことをしてきた。それと私がどう関係が？　世界のどこにいるのか、その消息を聞いた覚えだって、数年に一度くらい……。何をしようとしていたのかも知らないのに、あなたが成功するかどうかなんて分かるはずがないでしょう。ロンドンでは成功しなかった。でもどこか他でするかもしれない。どうして私に分かるの？　そもそも、あなたという人物そのものをよく知らないのかも。家を出たときの、少年ジョエルとは、かけ離れた人間になったし。二十年もたつわね。仕事振りなんかは、あなたの話を通じてしか知りようがないし。」

「僕が言いたいのは」とソープは姉の顔を奇妙なくらいじっと見ながら答えた。「お姉さんは自分に言ってみたこともないでしょう？　弟は成功する。生きているうちに金持ちになるって。」

姉は冷静に、その通り、思ったことがないと首を振った。なぜこんな下らない話にこだわるのか分からない。もうたくさんだという気持ちが仕種に表れていた。

「そうよ。自分に聞いてみたことなんてないわ。」彼女はどうでもよさそうに認めた。と、弟の言葉への反論が浮かんで、急に勢いよく続けた。「分かっていないのよ。あなたにとって重要でも、私には関心がないのが。いつも金持ちになると言っていた。いつか一瞬で億万長者になってやると。それこそが人生だと……。私が何を知っているというの？　私の仕事は、ひたすら住む家をなくさないようにしてきただけ。ささやかでもこの古本屋が消えてしまわないようにね。ここ数年は本当に辛かったわ。大手が、個人商売を奪っていくし。三、四年も病気の夫を看病してきたし。いつも大変だったのよ。子供の身の回りのことや教育もあったし。」

そう言ってルイーザは言葉を切り、弟を見た。「あなたに感謝してないとは言ってないわ」と、無理に笑顔を浮かべて続けた。「でも、四百ポンドも送ってくれなくても、何とかなったのでは、と思うときもあって……。子供たちを学校に二年通わせたけど、もうこれ以上私では教育費を出せない。私の仕事の稼ぎでは、子供たちの人生が台無しでしょうね。とは言っても他にどうすれば。二人はこの先一体どうなるのか……。」

母親として漏らした姉の悲痛な嘆きも、ソープの目の輝きを鈍らせなかった。伸び放題の口髭の下で微笑さえ浮かべていた。

「でもたとえば二年前に送金したとき」と彼は執拗に言った。「そのときも言ったよね？　同じところからもっと送金すると。成功するために頑張っていると。でも意味を分かった上で、僕がそう言っているとは、思いもしなかったのだね？」

姉はいらいらした様子で顔をしかめ、弟の方を向いた。「お願いだからジョエル」と、きっぱり言った。「そんなにこだわるなんて、馬鹿みたいだわ。あなたには優しくしたいし、不運には実際同情しているわ。分かりきったことでしょう？　あなたの成功を信じていたかいないか、いつまでもくどくど言われるのはもううんざり。そもそも夕食に来たの、それともそうでないの？　夕食ならお手伝いを使いにやらなくてはいけないから。それともう一つ、ホテルから荷物を持ってきた方が助かるのではないの？アルフレッドの部屋が、少なくともクリスマスまで使えるわ。」

「ホテル代を払わないと荷物も運び出せないところまで、お金に困っているとしたら」と、ソープがくぐもった声で探るように問いかけた。

いかにも実利的なルイーザは少し考えて、「私が思ったのは」と言い出した。「ここに荷物を持ってきて、後は必要な身の回りのものを少しだけ買う方が経済的だと。見たところあなたの衣類は安物だし。いや、まずホテル代を払わないと。多分何とかできるわ。いくらなの？」

ソープはおもむろに立ち上がり、姉が座っている椅子に近寄った。無骨な手を姉の両肩に置いて体を屈め、額にキスをした。

「今はともかく信用してくれるのだね」と、背を伸ばしながらソープは言った。
珍しくもキスをしてくれた。それも半年前に帰国して挨拶に来たときのおざなりなキスとはぜんぜん違っていた。嬉しい驚きで、姉の青白い顔が紅潮した。が、ぼうっと火のない暖炉に向けた視線には、次に当惑めいたものが浮かんだ。弟の様子はどこか普通でない、見慣れないものがある。改めて思った。実際弟は知らない他人も同然なのだと。異常な熱帯の空の下で、どんな野蛮で不気味な性格に変わったかもしれない。弟は、自分の破産はどうしようもないほど徹底的なものだとさっき言ったばかりであった。それなのに目の片隅には密かな微笑がずっと見て取れる。今、背後にいるときでさえ、弟のクスクス笑いを半ば感じ、耳にしている気がする。
破産で気が狂ったのではという思いが湧き起こり、彼女の心をたちまちつかんだ。勢いよく椅子から立ち上がり、振り向きざまに椅子の背をつかんで、椅子を間にして弟と向き合った。弟がニヤニヤしているのを見たとき、姉の目は明らかに困惑していた。
「何があったの」と、どもりながら言った。「一体どうしたの？　ジョエル。」
ソープは姉をぼんやり眺めながらまだ微笑んでいた。と、頭を上向きにして、突然声をあげて笑った。
「まあ座って、お姉さん」と姉をたしなめた。「落ち着いて聞いてよ。ちゃんと話をするから。本当のところは、ずっとごまかしていた。実は破産したのではなくて、反対だよ。」
姉は椅子の背を不安そうにつかんだまま、なおも弟を見ていた。眺めていると息がつまりそうだったが、それでも真意を探ろうとした。
「つまり、あなたは会社の話で嘘をついていたと」と、戸惑いながら聞いた。
「いや、全然違う」と弟は心から愉快そうに答えた。「言ったことは全く本当だ。でも、からかっていたことにはなる。」
罪のない騙しをやってのけて、弟があまりにも無邪気に喜んでいる。それを見て、姉も思わず不可解な笑いを唇に浮かべた。

弟の言った意味を考えながらも、やはり姉は「全く分からない」と答えた。「会社の資金調達に完全に失敗したと。新規株の発行に対して、応募が充分なかったというのが、話だったわ。私はシティのことが分かっているなんて言わないけど、でも話はそうだったわよね？　もし新会社の株にたくさん人が応募しなかったら、失敗だと。」

「そうだよ。そういうケースだと言えるかと。一般的には。」なお顔をほころばせて、ソープは頷いてみせた。

「それなら分かりっこないわ」と姉は認めた。

「説明しても、理解してもらえるかどうか分からないけど」とソープは座りながら、姉をもう一つの椅子に座るよう指示した。「いや、分かるでしょうね。お姉さんは商売人だし。数字には強いでしょう？　実際、話そのものは凄く単純だから。さっきそう言ったのは覚えているよね？」

「ともかく夕食をする気なの？　店が閉まる前に、アニーに買い物に行ってもらわないと。」

「夕食？　いや、恐らく何も食べられないよ。疲れきって。その気になったら寝る前にホテルで何か食べるから。だけどそうだ！」考えが突然閃いた。「一緒に来てくれるなら、ロンドンで一番豪勢な夕食を奢ってあげる。どうだい？」

姉は首を振った。「九時にビールを飲みながらパンとチーズを食べるの。そういう習慣なの。破るのは嫌いで。破るといつも次の日調子がおかしくて。ともかく早く教えて。本当は破産していないのね？　うまくいったのね。」

答えの代わりにソープは背を思い切り伸ばし、分厚い両肩を広げるようにした。灰色がかった青い目が、勝ち誇って輝きを浮かべながら姉を見下ろしていた。

「破産だって？」彼は姉の言葉を強い口調で繰り返した。「ルイーザ、僕は破産するような奴ではない。反対に他の奴らを破産させるのさ。さあ、どうやって破産させてやろうか。」

ソープは暖炉の格子の前の狭い絨毯のところを行ったり来たりしながら、興奮して話し始めた。時々背を向けたまま話すかと思えば、姉の釘付けになった視線を見返したりもした。両手をしばしばポケットから取り出して、身振りを交えて説明し、あるいは強調してみせた。そんなとき、ルイーザにとってこれが弟とはほとんど思えなかった。

今日より以前のことについては、多くが整理されていないと思えたが、姉にとっては馴染みのある話でもあった。要約されるところもあるかと思えば、朗々とした声が、芝居がかった熱弁を奮って、異国での放浪の記録を語るときもあった。前にも聞いたとはいっても、弟はそういう記録を新たな脈絡の中で結びつけようとしているのであり、それは姉にも分かってきた。話によれば、弟の経験とは、障害が立ちはだかり、取り返しのつかない罠に陥る、その連続なのであったが、それはもっぱら他人の裏切りや悪意のなせる業なのであった。彼の説明に従えば、何度となく成功寸前までいったのである。中国で、オランダ領西インド諸島でも。またオーストラリアの辺境地域でも……。そこは彼が行ったときにはまだ全くの砂漠であり、自分のものになるはずだったのだが、騙されて奪われ、奪った連中は今、巨万の富をせしめているのであった。つまりソープは、どこででもほんのもう少しのところで、大成功を逃したのであった。西半球でも話は繰り返しに過ぎなかった。アルゼンチンでも、帝国崩壊直前のブラジルでも、銀ラッシュに沸くコロラドでも、豊かな鉱脈が噂になり始めたブリティッシュ・コロンビアでも、何度となく幸運が足元まで来ていた。しかしいつも誰かに裏切られた。欲得のために裏切る、――そういう誘惑に耐えてくれる友情に、ソープは恵まれなかった。

それでもひるまず彼は持ちこたえた。指先から利権がこぼれ落ちるのを経験すると、次のものをしっかり握ろうとしたのであった。弟の話は姉を驚かせはしなかった。また、弟が手短に要約していく話の中に、賃金を勤勉に働いて稼ぐといった発想が全く出てこないのも、特に姉の注意を引かなかった。一家の稼ぎ手という感覚からすると、明らかに弟は実質働いた経験がなかった。あまりにも弟らしくて、姉は当然だと受け取っていた。

弟のあらゆる遍歴や冒険、そして苦心惨澹の企みには、海賊じみた欲望が染みついていた。つまり、他人が努力して育てたものを事実上横取りするとか、もっとひどいときには、無から何かを得たいといった欲望である。

ソープの散漫な話は、ようやくメキシコのところでまとまり始めてきた。姉は座り直し、テワンテペク★2 の名が出てきたとき、足を組んだ。二年以上前、弟はそこからあの巨額のお金を送金してきたのだった。しかし奇妙にも弟の話は、今度は細かな点が曖昧になりだした。ゴム森林の権利に関する話が出てきて、金額を上積みして他の権利と交換した話になった。そしてグアテマラ国境が本当はどこかということで絶えずもめている経緯が色々説明されたが、姉は明らかにその話が理解できなかった。弟がこれまで語った企てや失敗について、ルイーザは理解できたのに、どういうわけかメキシコの話になると、霞のようにすべてが曖昧模糊となるのであった。一、二度話を中断して質問しようとしたが、弟は細かなことを理解してもらおうとは全く期待していないらしく、姉も控えてしまった。メキシコの話では間違いなく一点だけ、理解を必要とするのであった。つまりソープがテワンテペクを去ってロンドンに帰国しようとした今年の初めには、ゴムのプランテーションをまだ残していて、それを売りたかったのであった。加えて売却手数料にあてるための六千から七千ポンドを手にしていた。どのようにしてゴムのプランテーションとお金を得たのかは明らかにされなかったと思えた。あえて質問しようとしたときの弟の仕種からすると、本論に全く関係がないのであった。

メキシコでの経験は、計画を挫折させる悪漢が登場しないという点で明らかに違っていた。少なくともそこでは彼を不当に扱う者はいなかった。だがロンドンに戻ると、有り余るほどの悪漢がいた。話がこの点になると、ソープは暖炉のそばに行って、細々とした飾りや写真の隙間に肘を載せるようにした。じっとして姉を見下ろした。声がより厳しくなった。

この話の大半を姉は知っていた。弟は容貌が変わり髭を生やし白髪が増えた姿で、ここ半年ほどこの小さな古書店と、階上の今は未亡人となった姉の住処によく現れたのであった。不恰好な鞄に書類を満載し、怒りと希望、悲しみや野望、軽蔑に自信といったあらゆる感情を露骨に見せながら……。しかし絶望の様子だけはなかった。本当のところ、そういう様子に、姉は一度も同情しなかった。弟の全部を信用してはいないという指摘は、なるほど正しかった。このぎこちなく、悩み疲れた様子でみすぼらしい格好の弟が、巨額の金の話をしても、まるごと真面目に受け取ることはできなかった。なるほど娘と息子の教育費として四百ポンドを送金してくれていた。またソープ家の（自分の知る限りの）先祖なら誰でも一財産だと思うほどの額を、弟が以前ロンドンに帰国した際に持参したこともあった。弟はそれを大事業のたかが潤滑油程度にしか見ていなかった。そしてこのお金が少しずつ消えていく苦々しい経緯も、姉は何度も聞かされていた。持ち金の四分の一近くが、ある会社の創業者と名乗る身だしなみの良い老詐欺師に持ち逃げされた。彼はソープを騙して、ロンドンでは彼を通して活動するのが一番だと信じ込ませたのである。ようやくこの男を追い払っても、結果は新たな吸血鬼どもにつけ入る隙を与えただけだった。自称広告代理店業、自称ジャーナリスト、自称シティの有力者——欲深く容赦ない大勢の連中が、残ったほぼ半分を強請《ゆす》り取った。そうなってからやっとソープは勇気を奮い、連中を締め出す決断ができたのであった。

けれども次に彼をつまずかせた連中の方が、ある意味でより悪質であった。南アフリカの鉱山株に関係するシティの連中である。最初は非常に印象が良かった。彼らとソープは偶然知り合った。ちょうど自分の計略には有力な支援者が必要だと理解し始めていたときであった。聞いた範囲では、あるいは知りうる限りでは、一様に彼らはシティでは力があるという話であった。彼らはソープとその事業計画に対し、当初ある程度好意的な態度を取っていたので、ソープは支援を確信した。最後まで付き合ってくれるだろうと信じるまでになった。晩餐に招いて多額のお金を使った。というのも、こういう饗応を、彼らも不快に思っていないと知ったからである。新聞で彼が「ゴムの王」と書かれているのを、彼らはいかにも好意的に面白がってからかったりもした。それでソープは、連中が自分の有能さを認めているのだと信じ込んだ。

ほとんど二か月間、つきっきりでご機嫌を取った。ようやくサヴォイのレストランの個室で夕食の後、コーヒーと葉巻で楽しんでいる段階になって、ソープは具体的な提案をした。彼らはシンジケートを作って彼の資産を引き取り、それを市場に投資することになっていた。つまりソープの事業には現金がすぐに必要であるから、ソープの会社の株の五分の二を彼らが保有し、それを市場に最終的に投入して資金調達の予定であった。連中は話の詳細と、計画に対するソープの熱弁にいかにもおざなりに耳を傾け、その晩は何の確たる約束もしなかった。一週間ほどたってようやく一人から答えをもらった。連中が彼の計画に乗るとしても、シンジケートは株の十分の九をもらうというのが原則だと、ソープはそのとき知った。

初めは驚いたが、ソープは彼らがこんなとんでもない条件をつけたのは、市場で資金調達が不可能だと思っているからだと考えて、悪意に解さず知恵を絞って交渉をした。交渉そのものに我慢できないといった彼らの様子を最初理解できず、それとない拒絶の態度にもソープは耐えた。するとある日のこと、連中の内の二人があからさまに素っ気なくした。驚いて思わず同じ調子で彼も応対した。突然どういう理由か分からないが、連中は自分の敵になっていた。彼らはそれ以降ソープに会おうとはしなかった。使用人さえもが侮蔑的態度で彼に接した。

プライドを傷つけられて彼は怒り狂い、屈辱を味わった。奇妙にも初めての経験であった。

この事件が起こった頃の、ソープの説明をルイーザははっきり覚えていた。が、どうしてそれほどひどく弟が苦しんだのか、理解できなかった。姉からすれば、こういう連中がそれほど非道な仕打ちをしたとは思えなかった。しかしソープにとっては、各地を放浪した歳月に被ったいかなる屈辱よりも、彼らの態度はこたえた。復讐してやるという陰鬱な欲望が心に取りついた。彼らほど憎い人間はいなかった。何度姉は弟がひどく声を震わせながら罵るのを聞いたか……。一生の最大の望みは、奴らを罰し、汚辱の中に沈めることだと。

姉がふと暖炉に寄りかかっている弟を見上げると、突然これまでつながっていなかった様々な事柄が結びついた。弟はこの連中の話をしていたのだ。

「分かってほしい」と弟は強く言った。「大成功をしたのが、どれほど凄いか。とは言え、連中をやっつけた上でやりとげたというのが何より重要で、それに比べれば成功自体は何てことはない。僕が前に話した、奴らの件は覚えているよね。」姉の困惑した表情に応えるように、弟はそう聞いた。

「ええ覚えているわ。それでつまり、彼らをやっつけて成功したというのね」と確信なさそうな声で答えた。きっと自分は眠りかけていたのだ。姉はそう思った。「聞き逃したところがあったかしら。ともかく、あなたの成功とは何だったのか、それを話していたのよね？」

「いや、その話はまた都合のよいときに。ルイーザ、分かってないみたいだね。自分でも実感がないけど。実際大金持ちになった。一体どれだけ儲けたか、自分でも分からない。全く、ほとんど欲しいだけ稼いだと。まあ気まぐれに手始めは五十万ポンドと言っておこうか。凄いだろう。でも素晴らしいのは、絶対凄いのは、すべてあの南アの悪漢どもから巻き上げたことだ。自分から金を取ろうとしていた連中、ずっと自分を破滅させようとしていた連中からだよ。神様にお願いしたいくらいの気持ちだ。時間が許すのなら、二百万ポンド、いや三百万ポンド、それらを奴らにじわりじわりとこたえるように、十シリング金貨で一枚一枚むしり取ってやりたいと。まあしかし、今の形で充分だ。あの盗賊どもがこれからどう苦しむか、それを思うだけで『敬虔な』気持ちになれるから。」

「そう。」姉は考えてからおもむろに言った。「私にはどちらかと言えばぞっとする話だわ。」

活気のない部屋の空気の冷たさが、その言葉をまるで強めたようだった。姉は立ち上がり、暖炉の上からマッチ箱を取って、背を屈めて火をつけた。

ソープは黒い服を着た背の高い姉の姿を見下ろした。煙が出てきた火格子に窮屈そうに屈んでいる。それを見ると視線も緩んだ。改めて部屋を眺めると、色あせて擦り切れた絨毯、古ぼけた家具がいくつか置かれていた。

昔、子供の素直な目から見ても、美しいとは言えなかった。おまけに薄汚れた壁に陰気な低い天井——、これらすべてが姉の追い込まれてしまった惨めな生活の哀れな象徴であった。

「ぞっとするって？」姉が背を伸ばそうとしたときに、弟は少しふざけた優しい口調で尋ねた。「ぞっとするって、どうして？　一か月もしないうちに、お姉さんは馬車に乗って、パーク・レーン辺り★3を優雅に走っているよ。お付きの黒人どもが、うやうやしく腕を組んで後ろに立ったまま乗っているような……。生まれつきバルーシュに乗っている人みたいに。それがあたり前になって、しかも快適だと感じるから。」

姉が眉を上げて少し聞きたそうな顔をしたので、弟はつけ加えた。「イギリスでいうところのランドー馬車★4だよ。」

姉は火格子に足をかけ、疲れたような顔を傾けてじっと考えていた。パチパチという火の粉をよけるために、色あせた古いガウンを片手で後ろに引きながら。「いや、それは違うわ」とゆっくりと、プライドと悲しい諦念が混じった声で言った。「私は、この店で生まれたのだし。」

「もちろん、僕だってそうだよ」と弟は強く言った。「だけどそれは僕がパーク・レーンに無縁でなくてはいけない理由にはならないし、お姉さんも同じでしょう？」

この言葉に対し、姉は明らかに言うべきことがなかった。少しして暖炉に椅子を寄せてまた座った。「十一月前にこの暖炉をつけるなんて、何年ぶりかしら」と自分に言い訳するように言った。

「さあ、祝おう」とソープは勢いのない火に両手をかざし、さすりながら言った。「今晩は何の遠慮もいらない。」

弟を見上げたときの姉の表情には、当惑が見て取れた。「どういう事情なのか打ち明けに来てくれたのでしょう？」と弟に思い出させようとした。「それなのに、私には全然分からない。結局凄く稼いだというのを聞いただけ。それだけ……。もしかすると、あなたは都合のよい部分だけ話したのでは。」

「違うよ。」足で自分の椅子を引き寄せながら、ソープは答えた。それから椅子にゆったりと座り、仕方がないなといった調子で続けた。「ビールを一杯飲ませてくれたら、全部話すよ。皆に理解できる話ではないし、誰にでも話せるものでもないから。でも聞けば面白い話だよ。全然心配ないから。」

姉が立ち上がり、ドアに向かったとき、後ろから弟が機嫌よく言った。

「飲み干したらビールはそれくらいにして、後はシャンペンで決まりだから。」

訳注

★1　ギリシア神話でディードー（Dido）はカルタゴを建設したと言われる女王。アイネーアス（Aeneas）はディードーを捨てて、自殺に追い込んだトロイアの勇士。アガメムノーン（Agamemnon）はトロイア戦争におけるギリシア軍の総大将。

★2　テワンテペク（Tehuantepec）はメキシコ南部、オアハカ州の町。

★3　パーク・レーン（Park Lane）はロンドンのハイド・パークの東側の道。高級ホテルなどが多い所。

★4　実際には、バルーシュ（barouche）は四人乗りの四輪馬車。ランドー（landau）は二人乗りの四輪馬車。

第三章

ソープは、姉が持ってきたビールを感慨深そうにゆっくりと飲み干した。
「こんなに喉が渇いているとは思わなかった」と、グラスを置いて言った。「実際、あまりにも凄いことが起こったので、ずっと茫然としているというか。自分が自分でない気がする。冷静にならないと。お姉さんにはこの気持ちが分からないだろうね。五十万ポンドも儲けたと、何度も思い出すというのは……。いい意味で頭をがんと殴られたみたいで。それに圧倒されて。しかも駆けずり回ってすることが、一度に山ほど出てきて、どこから手をつけたらよいのか。」
「それならまず、話を中断したところから手をつけたら」と姉が言った。「その凄い話というのがどうやって起こったのか、言おうとしていたわね。それなのに、先に進まないのだから。」
いかにももっともだと頷きながら、ソープは話の本筋に一気に入っていった。
「どうやって取締役会をまとめたか、その時の話は覚えているよね。だったら、会社の現状を話そう。つまり自分が発起人になると決めて、資金の見込みがある程度ついた後の話を。もっとも、お金はあまり残っていなかった。三千ポンドをかなり下回っていた。でもその件は後にして、まず取締役会があった。そこに前に話した、船上で乗り合わせたプラウデン卿が登場する。彼に接近した。いや、必死だった。でも、承諾してくれるとはあまり思っていなかった。しかし意外にも承諾してくれた。彼に打ち明けた。どうやって金を騙し取られたか。手を引かなかったら、例のシンジケートに破滅させられただろうと。彼は『それなら僕が取締役陣の一人になる』と言ってくれた。さらに話をすると、しばらくしてプラウデン卿は、もう一人貴族を紹介しようと言ってくれた。肩書きが凄いから、取締役会の会長にすると。それがチョルドン公爵だった。外交の大物で現役時代はウィーン大使や、統監[★1]とか色々な経歴を重ねたのに、それでも一年五百ポンドを欲しがっていた。」

「つまりあなたがその人に一年五百ポンドを払うと？」と姉が聞いた。

「そうだ。働いてくれる報酬に一週十ポンドかそれ以上を。他の取締役には三百ポンド。プラウデン卿もその一人だけれど、彼の話はまた後で。残りはワトキン、彼はフインズベリーの会計士で、それからデイヴィッドソン、ワイン商人で元はダンディーの大きな会社で働いていた。でも今はロンドンで、ぱっとしない仕事でどうにか生活している。さらにカーヴィック将軍、人脈は凄い老人らしいが、金もできるだけ欲しいらしい。この時期にもう毛皮を着ている。これが取締役たちだ。僕はもちろんそれには加われない。株の割り当てをする前は。というのも言ってみれば自分は株を売る側だから。とは言え、それは妨げには全くならなかった。取締役会は、実際問題ではない。僕の言いなりだし。千七百ポンドの費用がかかる、形式的組織というだけの話だ。」

「千七百ポンドもね。」姉は思わず繰り返した。

「まあ、それから目論見書を提出した。もっとも、それ以前にすることがあった。目論見書には、優秀な仲買人の名前があると非常に都合がよい。でも結局はまあまあの仲買人に落ち着いた。というのも、できたら有名な仲買人にする気だったが、平然と、一括現金で二千ポンドと言ってきたので、あきらめることにした。まだ大した業績はないが、だからそれほど金にこだわりのない奴を選んだ。彼は現金五百ポンド、後は二千ポンド相当の株でいいと言ったから。偶然選んだけれど幸運だった。というのも困ったとき非常に頼れる仲買人だと後で分かったから。彼の話は置いといて、ともかく仲買人だと覚えておいてくれ。それから事務弁護士を選んだ。二百ポンドの報酬だが、二千株を持たせないといけない。加えて監査役が百ポンドと千株。法律で会社はすべて目論見書にそういう担当を明記しておくことになっている。そうだ、それから取引銀行が必要だ。もっともありがたくも、連中に報酬は必要ない。これで組織は完成し、準備万端だ。きれいなオフィスを構えて、念入りに内装した。もっともそれは大体が借金で何とかしたのだが。現金が足りなくなっていたから。」

「そしていよいよ最大の仕掛けが必要となった。マスコミに働きかけなくては。」

ソープは、イギリスにはまるで金融紙しかないような口ぶりであった。

「それがうまくいくまでは、あまり寝られなかった。お姉さんはマスコミの実態なんてほとんど知らないでしょう。怪しいマスコミの業界人が一人強請りにきたら、必ずその後百人はやって来る。そういう奴らが最初の一月ほど脅しにきた。それから代理になってやろうという連中がたくさん来る。彼らは脅しにくる連中から代わりに守ってやるという。ただし報酬を払えばだが。ともかく皆、多額の金を要求した。しばらくは非常に困った。ようやく一人、よく考えればまあまともだと思える、威勢のいい奴に会えて、五千ポンドですべて喜んで請け負うと言ってくれた。千五百ポンドは現金、後は株でという条件で。それでも払えなかったから、どうにか現金千ポンド、株の額面五千ポンドで話がついた。彼はかなりうまくやってくれた。が、マスコミ関係の編集者が一人いて、そいつとは直接応対しなくてはならなかった。現金百ポンド、しかも紙幣は足がつくから金貨で、それから額面高で株二千ポンドを要求してきた。誰もがいずれ対処を迫られる、そういう類の業界のボスだった。加えてあちこちで十ポンドかそこらは使った。が、原則として逃げはせずに強請り屋は追い払った。名刺を出してくる奴がいる。ポケットに原稿を二つ持っている。一つは自分を褒めるもの、もう一つは貶すもの。それで自分は奴に言った。俺の代理人に言えと。そうしないのなら、まあ糞食らえと。シティではこういうふうな汚い言い方もしないといけないから。」ソープは言い訳のように説明を加えた。

ルイーザは弟を無表情に見て、「そういう言い方は、西のこのストランドでも耳にするわ」と答えた。

「さあ本番だ。それが先週の土曜日だった。土曜の朝刊に一連の会社の目論見書が載る。それと週刊の新聞に。リストは一定期間公開されなくてはならない。水曜の朝まで、つまり昨日まで。ずっとその期間、株の購入ができる。」

「でもあなたの話だと、株を購入する人はいなかったのよね。」姉は率直に聞いた。

ソープはぼさぼさの髪を指でかき分け、姉の目を奇妙にきらきらした視線で一瞬見た。と、まじめな顔になった。これから話すことを思って眉間に皺を寄せた。

「火曜の午後」とソープは不気味なほど重々しく言った。「いや、その前に説明しておかないと。会社の存在を世間に知らせるには、どんなに大げさに見せたっていい。潤沢な資金があって運営しているように見せる必要がある。非常に順調で、経営者に任せておけば儲かるはずと思わせる。それは騙しには必ずしもならない。言わばゲームの一部で、ともかくそうする必要がある。だから、僕の仲買人に土曜の朝、市場に行って部下に『ラバー・コンソルズを買い』だと言わせた。それがうちの株の通称だが。約八分の一のプレミアムで買うと。即ち、二十シリングで市場に出ているものを二十二シリング六ペンスで買うと★2。もちろん目的は、うちの株にはいつも強力な買いがあるという印象を作るためだ。さっきも言った通り、これで誰かを騙したかどうかは知らないが、少なくとも株の商いを促しそうな気配を作った。こういう手はずが全部役に立つ。新聞でこの買いが目にとまる。それで一般から買いが始まるかもしれない。ともかくうちの仲買人が土曜に千株買った。月曜に、まだどうなるか分からない段階で、彼はさらに三千五百株を買い増した。同じ約八分の一のプレミアムで。火曜の朝にさらに約四千株を。さあ、この数字と、この仲買人をよく頭に入れておいてほしい。彼が中心人物だから。これから分かるように。」

「何て名前なの」と、関心を募らせた様子で、姉が尋ねた。「あなたは仲買人というけど、それだと私には分からない。市場の人はみんな仲買人でしょう。」

「センプル、コリン・センプルが名前だ。スコットランド出身の青年で、父親は長老派の牧師だとか。見た目は小柄の目立たない奴だが、ずっと昔、人を見た目で判断しないよう僕は学んだから。ところで、どこまで話したかな。」

「火曜の午後の話ではなかったかしら。」

ソープは厳かに頷いて、背筋を伸ばし、これから話す劇的な展開に自ら備えて大きく息をした。「火曜の午後」と彼はことさらゆっくりと始めた。「僕はスログモートン街★3を歩いていた。四時頃だった。雨が少し降っていて、一日中降ったりやんだりだった。気の滅入るじめじめした日で、あちこちぬかるみで光っていた。皆、傘を突き出すようにしていた。なぜ外を歩いていたかといえば、ほんの少しでもオフィスにいたら自殺しそうな気がしていたから。一日中、何も食べていなかった。三日間、ほとんど寝ていなかった。すべて形勢は自分に不利だった。破産よりひどい状態で。懐には半クラウンしかなかった。銀行には残高十ポンドくらいしかなく、借越は全く認めてくれそうになかった。間違いなく、完全に破産状態だった。」

「貧民街を歩いていると、サンドイッチマンがいた。お昼頃には、オフィスの近くをうろついていた。彼に目がとまった。というのもあれほど落ちぶれた、汚い、うらぶれた奴を初めて見たから。奴が掲げているボードに目がいった。新聞の見出し広告で、その新聞から僕は強請られたけれど、はねつけていた。『ゴム景気は終焉。ソープの野望は天罰を受ける』という文句だった。思わず目を閉じたが、それでもまだ見える気がした。立ち止まって奴をじっと見ていた。と、自分の視線に何か感ずるところがあったのだろう。奴も立ち止まった。もちろん自分のことを奴は全く知らない。それでも、奴は当然のように自分に目配せしてきた。まるで冗談を言い合ったみたいに。それを見て、僕は思わず笑い出した。大声で笑った。パントマイムを見て笑う子供みたいに。ポケットから最後の半クラウンを取り出して、奴にくれてやった。そのときの奴の顔を、畜生、本当に絶対見せたかったよ。」
「それほど気にするわけではないけれど、ジョエル」と姉が口をはさんだ。「あなたがそんな畜生とかいう言い方をするのを初めて聞いた。」
「どうだっていいだろう。」ソープは苛立って言い返した。「今、話の邪魔をしないで。ともかく歩いていくと、市場のメンバーが取引場から出てくるところだった。歩道をまとまって歩いてきた。閉場の時間ぎりぎりまで取引をしていたのだ。それがこの日は四時だった。彼らは通りで、歩道のところにたむろしていた連中と取引の話をし始めた。そういう連中は市場に入れず、取引状況を知るためにその辺りで待っている。この連中のど真ん中に自分も加わった。色んなことを大声で言っていた。『イースト・ランズ、オロヤズ、レーク・ビュー・セントラルズ』とかいった、株の名前を……。でもそんなのは耳に入らなかった。そこにいる連中で株の話を聞きたくない者がいるとしたら、自分だけだ。そのとき大声が聞こえた。」
「『十七・五シリングでラバー・コンソルズを売りだ。十七・五シリングで五百株売り。いや、十五シリングで五百株売り。その値でラバー・コンソルズを売るが。さらに十五シリングで千株売り。』」
「これが頭の中にがんと響いてきた。立ち止まってそいつを見ると、何とさっき話した、南ア鉱山株筋の悪漢どもの一人だった。名前を覚えていればと思ったが、ともかく顔だけは分かった。奴の周りに仲間がいて、僕を笑っていた。奴も笑った。一、二分もの間、僕のことを大笑いしていた。それもかなりふざけて。連中だってあの一件はしばらく覚えているだろう。」
「それで」と姉がソープに続きを促した。明らかに劇的瞬間が近づいてきて、椅子から身を乗り出すようにしていた。期待する輝きが目に浮かんでいた。
「その連中からいつの間にか離れていた。もう少しいたら、階段のところで大声で話していた奴を絞め殺したかもしれない。オフィスに向かった。だが入口に着いたとき、中に入る勇気がなかった。オースティン・フライアーズ★4にある、他のどんなオフィスにも負けないくらいの立派な内装にしていたけど、かえって豪華なカーペットや樫のテーブル、デスク、真鍮の手すりなんかを目にしたら、気が滅入る気がして。全部借金だから。考えてみると。」

「でもジョエル」と姉が言葉をはさんだ。「一つ理解できないのは、何人の人が株を買いだと言ったの。あなたはそれを話していない。」

陰気な雰囲気であったソープの顔に一瞬微笑が浮かんだ。「話すほどのことでは」と苦笑いをしながら答えた。「全部で五千から六千の株の買い付け申し込みがあった。電信での取り消しもあったから、実際には五千株くらいに落ち着いた。我々は十万株を公開したが、まあ、それはともかく話を続けよう。表玄関の前で、ぼうっとして自分は立っていた。あのユダヤ人の『十五シリングでラバー・コンソルズを売り』という言葉が、まるで耳をこじ開けられて聞かされたみたいに頭に響いていた。振り向くと仲買人のセンプルが、こちらにやって来ていた。その瞬間、稲妻のように考えが閃いた。瞬く間に事態がひっくり返った。ほとんど飛び跳ねながらセンプルのもとに駆け寄った。」

「『うちの株をどれぐらい買ったかな』と拳が彼の腕につくほど近づいて聞いた。」

「小柄なセンプルは非常に憂鬱そうだった。頭の中で計算して、彼は『全部で八千五百株も買ってしまったのでは』と、泣き言みたいに答えた。」

「『それならあの連中は、株をどうするだろうか。つまり、我々が買うとしたら。』」

「こうセンプルに聞いて、じっと見た。一瞬戸惑って、彼は唇を突き出すようにした。と、非常に鋭い視線で自分を見返した。お互いじっと見つめた。」

「『ほんの先ほど、十五シリングと大声でわめいていたが』と僕はセンプルに言った。」

「彼は一瞬で察して、『私をオフィスで待っていてください』と小声で答えた。『隙をつきましょう。』」

「そう言って彼はすぐに走っていった。が、角のところで立ち止まり、それからゆっくり、熱中して何かを考えているみたいに、歩みを緩めた。ようやく彼が見えなくなった。それから僕も戻ってオフィスに上がった。今度は家具に脅えなど全く感じなかった。立ち止まって取締役室の真鍮の手すりに触れた。『そうだな、気が向いたら純金にでも取り換えようか』と独り言をつぶやいていたかも……。」

ソープは話を中断した。いかにも意味ありげな表情で、またそれを意識しながら姉を見た。意味が分からないとは言いたくないかのように、「そう、それで」と姉はおずおずと聞いた。

「センプルは二十分ほどで戻ってきた。翌日の午前も同じようにした。彼やその手下を通じて、黙々と八千株ほどを買った。十五シリングで買った場合もあったし、十二シリング六ペンスとか十シリングのときも。それはどうでもよかった。道路掃除人にくれてやるチップみたいなものだ。問題は株の買い取りだ。そしてそれができた。二万六千二百株を買い取った。その意味がお姉さんには分かる？」

「ええ、まあ」と姉は自信がなさそうに答えた。「もちろん、ラバー・コンソルズの価値が非常に高いと知っているなら、ずっと低い値で株を買ったら儲かるでしょう。でも本当に私が話を分かっているかと言えば……。」

ソープは大声で笑って姉を制止した。「話が分かっているかだって？」と、喉を鳴らして笑いながら、おかしくてたまらず、目に涙を浮かべそうになって続けた。「馬鹿だなあ。意味が全然分かっていない。価値なんて全く関係がない。そんなものはどこにもない。もしラバー・コンソルズなんてものが実在したとしても、同じだ。」

あまりに呆然とする姉に思わず同情したくなって、分かりやすくソープは説明しなおした。「こういう話だよ。事実はこうだよ。我々は奴らを追い込んだ。連中は資金不足に陥るよ。思うままに連中を潰せる。まだ分からない？　こうだよ。我が社の株を二万六千株売ることにした奴らは、実は売る株を持っていなかったのだ。というのも株を持つなんてできないから。こういうことだよ。株をどうしても買えないのに、約束した値段で僕に株を売る必要がある。でないと終わりだ。状況が分かった途端、連中はラバー・コンソルズの株を買うためにプレミアムをつけ始めた。額面一ポンドの株は二ポンドに、それから四、六、十、二十、三十ポンドと僕の思うままだ。」

姉は目を大きく見開いて弟をじっとみつめた。やっと理解したらしかった。非常に面白い話だと思った。

「分かっただろう」と弟は、姉の瞳にようやく分かったという理解の輝きを見て満足し、言葉を続けた。「火曜の午後には、自分たちで株を買い取ろうとしただけではなかった。センプルは自分のオフィスに急行して、部下と一緒に大量のダミーの買い付けをした。使っても大丈夫な名前を思いつく限り使って、申込金を添えて銀行に申し込んだ。センプルが申込金を調達した。次の日、彼は例のマスコミ対策の連中や事務弁護士とか監査役に会って、彼らに株を譲渡すると約束して共同出資をさせた。共同出資は、その資金で買った株を自分に委託し、取引を任せてもらうというのが前提だった。もちろん、彼らの利益になるようにね。これによって彼らの株は、売主の手元にあることになり、取引できない。これで完全に封印されたと。誰も僕以外から株を買えない。しかも言い値で。でも、株を僕に売る約束をした連中は、買い取らねばならない。連中はあの午後、通りで僕をからかっていたのに、今となると僕のオフィスに来て、真面目に取引しなくてはいけない。少し僕を馬鹿にしたために、少なくとも五十万ポンドは払う羽目になった。もっと吹っかけるかもしれないけれど、それはこれから決めようかと。」

「まあジョエル、あなたは」と姉は、畏れたように思わず呻いた。弟がまるで付け足しみたいに、五十万ポンドで充分かどうか決めていないと口にしたのが、話のどの部分より印象的であった。

それからソープは手短にその後の経緯を語った。「今日の午後、自分の会社の取締役会を開いて株の配分を決めた。九万株以上の申し込みがあったと知って、皆、びっくりしていた。事情は正反対だと聞かされていたから。皆、ただ喜ぶだけで何も質問しなかった。株の配分は豪勢そのものだった。本当の申し込みの総額五千株、ダミーの応募の総額八万八千株それぞれについて、きちんと配分された。もちろんこのダミーの応募について、不満一つ聞かれなかった。誰も目配せすらしなかった。取締役の一人である、前に話をしたブラウデン卿がずっと事情を知っているのは気づいていた。でも彼も問題なかった。皆、問題なし。もちろんダミーの株は、ダミーの名義で紙面に掲載されているが、事実上僕の金庫にある。だから自分の手の中にあるわけだ。実際僕のものだ。後は取引場に決済日を特定申請するだけだ。その間、じっとしてユダヤ人どもが煮詰まるのを見ていよう。いや煮詰まるというより、自分の油で焼かれるという言い方が相応しいかも。」

「でも」と姉がゆっくりと言った。「あなたはまだ株を手にいれてないのでしょう。そうなると私の理解だと、実際に応募した人たちに渡った五千株は問題ではないかと。」

「その通りだよ」とソープは嬉しそうに答えた。「よく分かっているね。ずばり核心を衝いている。その五千株は自分たちに敵対的な株だ。もし僕に売る約束をした連中に購入されたら敵対的になりうる。でも実際は問題ではない。まず、その株は小口の株主によってバラバラに持たれている。田舎牧師とか、年金暮らしの老いぼれ独身女とか、全国に。全員の所在が分かったところで、そうする価値があるとしたらの話だが、そうなって売りを持ちかけられたとしても、売らないだろう。高い売値を持ちかけられたらそれだけ、執拗にもっと持っておこうとするだろう。そういうものだ。万一売ったとしても、五千株なんて取るに足らない。他に二万株以上も購入する必要があるのだから。それで僕の目的には充分適う。もちろんすべて計算通りに行った。最初は、ダミーの株の申し込みを十万株か、もう少しするつもりだった。それからそのダミーすべてに仮に株を割り当て、支払われた代金を還流して本当の申し込みに充てる予定だった。だが、それでは取締役会が納得しにくいだろう。公爵が差額の配当は比率で割り当てるべきである。つまり本当であれ、ダミーであれ申し込んだ皆に正確に分けるべきだと言うはずだ。そうなるとすべてゴチャゴチャになる。それに誰かが疑義でも挟んだら、株式取引場が特別決済を拒んで、もちろん取引全てが闇取引になる。あまりにも危険で、下手をすると一銭も戻ってこない。」

「確かにそれでは危険よね」と姉は立ち上がりながらはっきり言った。「期待が大きくなれば、それだけ気を遣わないといけない。結局全部駄目になったら、本当に恐ろしいわ。」

ソープは微笑みながら首を振った。「いや結局は、失敗したとしてもせいぜいちょっと火をつけそこなった程度だったと思う。すべて隙がなかった。五十万ポンドはすでにイングランド銀行の口座に入金されているのも同然だ。それで思い出した。」彼は少し口調を変えて続けた。「変な話だけど、少しお金を貸してほしい。銀行に七ポンドしかない。この段階まで来て、センプルに自分が文無しだと知られると何かみっともなくて。もちろん欲しいだけ貸してくれるだろうが、でも今は借りたくない。」

姉は明らかにためらって、悲しそうな目でちらと見た。「確かよね」と姉は聞いた。「というのも、いつお金が入ってくるのか、あなたは話してないから。」

「そうだな。」彼はどう答えようか言葉を選んでいた。「そうだな、来週には状況もはっきりして、僕に借越をさせても大丈夫だと銀行も分かってくれるだろう。そうだよ、簡単に借りられそうな目途がいくらでもつくだろう。それはともかく、今二十ポンドか三十ポンド、お姉さんが持っているなら、どうやって返すか言っておくよ。三か月で返すし、貸してくれたら一ポンドにつき、百ポンド返す。ねえ、そんな儲けはいつもないだろう。まず絶対に。」

「あなたから利息は取らない。」彼女は素っ気なく答えた。「確実にクリスマス前に返してくれるなら、三十ポンドの用立てはできるわ。明日の午前中でいいわね。」

ソープは可笑しそうに頷いた。「分かってないね」と彼は言った。「これからお金が降り注いでくるというのに、おこぼれに与らないとは。利息だって？　もちろん利息は払うよ。元手の方がおまけみたいにしてあげる。一体どういうつもりなの？」

「私は何もいらない」と姉は決然とした調子で答えた。「もちろん、子供たちに何かしてくれるのなら、立ち入る話ではないけれど。こんな暮らしで、子供たちはずっと惨めだったから。」

「誰にだってしてあげるよ」とソープは断言した。「ええと、アルフレッドはいくつだったか。」

「この五月で二十歳。ジュリアは十四か月年上。」

「もうそんなになるの」とソープは感慨深げに言った。「そんなに大きくなって……。まだジュリアは子供だと思っていた。」

「彼女は背が伸びないので心配しているの」といかにも母親らしく姉は言った。「父親の血筋で。でもアルフレッドはソープの血を引いている。去年の夏は残念ながら会えなかったわよね。私のところにも長くはいなかったけれど。ここは子供たち向きではないし、帰省している学校の友達からたくさん誘われているし。アルフレッドを見ていると、同じ年齢だった頃のあなたを思い出す。自分を高く買っていて、辛い仕事は同じく嫌いだし。」

「だけど大きな違いがある」とソープが答えた。「アルフレッドは親父に頭から抑えつけられたままでスタートしなくても済む。紳士としてスタートできる。富豪の甥として。」

「そんなことが、アルフレッドの頭に吹き込まれたら怖いわ」と姉は見るからに心配そうに言った。「ジョエル、息子をあまりつけ上がらせないでね。投機でしょう。何があってもおかしくない。それにあなたも結婚したら、自分の息子ができるわ。」

ソープは、まるで新しい考えが浮かんだようにすっと眉を上げた。目元の小さな皺にゆっくりと微笑を浮かべた。話したそうに口を開けたが、また閉じた。

「そうだな」と、彼はすっと背筋を伸ばしてから言った。視線はコートと帽子を見ていた。「明日シティに行くついでに、午前中にまた立ち寄るから。その時にでも。」

訳注

★1　統監（Lord Lieutenant）はイギリス各州において王権を代表する職。

★2　当時は二十シリングが一ポンドで、一シリングが十二ペンス。

★3　スログモートン街（Throgmorton Street）はロンドンのかつての（二〇〇四年まで）証券取引所の所在地。

★4　オースティン・フライアーズ（Austin Friars）は一二五三年当地にアウグスティノ修道会が建設された頃から発展した、ロンドンの中でも歴史のある一角。十九世紀末においても、いわゆるアン女王（Queen Anne: 1665–1714）様式の建築物（十八世紀初期）が多く見られた。

第四章

翌日の午後、チャリング・クロス駅で、ソープは頭上の大きな時計を見ていた。優に十分前には着いたのだと知った。列車にはぎりぎりに乗るのが習慣であったが、今日は違うことに、自分でも驚きはしなかった。軽く微笑んで、時計の明るい文字盤に頷いてみせた。いつもと違った奇妙な自分の行動の理由を、時計も知っているかのように……。時間より前に駅に到着した事実は、その日のそれまでの行動と一致していた。つまり普段の生活から脱却しようとしている、一つの兆しに他ならなかったのである。

これまでのマナーや言葉遣い、それに思考回路など、自分を形作っていたありとあらゆるお馴染みのものが、自分にとってよそよそしくなっている——朝早くから彼はそう感じていた。それらは自分にもはや相応しくなく、自分から離れつつある。今、こうやって混雑したプラットフォームに立っていると、すっかり消え失せたみたいだ。まるで駅の外のどこかに置いてきたかのように。大きな二つの鞄をポーターが預かっていた。両方とも不自然なほど見た目が新しい。新しいコートにピカピカの帽子、それらと共に自分は全く新しい存在になって、これから未知の発見の旅に乗り出す気分であった。

容貌さえも新しくなった。手初めに、急にどうしてもそうしたくなってホテルの理髪店に行った。髭を剃るのに朝食後まで待てなかったのだ。鏡で見た結果は、必ずしも満足ではなかった。伸び放題にしていた、薄くて黄褐色の口髭が剃り残されていて、いやに目立っていた。顎と頬が恐らく十年ぶりに現れたが、色艶が悪く、どことなく不恰好だった。一日中何度となく、オフィスで、昼食を取ったレストランで、訪れたいくつかの洋装店で、鏡を見てはこの新しい容貌と言わば和解しようとした。辻馬車の小さな鏡が一番役立った。見るたびに返ってくる印象が違っていた。痩せて見えたり、逆にむくんだ感じがしたり、どれも自分を歪めて見せているようで、最終的には中間ぐらいの印象と折り合って、それを自分と信ずることにした。

約束したお金をもらいに姉の古本屋に行ったとき、姉はすぐに自分だと気づいてくれたが、シティではオフィスの事務員も最初分からなかった。風采を変えたというより、若返ったと思わせたい気持ちが、彼にはあった。実際自分は若いのだという意識が改めて心に広がり、その思いによって昔の印象はすべて消え去りつつあると感じていた。振り返ると、今日一日、シャツやハンカチに刺繍入りのサスペンダーを買ったり、カミソリや化粧品関係、飾りボタンにカフスボタンなどを様々見て回ったり、最高の品をくれと言って店の人を嬉しがらせたり、そういったときに感じた喜びは、紛れもなく子供っぽいものであった。旅行鞄の中身を考えたとき、じんわりと感じた満足感……。若いだけならそんな喜びを噛みしめることなどなかったのではないか。得たものの価値を堪能するには、それが欠乏したうんざりするほど長い時間がきっと必要だったのだ。自分は素晴らしく恵まれている。若い頃に感じる高級品への無邪気な喜びを、自分はそれなしではいかに虚しいかという大人の感慨でもって補ったのだから。四十年間、芽が出ないまま不本意に歳月を送ったのが報われた。ダブルシルクの下着を触って存分に肌触りを味わえる、この特権によってである。

高級洋服店に行く時間がなかったのは全く残念だった。なるほど今着ているスーツで、普通の用向きには充分であった。晩餐用の衣服も新品同様だった。だが狩猟用の服が気がかりだった。この記念すべき訪問のために、メキシコ製の黄色がかった灰色の布と革の古着を持ってきた。普段着としては最悪だが、ロマンティックで風変わりな、異国での華々しい体験を物語るものだから、批判されはしないだろう。朝、荷造りしたときには、少なくともそう思えた。しかし不安な気持ちがやがて募り、今日一日、品物選びや買い物の途中で、この服のことを思い出すと、どんどん苦痛が高じてきた。明日の朝は豪雨にでもなってくれたらと願い始めさえした。

目を凝らして、プラウデン卿を探すこともまた重要になってきた。というのも、ソープはどこの行き先まで切符を買うのか知らないまま、時間が迫ってきたのだ。駅の入り口を一つずつじっと見渡すうちに、見逃したのではないかという嫌な予感につきまとわれた。自分で切符を予め買って、プラウデン卿が到着したらすでに準備万端としておきたかった。しかし現実にはポーターに荷物の行き先ラベルを付けてもらえないまま、もう出発まで二分もない。駅の正面でプラウデン卿をつかまえようと、早足で歩いていった。が、立ち止まって戻った。自分が一つの出口から出て行ったら、プラウデンが別の方から入ってくるかもしれない。と思った瞬間、神経に非常にこたえてきた。改札内のどこからか発車のベルが聞こえてくると、涙ながらに罵り声でもあげたい気になった。

次の瞬間、すべてが解決した。つるりとした顔の若者がやってきて、帽子に触れながら丁寧な言葉遣いで尋ねた。「どれがあなた様のお荷物で？」

ソープは一体何の用だと思いながら、いかにも新品の自分の鞄を指差した。と、思わず喜びの叫びを抑えきれなかった。プラウデン卿がそばに立っていたのだ。

「大丈夫だよ。君の荷物はこの男が面倒を見るから」と、握手を交わしながらプラウデン卿は言った。「列車に入って、座ろう。」

改札口の太った警官が軽くヘルメットに触れて挨拶した。警護服に似た制服を着た、痩せた年配の男が、よたよたとかしこまってプラットフォームで二人を迎え、うやうやしくお辞儀をしてファーストクラスのコンパートメントのドアを開け、手で申し訳なさそうに招き入れ、がちゃんとドアをロックした。「キャノン・ストリートを出ると、機関車の向きが変わりますので」と、男は開いた窓から、この上なく丁寧に告げた。「お荷物の中で、手元に置かれておきたいものがございますか？」

プラウデンは男の最初の言葉に分かったと頷き、後の言葉には首を振った。この言葉を聞くと、男はもう一度お辞儀をして、後ろ手に巻いて持っていた緑の旗を広げ、腕を伸ばして垂らした。列車がゆっくりと動き出した。貴族というのは、人が言うほどすでに無力な身分ではないのだとソープは思った。

「あーあ」と帽子を頭上の棚に放り上げ、プラウデンがあくびをしながらため息をついた。「きれいな空気を吸ったら、きっと僕らは元気を取り戻すよ。ロンドンは本当に疲れる。君は何か月もずっとロンドンに貼りつきだったのだろう？　かなり疲れているみたいだ。ともかく、昨日はそう見えた。髭を剃ってすっかりスマートになったから、今日はそんなにはっきりは分からないが。でもまともな人間だったら、ロンドンから逃げ出すのを皆、喜ぶはずだよ。」

「たまの日曜日以外、帰国以来ロンドンから離れておりませんでした。」ソープは自分も帽子を棚に載せようと立ち上がりながら、そう話した。プラウデンが普通の黒の山高帽子であるのに気づいて、少し後悔した。「気分を変えられたらありがたいです。それにしても、切符を買っておきましたのに」と、心に浮かんだことを思いつくままに口にした。「どこに行くのか分かっておりましたら。」

プラウデンが手を振った。その手振りはそんなことはどうでもいいという風に見えた。ポケットから葉巻を取り出し、ソープに差し出した。

「乗り遅れないでよかった」と二人が火をつけているときに、プラウデンが言った。「昨日の夜遅くて、今朝も遅くなって、一日中ずっと遅くて。どうしても時間が守れない。ところで、昨晩の君の話に、僕がかなり驚いたのは分かっているよね。」

ソープは微笑んだ。「そのお気持ちは、私も同じかと。今日も色々非常に慌ただしくて。でも楽しくはありませんか。あの話は全部本当なのだと、時々ふと思い出してみますと……。もちろんあなた様よりも私にとって、はるかに意味があったのですが。」

列車は、洞穴のようなドーム状の薄暗いキャノン・ストリート駅で停車していた。シルクハットをかぶった男たちがプラットフォームを大勢行き来していて、何人もが鍵のかかった列車のドアのハンドルを回そうとしていた。閉じられた窓を通して、彼らの罵る声が聞こえた。ソープは思わずニヤニヤ笑った。

「それは違うよ」と、ゆっくりと吹き出した大きな煙を眺めながら、プラウデンが答えた。「僕以上にこの話が意味のある人間なんて、思いつけないよ。それにしても外の連中が鍵を持っていないといいが。乗ってきたらうんざりする。それで列車には滅多に乗らないのだが。ありがたい。列車が出発した。ともかくさっきも言った通り、君が思うより、この話は僕にとって大きかった。昨晩は眠れなかった。本当だ。それほど驚いた。思うに、君は今まであまりお金に恵まれなかったのでは？　つまり、貧乏の辛さを体験で知っていると。」

ソープはいかにもそうだと重々しく頷いた。

「そうか、でも君は」とプラウデンは一旦言って言葉を切り、「僕が言いたいのは」と続けた。「ともかく君は今まで自分以外の人間に責任を負ったことがない。一日、いや一週間に一ポンドしかなくても、そういう状況に合わせられるだろう。君が僕よりそういう状況を楽しめるだろうと言っているのではない。でも少なくとも、大して気にかけもせず、そうしようと思えばできるだろう。でも僕にとっては、僕みたいな妙な立場だと、貧乏というのは想像以上に耐え難いのだよ。一銭だって稼ぐ手立てが僕にはない。二十三の時に軍隊を除隊してしまった。他の連中は皆、多額のお金を持っているのに、自分は肩書きがありながら一文なしという状態では、とてもいられなかった。でも恐らく軍隊にしがみついておくべきだったかと。というのも、今なら軍隊生活もそれほど悪くないだろうし。でも十数年前の、プライドある若者としては辛かった。もちろん、父が軍で名をなしているということもあった。余計に辛かった。ともかく除隊したが、でも次に何があったというのか。法曹や医学や工学なんて、僕には問題外だった。少なくともその当時は。宗教関係はなおさら厳しい。政界にも入ってはみたが、そこでも他と同じくお金が必要で。お金か閨閥が。四年間でほとんどあらゆる政党に投票した。サクラソウ連盟★1の色んな集会で、いかにも媚びたスピーチもしてみた。で、見返りに来た仕事の話といえばせいぜいインド勤めで、一年に四百ポンド相当、あの無価値なルピーで。真剣に何か発言しようとしても、面と向かって笑われた。連中に何の影響力もなかったから。自分がどこに行こうが、どう投票しようが、どこに顔を出そうが、誰も関心を持ってくれなかった。連中は十対一か、二十対一の多数だ。つまり自分の出る幕はなかった。それ以来議会に出入りしていない。アメリカ人の女性を去年の夏に案内したとき以外は。でも、今度行くときは。」プラウデンは一旦話をやめて、端正な顔で意味ありげに頷いた。「できれば、多数派で行きたい。」

「私自身は、政治については自由党支持で」とソープが口をはさんだ。

プラウデンには話のつながりが分からなかったらしい。すでにロンドン・ブリッジを過ぎていた。プラウデンは座席に足を載せ、背中を後ろに心地よさそうにもたれさせた。「もちろん、金融関係もあったのだが」と、葉巻をゆったりと吹かせながら、斜めにいるソープに話した。「なるほど役員としての謝礼もいくつかもらった。また一度か二度、大儲けしそうになった。だが、結局駄目だった。実際、金なしで何ができるというのか。知りたいのだが、君は帰国したとき、どれほど現金で持っていたのかね。」

「六千から七千ポンドです。」

「差し支えないなら、そのどれだけが残っているのか。」

これが実際差し支えのない質問なのか、ソープは一瞬疑った。が、それを微笑みで押し隠した。プラウデンの目の輝きに答えるには、そうしなくてはいけないと感じたのだ。「そうですね。百ポンド以下です」と彼は言って、声を立てて笑った。

プラウデンも合わせて笑った。「それはいい話だ」と大声で言った。「素晴らしいよ。その経緯にはさぞドラマがあるだろう。そんなことではないかと思っていた。君は、残り最後のお金で成功したのではという気がしていた。そういう度胸が君にはあるから、僕は君に近づいたのだ。優秀な男だと評したのも、だからだよ。それで、君の傘下に入りたかったのだ。そういう度胸は稀だ。それがあれば、どんな重圧にも耐えられる。」

「でも、いつもビクビクしていたのですが。」ソープは機嫌よく、相手の言葉を否定しようとした。「度胸ですか。それが尽きそうになれば、自分でも分かりますし。」

「そうかもしれないが、ともかく凄い」と相手が言った。「怯えている風には見えなかった。見る限りでは、君の神経は何とも凄い。他はどうでもいい。ともかく凄い。」

「不思議なことに、以前にもそう思われた経験がありまして。」ソープは思い出しながらゆっくり話し始めた。「何年か前に、アメリカの大平原でのことですが。全く運がなくて、ツーソンの北の方から一人で戻ろうとしていたら、カウボーイ数人に捕まりまして。私を焼き殺そうとしたのです。連中が追っかけていた馬泥棒だと私を思ったようです。少しの間でしたが、私の命など全くどうでもよいといった状況で……。そのときは本当に怖くて。でも偶然、言葉の拍子で事情が明らかになって、私は馬泥棒ではないと、連中は知ったのです。それからは非常に親切で。水を充分飲ませてくれ、次の町まで乗せてくれて、色んな酒まで買ってくれようとして。私が言いたかったのは、連中は自分を度胸満点だと思っていたことです。面と向かって自分に言ったのではなく、他人にそう話していたそうで。私が実に勇敢だと……。でも実を言えば、私ほどの臆病者はいなかったかと。」

「それはこういうことだな」とプラウデンが説明した。「情緒的な記憶の部分で、君は怯えていたと記憶しているのだ。事実怯えていたのだろう。だが他の部分では、言ってみれば状況を計算していた部分では、全く怯えていなかったのだ。生まれながらの指揮官とは皆そういうものだと思うが。君はグラント将軍★2 を見たことはあるかい？」

ソープは首を振った。

「彼の回想録の一節を僕は覚えている。南北戦争の初めの頃、最初に指揮を執ったときの回想だ。彼は敵を探していた。近くにいるのが分かっていた。敵がいるかもしれない場所に近づくと、だんだん怯えて怖くなった。ついに完全に臆病に支配された。すると突然思いついた。敵だって自分と同じほど怖いはずだと。そう思うと勇気が戻ってきた。彼は進軍して、敵を打ちのめした。君の場合に直接当てはまらないかもしれないが、それでも僕が思うに、本当に勇敢な人間は皆、自分の内面的弱さをはっきり意識しているのではないか。たとえライオンのように振舞っているときでも……。大平原での君の経験は、きっとさぞ面白かっただろうな。去年アメリカに行ったとき、自分もそっちの方に行けたらよかったのだが。あいにく、方向が違っていたから。」

「西部に行かれたとおっしゃっていたかと。」

プラウデンは微笑んだ。「前は西部だと思っていたが、帰国してから、シカゴは西部ではないと教えられた。シカゴまでしか行ったことがない。用事があって、いや実際には用事があると思っただけの話だったのだが。一八八四年に父が死んだとき、残した書類の中に、イリノイ州認可とされる企業債券がたくさん見つかった。うちの弁護士が手紙で何度か問い合わせたが、何も分からずじまいだった。去年になってようやく自分がアメリカ行きを決めたとき、その債券を思い出して持って行った。少なくとも旅費ぐらいにはなると思って。でも全く無駄だった。誰も知らなかった。どうもシカゴ大火★3で焼失した会社と関係があったような。そうでなければ、それ以前に無くなっていた会社なのか。あの大火はノアの大洪水みたいなもので、以前あったものをすべて消してしまった。父は不運な人で、そういう投資をする一種の天才だった。喜んで明日、君に見せてあげるよ。南部連合の債券も一式素晴らしく揃っている。額面で確か八万ドル、つまり一万六千ポンドだ。それを一ポンドも出さずに買おうなんて話でもあったら、いかにも皮肉で面白いだろう。あの何とも愛すべき父親が買ったのだ。仮に額面以上で買ったと知っても驚かないよ。額面以上になった日があったとしたら、きっと父が買おうと思い立ったその日くらいだろう。全く滅多にない、素晴らしすぎる霊感だ。父は十万ポンド近い債券を残した。つまり額面でだが。それが弁護士によると、千三百ポンドにしかならなかったと思う。どうして父が買ったのか分からないが、コッシュート★4時代のハンガリー共和国が一八四八年に発行した債券も混じっていた。これで僕がどんな資産を受け継いだか分かるだろう。それなのに、多かれ少なかれ面倒を見る必要のある家族もいるし。」

ソープはいかにも同情しているように、大袈裟とも言える表情で話を聞いていた。が、それを言葉で表現しようとすると、いささか信じられないといった調子が表れてしまった。

「ええ、まあよく分からないわけでもないですが」と言った。「ただし、多分私にとって理解しにくいのは、こういうことかと。つまりあなたは田舎に館と猟区をお持ちだし。あ、でももちろんおっしゃる意味は分かります。こういう意味ですね。傍から見たら快適な暮らしでも、立場が違えば貧困にあたると。」

「館ね」とプラウデンが答えた。「それは僕のものでは全くない。自分ではとうてい維持できなかったと思う。母親のだ。母方の祖父のもので、数百年、その一家のものだ。知っているかもしれないが、ヒーバー伯爵家最後の人物だ。彼で爵位は途絶えた。三人の娘がいて、それぞれ地所を継いだ。私の母が一番上で、ケントの地所を受け継いだ。当然、ハドロー・ハウスは最終的に私のものになるが、母が生きている間は母のだ。自分の館みたいに話したかもしれないが、それは単に言葉の『あや』みたいなものだ。皆に母親のだと断る必要もないし。私の住んでいる場所だし、そういうことで充分だ。素晴らしい所だし、君が訪ねてくれるのは本当に嬉しい。」

「私も嬉しく存じます」と、ソープも素直に応じた。

「僕の望みは」とプラウデンが座り直して、秘密を打ち明けるかのように真剣な口調で続けた。「すべてハドローに関わっている。ハドローを、自分の分身みたいに気にかけている。プラウデン家はもう過去のものだ。僕の祖父は着実に歩んで大法官になったが、要するにずる賢い法律家に過ぎなかった。声が大きく、性格は厳しく、金儲けと政治には向いていたが……。祖父は貴族に任じられて資産を残した。私の父は軍人だったが、声も性格も優しかった。父は軍人としてある程度、一家の誉れにはなったが、資産では酷い状況になって……。それから自分だ。大法官にも司令官にもなれず、お金にも恵まれていない。こんな馬鹿げた話はない。が、今、君のおかげで大転換の兆しが。お金さえあれば、たちまち事情は一変する。皆すぐに思い出すだろう。僕がプラウデン家の一族であると同時にハドロー家の一族でもあると。議会のお偉方にも思い出させてやる。インド勤務の下働きで年四百ポンドなどとはもう持ちかけてこないだろう。仮にイギリス本土以外なら六千ポンドの総督職が相当だろう。どの党派の連中が、僕に申し出る栄誉に浴すのやら。ともかくそれもこれからだ。差し当たり、自分に運が向いてきたと分かっているだけで充分だ。それでその成功についてだが、間違いないと思っていいのだろうね？」

「何の疑いも」とソープは確約した。「ラバー・コンソルズは、私たちの言い値で動きます。」

プラウデン卿はまた葉巻のケースを差し出し、ソープの葉巻に火をつけてから、自分のものにも火をつけた。座席の背もたれに体を預け、満足そうに深く息をした。「もう自分の話はこれ以上しないから」と上機嫌で言った。「充分すぎるほど話したから。それにしても誤解しないでほしい。結果が反対だったら、一体どうしただろう。それを一瞬だって忘れてはいないから。君は僕に素晴らしいことをしてくれている。お返しに、君にどんな素晴らしいことをしてあげられるか、それがもっとはっきり分かればよいのだが。」

「いや、それは」と、ソープはやや曖昧に答えた。

「多分君には、何をしたいのか考えるのは少し早すぎるのだろう」とプラウデンが言った。「君にも突然の話だろうし。僕にもそうだし。願望というのは、それがとうてい叶わないときには、いっぱいあるものだ。しかしひとたび実現する力が手に入ると、それまで望んでいたことが、本当にしてみたかったことには全くならない。でも、何か計画は？　たとえば、政界に入るとか。」

「そうですね」とソープは考えながら答えた。「政界には入ってみたいような。でもそれはずっと先です。けれどもあなたが考えるより、少しですが計画はあります。細かな点ははっきりしないのですが、大体の方向は。自分は地方の地主になってジェントルマンを目指したいのです。」

プラウデン卿は、ソープの言葉に見るからにたじろいでいた。自分がたじろいだのに気づいて当惑し、まずあわてて窓の外を眺め、それから姿勢を変え、最後にソープを不安そうにそっと見た。明らかに適当な返事が見つからなかった。

ソープは、この思わず当惑した様子をすべて逃がさず見ていた。プラウデンもそれにすぐ気づいた。ソープが気にしていないように見えて、驚くよりほっとした。事実ソープは機嫌よく微笑んでいた。ただし無言のままの態度には、かえってよく分かったといった皮肉もうかがえたが。

「いえ、それはまあ自分の話ですから」とソープは明らかに安心させるつもりで言った。「大まかな計画については、全部自分でできますので。細かな点で、ご教示が必要になろうかと。」

「言っただろう。君は、僕に最大限何でも命令ができるのだし」とプラウデンが明言した。思い直すと恥じ入りたい気分であった。自分の神経の弱さと顔の筋肉のせいで、許しがたい俗っぽさを見せてしまった。しかも、知り合いの上流のどんな連中よりも、礼儀と寛大な振る舞いに長けているこのソープという人物に対して……。まして彼の返答には非の打ちどころがない。突然そう思い至って、なぜかますます混乱した。

「ねえ」とプラウデンは、ソープの謎めいた微笑みに対し、言葉遣いもぎこちなくなった。「君を疑っているなんて思わないでほしい。君は何でもできるし、何にでもなれる人物だと充分分かっているから。」

ソープは穏やかに笑った。

「でもご存じないでしょう。僕がパブリック・スクール出身だとは。」

プラウデンはあからさまに驚いて眉をあげた。「いや、それは知らなかった」と率直に認めた。

「私はセント・ポールズ★5の生徒でした」とソープが言った。「ハマースミスの大きな建物に移って、今は私が通った場所にはないと聞きました。学校では成績も非常に良かったのです。でも父がそれ以上学費を出せず、セント・ポールズを出たら店を継いで本屋の勉強をしろと。多分父も身分に関して宿命的なものを感じていたのでしょう。あなたがたと同じく。彼の父も祖父も本屋で、それを私に継がせて、そのまた息子に……。それが父の考えでした。セント・ポールズなら役に立つけれど、その先のオックスフォードはかえって無駄になると考えたのです。」

「その判断は正しかったのでしょうが、私に本屋の素質があると父が考えたのは間違いだったかと。本は充分好きでしたよ。でもそれを買いに来る連中に我慢ができなかったのです。二時間の間、誰も万引きしないようにじっと見張っている。ようやく九ペンスの儲け。それを包んでいる最中に、別の客が八ペンスの本を盗んでいく。あまりにもまどろっこしくて。それに父とも合いませんでした。喧嘩はしませんでしたが、自分の道を進みました。ロンドンで数年間、色々やってみました。自分で本屋も開業しましたが、駄目でした。最終的にすべて諦めて、オーストラリアに行きました。それが一八八二年でした。それからほとんど世界のあらゆる所に行きました。季節風による難破も体験していますし、砂漠で横たわって、もう終わりだという寸前の体験も。空腹で、ベルトが極限まで締まるようになって。でも、一度だって家業の本屋に戻りたいと思った記憶はありません。」

プラウデンのきれいな目は、相手の気持ちを理解したかのようにきらめいていた。しばらく無言であったが、ふと思いついて頭を上げた。「君は父親の仕事を継ぐはずで、君の息子もそうなるはずだったという話だが、でも君は結婚していないよね。」

ソープはゆっくりと頭を振った。

「次が降りる駅だ」とプラウデンが言った。「そこから二マイル程の道のりだ。もう一本葉巻を吸っては。」彼は何となく思い出して付け加えた。「今なら僕たちは二人とも、結婚を考えられるね。」

訳注

★1　サクラソウ連盟（Primrose League）はディズレーリ（Benjamin Disraeli: 1804–1881）の保守主義を継承して一八八三年に結成された政治団体。

★2　グラント将軍（General Grant: 1822–1885）は南北戦争の北軍総司令官。十八代アメリカ大統領。

★3　一八七一年十月八日〜十日。

★4　コッシュート（Lajos Kossuth: 1802–1894）はハンガリーの政治家。オーストリアに対し、一八四八年に独立革命を企てる。

★5　セント・ポールズ（St Paul's）はパブリック・スクールの名門で一八八四年にハマースミスに移転。

第五章

　それから二時間の間、ソープはマナーという大問題を色々考えることに追われていた。茶色の制服を身にまとい、髭をさっぱりと剃った人たちがたむろする場に、自分が闖入した気がした。その一人が、駅の外で興奮した馬をなだめていた。プラウデン卿が馬の手綱を引き、ソープは膝から足元に毛布をかけた。すると制服の男は、静かに馬車の後ろの席に、ロンドンからずっとお伴をしてきた男と共に座った。こういう若者がいるのでは、打ち解けた話はできない。いや実は、何も話せない感じであった。大柄の馬が勢いよく、高く大きな歩幅で、薄ら明かりの小道を駆けていった。街道に出ると、プラウデンは力を振りしぼって馬を制御した。絶え間なく馬につぶやきかけていた。「そうだ。落ち着いて。いい子だ。そうだ。気を楽に。可愛い子。そうだ。」馬の轡《くつわ》からしなるように首にかけられた手綱を握り締め、彼の腕と手袋をした手は、見るからに力が入っていた。ソープは馬車の縁を必死に握ったまま、道中をあまり楽しめなかった。一行が疾走している道は、迫りくる暗闇の中で、非常に狭く見えた。後ろにいる無言のお伴は、さぞ怖いだろうとしきりに想像していた。しかし言葉を発しないことが定めらしく、ソープが耳をそばだてても、ため息もあえぎ声も聞こえなかった。

　ほどなくして街道を外れた。ペースをほとんど落とさず、私道に入り、たちまち真っ暗なもっと狭い並木道へ進んでいった。この道を急いで走ると、突然開けたところに出た。三日月状の砂利道を巧みに回り込んで、温室の入り口と思える前で止まった。ソープは馬車の中で立ち上がった。背後にぼんやりと落ち着いた色の低層の館が見えた。館の窓は互いに離れている。カーテン越しに明かりが見える。温室と思ったものはガラス製の歩廊で、館の中央部分の前面に設えられていた。

歩廊の格子棚にはつるが巻いていた。その間に燭台があって、背の高い蠟燭が立っていた。溢れんばかりの柔らかな光が、この歩廊に好ましい印象を与えていた。滑らかなタイルの床には絨毯があちこちに敷かれ、外の道との段差をなくしていた。脇に背の低い安楽椅子が置かれ、編み細工のテーブルに本と女性用の裁縫道具入れが置かれていた。さらに奥の格子棚の上には、ルリマツリの褪めた色の花が密集し、下方には菊の大輪がたくさん咲いていた。ガラスの歩廊の数メートル先の、ちょうど正面に家本体の広い扉が開いていた。ぼんやりとしか見えないが、いかにも豪華な内装から温かい光が豊かに流れ、暗い森を照らしていた。

しかしソープが一番注目したのは、あちこちで動いている召使たちであった。馬車のお伴二人も、いつの間にか暗い中、その召使たちに混じっていた。突然馬の前方に、後ろに、馬車の横に、外の入口や奥の扉に、そしてその向こうに若い男が大勢集まってきた。彼らは皆、髭をきれいに剃って表情は青白く、茶色の似た服装をしていて、ソープには見分けがつかなく思えたのである。

プラウデン卿は、蠟燭の光の下でちょっと立ち止まり時計を見た。「八分少しでここまで来たな」と見るからに満足そうに言った。「四人も乗せた割には、あの悪路ではまあまあだ。悪くない。さあて中へ。」

一行は広い扉を通り、ソープが見たこともないような造りの室内に入った。広々とした四角い部屋で、端に大きな階段があり、上で左右に分かれていて、途中まで見えていた。床は板張りで、古くて長い間使われているためにでこぼこしていた。トラやヒョウの毛皮がそこかしこに敷き詰められていた。他にも部屋には狩猟を思わせるものがあった。乗馬用のブーツ、ムチに拍車や、古代風の武器などを載せた台があちこちにあって、目についた。キツネやシカの頭部が壁の黒いパネルから突き出ている。その壁にはコートや帽子、レインコートなどがたくさん掛かっていた。右には大きな開放型の暖炉があって火が燃え盛っている。そばに背の低い椅子と長椅子が配置され、普段の生活用であるのが分かった。他はすべて雑然としていた。広間の中央には大きなテーブルがあって、帽子や本、酒瓶に新聞、手袋、煙草の袋が無造作に置かれ、両脇のベンチの下には靴やスリッパ、すね当てなどが放り出されていた。いやでも目を引くこの乱雑ぶりに、ソープはひどく驚いた。メキシコの牧場みたいだ。貴族の古い館で、こんなに召し使いがいながら、とびっくりした。

とは言え、周囲に向ける彼の視線は努めて冷静であった。何を見ても心を乱さないよう絶えず自分に言い聞かせていた。男が彼の帽子を取って、コートを脱ぐ手助けをした。もう一人が彼の二つの鞄を持って、階段方向に向かった。

「パングボーンと一緒に行ってくれ」とプラウデンが二番目の男を指差しながら言った。「彼が世話をしてくれる。二階に行って着替えがしたいだろう。部屋にも火があるから。」

二人は別れ、ソープは旅行鞄の後について階段を上った。左に折れて、天井の低い長い通路を通って、二度ほど角を曲がり、館のウイング部分と思えるところに来た。召使が部屋の中へと促した。室内を見てソープは、喜んで思わず息を漏らした。素晴らしくきれいだった。部屋の形は奇妙だが広く、凝ったチンツがカーテンや絨毯、ベッドや椅子のカバーに使われていて室内の上品さを際立たせていた。明るい炎が格子の中から、辺りに温かな心地よい光を投げかけている。壁の絵や、筆記机の写真や細々した装飾品、大きなベッドの高い支柱や絹の上掛けなどにソープは視線を巡らした。召使が見ていないのを確認してから、遠慮なく微笑んだ。

召使は跪いて、ソープの新品の鞄の紐をはずして開けていた。ソープは鞄を開けたら彼が部屋を出て行くものと思って見ていた。しかし開けてから荷物を取り出すつもりだと分かって、ソープは当惑めいたものを感じた。パングボーンはうやうやしく紙包みを一枚ずつはがし、傍らのソファーの上で中身を選り分けてそれぞれまとめていった。丁寧に、落ち着いて作業を行った。すべて紳士たる者は持ち物を店で包んでもらっているのが当然である――、彼はそう思っているみたいであった。
ソープは召使に止めてほしいと言おうかと、喉元まで言葉が出かけた。しかし言えなかった。手をポケットに入れたまま、召使と鞄の辺りを少しうろうろした後、こう言った方がよいのではと思いついた。
「荷物をどうしようというのかな」とソープはさりげなく言った。「うちの召使が今日買ったものばかりで、何か忘れているかもしれない。実は持ってくるはずの荷物が全部行方不明というか、盗まれたというか。駅かどこかで。今週の初めに。リーズでだと思うが。」
「そうでございますか」とパングボーンは表情を変えずに答えた。「ああいう連中は不注意ですから。」
召使はゆっくりと礼服を取り出しベッドに広げ、その横にシャツとネクタイを置いた。カミソリとそれを研ぐ革やブラシを鏡台に揃えた。すべて心得ているらしい。というのも、一つの引き出しにハンカチを入れ、靴下は別のところに、また暖炉の前にパジャマを吊るし、格子のところにエナメル革の靴を置くときの、非常に正確な注意深い動作には、少しのためらいもなかったからである。古ぼけたメキシコ製の狩猟服にすら、彼は何の戸惑いも見せなかった。手馴れた様子で、狩猟服の様々な備品も取り出した。ソンブレロなど一式を壁際の洋服ダンスに掛けると、まるでそのために作られたかのように、カシ製の古い洋服ダンスが見えるのであった。
ソープは、パングボーンの如才なさに唖然とするばかりで、不安がどこかに消えた。こういう人物が今に自分にも必要になるのだと思うと嬉しい気分になった。パングボーンは極めて有能だが、瓜二つの召使を得ることだってできるだろう。この広い地球では、金で何でも買える。パングボーンだって買える。ソープは、パングボーンの仕事が明らかに終わりそうになったとき、ポケットの小銭を探った。と、顔をしかめた。どうした、それは館を出る最後に渡すものだ。自分は危うく忘れそうになっているではないか。
「お召し替えになりますか」とパングボーンが聞いた。柔らかく、しかし明瞭な発音には何世紀もの訓練の成果が表れていた。

「え？」ソープはパングボーンの言う意味に、一瞬ついて行けなかった。
「何か他にご用事がおありで」と、うやうやしくパングボーンは言い直した。
「いやいや」とソープは答えた。「後は自分で大丈夫だ。」
一人になると、ソープは大急ぎで髭剃りをして着替え始めた。縁取りのある分厚い両開き鏡の左右についた蠟燭が、ソープが慣れ親しんだ電灯とは微妙に違っていた。が、思い直せば、この落ち着いた貴族風の光の方が心地よいのである。
身づくろいを済ませ、出窓のところに立った。カーテンを開き、端を肩で押さえるようにして、外の暗闇の芝生を見ながら、自分は下に行くべきか、それとも呼ばれるまで待つべきかと考えていた。と、そのとき扉のノックを聞いた。答える間もなく扉が開き、蠟燭の明かりでプラウデン卿が入ってきたのだと分かった。ソープは、正装をして葉巻を吹かしているプラウデン卿のもとに歩みよった。
「ちゃんと面倒は見てもらったかね」と、プラウデンは率直に尋ねた。「下に行く前に葉巻はどうかね？　蠟燭で火をつけたまえ。ベッドには絶対マッチを置かないようにしているから。」
彼は話しながら暖炉の前の安楽椅子に腰掛け、格子に光沢のあるスリッパの足先を向けた。「下に行く前に言っておいた方がよいと思って」と続けた。ソープは炉棚に肘をついてプラウデンの整った顔を見下ろしていた。「妹に数人の女性の来客があって……。一人は君も知っているかと。船で会ったマドゥン嬢を覚えているかい？　アメリカ人の。背が高くてきれいで。派手な赤毛の。かなり見事な髪をした。」
「覚えていますが」と思い出しながらソープは答えた。「でも正式にお会いはしていません。」その口調には、当時は淑女に会ったところで、そういう女性と面識になるということにはならなかったという意味合いが含まれていた。
プラウデン卿は微笑んだ。「きっと彼女を気に入るよ。凄く面白い。気分が乗ればだけれど。私の母と妹に、この春、ロンドンまでマドゥン嬢に会いに行ってもらった。二人も彼女を非常に気に入って……。資産家だ。少なくとも百五十万は。あいにくドルだが。両親はアイルランド人で、確か父親が馬車稼業で財をなした。でも彼女はアメリカ人だ。まるでサンフラワー、いやメイフラワー号で渡った頃からの生粋のアメリカ人みたいに。あの国は人をたちまち同化させる。覚えているよね。そういう傾向は君にも現れていて、僕は君をイギリス人だなんて思いもしなかったと。」

ソープは黙ったまま、紫煙を通してプラウデンを見ていた。自分にはイギリス人らしくないところがあると何度も言われるのは、あまり心地よくなかった。

「もう一人は」とプラウデンが続けた。「レディー・クレシッジだ。彼女にも関心を持つと思うよ。数年前には、ロンドン一の美女だと言われていた。彼女はとんでもない奴と結婚した。グラストンベリー公爵になるはずの奴と。生きていればの話だが。溺れ死んで、彼女は貧乏のままで残された。そうだ。ところで。」彼は改めて思い出したように顔を輝かせた。「今まで全く思いつかなかったが、カーヴィック将軍の娘だった。どうして彼を取締役会に引っ張り込んだのだ？　どこで彼を見つけたのかね？」

困惑してソープは眉の辺りに皺を寄せた。「あなたがご紹介なさったのでは」とゆっくりと聞き返した。

プラウデンはその言葉に素直に驚き、思い出すようにしていた。「そうだった。君の言う通りだ」と答えた。「すっかり忘れていた。もちろんそうだった。えーと、そうだ。今、思い出してきた。惨めな老人だよ。できるだけ金を欲しがっている。娘にまでお金をせがんでいる。そうだった。思い出した。忘れるなんて何と馬鹿な。要するに言いたかったのは、今日は、家族は僕の母と妹と、それから弟のボールダーしかいない。弟は二十歳そこそこで、今は軍隊試験を受けると言っている。もっとも奴の頭の中身を見たら、クリケットとフットボールしか頭にないかもしれないが。後はゴルフが少々と。ともかくこれが今日の面々だ。前もってどういうメンバーなのか、知っておきたいのではないかと思ったから。君が葉巻を吸い終わったら」と、プラウデンは吸殻を格子の中に放り投げて、立ち上がりながら言った。「そろそろ下へ行こう。ところで」と扉に向かいながら続けた。「今のところ、僕たちの今回の大逆転劇については何も言わないつもりだが。ちょっとした驚きとして、母や妹に当座秘密にしておきたくて。」

その後ようやく二時間ほどたってから、ソープは落ち着いて周囲を見渡すゆとりと平静さを取り戻していた。大きな客間の暖炉のそばに皆と一緒にいたのだが、そこから一旦離れてやっとくつろいだ気分になっていた。とは言え経験してみると、恐れていたよりはるかに簡単だった。内装の凝った部屋の隅に立って、壁の絵を見たりしながら、向こうにいる五人のことを静かに考えていた。皆のところに戻ったら、対等に話せる確実な足がかりを築けるだろう。今はすべて正確に状況が読めている。

ボールダー・プラウデンは、背が高くがっしりとした若者で、肩が大きく張って、手は無骨で、褪めた淡黄色の髪と眉と睫毛をしていた。上機嫌でソープのそばに寄ってきて、ゆっくりと口ごもった低い声で、テリア犬の種類が違うと野ウサギに対する態度も違うという、何とも変わった話をしてみせた。部屋の反対側の、暖炉のちらちらと赤い炎が届くところに、アメリカからの客人であるマドゥン嬢がピアノの前に座って、音階の低い悲しげな曲を弾いていた。ソープは頭を傾けて聴いているふりをしていたが、実際にはボールダーの話もピアノも耳にしていなかった。彼の心は、この新しい状況で、自分の位置取りはこれでよいのかをしきりに考えていたのであった。

プラウデンの母親は、自分を初めから気に入っているようであった。温和でややおっとりとしたところもあり、いかにも母親らしいおおらかな歓待ぶりが、実際今晩のソープの心の支えになっていた。言葉や眼差しで彼女に問いかけると、夫人は必ず頷き、微笑み、メガネ越しにきらきらと小さな目を輝かせて見つめてくれた。誰に対しても同じなのでは？　という当初の疑いめいたものは、今思うと間違いであった。なるほど彼女は他の二人のお客に対しても丁寧というか、丁寧すぎるほどであった。しかしこれら二人の女性は、熱心で心からの微笑みを、ソープと同じようには彼女から受けていなかった。プラウデンが自分について、母親に何か好意的な話を予めしてくれていたからだと思った。つまり自分が彼らの幸運の橋渡しであるという程度の説明は……。しかしソープは彼女の温かいもてなしを、それだけのせいにしたくなかった。自分の魅力ゆえに、彼女が気に入っているのだと思うのが大切であった。編み細工の椅子に敷かれたクッションにじっと座っている彼女と、ほとんど正面に向き合い、穏やかな視線を投げかけていると、彼は事実自分の魅力ゆえだと確信した。彼女は小柄で白髪だが血色のよい頬をし、知的な顔が鋭敏な率直さとでもいうべきものを示していた。その表情が何となくソープを落ち着かせるのであった。

他の人との間ではそれほど落ち着きを感じなかった。ボールダーはもちろん問題ではなかった。誰も彼に注目しなかったが、特に気もそぞろなソープはそうだった。彼は例のアメリカ人女性にも同じくらいの興味しかなかった。背が高くて若く、赤毛の資産百五十万ドルの女性である。自分と同じ単なる客人で、この家庭の内情とは無関係であった。そもそも、彼女自身が関係あると見なされるのを全く望んでいないらしい。うわべの愛想のよさの下に、意識して距離を置く感じがあった。彼は一度か二度、少し話しかけてみたが、彼女の微笑と滑らかな口調の陰に断固とした距離を感じていた。本当のところは、本人も自分が場違いだと意識しているだけかもしれなかった。丁度、ソープみたいに。しかし彼にとっては彼女の感情など問題ではなかった。一年前なら、いや二週間前だって、彼女に資産があるという話を聞きつけたなら、それはその赤褐色の髪の周りで後光のように光り輝いて見えただろう。しかしすべてが変わった。換算すると彼女の資産は、三十万ポンドにしかならない。確かに一人の女性には相当の金額だ。しかしその額ではソープの醒めた感情を何ら掻き立てなかった。

他の二人の若い女性は違っていた。二人はソファーに座っていたが、彼の位置からは、ピアノの方を向いている二人の表情が陰になって輪郭しか見えなかった。はっきりしなかったが、二人の肩の感じから、お互いの手を握って音楽を聴いているようであった。この何気ない手の握り方に、二人の女性の、仲のよさが象徴されていると思えた。ソープの目にはこの夜二人の姿がずっと印象に残っていた。金髪で美しく堂々としたクレシッジと、小柄で浅黒くなで肩で、太い眉をして鼻メガネ越しに見ているこの館の娘が、二人だけの世界を作っている。二人の自分に対する礼儀は、まるで一つの脳によって統括されているかのように、僅かなよそよそしさと遠慮まで瓜二つであった。二人の仕種から、彼を嫌悪しているとか、悪く思っているとか想像するのは不当であろう。そのマナーは繊細この上なく、そういう否定的形容はそぐわない。ともかく二人が一組になって行動していることが、ソープの好奇心をそそったのである。例のアメリカ人女性への態度においても、二人は団結していると彼には思えた。もっとももちろん、二人はソープのことより彼女のことをはるかによく知っているのだが……。プラウデンとボールダーに対しても、こういう共同歩調があるかどうかははっきりしなかった。が、ともかく二人の絆には、他を排撃する傾向、女性同士の共感という傾向が見られるのであった。

ソープは心の中でこれらを綿密に分析していたわけではないが、印象としては疑いなかった。どちらかと言えばこういう印象を愉快だと思った。これまで女性の些細な面や、あるいは全体的なことに、熱心に興味を持った経験などなかった。しかし、漠然と抱いていた感想の中で、女性は一人でいられないのが最大の弱点ではないかというのがあった。それが急に思い出されて、面白いと感じた。これからは自分の女性観というものが問題になってくる。そう彼は急に思った。これまで淑女のいる親しい集まりなどに正装をして出たことなどなかった。こんな紛れもない淑女を前にするという体験は……。しかし、これからはこういう場がたくさんあるだろう。すでにこんな短い、しかも初めての体験の後でさえ、ソープの心の中では女性というものについて、新たな感想が色々湧き起こっていたのであった。たとえばこのように女性が二人で仲よくしているというのは、彼の目には最高に美しいものだと映った。ソファーに座っている二人に改めて目をやると、外見は全然違うのに、いかにも姉妹みたいに結びついている。それが何とも美しいと感じたのである。

クレシッジは古風な横顔をピアノの方にじっと向けていた。ソープは音楽そのものには何の感慨も覚えなかった。だが美しい彼女の外見に、その精妙で大胆で、だが物悲しくもある音楽の曲調が反映されているようで、何か感じるものがあった。彼は慎重に抑えた足取りで、そっとテーブルの隅まで歩いていった。ボールダーもついて来たが、ソープの明らかに静かにしてほしいという気持ちを尊重してくれたのは救いであった。ボールダーも他の誰も、彼の本心を知る由もなかった。音楽はソープの耳には無に等しく、彼が近づいたのはその女性の表情のせいであるということを……。

密かに、誰も自分を見ていないと一瞬で確認してから、ソープは彼女の表情をじっと眺めて思いに耽った。部屋の奥の、つやつやした壁に掛けられた蠟燭の光が、すべてを柔らかく影のようにして、網目模様に似た陰影を彼女の額、鼻、唇と顎に浮かび上がらせている。目は夢想しているかのように閉じて見えたが、はっきりとはしなかった。

夫が生きていれば公爵夫人だったのだ。イチゴの葉模様に紛れもないダイアモンドのついたティアラを戴いた顔、それがどんな顔なのか実際見たこともないし、想像もできない。が、それにしてもプライドと優雅さと落ち着きを兼ね備えている。加えて貴族の物憂げな感じも。それらが美しい表情にすべて……。いや、彼女は貴族ではなかった。老いぼれのカーヴィック将軍の娘なのだ。貧乏なくせにその卑屈さには横柄なところもある老軍人の。灰色の口髭をし、季節外れの毛皮をまとい、取締役会では疑問も持たずに言われた通りに発言する。わずか一年で三百ポンドのために。そうか、彼女は奴の娘なのだ。そして彼女も金に困っていると。プラウデンがそう話していた。

とは言えどうしてプラウデンは、父親のカーヴィックを、娘を通じてしきりに救いたがっていたのだろうか。プラウデンはずっと前から気にかけていたに違いない。父親を取締役にするという計画をわざわざ思いついたのだから。いや、そこに含むものは何もなかったのだろう。カーヴィックの名前を吹き込んだのが自分だったという事実も忘れていたのだから。当然、考えたのはクレシッジと仲のよい妹の方だろう。できるならカーヴィックを助けてほしいとプラウデンに持ちかけたのは。思うに、貴族や軍人という連中は会社の取締役になるぐらいしかお金を稼ぐ能がないのだ。カーヴィックも間違いなくそういう類だ。救える可能性が実際に見えてきて、初めてプラウデンはカーヴィックの名前を思い出せたのだった。それまでは、どういう事情でカーヴィックを取締役に加えたのかすっかり忘れていたのだろう。考えるとプラウデンが好ましく感じられた。

そう思いながら、ソープはプラウデンの座っている方をちらと見た。暖炉の前の低い大きな椅子に座っているというか、寝そべるみたいにしていた。ほとんど横になり、肘だけが椅子から覗き、真鍮の暖炉の格子に細い両足が伸びている。ソープの視線は自然にカーヴィックの娘の表情に戻った。自分の会社や自分のことを知っているのだろうか。それに自分がカーヴィックの懐具合をどうにでもできるというのも。さらにそもそも娘は父親が好きなのか。父を一生涯お金について憂いをなくさせたなら、その人物に感謝するだろうか。

音楽が終わったとソープが気づく前に、マドゥン嬢はピアノから離れていた。聴いていた者たちから穏やかだが熱意を込めた賛嘆の声が一斉に上がり、その強さと誠実さがソープにはやや気恥ずかしかった。他の者たちを深く感動させるものに、自分は明らかに耳がない。ボールダーでさえ、適切と思えるコメントをしている。

「一体この曲は何なのかしら？」とクレシッジが見るからに心を動かされて言った。「こんなに感動するなんて、久しぶりです。」

「デンマークに昔から伝わる曲です。パリの河畔で、たった一フランほどで楽譜を買ったのです」とマドゥン嬢が答えた。「自分で和音に編曲してみたのですが、不思議なことにケルト風になったと思いませんか。」

「こんなに素晴らしくなるのなら、曲にも弾き手にも合わせて、喜んでみんなケルトに染まるのでは」と、姿勢を正していたプラウデン卿が評した。

突然意を決し、ソープは歩み寄って会話に加わった。

第六章

ソープには長年早起きの習慣があって、そのため翌朝起きて階下に降りたとき、他の人は明らかにまだ寝ていた。玄関にもガラスの歩廊にも人はいなかった。しかし両方とも扉は大きく開いていて、朝の湿気を含んだ穏やかな空気を招き入れていた。棚の一つに見栄えのよい帽子が置きっぱなしにされていた。辺りを見て回ろうとゆっくり外に出た。

彼の心は、自分で予想していたほど落ち着いていなかった。悪夢にうなされ、その不安な余韻がまだ頭に残っていた。焦燥の日々を過ごしていた最近は、目覚める直前がいつも最悪であったが、今朝は特にひどかった。起きぬけに思い返してみると、決定的に破産し、信用が地に落ちたという夢だったようである。破滅の夢は完璧なくらい真に迫ったものであったから、一時間たった今でもその印象を振り払えなかった。

砂利道を歩きながら、気力を奮って自分を落ち着かせようとした。確かに今度の売買には逆転の要素もあるが、こうして日光の中で考えてみれば、ごく僅かな可能性だと容易に知れるではないか。煩うのは馬鹿げている。状況を細かく入念に検討してみたが、すべて問題なかった。あるいは人智の及ぶ限り問題なしに近かった。彼は悪夢に怯えてしまう自分の愚かさを厳しく戒めた。「プラウデンを見習え。」彼は自分の沈んだ気持ちを叱咤した。「あんなに気楽にしているではないか。」

紛れもなく、プラウデン卿は非常に気楽に構えていた。彼は思い入れたっぷりに、いかに貴族はお金がなければ惨めで屈辱的かを雄弁に語ったが、ソープの鋭い目からすると悩んでいる様子には見えなかった。プラウデンは栄え、満ち足りた貴族そのもののイメージである。ハンサムで快活で、陽気でその上ロンドン一のお洒落であった。それにこの伝統的な館——、しきりに自分のではなく母親の持ちものだと断っていたが、どこに費用を切り詰めた様子があるのだ？　召使が溢れるほどいる。ものの八分で二マイルも疾駆する馬もいる。どこを見ても、このハドロー・ハウスには豊かさしか見えない。それなのに館の主人はいかに貧乏かと力説する。とは言えその話はある意味、本当なのだろう。貧乏であることに常に関心を向け、だからこそ、そこから抜け出したいと思う。プラウデン家の人々が、今もまるで金持ちであるかのように振舞うのは、それは言ってみれば鼓舞する気持ちからなのである。

館の前の部分はかなり広く、高い生垣と木で仕切られていた。向こうに公道が位置するらしい。生垣や木の行き届いた整え方には好感が持てたが、それ以上の興味をあまり感じなかった。建物の方が関心を引いた。明るい日差しに照らされていると、ソープにとっては昔ながらのイギリスの貴族の館そのものに見えた。

自分には向いているし、しかも儲かりそうな職業として、若いころ建築に一時ひどく惹かれた。かつて苦労して学んだ専門用語や分類などの知識を、今となってはあまり覚えていなかったが、それでも建築物を見ると、今でも一種専門的意識で眺めることがあった。ハドロー・ハウスは建築上どういうものなのか、それを理解できたことに、ソープは満足していた。明らかにどの部分も新しくなかったが、かと言って逆に古い面を誇示する様子もなかった。城として使われたことや、あるいは防備を施した館であった事実はない。住み方や必要に応じて、現在の持ち主が建物を著しく改築した様子もなかった。そんなに遠くない昔に、貴族向けの館として設計され建築された。つまり戦いに備えて防御する必要など既にない時代の話である。館の歴史は平穏無事なものであり、今日まで一度も波風が立ったとは思えない。館は元修道院の敷地に立っていると、昨晩聞かされたのを思い出した。それで低地に立っている説明がつく。一階部分が外の地面と全く同じ高さで、かさ上げがされていない。修道士は、回廊を作るためにこういう低地で遮蔽された場所をいつも選んできた。

どうしてそうする必要があるのだろうか、とソープは思った。と、ここで思考が急に止まった。というのも全く新しい自分に気づいてやや驚き、そちらに関心が向いたのだ。自分が学問的に、歴史好きな、言わば学者っぽくなっている。心が抽象的な思考や思索に、長い間閉じていた門戸を開放している。父の本屋では子供の頃、あんなに本を読み夢想に耽った。とは言え、少年時代に活字に対して強い思い入れがあったという逸話は、長年誰か他人の話だと思っていた。今突然、それが自分のこととして蘇った。読みかけたところからまた本を手に取れる気がした。恐らく、昔と変わらぬ熱意で。

自分が本を収集したらどんな素晴らしい蔵書になるだろうか。それは人に見せびらかすものでは絶対にない。無学な成金のお粗末な見栄の産物ではなく、本当の蔵書で、自分の教養に資するものである。そういう考えに彼はたちまち捉えられていた。この線に沿えば、上流階級という目的達成もスムースかつ容易であろう。これまで、こういうことを細かく考えた経験はなかった気がした。けれども今、ともかくはっきりと見えてきたのである。そしてそうであるなら、なぜどん底から這い上がった人間みたいに、いらぬ疑念や不安に悩まされる必要があろうか。

実際なぜだ。自分はイギリスでも有数のパブリック・スクールを出たではないか。しかも立派に。それによって、貴族やシティの有力者の子女と、彼の目からすると完全に対等になる足がかりをつかんだのであった。出自に関しては、少なくとも自分より前の三代は、学識に関係した家柄だ。つまり扱う書物の経済的価値だけでなく内容も知った家柄である。

祖父は書籍商としては知られた人物だった。オールソープ卿が長年ひいきにしてくれた。祖父がキャクストンの『ゴールデン・レジェンド』★1を、著名な収集家であるオールソープ卿のために、収集家として強敵であったマールバラ公爵を出し抜いて確保した経緯は、我が本屋の輝かしい業績として大切にされてきた★2。ソープの父親も、息子の記憶に残る業績は特になかったけれども、著名な作家や文芸のパトロンたちのアドバイザーであり、友人とも言えた人物であった。そういう先祖を持つ人物なら、ジェントルマンとして皆に認められるのに必要なのはお金だけだ。

母方はと言えば、思い起こすと父方の本屋としての歴代の経験や手腕よりも、なお好ましいものがあった。母方の姓はストーモントで、普段の何気ない会話の中でも、母親がその名前を語るとき、いつも威厳を込めていたのを覚えていた。ストーモントとは何者であるかを一度も聞いた記憶はなかったが、普通の連中とは違うという点については、母親は非常にはっきりしていた。ストーモント家のことを何か知っているかどうか、姉に聞いてみるのも悪くない。ともかくいつの間にか、その名前が心地よいものになったのは否定できない。それが自分のミドルネームであったのだ。と思った瞬間、「ストーモント・ソープ氏」という銘の入ったプレートが心に浮かんだ。

それは閃きであった。姉と会うようになってこの半年あまり「ジョエル」と呼ばれているが、長年自分では使っていなかったので、今でも慣れない。「J・S・ソープ」という無味乾燥な名前をずっと使ってきたが、それは放浪時代にこそ相応しいのであった。あの人知れずの苦労と無駄に待たされた時代の……。しかし今や成功の微笑が降り注いでいる。名家の名前を使う権利を確保したのだ。そうだ、そういう誉れ高い名前が身近にあったのだ。「J」もイニシャルとして一緒に使った方が良いだろうかという疑問が過ぎった。それには断固反対だと思い直した。自分はアメリカ流に、髪を真ん中で分けている奴と、名前を「ストーモント・J・ソープ」のように途中で区切っている奴にはいつも偏見を抱いていた。

いつの間にか館を離れ並木の辺りに出ていた。昨晩ここを見た覚えがあった。右にも道が開けて厩につながっている。どちらに行こうか少し迷っていると、並木の方からひづめの音が聞こえてきて、思わず立ち止まった。遠く葉っぱの生い茂った、角を曲がったところに、ほどなく二人の乗り手が見えた。勢いよく進んでくる。乗り手が女性だとすぐ分かった。彼に近づくと手綱を引いた。凄く仲がよいと昨晩思ったあの二人、クレシッジと館の娘であった。

ソープが帽子を取って挨拶すると、二人はソープに微笑みかけ、頷いた。頬は紅潮し、乗馬の興奮で目はきらきら輝いていた。ウィニフレッド嬢でさえいかにも快活そうな魅力に溢れ、目だって美しく見えた。彼女は馬にまたがっているときの方が、身のこなしがよい。あぶみに足を載せたままでの素早い反応が、威厳を与えている。

大きな栗色の馬に乗ったクレシッジは、下馬する所に向かって歩みを緩めていた。彼女が通り過ぎたとき、自分はどんな印象を持っただろうか。その美しい姿を書き留める心の準備がなかったようだ。ともかく、すらっと背筋を伸ばして、優美な服を着た彼女が通り過ぎていったのだ。行列の中の女王みたいに、優雅であるが近寄り難い様子で……。ソープは彼女をただじっと見送っていた。彼女が残した姿に当惑しながら。と、馬丁が厩から急いで出てきて、降りる手助けをした。自分がしてあげればよかったのにという怒りに似た気持ちが起こったが、そんな勇気はとてもないという納得の答えが後に続いた。時間は充分あったのに、ウィニフレッド嬢にも自ら手を差し伸べさえしなかった。本当は、認めるのは情けなかったが、二人に圧倒されたのだ。

前の晩は仲間に加わって打ち解けて話したのに……。パーティーの最後の一時間ほどは、事実彼が話の主役を務めていたのであった。他の人たちと同じく、二人も素直に楽しんでいた。自分が思い出話をしていたときの聞き手の顔を思い出してみた。ジャワ、アルゼンチン、ブラジル、アンチル諸島にメキシコや、はるか西部での珍しい経験や冒険談に最も率直に興味を示したのは、クレシッジであった。

それなら朝になって、なぜ彼女に怯える必要があろうか。晩餐の席では、飲んだワインで勢いがついたのだという妙な説明が頭をかすめ、その考えに肩をすくめて、ポケットに手を入れたまま厩に向かった。

見方によれば、厩の前庭がハドローの館では一番美しかった。広く起伏があり、芝生が生い茂っている。中央部の少し盛り上がったところから、巨大な太く背の高いカシの老木が聳えていた。周りには、館と同じく褪めた黄色みを帯びたレンガの建物が並んでいて、形や大きさが微妙に違っていた。厩、馬車小屋、犬小屋、洗濯場に醸造場、後の六棟ほどは今となっては用途がはっきりしていないようであった。平屋や破風造りの建物、小塔や、大きな煙突がいくつもあるもの、上階が覆いかぶさらんばかりの木造建築——、こういった建物が、手入れのされていない、日陰の芝生の周りに建っていて、一種の村を作っていた。独立した集落という感じである。

これらの建物と、背後にある館との、言わば封建的な結びつきが一目で見て取れた。館の裏の調理場や部屋などは、中庭を囲む建物につながっているのだ。それでもよく見ると、あの老木のカシと同じく、これらの建物は独自の古い伝統を誇っている。ずっと昔から、ここに召使たちは住んできた。明らかに、以前は修道士の従僕たちが住み込んで仕えてきたのだ。館の近くに位置する建物の半数ほどは、当時のままである。擦り切れかけの紋章を掲げているものもある。大修道院長の紋章であったに違いない。修道院の後を領主が引き継いでも、隷従を強いる者の衣装と言葉遣いが変わったに過ぎなかった。近親結婚ゆえ人の数は減り、ますます働くことを強いられたが、それでも使用人たちは己の世界に留まったのだ。主人に仕えながら、その距離は何と離れていたのか。

ソープは厩にそってぶらぶらと歩いていた。明らかに三人の男と一人の子供が住んでいた。昨晩の二輪馬車は、厩から水を引いたレンガの歩道に置かれていて、馬丁の一人がスポンジで磨いて今は輝くばかりにすっかりきれいになっていた。厩の中に、二台の馬車と、少なくとも六頭ほどの馬を見た。薄ら明かりの中で男が馬の手入れをしていたが、仕事をしながら口笛に似た奇妙な声をあげていた。ここにいる者は皆、ソープが通るとペコペコと挨拶をした。

このどことなく古風な場所から、ぶらぶらと裏塀の開いた門を通り外に出て、館の背後の庭へと回って行った。途中に見るべき花はあまりなく、気を取られずに歩いた。館の南側に温室が固まっていた。それが注意を引き、入り口と思えるところへ向かった。扉は閉まっていたが、別の開いた扉があった。中は非常に蒸し暑かった。熱帯植物がたくさんあって、大きな葉が生い茂り、屈んだまま端まで歩かねばならなかった。もう一つの温室はそれほど暑くなく、花が咲き、ソープはちらっと眺めた。三番目の温室の室内には、ガラスの扉を通して男が見えた。明らかに庭師で、頭上の棚に鉢を置く作業をしていた。

中に入って話せば、この館での朝食はいつも何時なのか、ヒントを得られるのでは、と思いついた。もう十時近く、非常に空腹を感じていた。ベルや銅鑼でも鳴らすのだろうか、と考えていた。そういう合図がすでにあって、聞き逃したのだろうか。食事の準備が終わっているといけないので、館に戻って、召使に自分が見えるよう玄関あたりで座っている方がよいかもしれない。

そう思いながら、ぼんやりとガラス越しに庭師を見ていると、突然その姿かたちに見覚えがあると気づいた。目を凝らして眺めながら、記憶を巡らし、正体をつかもうとした。心に浮かんだのは、ガファソンという奴であった。英国領ホンジュラスのベリーズからブーン・タウンの道路沿いで、三流ホテル兼何でも屋を経営していた。そうだ、間違いなく奴だ！　一体こんなところで何をしているのか。

だが、それよりもソープにとっては、こいつとここで会うことで及ぶかもしれない、影響を考える方が重要であった。ガファソンの安宿を、一か月あまり根城にしたことがあった。野心満々で奥地の山岳に何度も向かった。そういう言わば補給基地として使ったのだ。退去するときお金を払っただろうか？　間違いない。お人好しなくらい宿代が安くて、哀れみさえ感じたのも覚えている。宿代に象徴される、商売感覚のなさも……。ガファソンは成功しそうにない人物だという印象を持った。一方彼の方は、自分みたいな金遣いの荒い客をどう思ったのか、興味のあるところだ。知らない手はない。ソープは扉を開けて中に入った。

庭師は仕事からほとんど目を離さず、帽子も取ろうとせずに入ってきた者を通そうと脇によけた。ソープは立ち止まり、まるでそういう趣味があるかのように、棚の鉢を眺めた。

「何をしているのかね」と、答えを求めているのではなく、打ち解けるつもりで、さり気なく聞いた。

「グロキシニアを、乾かそうとしていたとこで」と相手は答えた。「横に傾けてそうする人もおりますが、立たせたままガラスのそばに置いてやるのがよいと。考えたら、その方が理屈に合っていますから。」

「それはそうだ」とソープも納得して言った。ガファソンの自説を述べる態度と、厩の連中の追従に慣れきった態度とを比べると、この方が好ましいと思った。が、次の瞬間よく分からなくなった。自分に見覚えがないのが見て取れた。ガファソンは仕事について取り留めのない話を続けながら、質問している自分をじっと見ていた。しかし穏やかな羊みたいな目は、人の識別ということに全く興味がない様子であった。

「一体どうやってイギリスに戻ったのかね？」とソープは大胆にもついに尋ねた。質問に戸惑った相手の視線に応えて、彼は続けた。「ガファソンだろう？　そう思ったよ。最後に会ったときは、ベリーズの先で宿屋みたいなものをやっていたね。あれは一八九〇年だったかと。」

ガファソンはずんぐりした中年で、もじゃもじゃの赤い顎髭をしていた。落ち着いた無邪気な視線をソープに向けた。「総督邸にお立ち寄りになったのでは？　あれはロジャー・ゴールズワージー卿の頃でした★3。皆様方がよく私の手がけた花を見に来られて。それで私の名を覚えておられるのでしょう？　ガファソニアの交配種という名前でしたから。昨年の春には、新聞によく記事が載っていましたもので。」

ソープは、言葉は発しない方がよいと思い、ただ頷いてみせた。しかし実際には「全く驚きだ」と、感慨の気持ちを声に出していた。「あの山には実際金があったよ。君は自分のいるところから、秘密の探索の道を知っていたのだな。ココアもあったし、そのうちゴムでも大儲けができるだろう。あの国で必要なのは、通信手段だ。君は現地にいて、地勢を知り尽くしていた。それなのにイギリスに戻って、土いじりでもして暮らしているのか。」

ソープは、自分の記憶がさらに戻ってくるのを感じて、率直に話すことにした。「いや、自分は総督の一行とは全く別に活動していた。当時は金に目をつけていて、たまにはゴムにもという感じで。君のところに泊まったが、覚えてないかい？　ソープだ。あの頃は顎鬚をしていた。君と君のところの黒人一人と、バーント・ヒルズの向こうの尾根の山小屋に、三、四日泊まった。覚えているだろう？　黒人はサン・ドミンゴから来た奴で、いつもサン・ドミンゴの胡椒を自慢していた。ホンジュラスの胡椒は全然効かなくて、子供だって、くしゃみもしないと。そうしたら君が湿地から胡椒を取ってきて、目配せしてからそれを黒人に渡した。死ぬほど効いたね。そうだよ。絶対覚えているだろう？」

「その胡椒は、チャビカ・パートゥサムだったでしょうか」と思い出しながらガファソンは聞いた。彼にとっては、ソープの話についていくのはいささか苦労らしい。「それなら、覚えています」とようやく彼は認めた。「もっとも、あなたを覚えているかと言われても、ちょっと無理ではないかと。記憶力が非常に悪くて。段々ひどくなっているみたいで。ロンドンに花の展示会に行ったとき、以前長話をした人でさえ思い出せなくて。花に熱中しますと、他は頭に入りませんで。そういうものです。」

考えながらソープはガファソンを見た。「そうすると、こういう花が本当に好きなのだね。この方が性に合っていると。向こうでロッグウッドやマホガニーで儲けるとか、金鉱を探り当てるなんてより。」

ガファソンは非常に率直に答えた。「私は金儲けなんて人間ではありません。若いときについ向こうに行ってしまって、でも帰ろうと思ってももう無理ではないかと。あなたが向こうにおられたときも、私の生活はぎりぎりで、その後はそれすらできなくなって。自分が本当に好きなのは何なのか、それを知るには随分時間がかかりました。ホテルも店も実は大嫌いで、庭が大好きだったのです。ある日アメリカ人の紳士がやってきて、私のところに滞在し、私が破産同然なのを見て、言ってくれたのです。『君にホテル経営は向かない。店も。この国は君には全く不向きだ。天性は花ではないのか。だがここではそれもできない。誰も花を買う奴はいない。けれども種とか球根を持って、一緒にジョージアのアトランタに来る気があるなら、金を出してやる』と。」

「そう言ってくれて、信用して、二年間そこにいました。それからイギリスに戻りたいと思いだし、以来ここで働いているわけで。いつもロイヤル園芸メダルを戴いております。次の春には、紅色の縞の入ったクレマチスを市場に出荷したいと。それにはご主人様の名をつけようと思っております。これ以上何を望むというのでしょうか。」

「それはそうだな」とソープが答えた。「ところで、ここでは朝食は何時に？」

ガファソンの鈍感そうで血色のよい丸顔が、話しているうちに活気づいて少しテカテカしてきた。しかし、この質問には気が乗らない様子であった。

「私にはいつでもお召し上がりをされていると思えますが」と彼は答えた。「でもご主人様にお会いしたければ、お昼頃が一番よろしいかと」と考えながら続けた。

「ご主人にお会いするだって？」とソープは思わずニヤニヤしながら言った。「僕はこの館の客だし、ただ何か食べたいだけなのだ。」

「お客ですか」と、ガファソンはゆっくりソープの言葉を繰り返した。口調に無礼な調子はなく、ソープの鋭い目から見てもその愚鈍な表情に何も悪意はなかった。とは言え、ガファソンは驚いていて、また驚くのも無理はない。それはお互いに分かっていた。

「そうなんだよ」と、さり気なさそうにソープが言った。「君のご主人がうちの取締役の一人で、僕は彼を気に入っていて、金持ちにしてやるつもりだ。是非来て欲しいと、ずっとそう言われるので、ご主人に従って週末をここで過ごすことに……。ところで、良い物件があったらすぐにでも田舎に不動産を買いたいのだが。庭や温室を手広く作りたい。君ほどよいアドバイスをしてくれる人はいないだろう。恐らく君に全部頼むと思うが。やってくれるだろう？」

「ご主人様が同意されるなら、どのようにでも」とガファソンは改まって答え、棚に戻って、鉢の一つを手に取った。

ソープは振り向いて、足早に奥の扉に向かった。芝生の側に開いているのが見えた。丸顔の鈍そうなガファソンにいらついている自分を感じていた。古い馴染みから、こんな素晴らしい儲け話を持ちかけられたのに、何て奴だ。これがホンジュラスなら友情といっても通用するくらいだ。この申し出に、情けなくも応えられない馬鹿なのだ。戻って半クラウンでもくれてやろうかと思い、一瞬扉のノブに手をかけたまま、迷った。チップをくれてやれば、奴を本来の立場に引き戻せるだろう。が、あの愚鈍な頭なら、貰った意味をすっかり忘れるのではないか。それに実際貰うだろうか。一度だって自分に敬称をつけなかったし、まるで学者みたいにメダルを自慢していた。庭師がチップを貰わないというのは、普通はありえない。とは言え僅かでももらわない可能性があるなら、危険は犯せないと思った。

ソープは決然と温室を立ち去り、館の正面に向かった。玄関に入ると、耳にしたこともない、非常によく響く音楽的な音を耳にした。見ると白い帽子をかぶり、正装した召使が、階段の支柱のそばでソープに背を向けて立っていた。インド風の細工が施された金管が台の上に並んでいて、布巻きの棒で叩いていた。音色は心地よかった。まして朝食の合図であったから、なおさらそうだった。

はっと気づいて、ソープはポケットを探って半クラウンを取り出し、若い女性の召使が振り向いたときに差し出した。質素な顔立ちをした召使が喜んでいるので、「その曲が気に入ったよ」と、主人ぶって機嫌よさそうに微笑みかけた。「君が音楽で知らせてくれた、その朝食にはどこに行けばよいのか。」

一方外の温室では、ガファソンが植物のしなびた分厚い葉っぱを手に取ってぼうっと眺めていた。「ソープ」と声に出してみた。まるでグロキシニアの植物に話しかけるように。「ソープ。そうだイニシャルを思い出した。J・S・ソープだった。だけど、さっきソープの話をしていたあの男は、一体誰だったのか。それに何の話だったか。」

訳注

★1　キャクストン（William Caxton: 1422–1491）の『ゴールデン・レジェンド』（*Golden Legend*）は一四八三年出版。

★2　オールソープ卿（Lord Althorp）とは、George John, Earl Spencer（1758–1834）を指すと思われる。彼は The Althorp Library を一七九〇～一八二〇年にかけて創設した有名な本の収集家であり、古本屋を通じて盛んに本を購入した。マールバラ公爵（Duke of Marlborough）は、やはり本の収集家であった、George Spencer-Churchill, 5th Duke of Marlborough（1766–1840）と考えられる。

★3　ロジャー・ゴールズワージー（Sir Roger Goldsworthy: 1839–1900）は、一八八四～一八九一年の間、英領ホンジュラスの総督であった。

第七章

食堂での朝食は快適そのものであった。男はソープだけで、それを知って最初は戸惑った。が、意外にもくつろぐことができて、非常に楽しかった。例の四人の女性、しかも三人には爵位があるのだ——そういう淑女方と同席し、しかも自分がこんなにうまく振舞えるなど想像していなかった。

まず女性には、言わば独特の朝のマナーがあり、それは前の晩に見た振舞いとは全く違うのであった。女性たちは普段着を着ていたが、それに似つかわしく率直で元気よく自然に振舞った。彼が話すときには、仲のよい友人みたいに熱心に耳を傾けた。笑うべきところで彼女たちは笑い、彼に好意を持っている仕種をし、同席を心から喜んでいるようであった。

食事の間ずっと、ソープには自分が巧みに会話し、しかも然るべき作法にも従っているという自信があり、満足であった。最初非常に空腹だと打ち明け、館の近辺を散策している間、食事はどうなっているのかとずっと不安だったと話したら、思いがけなく話のきっかけとなった。その後、女性たちは彼の言うことを面白く受け取ってくれた。

「私たちしかいないときは」と小柄で高齢のプラウデン夫人が教えてくれた。「私と娘の朝食はいつも九時です。たとえば昨日の朝はそうでした。でも息子が来ているときには、普段とは違います。十時に食事をずらすのです。私たちの習慣と、息子の何でも不規則な生活との、妥協の結果こうなったのです。どうしてそうなったのか、私も不思議なのですが。だって、息子はどうやっても部屋から降りてこないのですから。このハドローでは、ぐっすり眠るのです。ご存じの通り息子はロンドンでは安眠できなくて。

ですから私は不満を言おうなどと思っていません。息子のためにはこれでいいのだと、喜んでいるだけで。」

「それにボールダーも」と、娘の方が母の言葉を引き取った。「また別な意味で変わっていまして。妙な時間に起きて、貯蔵室からお茶とサンドイッチを取り出して食べてから、釣りざおか銃を持つか、それとも犬と一緒に、ともかく出かけるのです。まず昼時まで帰ってきません。」

「これまで何度か伺おうと思ったのですが」とマドゥン嬢が口をはさんだ。「ボールダーは姓なのですか、それともマシュー・アーノルドの詩に出てくるバイキングにちなんでそう呼んでいるのですか？★1」

「父親がそう呼び始めたのです」とプラウデン夫人が答えた。「バイキングにちなんでというのは、その通りだと思います。確かにどちらの家の名前でもありませんから、あんまり感心できませんでした。最初はですが。」

「でもぴったりですわ」とクレシッジが言った。「いかにも彼はバイキングらしいですわ。ずっと思っていました。兵士を評するのにバイキングとは最高の形容ではないかと。ご子息を見ると、生まれながらの軍人かと。」

「それなら、サンドハーストの人たち★2がもっと彼を長い目で温かく見てくれたら」と母親が力を込めて言ったが、その裏にはふざけた感じもあった。「哀れにも、あの子は試験に絶対受からないでしょう。父親がいつも言っていましたように、本当におかしいですわ。軍人向きの男というのがいるなら、それは絶対ボールダーです。紳士だし、家柄から言っても軍隊とつながりがあって、軍隊のことなら何でも非常に関心がありますし、その点に限っては間違いなく誰にもひけを取らないほど賢いのですが。ただし書物だけは苦手で。それだって記憶力の不足というだけの話なのに、それで軍隊に入れない。イギリス中にそういう若い紳士が溢れている。狩猟が抜群に巧くて、ライオンみたいに強靭で勇敢で、どんな場でも人を統率するのに向いていて、我がイギリスが戦場で欲しがるような、正にうってつけの人物なのに、軍隊に入れない。前回ボールダーは何ができなくて試験に失敗したのかというと、理由は、ペルシアの首都がイスファハンかテヘランかを覚えていなかったからなのです。」

「名誉はとりあえず気にせず、勇猛果敢に武勇を奮うという昔タイプの人もいるけど、そういうのは、今は軍隊では求められていないらしいわ。欲しいのは事務能力が優れているというか、実務の才とか語学の達人とか……。そういう人たちは、いざという時にはさぞ役立ってくれるでしょうね。」

「それならパーチェス・システム★3の方がましだと？」とマドゥン嬢が聞いた。「きっと、もっとおかしなことになったかと。かねてからそう思っていますが。」

「ましですって？」とプラウデン夫人が言った。「はるかにそうですわ。私の夫はその点について、非常に優れた演説を一度したことがあります。今、一度と言いましたかしら？　実際には優れた演説を確か何度も。過激な連中の不愉快な抗議に晒される中、上院を何とか安定した状態に保てたのは、主人の一連の演説のおかげです。変革に伴う諸悪を指摘してみせたのです。予言的だったと言えるでしょう。ボールダーに降りかかる災難も見通したのですから。もちろんボールダーだけでなく、紳士階級の若者全体に及ぶのですが。」

「主人が言った通り、下層階級の人々がどういう人を崇めて、付き従うか、自明ですわ。単にギリシャ語、ラテン語やヘブライ語を知っているから、従うのでしょうか。学校の校長を尊敬するのは、学識があるからですか。絶対に違います。逆に非常に軽蔑しますわ。人々が仕えるのは、生まれによってその権利が与えられている人です。でなければ資産によってその資質を証明した人か。人々が納得できる指導者とはこの二種類だけです。この理屈が平時のイギリスで通用するのであれば、本国から離れた戦時の兵士たちには、もっと通用するはずです。」

「でも、お母さん」と娘のウィニフレッドが口をはさんだ。「仮に今そういうのをしても、全然うまくいかないでしょう。お分かりではないのですか？　良家には金がなく、すべて資産は株式関係の人の懐にありますから。そういう人の子弟が地位を買い占めてしまうでしょうから、ボールダーにはまず見込みがないですわ。」

プラウデン夫人は即座にきっぱり答えた。「あなたは世間を知らないわ。世の中の動きをはっきり知らないのよ。新興の人々も貴族と同じく、我が国にとって大事だわ。個人的には新興の人々の方がはるかに偉いと。そう思うことの方が多いわ。いつの時代でも、新興の人は馬鹿にされてきたけど、次の時代になれば貴族に溶け込んでいったわ。新しくも何ともない。いつもそうだったわ。貴族の三分の二は、そもそもお金持ちの商人か、何か他で財をなした人よ。それが我が国の屋台骨を支えている人たちです。よく覚えておきなさい。」

「もちろん分かっていますけれど」とウィニフレッドが言った。叱られたように、彼女の黒ずんだ頬が僅かに紅潮していた。二十五歳を過ぎていたが、声には学校の生徒を思わせる子供っぽい遠慮があった。自信なさそうにゆっくり話し、視線はお皿に向いていた。「もちろんうちの祖父も弁護士ですし、お母さんの言いたいのは、商人も他で財をなした人も同じだということですね。」

「その通りよ」とプラウデン夫人が答えた。「それで是非教えてください。ソープさん」と、右に座っていたソープの方を振り向き、メガネ越しに目に微笑みを浮かべた。彼の加わっていない会話に飽きた雰囲気であった。「社会的な不満が、イギリスよりもアメリカで、一層顕著になってきているというのは本当ですか。」

「ご存じの通り私はアメリカ人ではありませんで」と、ソープは夫人に思い出させるように言った。「アメリカの一部しか知りませんし、それも外国人としての話です。マドゥン嬢にお聞きになった方が。」

「私ですか」とマドゥン嬢が答えた。「その件については、調べがついておりませんもので。ボールダーさんと同じですわ。準備中なのです。」

「私がソープさんにお話ししていただきたいのは」と、穏やかにクレシッジが尋ねた。「熱帯の花のことです。たとえば、ジャワとか西インド諸島の。非常にきれいだと伺っていますが。」

「花と言えば。」ソープは突然例の話をする気になった。「今朝ここの温室で、昔馴染みの庭師、ガファソンに会いました。前に会ったときは、世界で最悪のところで、三流ホテルを経営していました。英国領ホンジュラスで。」

「でも素晴らしい庭師ですわ」とクレシッジが言った。「彼は魔術師みたいに、植物を好きなように変えてみせます。園芸は私の趣味の一つで、かつてはそうだったのですが、ともかくあんな素晴らしい庭師は見た覚えがありません。」

ソープはガファソンの話をした。あのベリーズ街道の人里離れたところでの話を。聞き手の女性たちを巧みに笑わせながら、一山当てようとしてうまく行かない、そういう中での人生の面白おかしさを生き生きと語ってみせた。女性たちはティーカップを弄びながら、明らかに聞き入っていた。関心を独占し、自分の話で面白がらせている。人脈も地位も非常に優れた女性たちが――、そう思うとますますソープの話は勢いづいた。口調が、聞き入っている女性たちの気持ちに合わせて変わっていくのを自分でも意識していた。まるで本の中から引用でもするように、彼は言葉を慎重に選んだ。同時にいかにも異国を形容するのに相応しい一風変わった表現も使ってみせて、それを聞き手は明らかに気に入っていた。プラウデン夫人のスカートの動きと、テーブルの先に向けた視線によって、女性たちが立ち上がろうとしているのが分かった。その時、ソープは自分の一生涯でこんな楽しい機会はなかったのでは、と自分に問いかけていた。

玄関に、古めかしい立派なカシの炉棚があって、上に葉巻箱が置かれていた。ウィニフレッドが、ソープに箱を示して、葉巻を吸うよう勧めた。火をつけながら、彼女を見た。暖炉の薪の炎に手をかざしながら彼女は立っていた。思っていたよりずっと好感が持てる人物であった。彼女の痩せた姿態は美しいとは言えないかもしれないが、その身体の線は明らかに女性的であった。同じような、言わば矛盾する表現が、彼女の細くて浅黒いが、よく目立つ顔立ちにもあてはまるとソープは思った。そこには地位というものが感じられた。少し首を傾け、太くて重たげな眉の下から眼鏡越しに見る眼差しにもそういうところがあった。いかにも自立した精神の持ち主だと容易に見て取れたが、母親に進んで優しく従おうという態度には、そういう気持ちをうまく制御しているところもうかがえた。

前の日にソープは、姉の本屋で貴族に関する本を見て彼女のことを調べていた。あいにく年齢は記されていなかったが、結局それはどうでもよかった。高貴な血筋とされていた。つまり子爵の娘でかつ別の子爵の義理の妹でもあった。祖父は伯爵で、本によると驚くほど多くの貴族と縁戚関係にあった。これらすべてがソープには興味深く、かつ色々思うことがあった。彼女を見ていると、頭の中におぼろげながら考えが浮かんできた。

「兄には客人をもてなすのに、どうも妙なところがあると思われているのでは？」と、ウィニフレッドは振り向いてソープに言った。他の女性たちは別のところにいた。

「いえ、それは」とソープは穏やかに否定した。「お兄様にご面倒をおかけするのは、いささかでも申し訳なくて」と答えてから思い直して付け足した。「今日、狩りに行こうというのは断念されたみたいで。」

「それは違うかと」と彼女が応じた。「狩猟番が今朝来ていましたわ。銃を持って狩りに出かけないなら来ませんから。あなたは大変射撃がお好きなそうで。」

「若い頃やったことはありますが」とソープは慎重に答えた。イギリスでは経験がないと言う必要はないようであった。「思う存分やってみる暇とか機会がなくなってから、もう久しいもので。最後に射ったのはアリゲーターだったかと。目を狙うのです。でも猟銃で撃つとするなら、自分の腕がどんなものか、全く予想もつきません。この辺は狩猟場として、恵まれているのでしょうか。」

「それほどでもないと思いますわ。プラウデンの話ですと、ボールダーが毎シーズン、ここにいる小鳥を全部撃ち落してしまうくらいですから。それも一撃で。他にキジもいますが。今朝戸外で、飛んでいるのが見えました。」

服装はどうしたらよいのか、聞けるものかどうかとソープは思った。明らかに少しは着替える必要がある。だが、あのメキシコで着ていたボロ着を着ていくなど、とうていありえない。上流の人に混じって、落ちぶれたカウボーイみたいな服を身につけているなんて、考えただけで頭が混乱しそうになる。

「いつお兄様は狩りを始められるおつもりなのでしょう」とソープはいかにも気がかりな様子で尋ねた。「恐らく準備を始めないと。」

「召使が来ましたわ」と彼女が言った。

丸顔のきびきびとした若者が階段を降りてきた。彼はコールテンの半ズボンと革のすね当てをしていた。ソープに近づいて、落ち着いた物腰で伝言を述べた。「ご主人様が十分ほどで来られます。ご準備のほどを」と告げた。

「パングボーンをこの方のお部屋に呼びなさい」とウィニフレッド嬢が若者に命じた。いかにも承りましたという様子で、彼は引き下がった。

自分が困っているのを見て、素早く冷静に解決してくれた彼女に、ソープはすっかり感心した。自分の身なりをパングボーンが取り計らってくれるなど、思ってもみなかった。とは言え彼女にとっては全く当たりまえなのだ。この伝統ある一家には、召使が家にただ大勢いる以上の何かがある。召使たちを、組織の必要不可欠なものとする術を知っている。自分の服装をすべて準備して、おまけに着せてくれる人がいるなんて……。何と素晴らしい話か。

数分後、「狩りに行くということのようだ」と自室でソープは、何くれと気を遣うパングボーンに告げていた。召使の行き届いた心配りに対し、ソープは素直に従おうとした。「狩り用のものは何も持参していない。どういうわけか馬に乗るのだと思っていた。それで、馴染みの古いメキシコ製の乗馬服を持参した。馬に乗ったとき、この服が一番しっくりするから。着なれた、肩の凝らないものに愛着があるので。それにしても狩りの話だけど、教えてほしいのだが。何が必要かね。半ズボンとすね当てだけかね。揃えてくれるよね？」

パングボーンは実際望み通りにしてくれた。彼のアドバイスで、例のメキシコ製の上着も着て、服装が整った。見てくれは明らかに普段とは違っていた。大きなポケットがついていたし、仕事着みたいに見えた。衣装ダンスの背の高い鏡で上から下まで眺めていると、この上着を着たせいか、外見に見合うだけの腕前を発揮して、鳥を大量に仕留めなくてはならない気になった。

「帽子は階下にございますから」と穏やかにパングボーンが言った。ソープは大きくて派手なソンブレロにも触ってみたが、まるで熱すぎて触れられないかのように、それを帽子掛けに戻した。

階下のホールに降りると、さらに待つことになった。今は誰もお供をしてくれなかった。葉巻をまたつけて、いくつか帽子を試してようやく革製の合うものを見つけた。それから隣の温室を、三十分以上と思えるほどぶらぶらしていた。こういういかにも貴族らしさは、この館の他の人が思うほど、ソープには好ましく感じられなかった。彼らは、プラウデンが気ままにやることを、本人自身がそれを気にさえしないなら、至極当然と思っているらしい。

ようやくプラウデンの召使が階段を降りてきて、「もうすぐお見えになります」と告げた。「銃器室に来て、狩猟番とお会いされますように。」

階段下の戸口を通って、ソープは召使についていった。そんな戸口があるとは気づいていなかった。棚がしつらえられた貯蔵室を思わせる、殺風景な部屋へと通じていた。薄暗いホールと比べると、そこはぎらぎらと明るかった。反対側の扉と窓が、厩につながる中庭側に開いていた。その扉から、明らかに狩猟番と思える人物が入ってきた。小柄で日焼けした顔をし、褐色の服を着た中年の男であった。ポーチを肩から紐でかけ、立ったまま棚のものを調べ始めた。彼はソープに機械的に挨拶し、また作業に戻った。低い棚には銃を入れた多くの箱があり、上の棚にはまた別の箱やバッグがたくさん置かれていた。

「ご主人様はどの銃か指示されたのかね？」と召使に狩猟番が聞いた。狩猟番は率直に、遠慮のない目を召使に向けていた。口調には露骨に冷たい、制服を着た召使などいかにも軽蔑する、戸外で働く男のプライドがうかがえた。

召使はソープの後ろに立っていて、肩をすくめて首をはっきり振って見せた。

「そのタイプの銃がよろしいのですか？」今度は狩猟番がソープの方を振り向いた。

非常に恥ずかしくも、ソープには質問の意味が分からなかった。「いや、何でもよいのだが」と不自然に笑いながら答えた。「久しく経験がないので、多分どの銃でも同じかと。」

狩猟番が職業柄すべてを察したという風に、目を物知りげに輝かせた。「それではBが一番よろしいかと思いますが。」狩猟番がしばらくして結論を出した。その言い方から、Bとは子供用だとソープは思った。組み立てられてから、銃を受け取った。肩に掛けて、威厳を保つように黙ったまま召使に従い玄関に戻った。狩猟番の「ボールダー様にも今日はお供がおられます」との言葉に、控えめに頷きだけした。

それからプラウデン卿が現れるまでには、また充分な時間を要した。ところが階段を降りてきたときには、彼はいらいらと動作の忙しい、相手が時間を守らないために予定を狂わされたビジネスマンのようであった。装備は万全で鋲打ちの半長靴をはいていて、すね当てをし、コートに帽子、手袋をして喉にはスカーフを巻きつけていた。一刻の余裕もないといった様子であった。ソープが差し出した手に、プラウデンはおざなりでも握手する時間がないみたいであった。彼は心ここにあらずといった感じで「おはよう」と言った。

主人の銃と野外用の腰掛を抱え、外側の扉を急いで開けた召使に対し、プラウデンは「バーンズ、今日は遅いぞ」と咎めるように言った。一行は外に出て、並木道を急いで歩いた。それで途中から加わった狩猟番や、彼に従う少年たちや犬は、追いつくために早足にならざるを得なかった。

どういうわけかソープは、狩りで一日を過ごしたなら、プラウデン卿と静かにじっくりと語り合う、またとない機会になるだろうと思っていた。が、すぐに当てはずれだと分かった。なるほど半マイルほど鄙びたわき道と、それから野原を通るところまで一緒に歩いたが、お供の一行がすぐ後ろにいて、しかもプラウデンの足は速く、会話といっても狩猟番とプラウデンとの間で時折交わされる鳥や草木のこと以外、実質何もなかった。ボールダーが突然現れた。彼は生垣の門に寄りかかっていた。一向は彼の方に道を変えたが、一緒になったときも、この道行きに社交的雰囲気が増した印象はなかった。立ち止まって弾薬が渡され、少し言葉を交わしたが、その短い会話ももっぱらこれからの狩りの話ばかりであった。

ソープは慣れない運動でひどく息切れし、ここからはペースを緩めてくれとひたすら願っていたが、それなのに狩猟番が自分に指示をし始めたので、いよいよ耐えがたくなった。プラウデンとボールダーの兄弟二人が、この年老いた田舎者の狩猟番の、いい加減とも思える指示に異論を唱えないのに、ソープは驚いた。狩猟番がプラウデン卿にある方向の一定の場所まで進むよう進言した。すると彼は銃と腰掛を持った召使とともに、一言も言わずにそれに従った。ボールダーも同様におとなしく狩猟番の命令に従って、門を飛び越えて小道を歩いていった。二人ともソープがどうすればよいのか充分取り成しもせず、どうなろうと何の興味もないみたいであった。

ソープは癪に障るとばかりにつぶやいていた。それでもボールダーに言われて門をよじ登り、木立の下に陣取ったとき、狩りをするにはこういうことが恐らく絶対不可欠なのだと自分に言い聞かせ、不快な気分を宥めようとした。けれども、完全に収まりはしなかった。さらに別れ際に、狩猟番が素っ気なくどこで発砲するか指示したとき、その言葉よりも口調に神経が逆なでされた。

しかもしばらくしてまた歩き出してみると、彼方にプラウデン卿がちらと見えた。心地よさそうに召使が運んできた腰掛に座っていたのだ。その瞬間、ソープは一生のうちこれほど座りたいと思ったことはない気がした。だがぶつぶつ言いながらも振り向いて湿った草の上を歩いた。

が、この気分は数分後にはすっかり消えた。遠くで物音が聞こえた。少年の叫びと犬の吠え声が、小道に接する森林の一角の、奥の方で聞こえたのである。これを聞いてソープはすぐに少し戻った。けれどもそこはいい場所とは思えなかった。左右で銃声が聞こえたが、自分の方には何の指示もない。またそれが気に入らなくなった。プライドが傷つけられた思いで、狩猟番を絶対に許したくなかった。プラウデン卿の客人が面白くないというのなら、責任はその傲慢な狩猟番にあるはずなのだ。

と、別の物音が耳に入ってきた。「狙え！」という子供の声が遠くで聞こえた。この声と、相前後して不規則なガサガサする音が聞こえ、たちまちソープの全神経を引きつけた。目を凝らして藪の方を見渡しながら、視線に沿って本能的に銃を向けた。鳥のバタバタいう大きな羽音の跡を追って、気持を集中し、その行く手に先んじて狙いをつけ、発砲した。最初の獲物がくるくると回転し、まっさかさまになって、ドサッと落ちた。

彼は微動もせず、喜びで手を震わせながら、弾を込めた。自分のいる地点から死んだ獲物が見えた。これ以上の見事な命中はなかった。満足な思いで心を躍らせながら、改めてプラウデンとボールダーに感謝の気持ちが湧いてきた。人生のようやくこの時期になって、何とも言いがたい新たな楽しみを知ったのは二人のお陰なのだ。森の方から、狩猟番が鋭い声で、言うことを聞かない犬を叱るのが聞こえた。ソープはこの狩猟番にもある種優しい気持ちになっていた。と、再び「狙え！」の叫びが上がった。それはソープに鋭く向けられたものであった。

三十分後に森からの撤収が始まり、門のところで人が集まっていた。ソープはあえて急いで一行に加わろうとはしなかった。プラウデン卿の姿が見えると、ソープは銃を肩に掛け、できるだけさりげなく歩いていった。銃を撃った地点から落ち合うのが、これほど嬉しいなんて……。二人の少年が集めた、とりあえずの獲物をソープは見た。合わせると八羽の鳥と一羽のウサギであった。数えるときに心が高鳴った。

「どうかねソープ君」とプラウデンが上機嫌で尋ねた。弾薬の匂いと血のついた羽が、彼を興奮させていた。「君もきれいに撃っているのが聞こえたが、獲物は？」

ソープは何気なさを装いながら「子供たちを行かせました」とゆっくり答えた。「見たところ九羽、藪の中に二、三羽、逃げたかもしれませんが。」

「何と！」とボールダーが言った。

「素晴らしい！」とプラウデンがコメントした。ソープは勝ち誇った晴れやかな表情で、一息ついていた。

幸せな勝利の色が、その後の館での滞在を事実彩っていた。召使たちの間に目立って自分に対する敬意が増しているのが、その疑いない証拠だと彼は感じた。館の淑女たちにも影響していると思いたくて仕方なかった。彼女たちが一層愛想よくなったとは言えないが、明らかに彼をより受け入れてくれるようになったと感じられた。色々な折に、もう自分は他人扱いされていないのだと思えることがあった。もちろん、心の面でプライドを回復したからこう感じられるのであろう。しかしソープとしては、自分が狩猟で多くを仕留めた事実が理由だと考えたかった。

日曜は荒れ模様の天候で冴えなくて、誰も外に出なかった。朝食は、再び女性たちと彼だけであった。長い一日の多くを彼女たちと過ごした。これまで想像もできなかった一日であった。

翌朝、ロンドンに一人で戻る列車の中で、ソープは前日のことをあれこれ気ままに思い出していた。本当にくつろいだ。あんな素晴らしい館で……。何度も心に浮かぶことがいくつかあったが、その中でも、すらっとして堂々とした美しいクレシッジの案内で、温室を歩き回ったのが一番記憶に残っていた。とは言え彼女が指差す花ではなく、彼女を眺めていたのであった。彼女の言葉の中で覚えているものは一つもなく、声の調子だけが耳に残っていた。

「それにしてもあの老いぼれのカーヴィックの娘とは」と彼は何度もつぶやいていた。

訳注

★1　マシュー・アーノルド（Matthew Arnold: 1822–1888）の長編詩 *Balder Dead*（1855）のことを言っている。

★2　サンドハースト（Sandhurst）は、英国陸軍士官学校の所在地。

★3　軍隊の中で地位を金銭で買い取る制度。その起源は中世にまで遡るが、一八七一年に廃止。

第八章

地図で見ると短い通勤のはずなのに、実際には時間がかかる——、ロンドンへの朝の列車内では、この事実に対し乗客たちは内心静かに怒りをたぎらせるか、あるいは乗り合わせた通勤客に大声で憤怒の熱弁を奮うかのいずれかのようである。ソープのコンパートメントでは、列車を追い越して行かんばかりの自転車を引き合いに出して、乗客が痛烈な皮肉を言っていた。クリスマスのプレゼント用に、その目新しい自転車なるものを買い求めるため、ひどい行列ができるのではないか。乗客たちはそんな突飛な話をしていた。何年も前に列車で旅行に出かけ、人里離れたケントのどこかで行方不明のままの人間がいるという聞き古した冗談も、そういう一種陰鬱な盛り上がりの中で、また持ち出されていた。続いて当然のように、さらに聞き飽きた議論、つまりサウス・イースタン鉄道とブライトン鉄道★[1]のどちらが最悪かが話題にされた。しかしながら今回は、チャタム・アンド・ドーヴァー鉄道の沿線に住んでいるというおしゃべりな乗客が乗っていて、この線に比べたら他の鉄道は比較にならないと大胆にも言ってのけたので、いつもの三十分の話が余計こじれてしまった。

この乗客の発言にたちまち怒りが巻き起こった。サウス・イースタン鉄道とブライトン鉄道がそれぞれ最悪だと主張する乗客は、信じがたい遅延や運行の不備を個人的体験として語って証拠を積み重ね、二人がかりでこの乗客を攻撃した。実際どちらかに乗ってみたら、この乗客は最悪の鉄道を知らなかったと思い知るだろう。そう二人は言わんばかりであった。大した遅延や不備もなく安全なチャタム・アンド・ドーヴァー鉄道、この特に欠点もないありきたりの鉄道を、ロンドン・ブリッジで合流する、何が起きてもおかしくない、とんでもないサウス・イースタン鉄道やブライトン鉄道と同列に論じるのは、頭が弱いか腐っているかである。そもそもこいつは本当にドーヴァー鉄道沿線に住んでいるのか？　怒った二人の表情が明らかに疑いを表していた。

とは言え、ソープ個人にとっては乗っている時間は短かった。短すぎるほどであった。会話に全く興味がなかった。南部の鉄道路線の違いを知っていたとしても、同じであっただろう。窓の外をじっと見ていた。はっきり言って、あの館での滞在のことしか考えていない。そして今、こうして帰路につこうとしている。

しかしキャノン・ストリートの駅に降り立つと、ソープの心は、遠大でかつ綿密な新しい計画に向けられていた。プラットフォームで、ポーターが自分の荷物をより分けるのを眺めている間に、考えはすでにまとまり、事実上完成していた。馬車の中で何度も反芻しながら、新たなアイデアを加えず、細かな部分をさらに検討した。彼は馬車を小道の入り口で降りて、しばらく待たせておいた。新旧取り混ぜた、商業ビルがいくつかそびえ立つ、オールド・ブロード・ストリートに通じていた。

センプルがオフィスにいるはずである。それは小さなオフィスがごちゃごちゃ集まった、古く汚い殺風景な一角にあり、中庭の片隅に独立した扉を構えていた。ソープは扉を押して入った。いかにもそこが自分の場であり、当然歓待されると心得ている動作で……。

センプルが机のそばに立ち、座っている事務員に手紙を口述筆記させていた。彼はソープを見ても頷いただけで、仕事を続けた。そうしながらもセンプルは、何度かソープをじっと冷静な様子で見た。傍から見ると、彼は仕事の鬼であった。小柄だが屈強な体軀に、余分なものが一切ついていず、また余計な丁寧さやユーモア、いかなる感傷性なども持ち合わせていない。彼は細部にいたるまで完成度が極めて高い、精密な機械に似ていた。とは言え、必要だと感じたら冗談も受け入れた。仕事に関係すると思ったら、当然酒にも付き合い、煙草も吸った。自分の好みだからといった個人的感情で、センプルが何かをするとは、ソープにはとても想像できなかった。不躾《ぶしつけ》な奴がセンプルの髪には赤が目立つというかもしれない。が、実際には目立つといった程度以上にはっきりした赤毛であり、しかも巻き毛であった。顎鬚の先は尖っていたが、その代わり血色の良い肌をしていた。目つきは素直でかつ自信に満ちていて、青よりは茶色に近い灰色であった。黒のフロック・コートを着てボタンをきちんと掛け、下に身につけているものには白さが際立っていた。

事務員が部屋を出ると、センプルは振り向いて、謹厳実直そうな薄い唇を、一瞬敬意を込めて挨拶するかのように緩めた。「ご用事は何でしょうか」とセンプルは穏やかに聞いた。

「十五分くらい時間はあるかい」とソープが返事した。「話があるので。」

答えの代わりにセンプルは部屋を出た。一、二分で戻ってきた。「誰かが呼びに来るまで大丈夫です」と言って、小鳥が小枝に止まるみたいに、ちょこんと机の縁に腰掛けた。ソープはコートのボタンを外し、帽子を脇に置いて座った。

「ようやく計画全体をまとめたよ」と、ソープはまるで何晩も寝ずに考えたかのように話した。「すぐにでもイギリスを出て、大陸に渡って色々旅行したい。ヨーロッパには行ったことがないので。」

センプルはじっと見ていった。「それで？」としばらくして尋ねた。

「意味が分からないかね」とソープが聞いた。

センプルはやや肩をよじるようにして「お話の続きを」と答えた。

「いや、行くということ自体が目的なのだよ」とソープが言った。「すぐに動き出そうかとずっと思っていたが、考えてみると今は身を低くして沈黙しているのが大事だ。だからイギリスを離れる。分かったかい？　もちろん当座は噂にならないだろうが、一、二か月もすれば誰かが不在に気づくだろう。で、それをたまたま他の人に話す。となると、どうもうまく行っていない印象が生まれる。計画の一環として、うちの事務員は全部辞めさせる。市場の担当者が書類などを時々取りに来るだろうから、若い奴を外見上一人は残しておく。が、事実上オフィスは閉鎖する。すると、私は破産したという印象がますます強まるだろう。分かるかい？」
「特別清算をお考えで？」とセンプルが言った。
「当然だよ。我々が締め上げようとしている連中は、事態が分かったら必死で申請を妨害するだろう。我々のやり方の弱みもそこにある。すべては申請が認められるかどうかにかかっている。だからもちろん、その認可に一切集中する。我々の目的に少しでも疑いを持たれないようにしないと。計画の山を安全に乗り切るまでは……。できるだけ注意を引かないようにしないと。君と君の仲買人が特別清算の申請を当たりまえに出すと。六人の署名を添えて。僕はひっそりと外国に行く。オフィスは閉鎖も同然にして。誰もラバー・コンソルズを詮索しない。そうすると事態は勝手に進行する。分かったかね。」
「ご説明によって見えてきた部分は、充分見えた、つまり理解したかと」とセンプルが言った。「父の教訓で覚えているのがあります。それには出典がありまして。どうも『人間は見えているところは見ず、見えないところを見るものだ』★2 と。」
ソープは少し考えてから頷いた。「センプル」と、椅子を机の方に寄せながらソープは言った。「だから今日来たのだ。君には僕の手の内を見せたかった。事態を動かすために、すでに君がどれだけお金を使ったか知っている。いずれ君に返す。別の取引という形で。それはちゃんと取っておくから。さて、以上はもうよしとして、うまくことが運んだら、儲けからどれくらい分け前をもらって然るべきと、考えているのかね？　言っておくが、売主としての二千株を言っているのではないから。」
「いや、あの二千株については、私ももう考えていません」と短くセンプルは答えた。
「いや、あれは大丈夫だよ」とソープは答えた。そう答えながら思わず笑っていた。「君にどれくらい渡すべきか、希望を知りたい。取引場を出し抜いて儲けたら、ボーナスとして。」
「では二万ポンドを」とセンプルはすぐに答えた。
ソープは目を少し輝かせながらゆっくりと動かした。「三万が妥当ではないかと思っていた」と、さりげない感じで言った。

センプルは下唇を突き出すようにした。「求められた以上のものを約束する人を、人はかえって信用しないもので」と、素っ気なく答えた。

露骨なセンプルの言い方であったが、それに対してソープは「君の言う意味は分かるが」と、戸惑って顔を赤らめながら急いで答えた。「いや、それが僕の性分なのだ。自分のために働いてくれた人にどうしても報いたいと思うので。そういう風に僕はできていて。というのも」と、ソープはプラウデン卿に約束した件を明かした方がよいのかと考えて、一旦言葉を切った。が、止めた方がよいと思った。「というのも、君がいなかったら、一体どうなっていたと思う？　たとえば株を買うときのお金だが、自分だけだったらほとんど集められなかった。何度か不思議に思っていたのだが、聞いていいならの話だけれども、どうやってあれだけの金を現金で集めたのか。」

「グラスゴーとアバディーンに、私を信用して投資してくれる人がいまして」とセンプルは説明した。「四か月で五パーセントの配当という条件で、非常に喜んでくれます。もしあなたのお気持ちが先ほどのお話のようであるなら、二万ではなく三万ポンドいただければ非常に嬉しいです。もちろん、その趣旨の文書をいただけますね？」

「当然」とソープは答えた。「よければ今でも書く」と椅子をさらに机に引き寄せ、インクにペンを浸した。「こういう風にしたいのだが」とセンプルを見上げて言った。「三万二千ポンドを約束する。だが二千を今現金で貸してほしい。個人的に。四か月間ヨーロッパをぶらぶらするのに必要なので。その間に事態は収束すると、君は判断していると思うが。」

「特別清算の申請は、通常の手続きなら、クリスマス休暇明けには認められるでしょう。およそ三か月で。その頃から隔週ごとに利益が上がってきますよ。いつまでそれを続けるかは、あなた次第です。」

「借りる二千ポンドの件はどうしたらよいかね」とソープは聞いた。

「こういう風にするつもりです」と、センプルは細い足をやや動かすようにしながら答えた。「あなたから二千ポンドの全額支払い済みの株を買い取ります。お分かりの通り、売主から直接ではなく、一旦市場を通ったものを。現金で。そしてあなたに指定期日までそれを信託しておくという念書を作る。そうすればあなたの株は弱くはならない。そして私は取引に権利があると。」

「君の権利はすでに相当なものだが」と探るようにソープは言った。

「いや、自分の夢みたいなもので」とセンプルは初めて笑った。「物凄く値上がりする株というのを持ってみたいのです。わくわくしますから。」

「分かった」とソープは諦めて言った。机にちょこんと座ったセンプルが提案する文言に従いながら、ソープは二通の文書を書いた。その後でセンプルが机から降り、今度は彼が椅子に座って、小切手を書いた。

「開封したままがいいですか。」振り向いて彼は聞いた。「すぐに現金に？」

「いや、封緘してくれ。銀行を通したいから。そうすれば銀行の態度も変わると思うから。ともかく、今週の終わりまでは出発しない。君は大陸のことに非常に詳しいのでは？」

「実はその反対で。一度仕事でフランクフルトに行ったことはありますが。それからロッテルダムに一度に、パリに二度。それだけです。」

「何か楽しみはしなかったのかい？」ソープは小切手を折って札入れに入れながら聞いた。

「それはたくさんしましたよ」とセンプルが冗談めかして答えた。「たとえばラバー・コンソルズを額面高で購入するとか。」

「もちろんあれを購入というなら、そうだな」とソープは言ってから、言い訳めいた笑いを浮かべながら、口調を変えた。「話してなかったと思うが、週末をプラウデン卿の館で過ごした。知っての通り、彼は僕のところの取締役で。」

「よく知っています」とセンプルが答えた。「で、彼は何か立場を求めたのではないですか？　名目のみの取締役というのは、通例そうはしないのですが。」

「ああ、確かに彼はありきたりの名目欲しさの人間とは違うよ」と、ソープはやや強く言った。「素晴らしい人物だよ。変わったところもあるが、それは皆同じだし、ともかく非常に分別ある人物だ。立場だって？彼にはすでに地位があるではないか。そう思うが。見たこともないくらい凄いカントリー・ハウスを持っている。非常に古くて、ずっと昔から建っていたみたいで。ところで、彼の収入がどれくらいか知っているかね。」

センプルは首を振った。帽子を手にとって、手のひらで器用に撫でつけていた。

「尋ねた理由は」とソープが続けた。「彼がよく、自分がいかに貧乏かという話をするからだ。彼の話からすると、差し押さえに誰か玄関まで来ていそうな気がする。とは言え彼は駿馬を持っているし、召使がうようよいて、南イングランドで一番贅沢な狩りをたしなんでいる。幸いにも、自分も大猟で、鳥を何羽も撃ち落とした。」

事務員が扉から顔を出して、意味ありげな仕種をした。「お暇しなくては」とセンプルは言って、隣室に向かおうとした。が、一旦立ち止まり、ソープに短く言葉をかけ、改めて別れを告げた。「ヨーロッパに行かれる前にもう一度お会いましょう。」

すでにお昼になっていて、シティの下端連中が安い昼食にありつこうと通りに出ていた。ソープは、レストランの扉に掛けられた値段表に見入っている連中を観察していた。眺めていると、ポケットの金貨を思わず優雅にじゃらじゃら言わせたくなった。ほんの一週間前までは、このひもじい奴らと同じく一ペンスさえ気にしていた。それなのに今は……。彼は待たせていた馬車の扉を開けて、御者に銀行に行くよう命じた。そこで滞りなく用事を素早くすませ、ロンドンの住所録で「アパート・邸宅」の項目をざっと見てから、電報局に行って電報を二通打った。二通とも宛先は同じであった。カーヴィック将軍宛で、一通は滞在先に出したものであった。彼はハノーヴァー・スクエアのどこかにいるはずであった。もう一通は彼が属するクラブ宛で、どちらの文面も二時にサヴォイで昼食を共にしたいと誘ったものであった。

まだ時間がある。ソープはクレィヴン・ストリートの質素なホテルで馬車を降り、自分の部屋に荷物を置いた。ホールの掲示によると、彼への手紙はなかった。それからストランドまでぶらぶら歩いていった。いつもそうするように、脇道に折れて、姉の古本屋の向かい側で立ち止まった。

晴れた秋の昼下がりに明るい陽光の中で見ると、軒の低い、レンガ造りの黒ずんで赤茶けた店の正面が、今まで以上にくすんで侘しく見えた。明らかに伝統を物語っている。が、日々の生活という矮小な目的と、こせこせした倹約という気の滅入る、優雅さとはほど遠い伝統でもある。たとえばあのハドロー・ハウスの優雅さとは似ても似つかない。まるで違った星にあって、別々の年代記に従って時間を刻んだかのようである。姉は結婚してその姓はダブニーであったが、十年以上一人で切り盛りしていて、扉の上の表札には、長年の銘である「ソープ書籍店」というのがまだ掛かっていた。

ソープは通りを渡って、少しの間、扉の両側に置かれた本や掲示に目を走らせていた。男の子が店番をしていた。彼をちらと見た。あの場所でどれほど自分も少年時代を過ごしたかと、何となく思い出しながら……。男の子は粗野な感じで不機嫌そうな表情をしていた。顔立ちは、もし彼がたとえばウィルトシャー★[3]の草原でカラス追いなどをしていたら、さぞ頭が鈍そうに見えただろう。世界の知性が行きかう、つまり学生や学者が出入りする、このストランド街でなかったら……。自分もこんな風にぼうっとして取っ付きにくそうな子供に見えたのだろうか、そうソープは考えていた。いや、そんなはずはない。今の子は自分とは違っている。特に本屋の子供は。昔は何がしかの読書をしていたし、自分が扱っている商品の知識も少しはあった。曖昧で気まぐれとはいえ、それなりの志もあって、それはいつの日か自分も本屋になりたいというものであった。あの時代にはちゃんとした本屋が存在した。知識があり気が利いて、仕事に熱心な本屋が……。自分の仕事を愛し、大切に思っていた。

年を取るにつれて、ソープは、自分とは違うタイプだが、書籍というものに熱心な関心を持つ人々の長所がよく分かるようになった気がしていた。書籍関係の一家の出であることは誇ってもよいのだ。これまでそういう自覚に欠けていたのかもしれない。二世代も遡れば、もしかすると正にこの扉の付近で、貧しくみすぼらしいプラウデンという名の法学生がページをめくっていたのだろうか。買おうなんて夢にも思わず……。そういう想像がソープには浮かんできた。恐らく勇気を出して中に入り、遠慮がちに当時のソープ家の人間に尋ねてみて、無料で本に関するアドバイスや、親身な相談を受けていたのかもしれない。その法学生がたとえ大法官になり、本屋はそのままであっても、そこにあまり意味はない。値打ちという観点から言えば、ソープ家もプラウデン家も同じである。

店から一人客が出てきた。ソープは中に入り、両側にうず高く本が並べられた狭い通路を通って、奥に行った。姉が背の高い机を前に熱心に仕事をしていた。顔を上げなかった。

「プラウデン卿の館を訪れてきたよ。」ソープはこう話しかけて、自分の存在を機嫌よく姉に知らせた。

「うまくいったのなら良かったわね」と、姉はしばらくしてから彼の方を向いて、無表情に素っ気なく答えた。

「いや、もの凄くうまくいったよ」とソープはふざけて言った。「彼らのもてなし方を見せたかったよ。どこでも『ソープさん』で大歓迎された。貴族の女性と二日連続で朝食をしたよ。男は僕だけだった。ああいう淑女は非常に繊細な人たちだ。よく分かったよ。僕にはああいう豪奢な生活が向いていると。」

姉は気が乗らなさそうな微笑を浮かべた。「遅すぎはしないというわけね。」

「よく考えると、遅くはないというわけだよ」とソープは説明するのに姉の言葉を使った。「自分はちょうど四十歳になった。が、気持ちは少年みたいだ。先日そこにある貴族名鑑を見ていたら、初代のプラウデン卿が貴族に列せられたときよりも、自分は十六歳も若い。彼は四十七歳になるまで、下院議員にもなれなかったのだし。」

「頭の中にプラウデン家のことはすっかり入っているみたいね」と姉が言った。

「色々不吉な想像もしていたけど、実際は、本当に親切だったよ。母親のプラウデン夫人は、まるで甥っ子といった感じで気軽に接してくれた。それも率直に自然に。僕に微笑んでくれて、話を聞いてくれて、親しい言葉をかけてくれた。本当に隔てなく。きっと会ったら気に入るよ。」
姉は弟の顔を見て笑った。「妙な話はしないで」と、しょうがない弟だと言わんばかりに軽く諌めるように答えた。
ソープは機嫌よく微笑んでいたが、この姉にはとても付き合いきれないという様子にも見えた。「どうして？　もちろん、お姉さんだって会う機会もあるよ」と言った。「馬鹿なことは考えないで。いつまでここで、お姉さんに古本年鑑の相手なんかさせておくと思っているの？　現金なら一シリングにつき三ペンスの割引とか窓に書かせとくのかい？　弟は億万長者なのに。馬鹿な。そんな考えで僕を困らせるなんて。」
少ししてから姉が答えた。「そんな話をしても仕方がないわ。第一まだ実現してもいないのに。でも先日も言ったように、子供たちに何かしてくれるというのなら話は別よ。他人が教えてくれることは、何でも吸収できる年頃だから。」
「今、どこにいるの？」とソープが尋ねた。その瞬間、心の中に新しい考えが浮かんできた。
「二人ともチェルトナムにいるわ。もちろん、別々に。ジュリアをそこに行かせたらと人から勧められたの。古くからのお客さんに総督とかっていうの、そういう人がいて、特別に取り計らってくれたの。学校に行くには年齢が高いけれど、非常にうまくやってくれて。それに男子向けの立派な学校もあって、そこにアルフレッドを送るのが一番だと思ったの。ジュリアはクリスマスで学校はおしまいで、その後どうするかは決めていない。」
「彼女は美人かい？」とソープは聞いた。
「感じはいいわ」という母親の口調には、いささか弁解めいたところがあった。「表情については何とも言えない。凄く変わるし。美人だと思うときもあるし、そうは思えないときも。顔の造作は悪くなくて、しっかりしている。大人の女性という感じで、大人すぎるみたいなときも。美人ってどんな顔か、その定義によるわ。背は高くなくて、父親の家系に似たのね。ダブニーの一家は皆、背が低かったわ。」

ソープは、ダブニーのことには全く関心がないようであった。「アルフレッドはどんな子？」と聞いた。

「それが芸術家志望なのよ。」母親の言い方には明らかに心配している様子があった。

「才能があるならいいじゃないか」とソープは咎めるように言った。「古本屋にしたいとでも言うの？」

「医者になって欲しかったの」と母親ははっきり答えた。「ずっとそう思っていたのに。」

「そう思うのがそもそも間違いだよ」とソープは言った。「医者なんて聖職者と同じで、時代についていけない。時代が追い越している。医者も聖職者もいんちきな奴しか、最近は儲からない。わけの分からない詐欺師の巧妙なトリックみたいなものだよ、医学なんて。しかもいんちきがうまくなければ、話にならない。一方芸術家は、まともな才能だけで勝負できる。筆一本で描いた作品で……。作品自体がものをいう。いんちきなしだ。良いか悪いか言うのは非常に簡単だし。良ければ買うし、悪ければ誰も買わない。もちろん経済的面では心配ないから、アルフレッドの場合売れるかどうかは関係ない。けれども売れなければ本人が諦めるだろう。」

「アルフレッドには何をしたらいいのか、絶対これというのはないのでは？　僕の考えだと、多分軍隊かな。でも本人の意思に反して押しつけようとは全く思わない。それについては、自分自身、父のことで嫌な経験があるから。自分を無駄にしているというのなら、教えもするし説教もする。でも命令はしない。芸術家になりたいのなら、絶対にやらせる。紳士が嗜むものでもあるし、要はともかく紳士にならなくてはということだから。」

姉は弟の論を冷やかに我慢しながら聞いていた。「悪いけれど、芸術家にしようとは思わないわ」と、弟が話し終えたときに言った。「とは言っても、多分息子は良い医者にもなれなかったとも思うけれど。気が凄く短いし。祖父に似ている。あなたよりはるかに。人の話に全部逆らうの。本人もそれは自覚しているわ。」

「でもいい子なのだろう？」とソープが聞いた。「つまりいい点もあると。僕なら仲良くやっていけるよね？」

「自分では駄目だったわ」と母親が不承不承認めた。「でも男の人だったら違うかも。父親が四年も病気だったし。アルフレッドもあなたと同じでお店が嫌いで。心配のあまり、私が叱りすぎたかもしれないわ。今は息子とは冷静に接したいと思っているの。」

「ともかく彼は紳士かい？　一言で言えば。」ソープが答えを迫った。

「もちろんそうよ」と姉はすぐに答えた。「でも怖いのは、あなたが彼に紳士らしいところを見つけられないのではと。」

ソープは眉をしかめた。「僕の言っているのと、意味が違っていなければいいが」と疑って言った。姉が話そうとする前に、ソープは手で制した。「分かったから。お姉さんが一生かかって言おうとすることでも、僕にはすぐに分かるから。計画がある。数日したらヨーロッパに出かけるつもりだ。三、四か月滞在する。別にする用事もない。旅行して見物して回り、時間を潰す。多分、イタリア、スイス、パリ、ライン川周辺とか、あちこち行くつもりだ。思ったのは、二人を連れて行こうかと。そうすれば色々分かるし、親しくなれるだろう。長い間ずっと一人だったから、自分に親戚がいるなんて気分も悪くないだろうし。恐らく二人とも凄く喜ぶと思うが。」

「学費と寮費がクリスマスまで払ってあるのよ」と姉はきっぱり反対した。

「そんなもの、意味ないよ」とソープは強い言い方をしたが、そこには機嫌のよさそうな感じもあり、結局笑い出した。「それが何だい。二人が行っている学校を、何だったら丸ごと買って、子供たちにくれてやるよ。ともかくジュリアはクリスマスで学校は終わりだと言ったよね。チェルトナムの学校でくすぶっているよりは、四か月ヨーロッパを旅行して回った方が勉強になるだろう？」

「男の子にはその方がもっと重要だ。少しは世間を見てももういい年齢だし、自分も彼を少し見てあげなくては。何をするにせよ、それ向けの準備をし始めてよい時期だ。」ソープはこう言ってから思いついて付け加えた。「多分、イタリアの古い美術館なんかを見たら、芸術家になりたいという気も収まるのでは？」

ルイーザは同意したというより諦めて従うといった様子であった。「それが一番よいとあなたが思うのなら」と言い始めた。「それでも反対しなくてはいけないかどうかは……。ともかく、子供たちの邪魔にはなりたくないの。あなたが四百ポンドを送ってくれた頃から、もう自分の子供ではないみたいな……。私の話をほとんど聞かないし。こうしてあなたが来て、子供たちをすっかり手放したらと言ってくれるわけだし。言えるのは、あなたが心から良かれと思って、持ちかけている話だと思いたいと……。だったら子供たちに帰ってきなさいと手紙を書きましょうか？　どういう風に始めたらいいと思う？　ジュリアには旅行着も必要だし。」

「彼女に準備させるくらいまでは、待てるよ。とは言え急いでもくれないと困るが。」

思い出したように、ソープは小切手帳を取り出して、それを机に広げた。「これで三十ポンドは返しておく」と、小切手を書きながら彼は言った。「それから子供たちの準備として百ポンド。時間を浪費したくはないだろう。もっと入用なら言って欲しい。」

客が一人、店に入ってきた。それを機会にソープは立ち去ろうとした。

姉は手に小切手を持って、弟を見送った。心の中に、何か文字が浮かんでいるのに気づいていた。「それでも弟は信用できない」と、ぼんやりその文字は読めた。

訳注

★1　正しくは、ロンドン・ブライトン・アンド・サウス・コースト鉄道（The London, Brighton and South Coast Railway）。

★2　新約聖書、コリントの信徒への手紙二・第四章十八節より。

★3　ウィルトシャー（Wiltshire）はイングランド南部の田園地帯。

第九章

カーヴィック将軍は時間を守る性格らしく、ソープが昼食を約束した場所近くに来ると、きっちりと手袋をして毛皮のコートを身にまとい、うろうろしているのが見えた。そういうわけで、二人が会って店に入ったときは、まだ約束の時間の数分前であった。幸運にも、バルコニーの小さなテーブルを見つけた。そこは二人だけで会話ができるほど、他とは離れていた。

どちらからいうこともなく自然に、将軍がすべてフランス語で食事をウェイターに頼み始めた。大きなコートを脱ぐと、将軍は小柄で痩せた体格の紳士であった。ローマ人のような通った鼻筋で、額は狭く、眉は濃く、ウェリントン公★[1]の肖像を思わせる、いかにも老兵士らしい、きりっとした顎と口元をしていた。顔と首の辺りは鈍く赤味を帯びていて、色合いは一見同じ様に思えたが、よく見るとこめかみの血管のところでは白に近く、頬と尖った鼻先には細かな斑点があり紫になっていた。赤味のある皮膚に、細かく縮れた髪が生えていて、小さなきちんとまとまった真っ白な口髭をたくわえていた。皺が多くて細面の疲れた表情ではあったが、じっとしているときの横顔には威厳のある、一種哲学的憂鬱といった趣があった。もっとも、それでなくても目立つ明るく青い目が、露骨に厳しい目つきになると、温厚な表情の奥にある不快な本音が現れたようで、全体の印象を損ねていたが……。将軍のウェイターに対するマナーはぶっきらぼうで厳しかったが、逆にウェイターの将軍に対する応対は、ソープが見たことがないほど、紛れもなく丁寧であった。

食事の間ソープはじっと彼を観察していて、様々な感想を抱いた。将軍は明らかに楽しんでそれぞれの料理を食べ、ソープが注ぐとすぐにグラスを飲み干した。こうして会っている理由についてはほとんど尋ねないまま、コーヒーが持ってこられ、椅子を後ろに引いて、足を組んで葉巻を吸う時間になった。

「突然電報でお呼びたてしたのに、お会いできて幸運でした」とソープが言った。「二通出しました。ご滞在先とクラブに。どちらを読まれたのですか。」

「滞在先の方だ」と、将軍が答えた。「昼食の時間まで、大抵着替えないままだから。ベッドで読んだ。する用事もないから。無為が自分の人生に課せられた呪いなのだ。」

「些細なお仕事ですが、お気に入られるかどうか久しく考えておりました。それなりの収入のある」とソープがおもむろに切り出した。急に将軍を食事に誘った、その弁解をする好機だと思った。

「それはまた」と将軍が答えた。「お金になるなら何でも結構だと思うが。仕事も大いにしたいと。ただしもちろん、自分に相応しいものならだが。」

「それはおっしゃる通りで。」ソープは考えながら答えた。「思い当たる仕事がありまして。まだはっきりはしていませんし、実際大まかなお話さえできないと存じますが。でも確実にあなた様に相応しいもので。この話を進められたなら、年間七、八百ポンドにはなるはずです。生涯にわたってですが。」

将軍の目はソープをじっと見ながらも、少し動いた。「それは自分に誠に相応しい」と感情を込めて言ったが、「何をするかだが」といかにも意味ありげな風に付け加えた。

「その通りだと思います」とコーヒーのスプーンを弄びながら、ソープは答えた。「率直なお話をさせていただきたいのですが、私はあなた様に好意を持っておりまして、お役に立ちたく存じます。先ほどお話しした点はすべて、可能であるかと存じます。しかしそれよりまず、あなた様の状況について、お話ししていただけることはすべてお伺いしたいと存じまして。あまり経済的に安定してはおられない、と考えてよろしいのでしょうか。」

将軍は、ブランデーの小さなグラスをもう一杯飲み干していた。気分は、ブランデーをもってしても収まらないようであった。「安定しているだって」と将軍は不機嫌な様子できっぱりと答えた。「君の言う安定とはほど遠い。全くだ。連中は私がどうなろうが全く気にもしていない。連中に名前も、育ちも肩書きも与えてやった。すべて。それなのにふざけたことに裏切りおって。」青く膨らんだ目が、話している間に一瞬感情を剝き出しにし、それからタカのような獰猛さをちらと見せた。

直感で「連中」が誰であるのかソープには分かった。この老人がますます興奮するなら、望むところであった。彼は注意深く話を進めた。「ご家族の話題に触れてしまったのでしたら、どうかお気にされませんように」と言った。「とは言えお助けするためには、知っておく必要がありまして。確か奥様を亡くされておられると。」

将軍はすばやく視線を上げて、怒って首を振った。「妻はイタリアに義理の息子と娘と一緒に住んでいる。義理の息子は資産家で、それにどれだけ騙されても、辛抱できる奴だ」と言って言葉を切り、ソープの顔をちらと見た。「連中が息子を引き離した」と将軍は歯軋りしながら続けた。「いいかね。結婚させたのは私なのだ。私が見つけた若者だ。連れてきて皆に紹介した。今は、私は一文無しだが。だがこんな話に一体どうして関心があるのかね？」将軍の不機嫌な眼差しは、不信感を露にしていた。

「お嬢様は何人おられるので？」ソープは思い切って聞いたが、内心賢明だったかどうか不安であった。

「三人だ」と将軍は素っ気なく答えた。明らかにしきりに考えていた。

「どうしてお伺いしたのかと申しますと、この日曜に田舎で、そのお一人にお会いしましたもので」とソープは説明することにした。

老将軍の視線は沈黙の間、いかにも色々聞きたそうであった。「どれだ？イーディスか。つまりクレシッジか？」と聞いた。「もちろん、あの娘だろう。」

ソープは頷いた。「非常に印象深くて」とゆっくりと答えながら父親の顔をじっと見た。

「そうだろうな」と将軍は素直に言った。「イギリス一の美女と言われているから。」

「いかにもそうだと思います」とソープは同意した。その間二人はじっと見合っていた。

「末のお嬢様の方は未婚で？」と、ソープは一応聞いてみることにした。聞き方はいかにもおざなりであったが。

「ベアトリスか。あれはそれほどではない」と父親は答えた。「もの書きが志望で。そんなところで美人ではない。スコットランドに祖母と住んでいる。長女のブランチはそれなりに美人だが、性悪だ。そうかイーディスに会ったのか。どこでかね？」

「ハドロー・ハウス、つまりプラウデン卿のところでです。」

その言葉に将軍は明らかに驚いていた。「プラウデンのところか」と言い、半分独り言のように、「もうずっと前に終わったと思っていたが」と付け加えた。

ソープは大胆にも「もう少し事情をお聞かせ願えれば」と言った。「私の方は正直にお話ししていますよね？　調べて差し上げます。ですから、私が知らないことについて、事情を教えていただきたいのですが。プラウデン卿があなたを紹介してくださったのは覚えておられますね？　その紹介で、我が社の取締役になっていただいて。これまでの経緯から察しますに、明らかにプラウデン卿は、お嬢様を喜ばせるためにそうしたと。あなたもそう理解されておられますね。」

「ある意味、そうだろうな」と将軍が応じた。彼は非常に慎重に、言葉の意味を量りながら話した。「娘が喜ぶだろうと、プラウデンは考えたのかもしれない。父親の哀れな状況など、娘が何の関心もないとは、知らないのだろう。」

「そういう話なら」とソープは理屈っぽく続けた。「彼にはお嬢様を喜ばせる目的があることになります。お聞きしてもよろしいですか？　プラウデン卿はお嬢様と結婚したいのか。」

「多くの男が娘と結婚したがっている」と、将軍は答えをはぐらかした。口髭が持ち上がり微笑みに似た表情になった。だが青い目は、冷淡な警戒の様子を緩めなかった。

「私もそう思いますが」とソープは答えた。将軍には、自分をアメリカ人みたいに実利的に考えさせ、また話させるように仕向けるところがあると、ふと思った。「とは言え、プラウデン卿が特にそうなのですか？」

「思うに」と将軍は考えながら答えた。「一文無しの女性と結婚してもプラウデンが大丈夫というのなら、本気で娘と結婚したがっているということかと。」

「それでは」とソープはおずおずと戸惑いながら聞いた。「もしプラウデン卿がそういう心境であると仮にするなら、お嬢様は求婚を受け入れられると、もしかしてお考えで？」

「そういう点についてはだな。」将軍が言った。「女性が誰を受け入れ、誰なら断るかなど知ったことではないよ。娘はリングフィールド卿を断った。次官で将来はチョブハム伯爵になるのに。閣僚になるだろうし金持ちでもあるのに。彼を断った今、娘がどうするかなんて。」

「お嬢様にはお金がないと」とソープはさりげなく尋ねた。

「年間六百ポンドほどだ」と父親が答えた。「娘に父親のアドバイスを聞く耳があるなら、その収入でもどうにかやっていけるはずだが。自分には世間的知恵もあるし、娘の状況を何とかしてあげられもするのだが。しかし娘が自分でどうしてもやりたいと。父親の事情など全く考えていない。もっとも、もう慣れたが。」

ソープは同情するかのように微笑んだ。将軍は、自分の悲しみをもっと話そうという気になった。

「私みたいな立場だと」と将軍はまたもう一杯、小さなグラスを傾けながら続けた。「ほとんど人に何かを話すという機会がない。不満を言うことや、不幸を騒ぎ立てるのは自分の性分ではない。それが恐らく欠点なのだろう。だから自分はインドに戻された。下らない連中が飛び越えて出世しているのに。それに引き換え、自分はプライドが高いし黙っているから。よくないのだが、性格だから仕方がない。あの頃、幕僚たちに取りなすようにしつこく言って、然るべき地位をもらっていたら、この歳になってそれなりの蓄えもあっただろう。でも自分はそれをしなかった。だから退役したら、月並みの兵隊程度の恩給しかなかった。四十年も女王陛下にお仕えした挙句、この老齢になってもらっている額を恥ずかしくて口に出せない。しかし文句は言わない。黙っている。自分は英国紳士で、女王陛下の兵士だ。それで充分ではないか。分かるかい？　家族の話を、あまり知らない人間にしたくない。が、君には率直に言おう。あいつらの行いはよくない。最悪だ。」

「妻はイタリアで義理の息子の世話になっている。彼は風光明媚な最高の保養地に大きな館を構えている。宮殿みたいな住まいで、使いきれないほど金を持っている。しかし私の義理の息子とはとても思えない。イタリアでも自分は充分暮らせるのに、そういうことは女どもも考えてくれない。くたびれた老兵士には、道端で靴紐でも売らせておけというのだろう。それが女という種族の考えだ。それに娘のイーディスだが、父親がどうなろうと気にすると思うか？　いいかね。自分は娘にイギリス一の縁談を整えてやったのだぞ。亭主が馬鹿な真似をして溺れ死になどしなければ、今頃はグラストンベリー公爵夫人だ。」

「今なんと？」ソープが口をはさんだ。

「あれは自殺同然だ」と将軍は力を込めて言った。顔が非常に赤黒くなっていた。「二人はうまくいかず、夫の方は怒って家を飛び出して、父親と一緒にヨットに乗った。父親が操縦したのだが、それ見たことか二人とも溺れ死にする破目に。爵位は男の子に行くはずだが、もちろん息子などいない。それで知りもしない奴に。学校の教師か何か、そういったよそ者に……。どれほど自分がショックだったか分かるか？　公爵の祖父になるどころか、子供のいない未亡人を押し付けられた。全く幸運だよ。それで要するに、娘は年六百ポンドをもらって一人で生活していて、それなのに自分には冷たい。シェイクスピアは何と語っていたか。『蝮の牙に噛まれるより如何ばかり苦しいものか』。★2」

ソープが拳でテーブルを強く叩いた。それで将軍の引用は半ばで途切れた。一度ならず葉巻をくゆらせながら、ずっと不愉快に感じていた。将軍が何を飲んだか思い起こすと、別に酔っぱらったわけではないだろう。饒舌なのは酒のせいかも知れないが、正気であるのは明らかであった。そろそろ、こちらの態度を変えて話す段階になったのだ。

「お嬢様への中傷など、お聞きしたくはありません」とソープは視線を意図的に鋭くしながらじっと将軍を見つめて、諭すように言った。「どうして一人で、自分の思う通りに自分のお金を使っていけないのか？　あのような女性にとっては、取るに足らないお金ではないですか。どうしてそのお金で娘から助けてもらおうなどと期待されるのか。いや、じっとして話を聞いてください。」ソープは将軍の腕を手で押さえて制した。「私と口論をされたくないのでは？　あなたにそんな余裕などないでしょう。よくお考えになってください。そんな余裕はないと。」

将軍のただでさえ突き出たような目は怒りで膨らみ、思わずソープの視線もひるんだ。目を膨らませたまま、その下の頬は怒りで青紫になって、卒中でも起こしそうな気配が少なからずあった。が、一瞬の沈黙の後、こわばった白い眉と目が、その危険が去ったと知らせた。「親としての気持ちも考えてくれないと」と、喘ぎに似たしわがれた声で将軍は答えた。

ソープは頷いた。ただし、必ずしもその言葉に同意していないらしく素っ気なく……。この退役兵から何を聞き出したかったのか、自分でもようやく分かった。飢えた老犬じみた卑しい獰猛さを持っているが、同時に棒さえ恐れる臆病さも持ち合わせている。脅かすのは難しくない。

「その点はすべて斟酌しているつもりですが。」ソープは曖昧な言い方をした。「でも私のことを理解してくださるのも重要です。私はこういう類の人間です。手をつけたら、一旦力を入れたら、とことんやり抜くという類の。狙った獲物はことごとく逃さない。その点はプラウデン卿も請合うでしょう。それが私のやり方です。私を助けてくれる忠実な人には、私は最高の友人です。邪魔をし、陥れようとする人間には、私は悪魔です。悪魔そのものです。さて、私の会社からあなたは年三百ポンド受け取ることになる。要するに私から。それはプラウデン卿に対する感謝の一念からです。この金を得るのに、あなたは何もする必要はない。私の会社の取締役として、何の使い道もない。その気になったら、マッチの火を消すみたいに簡単に、年が改まるついでにでも、あなたなんて取締役から抹消もできる。それなのに私は、あなたを取締役として置いているだけでなく、経済的にも自立させたいと申しているのですよ。どうしてか。それを自分に聞いてみてください。会社のために、あなたが何かできるかなんて、とんでもない話です。なら他に何が？　何よりもまず、あなたが娘の父親だからだ。」

「では今度は自分がどういう類の人間か話したい」と将軍が胸を膨らませて、厳かに話し始めようとした。

「いや、あなたのことは分かっていますよ」とソープが無遠慮に止めた。「話したいのは、私の方です。」

「いや単に」と将軍は傷ついて言葉をはさんだ。「本当の友には、自分も誰にも負けず劣らず忠実なのだ、と言いたかっただけで。」

「それなら私がその真の友にあたります」とソープがきっぱりと答えた。「いいですか。自分はもうすぐ大金持ちになります。ただし事態が確定するまで、誰にも言ってはいけませんから。数か月、おとなしくしておく。身を低くしてね。そうすると、言った通り私は大金持ちになる。しかしお金があってもしたいことができないのなら、欲しいものが手に入らないのなら、金持ちになんてなりたくない。したいと思ったことは何であれ、それを実行するのみです。」

ソープは一旦言葉を切った。どういう心理からか、また別の計画が頭に浮かんでいた。面白い発想で魅力的でもあったが、逆の面もあった。

「私はこう決めたいのです」とソープは話を再開した。なお、心の中で新たな計画について考えていた。「こうしたいのです。思ったのはこういうことです。あなたのお嬢さまに興味を持ったのですが、その女性が貧しいというのが、私はひどく気に入らないのです。それであなたにお話ししたいのは、年間二千ポンドをあなたの名義にして手渡すとする。その半分がお嬢さまに行くという了解でいかがでしょう。当然父親からのものとして、お嬢さまは受け取る。会社から得たと言うこともできるでしょう。もちろん、いつか私がお嬢様に金の出所をほのめかすかもしれませんが。もっとも、必ずしもこういう風にするとは決めていません。ちょっと考えただけの話で。」

相手の言葉を待って黙っていたが、ソープは次のように付け加えた。

「あなたはお嬢さまと和解しなくては。ともかく、すぐに始めた方が。」

将軍はなお黙っていた。葉巻をつけ、またもう一杯小さなグラスを傾けた。唇をすぼめ、眉をしかめたが、それはしきりに考えている証拠であった。

「何か賛成できない部分が？」とソープは尋ねた。

「理由がはっきり分からない」と将軍はおもむろに聞いた。「それで君に何の得が？」

「得とはどういう意味で？」ソープは非常に苛立っていた。

カーヴィック将軍は、すっと両手を広げてみせた。その手はしなびてはいたが、きれいであった。「誰もただでは何もしないと思うが」と言った。「自分が得られるものは分かるし、娘のも分かる。だが正直に言って君に何の得があるのか分からない。」

「そうでしょう。多分あなたには」とソープは落ち着いて冷笑交じりに答えた。「でもだからどうしたと。あなたは自分が得るものは分かったと。それで充分でしょう？」

将軍の額の血管が一瞬ぴくついた。座り直して、相手をじっと見た。見つめる目には涙が光っていた。

「確かに必要ではない。紳士の間では」と、将軍は慎重に言葉を選びながら言った。「あえて不愉快な部分を取り上げるのは。そうだろう？」

「その通りです。露骨に話すのはどうかと思いましたから」と、ソープはつい後悔した調子で答えた。が次の瞬間、そういう柔らかな物言いでは付け入られる、という危惧を感じた。「私は率直にものを言う人間です」

と、声を強張らせながら続けた。「だから他人は、言動だけできっと私を評価するでしょう。ですから私としてあなたに伝えたかったのは、あなたのお役に立ってみせるという点だけです。それがあなたの得にもなると。」

将軍は、怒りを呑み込んだようであった。「私が話そうとしたのは」とおとなしく言った。「君の役に立つというのが何であるか、それが分かった気がしたということだ。でもそれに君は全く関心がなさそうだ。」

「どんな話でしょう。役に立つとは。」ソープは少し考えてから、聞いてみた。

「娘のことは君よりもずっとよく知っている」と将軍は答えた。「プラウデンのことも。君よりも全体の事情をはるかに知っている。君はぼくの話を聞かないのか。従えと言っているのではない。ただ聞くべきだと。」

「私もそれはそうかと」とソープはすぐに答えた。「それであなたのご意見とは？」

将軍はおいしそうにグラスをすすり、それから戸惑って少し笑った。「君が意見だと思うほど、まとまった話はないが」と弁解しながら言った。「君の狙いがもう少し理解できないと。また娘の話に戻っても、気を悪くはしないだろうね。質問したいのは、娘と結婚をしたいのかね？」

ソープはぼうっと、まるで他のことを考えているように相手を見た。口を開いたとき、その口調には不躾な質問がされて気を悪くしたという感じは見て取れなかった。

「自分が結婚するかどうか、そもそも全く自信がないもので」と、素直に答えた。「するかもしれませんし、そうでないかも。でも仮定での話ですが、今お話しの女性ほど、私が結婚したいと思う女性は見当たらない気がします。しかし全く不確かな話で。私の計画全体との関連から言えば。」

「不確かなままにさせておけばよい。」将軍はもったいぶった言い方をした。「それは未定だということで、お互い了解しようではないか。もしかしたらそうなりうるが、という話で。いいかね、私の、いや我々が話題にしている女性は、難しい女性と言われている。スコットの言葉を借りるなら『気まぐれで、恥ずかしがりで、機嫌が取りにくい。』★3 彼女を素直にさせるには、きっとよほどの手練手管が必要だろう。一度彼女は騙されて、そういうことには恐怖がある。亭主は恐ろしく野蛮な悪漢だった。結婚に強く反対したのだが、母親が取り仕切ってしまった★4。ともかく、娘は再婚を恐れていると思う。承諾するとするなら、理由は貧乏で参ったからだろう。一年六百ポンドでやっていかなくてはならない。と、困った挙げ句、亭主をもらう気にもなるだろう。仮に娘の年収が千六百ポンドになったら、結婚しないままか、気に入った若い美男とでも結婚するかもしれない。後の方がいかにも娘らしい。君は娘を失うだけでなく、娘を貧乏な男にくれてやる破目になるかもしれない。分かるだろう？　だから任せてくれたら、我々二人にとってもっといい方法を考えてやる。」

「そうですか」と、この父親の言葉を量りながら、ソープは言った。「分かりました」としばらくして続けた。「確かに分かりました。」

ソープが考えている時間、将軍もずっと黙っていた。話題を変えようとしてようやく持ち出したのは、時間のことであった。ソープは身体をゆするようにしながら、おもむろに立ち上がった。帽子とコートをウェイターから受け取り、一言も発せずに店を出た。

エンバンクメント・ガーデンの色あせた緑に面した、通り側の扉のところで、将軍はまだ自分が一緒にいるのを知らせようと、「どっちの方向に？」と聞いた。

「決めていません」と、ソープは返答を濁した。「エンバンクメントを歩こうかと。一人で。」

将軍は不安な様子を隠しきれなかった。「今度はいつ会えるのかね？」と、心配でたまらないとばかりに聞いた。

「会うって？」ソープはその質問を予期しなかったみたいに答えた。

「取り決めなければならない点があるのでは？」ソープの迷った言い方に、悲痛とも言えるほど疑念を感じたのか、将軍はどもりながら続けた。「君は言っただろう？　僕に適当な仕事をと。」

ソープは再び身体をゆすって、自分の散漫な注意を引き戻した。「そうですね」と気の無さそうに曖昧に言った。「それは考えていませんでした。

お知らせします。一週間以内に。多分。」

さっと頷いて挨拶すると、ソープは振り向いて通りを渡った。ゆっくりと、肩を丸め、コートのポケットに手を深く突っ込んで、ゲートをくぐり、中の小道をふらふらと歩いていった。ベンチに座って時間を潰している人から見たら、ソープは吐き気と戦っているように見えたかもしれない。ぼうっとした意識の中では、食事を奢った相手への嫌悪か、それとも自己嫌悪のどちらが心の中で激しくうずいているのか分からなかった。

将軍は扉の敷居に立ちつくし、目を見開いて去っていくソープを眺めていた。見えなくなった後も、今日のことを振り返りながら、将軍はなおゲートの方を見ていた。ようやく、毛皮の襟に顎を心地よさそうに埋めて、満足気に微笑んだ。「いずれにせよ」と彼は独り言を言った。「紳士を前にしたら、育ちの悪い成り上がりなど、成り上がりだと思い知らせる方法が必ずあるものだ。」

訳注

★1 ウェリントン公（1st Duke of Wellington: 1769–1852）はナポレオンをワーテルローの戦いで破った軍人。後に首相。

★2 『リア王』（*King Lear*: 1605–1606）第一幕四場より。この言葉の後に「恩知らずの子をもつのは」と続く。

★3 ウォルター・スコット（Sir Walter Scott: 1771–1832）の叙事詩 *Marmion*（1808）第六編三十連の言葉。

★4 一一〇頁の言葉と矛盾するとも感じられるが原文のまま。

第十章

二月初旬のある日曜の午後、ソープは甥と姪とともにベルンからモントルーへ旅行していた。

若い二人はコンパートメントの反対側に座って、地図とガイドブックを開けていた。姪の方は、時々ランチ・バスケットからナプキンを取り出しては、窓の蒸気を拭っていた。二人とも外を見つめながら、時折残念そうな声を上げた。

「本当にあいにくですわ」と叔父を振り向いて、姪が言った。「ガイドブックによると、今はこの付近のはずですけれど……。これから左にシンメンタールとフライブルクの山が楽しめるところにさしかかって、モレソンも見えてくる。それから、あ、あそこを見て！　はっきりしないけど、レッドヒル辺りかしら。」

「全く残念だ」とソープは何となく姪の向こうの景色を見た。醒めた無色の霧の壁が、景観を蔽っている。「でもそのうち晴れるだろう。辛抱していれば、アルプスもまだ見えるから。」

「列車の行き先の方は」と甥が口をはさんだ。「車掌長の話だと、たいてい曇っているそうです。」

「いや、それはどうだろう」とソープはあまり気乗りしなさそうに言った。「大きなウインター・リゾートだそうだし、いつも天気が悪いのなら、人は集まらないだろう？」

「でも、スイスに来てから会った人の感じだと、スイスの人って、どんなことにも楽しみを見つけるみたい」と姪が答えた。

ソープはそれでも機嫌を損ねず微笑んだ。「もう一度来ると思えばいいじゃないか。山はいつだってあるから」と姪を諭した。二人も彼に微笑んだ。ソープは向かいの席に載せた足を動かした。葉巻をつけて、赤く艶のある硬い背もたれに頭を傾けた。自分としては、景色が見えなくても何の怒りもなかった。

三か月以上も、この目的のない観光旅行がだらだらと続いていた。旅先から旅先へ、慣れないベッドで寝て、慣れない食べ物を食べ、知らない言葉を話す人に混じって旅行の日程をこなし、もう新奇なものには飽き飽きした。もちろんすべて面白かったし、段々と調子も出てきた。が、ウェイター以外の誰とも話さない毎日にうんざりし始め、何より気が向かなくても途中で予定を変えられないのに嫌気がさしてきた。

これまでも霧のカーテンに蔽われた無色の情景を、ルチェルン、インターラーケン、トゥーンといった各地でずっと目にしてきた。もう数日間スイスに滞在したら、一旦イギリスに戻るのは、少なくともソープには当然であった。もし、モントルーで何も起こらなければ……。何か起こるだろうか。四日間の間、ソープの心はいつの間にかその点に何度となく戻っていた。そして霧の中を南に向かう車中で、葉巻をくゆらせぼんやりと考えている今も、心の奥底にじっと潜んでいる。

この長引く旅行には、彼にとって他の動機は特になかった。若い二人がすべてルートや滞在地、時間や列車の乗り継ぎなど細かなことを決めて、彼はそれで満足して機嫌よく二人と行動を共にし、言われる通りに観光をし、お金を払った。多分すべてにおいて好みが一致しているとは言えなかった。ソープはパリが好ましいと思え、オランダや北ドイツの小さな町はそれほどでもなかったが、二人は非常に気に入ったようだった。とは言えビールは美味しかったし、彼らの喜ぶ様子を見ていると、パリの街路樹よりも満足を与えてくれた。

若い人をこんなに好きになれるとは想像していなかった。それほど、ソープはこの二人が気に入った。最初は打ち解けず、二人は自分を気に入らないのだという気持ちから、一週間はあまりうまくいかなかった。だが、そのことを率直に姪に聞いてみたのは賢明であった。彼女の方が話しやすいと思ったのだ。分かったことは、二人は自分たちこそソープにとって煩わしいのではないかと気遣っていたのであり、それを知ってソープは非常にほっとした。次の日の朝食時に、彼は如才なく愛想よく振舞ってすべてを解決し、それ以降は三人で非常に楽しく旅をしてきた。

彼の見たところでは、二人とも知的、精神的に非常に優れた若者だった。女の子はフランス語、男の子はドイツ語を、ソープからすると非常に巧みに操った。二人は驚嘆すべき知識の持ち主であった。シャルル（ブルゴーニュ公）★[1] が誰であるか知っていたし、ゴシックとロマネスクのアーチの違いを教えてくれた。再洗礼派★[2] の何が問題かを説明してくれ、司教とビンゲンのネズミの話★[3] は根拠がなく、恐らくウィリアム・テルなど実在しなかったということを教えてくれた。こういう知識を、二人はガイドブックを熱心に読んで手に入れたわけではない。ガイドブックが触れている多くの事柄はすでによく知っていて、自分たち自身の興味や希望に合わせて、日程を組んだのは明らかだった。

ジュリアは一目見たときから、母親のためらいがちの説明よりはるかに印象がよかった。親しく接するにつれて、彼女が美しいかどうか疑問だなどとは、思わなくなっていた。血色はもう少し優れている方がよかった。滑らかで青白い皮膚は、ほとんど蠟のようであり、健康に問題がある兆しかと時々やや心配もしたが、逆にソープの優しい気持をそれだけかきたてた。顔は非常に痩せていたが、その顔と大きな灰色の目の、落ち着いて哀愁を帯びた様子が、非常に印象的だとソープは思った。見るからに気分が乗っているときでさえ、目の表情が彼の庇護を求めているようである。とは言え、控えめであれ、快活になることもあった。親密になって安心感が深まり、彼女は叔父に遠慮なく物事を進めたり、また自分の好みを言ったりした。何よりも目を引くのは、非常に愛らしく少女みたいに人に甘えるところで、そのときにはソープは以前にも増して、頼られる自分というものを意識するのであった。ジュリアがいると気分が最高、疑いなく最高によかった。彼女が何気なく好ましそうに眺めるショー・ウィンドーの品すべてを買ってあげたいと思った。見ているだけで楽しかった。こんな可愛い子に、何かをしてあげられる喜びというものを思うだけで嬉しかった。

アルフレッドの方はそれほど強く叔父の賞賛を勝ち得たわけではないが、それでもあらゆる面で好感の持てる男の子だった。大柄で筋肉質、美男であり、ソープにしてみると、メガネを別にしたら、どこをとっても芸術家志望とは結びつかない気がした。こんなに頑丈で健康そうな若者が、小さな絵筆でカンバスに絵を描くのを望むとは不思議であった。編み物や刺繍をしたいのと同じに思えたのである。母親が言っていた怠け癖や気の短さは、ソープの目からすると全くうかがえなかった。朝は決して遅くないし、あらゆる所で古い絵画を隅から隅まで見て回る熱心さに加えて、三人の中で、言わば世話役としての役目を賢く緻密にこなしていた。時刻表を調べ、ホテル代をチェックし、荷物の見張りをし、町の地図を作ってみせる。すべてが極めて正確であったので、列車に乗り遅れたり、荷物をなくしたり、迷子になることが一度もなかった。全く優秀な若者だった。姉に対する、まるで兄のような細やかで親切な彼の態度をソープは非常に気に入っていた。それで自分の姉が、子供たちのよさが分からないとは、馬鹿ではないかと思わずにいられなかった。あまり子供たちは母親の話をしなかった。話題にするときには、言葉そのものは好意的であったが、声の調子はそれほどでもなかった。自分はその点でこの子供たちを非難したりはしない。そうソープは決めていた。子供たちは、母親の考え方を通り越して成長したというより、母親の考えに一度も共感したことがないようであった。

ソープの見る限り、この旅行は、ジュリアの歴史ロマンスに対する興味と、アルフレッドの芸術に対する技術的・実際的関心とに平等に力点が置かれていた。お互いに相手の興味を充分理解していたので、対立は起こらなかった。二人は叔父のソープをある日、ウィレム一世が暗殺された場所★4に連れていった。次の日にはレンブラントの肖像画理論が、ファン・デル・ヘルストのそれとどう違うかを同じく熱心に確かめに行った★5。ソープは二人が指示するものすべてを辛抱強く言われるままに眺めた。二人が彼のコメントを非常に気に入るときもよくあった。コメントはたいてい冗談交じりであり、ジュリアがそれを笑ったときなど、ソープは彼女にことさら親しみを感じた。

それから一行はパリを見物した。ソープはルーブルでは有名美術品の全部を見て回るなどせず、オペラ・ハウスそばのカフェの前に座り、人が次々通り過ぎるのを珍しそうに眺めていた。パリからブルージュ、アントワープ経由でオランダに戻ったが、そこには想像以上の多くの絵画があって、ソープは疲れた目で鑑賞した。ドイツに行くとリューベックには素晴らしい伝統建築があり、ジュリアが目を輝かして見ていた。ベルリンやドレスデン、デュッセルドルフにはアルフレッドの目当ての絵画があった。

チューリンゲンの森に行ってルターにちなむものを見るのは、叔父のためとされていた。それでソープは、台無しにすることは何も言わず、また無関係なものは見ないように非常に気を遣った。その他ドイツではマインツからミュンヘンに至るまで、色んな所を見て回ったが、それをソープはビールの味の違いで覚えた。クリスマスはウィーンで過ごした。ジュリアがウィーンのクリスマスは特に盛大に祝われると聞いていたからだ。それから一番雪深い冬のチロルを見て、バーゼルの古く美しい町に行った。アルフレッドはミュンヘンでブローウェル★6 を見たときよりも、ここで見たホルバイン★7 に心酔した。ソープは両者の絵を心の中で綿密に比較してみたが、その結果次の思いが一層強くなった。つまり、アルフレッドがもう少し大人になったら、この絵描き商売というのは見込みのある紳士がやるものではないと気づいてほしいと。

バーゼルでソープはロンドンから手紙をもらい、それで一行の計画は変更になった。それまでも何通か手紙を受け取っていたが、計画に影響はなかった。センプルを通じて、ソープは特別清算を認めてもらう密かな計画がどうなっているかを聞いていた。それによると、株式取引場では明らかに反対はなく、二月の第一週に認められたとの話であった。

このニュースは非常に重要であったが、それでも計画の変更を迫るものではなかった。ロンドンから離れていても、もう何の得もなかった。実際すぐに戻った方がよい多くの理由があった。しかしソープは、甥と姪がずっと待ち望んでいた、陽光のイタリアを探訪する機会を奪いたくはなかった。それに結局これから一か月は、センプルが必要なことすべてをできるのであった。

それで一行はバーゼルに向かったのであったが、そこでもう一通手紙が届いた。それは変わった筆跡で、乱れて読みにくく、非常に困った。署名を判別するのさえ時間がかかった。一行一行熱心に読み解くと、カーヴィック将軍からであった。

次の朝ソープは旅程の変更を言い出して、二人を驚かせた。疑い深い人間なら、何か具合の悪い話があったかと勘ぐるような、遠まわしに慎重な物言いでソープは説明した。つまり、モントルーがウインター・リゾートとして素晴らしいと聞いていたので、そこへ行こうというのである。ジュリアはソープが一体誰から聞いたのかと一瞬思ったが、彼女も弟もソープの善意を疑わなかった。これまで叔父はヨーロッパのどこに行くかについて非常に寛容であった。彼は、自分にとってはどこも同じだから構わないと言っていた。今になって突然好みのウインター・リゾート地を挙げてきたのは不思議であった。が、よく考えればそれもまた嬉しくもあった。彼はこれまで二人の望みを裏切ることなく親切に叶えてくれた。だから、彼にも望みがあると知ったのはかえって喜びだった。朝食も終わらないうちから、ガイドブックがテーブルに引っ張り出された。

「凄いわ！」ジュリアが叫んだ。「シヨン城があるとこだわ。」

「もちろんそうだよ」とソープは満足げに答えた。

二人はソープが知っているふりをしたので笑った。ソープも機嫌よく二人の冷やかしを受け入れた。しかし二人が背を向けたとき、深い安堵のため息を漏らした。恐れていたよりも状況はずっとよかったのだと。

日曜の午後になり列車が山を越えながら少しずつ進み始めると、いよいよモントルーに行くのだと思って喜びもしたが、また憂鬱にもなった。憂鬱な気持ちが吹っ切れずに悩んでいる自分に、いらいらした。大きなホテルがあって一行はそこに泊まる。そこで偶然泊まっている女性に会えば、全くの偶然に他ならない。それがどうしたというのか。

でも実際こうして彼女に偶然会ったなら、それからどうなるだろうか。彼女みたいな地位であれば、本国で会った人に、外国でも会う機会が多いだろう。自分がこれほど意識している偶然を、彼女は全く驚かないだろう。この偶然が興味を引く場合があるだろうか。そう思える根拠があるだろうか？　彼はこの疑問を何度も考えようとした。が、決まって大した答えは出てこなかった。

ハドロー・ハウスでは、クレシッジが自分になど全く無関心だと見えるときがあった。一方では、自分が彼女を明らかに喜ばせていると見えるときもあった。なおいいことに、彼女と一緒にいると自分が非常に嬉しそうだと、彼女が気づいているときも……。彼女には自明だったに決まっている。自分に強い印象を与えていたのは。彼はそれでいいのだと納得した。ああいった美女たちは、小さなころから金持ちの夫を手に入れるよう躾けられていて、男女の関係について、非常に繊細な意識を持っているに違いない。彼女たちはいわゆる第六感と呼ばれるものを養っているのだろう。男が自分をどう考えているかを雰囲気で察する力を。一度ならずソープは、クレシッジと一緒にいたとき、こういう感覚が彼女の中で働いていると感じたときがあった。その眼差しに見て取れたというのではない。声にでも、厳密に言えばその態度にでもなかった。だが彼はそういうものにどういうわけか絶対に気づいたと思ったのである。

あの十月の雨の日曜日、退屈なカントリー・ハウスのささやかなパーティーで、ソープに対し自分は強い印象を与えた。そう思って、彼女はほんの束の間満足したかもしれない。とは言え、二月の賑やかなウインター・リゾートで、多くの友人に囲まれているはずの彼女が、自分に少しでも注意を払ってくれるだろうか。覚えてさえいないかもしれない。彼がそばに立っても全く気づかないかもしれない。そういう惨めな恐れが、心の奥に潜んでいた。だが、その懸念が浮かんできたときは、いつも押し戻そうとした。それでは屈辱ではないか。

コンパートメントの反対側にいる二人は、何度もナプキンで窓を拭っては、見えない外を、目を凝らして見ていた。それが彼の落ち着かない気持ちをふと引いた。この二人が本当に好きで、一緒にいるとどれほど楽しかったかと改めて思った。別れるときはさぞ辛いだろうと、こんなにはっきり意識したのは初めてだった。

じっとそれを考えると悲しくなり、急に年老いた気がした。

だが同時に、別れる必要などないのだと断固として自分に言い聞かせた。すぐに家を買って一緒に住もう。疑いなくそれが彼らにとっても快適だろう。万事解決だ。

ソープは心の中で、この計画を無理なく理屈に合うように考えていた。まず、市内の戸建で、見苦しくない家具付きの家とする。気の合う三人が住む、楽しい仮の住まいという感じでよい。それから家の中のことが具体的に、然るべき姿が浮かんできた。明らかにルイーザはこの家に加わるのを求められないだろう。ソープはそう自ら率直に認めた。彼女は不要だと。子供たちが彼女を恋しがる様子も想像できなかった。自分の居場所は店であって、店の二階が馴染みの住まいだと、姉はよくわきまえているのだ。けれども当事者自身は気にしなくても、他人からすれば明らかにおかしいだろう。ロンドンで親と子供が別のところに住むのは。しかしそれについても、姉がその分別で何とか取り成してくれるだろう。そもそも、このロンドンの家具付きの家は、これから実現させる計画のほんの始まりに過ぎない。その次が、カントリー・ハウスであった。庭と馬がいて、猟犬もいる。人工の池があって、鹿の園なども……。一年足らずで、この夢を叶えられるであろう。

とは言えその前に、二人の若い甥と姪は、そういう市内の戸建てを凄く気に入るだろうし、自分が提供したことで尊敬してもくれるであろう。こう思うとソープの心は思わず温かくなった。彼はジュリアの様子を見て、愛しそうに微笑んだ。か細い腕で眼鏡のレンズをしきりに磨き、外の景色が全く見えないことに、苛立ちながら顔を滑稽な感じでしかめている。こんなに可愛くて愛らしい子がいるだろうか。最初家を任すには、年配の女性の助けが必要だろうか、とソープは思った。できるならそうしたくない。ジュリアはひ弱く幼い感じだが、来月には二十一歳になるのだ。優秀な召使たちを高給で雇ったなら、その統括をするくらいの責任は、その年齢で充分果たせる。もっと若い年齢で結婚して、家を任される女性も大勢いるのだから。

こう考えていくうちに、すんなりと巡らしてきた思考に気になることが生じた。ジュリアが結婚を考え出したら、何とすべてが惨めになることか。恐らく彼女は結婚などしないだろう。結婚をちらとでも考えている様子など、全く気配すらうかがえなかった。しかしもちろん、結婚を考えないと誰かに約束できるものではない。それは、彼女が彼女自身に対してもそうであろう。

ソープはこの問題をもっと気楽に考えようとした。ジュリアが仮に結婚するとして、相手の男がいい奴だったら、その男を自分の家に迎えるのに何の抵抗もないではないか。そう彼は自分に言い聞かせた。夫がいい人物かどうか、それはジュリアの趣味と分別を考えたら当然だと疑いなく判断できる。けれどもそれだとかえって具合が悪くなるかもしれない、とソープは不安になった。仮に夫がいるとなると、今までほど無邪気に申し分なく幸せとはいかなくなるだろう。たとえばこの素晴らしい三か月間、このコンパートメントにいる三人がそうであったようには。

何気なく窓をこすってみて、じっと外を眺めた。未来の家庭の平和を損ねかねない、あのジュリアの花嫁姿が見えないかと……。薄暗い灰色の空の下に、雪に覆われた断崖が不気味にそびえていた。雪がゆるく勾配に積み重って、その下に農家がひしゃげるように立っている。前方右には開けたところがあり、ぼんやりと谷間が見通せる。そこを列車は下っていくようである。こういった景色をソープは目にし、しばらくそれが心の片隅に残っていた。あくまでも片隅に……。というのも同時に、極めてリアルに生き生きとしたクレシッジの姿が浮かんできていたのである。乗馬姿で、帽子の下に明るい茶色の髪が見え、きれいな頬には血色があり、美しい姿は落ち着いて冷淡なくらいで、女王にも似た威厳がある。

その姿は非常に真に迫っていて、ソープは思わず声を漏らした。二人に聞こえなかったかとあわてて見回した。どうも聞こえなかったらしい。

ソープは硬い背もたれに体を寄りかからせ、もう一度幻影を見ようとした。そうしても満足すべき結果は得られなかった。思い直すと、何かを見たのかさえ実際には怪しい。せいぜい白昼夢に過ぎなかった。思いに耽るのに飽きて、新しく葉巻をつけた。たちまち気だるくなって何も考えたくなくなった。どうせ後になったら、考えることは山ほどあるのだからという気持ちが、何となく心の中で浮かんでは消えた。

「山はよく見えるかい？」とソープはジュリアに聞いた。

「もううんざりです」と彼女は答えた。「こうガイドブックに書いてあります。『ジュネーブ湖の湖畔とその周囲の山々、特に風光明媚な所であり、それが突然見えてくる』と。でもそこを今通っているのか、少し前に通り過ぎたのか。前方には谷みたいなところが見えますが、見えるのはそれだけで。それに一つの山だけに雪が降っているのならまだしも……。」

「でも実際には全部雪の山ばっかりだと」と、ソープはジュリアの言葉を受けてふざけて応じた。「列車は山の上をずっと走っているのだし、仕方ないよ。」

「でもお分かりになりますよね？」ジュリアは反発するように言った。「ホテルに掛かっていたあんな絵みたいな、ああいう景色が見たくて。」

「多分明日は晴れるから」と、彼はこれまで恐らく何度も口にした言葉を繰り返した。

「あそこに湖みたいなのが！」とアルフレッドが叫んだ。「ほら、村のすぐ向こうに。そうだよ、湖だ。ともかくやっとジュネーブ湖だ。」

「でも色が違う」と窓ガラス越しに覗きながら、ジュリアは答えた。「全然違うみたい。色がない。絵には凄くきれいな水色で描いてあったわ。叔父さん。スイス政府は叔父さんにお金を返すべきだわ。」

「明日か、明後日まで待ってみないと」とソープは何気なく答えた。目を閉じて、ぼんやりした気分に身を任せた。まどろみながら、列車の振動が「明日か明後日、明日か明後日」と耳につぶやくように柔らかく聞こえた。

訳注

★1　シャルル（ブルゴーニュ公）（Charles the Bold: 1433–1477）は十五世紀にフランスからドイツにかけて存在したブルゴーニュ公国の最後の王。

★2　再洗礼派（the Anabaptist）は宗教改革期のプロテスタント急進派の一つ。幼児洗礼を無効とし、成人洗礼を提唱。長くプロテスタントとカトリックの両派から弾圧される。

★3　ドイツのビンゲン（Bingen）にある塔の中で、悪徳司教をネズミの大群が食い殺したという言い伝え。

★4　ウィレム一世（William the Silent: 1533–1584）（事実上のオランダの最初の君主）は、オランダのデルフトで暗殺された。

★5　ファン・デル・ヘルスト（Van der Helst: 1613–1670）は十七世紀のオランダの肖像画家。当時はレンブラントと同じくらい有名であった。

★6　ブローウェル（Adriaen Brouwer: 1605–1638）は十七世紀フランドルの画家。

★7　ホルバイン父子（Hans Holbein）は両者とも有名なドイツの画家であるが、ここではバーゼルに関係が深かった子の方（十六世紀に活躍した宮廷画家）（Hans Holbein the Younger: 1498–1543）を指していると考えられる。

第十一章

ジュリアは大きなホテルの前面の高い窓から、ジュネーブ湖を見下ろしていた。少しでも早く見たかったので、手袋も外していなかった。マフもまだ手に持っていた。一目ちらと見ると、苛立って不満の声を大きくあげた。

道の向こう、テリテの人気のない小さな桟橋は、雪が溶けて土が混じり汚くなっていた。その先に水面が広がっていた。穏やかだが何ということもない、くすんだ、薄い色の水面であった。遠くからだと、水とはあまり見えず、彼方で鈍い灰色の霧と一体になっていた。数隻の無人のヨットが桟橋に係留されていたが、その他に湖を思わせるものがなかった。玄関に置いた傘から水滴が滴ってできた、まるでそんな水溜りといった印象であった。

ソープやアルフレッドが、ポーターが荷物を運ぶのを見守る間、ジュリアは窓を開けて小さなバルコニーから身を乗り出していた。バルコニーの内枠にスイス方言のフランス語で、衛生のため鳥に餌を与えないようにと、目立つ文字で注意書きが掛けられていた。ジュリアには、水面上をカモメが何羽かゆっくりと飛んでいるのを見るまで、意味が分からなかった。カモメたちは霧と同じ灰色をしていた。彼女に気づいて、向きを急に変え、ホテルの方向へ鋭い、威嚇するような声をあげて飛んできた。ジュリアはあわてて身を引っ込めしっかり窓を閉めた。振り向いてソープの目を見たとき、彼女は微笑んで見せたが、それはいかにも怖くないといった虚勢であった。

ソープはその微笑に騙されなかった。「そんなことで、がっかりしてはいけないよ」と言った。「凄く快適に過ごせそうだよ。自分の部屋を見た？　扉の右の廊下の方。そっちからの方がこっちの窓よりずっと景色がよいそうだ。笑わなくてもいいだろう？　これが世界最高の景色だと、人から聞いたのだから。それにウインター・リゾートとしては……。」

バルコニーに出ていたアルフレッドが頭を部屋に覗かせ、大声で「こっちへ来て！」と叫んでソープの言葉を遮った。「こっちに来て！　面白いから。」

アルフレッドはソープに注意書きをまず指差し、それから彼をバルコニーに連れ出し、その注意書きに逆らう事態を示してみせた。数十羽の大きなカモメが、二人の前で激しく羽ばたいて身を躍らせていた。鋭い鳴き声が耳をつんざいた。時々、一羽が大騒ぎしながらも距離をつかんで下の階の窓に曲線を描きながらすっと降下し、空中に投げられた餌をくちばしで見事につかんでみせた。

ソープは手すりに寄りかかりながら、一階下、数メートル左の部屋の女性が、カモメに餌をやっているのを見た。そうしながら彼女は笑い声をたて、振り向いてここからは姿が見えない人物に話しかけていた。

「これはおかしいね」と、ソープはそばに来ていたジュリアに話しかけた。「あの女性のところにも注意書きはある。ここからもそれは見える。恐らくフランス語が読めないのか。」

「それともホテルの人が怖くないのか」とジュリアが答えた。少しして彼女が付け加えた。「明日の朝、私もカモメに餌をやってみます。夜が明けたら必ず。堂々とやってみせますから。」

ソープは話を聞いていないようだった。パン切れを投げるときの女性の優雅な仕種に魅せられていたのだ。手と腕が白く美しかった。見られていると全く意識せずに手と腕を動かす様は、上から見ると奔放さが際立っていた。素晴らしく上手なダンスを眺めているみたいだ、とソープは思った。顔はここからあまり見えなかったが、背が高く着飾っていた。振り向くと頭にゆったりとした黒いレースを被っていて、髪が赤いのが見えた。ちらと見ただけでも、この珍しい色合いが目にとまった。火を思わせる激しい色だ。何やら見覚えがあった。どことなく彼女を知っている感じがして、じっと見下ろしていた。

突然もう一人の人物がバルコニーに現れ、一瞬で事情が分かった。大騒ぎをしながら争う貪欲なカモメたちが、彼の目当てを見つけてくれたのだ。階下のバルコニーの戸口に立っているのは、クレシッジであった。その連れで、ホテルの注意書きを笑い飛ばしている赤毛の女性は、自分と同じ船でアメリカからやってきて、ハドローで後に会った、アメリカの資産家令嬢であった。名前は何だったか？　マーティン？　いや、マドゥンだった。この二人が一緒というのは、何と奇妙なという気が一瞬した。ハドローでは、二人はお互い好感を持っていないようであった。しかし彼は、女性にはそういうことに、独特の判断があるのだろうと思い直した。人から聞いたか、または多分本で読んだのか、ともかく女性は好き嫌いを非常に気まぐれな気持ちや、あるいは何とも微妙な理由で決めると……。何にせよ二人がこうして一緒にいる。それで充分だ。

二人の女性は中に入って窓を閉めた。頭のよいカモメたちは、残念といった不躾な鳴き声を何回かあげてから、湖面の方に飛んでいった。ジュリアは傍らから消えていた。ソープは腕を折り曲げ手すりに載せたまま、下方左の無人のバルコニーをじっと見ていた。

ようやく中に入ると、若い二人は待ち構えたように、夕食前の散歩の話を持ち出した。日は暮れかかっていたが、時間はたっぷりあった。シヨン城の位置する方角は前もって確かめていた。従業員から歩いてほんの数分だと聞いていたのだ。アルフレッドは多分窓から見えたと言った。

ソープは賛成したが、やや落ち着きがなかった。二人はこういうソープを初めて目にした。ジュリアが、もし少しでも疲れているなら動かない方がと言ったら、ソープはいや一人にされるよりは正直ましだと答えた。当然散歩はとりやめという話になったが、これにソープは耳を貸さなかった。結局三人は一階に降り、外に出た。歩くのは大変であった。しかしジュリアがずっと前に言っていたのであったが、ぬかるみに足を取られて遅くなるのを気にするくらいなら、どこにも行けないし、何も見られない。
やはりもう遅くて暗く、城の中にも入れず、外観もよく見えなかった。帰り道に、一行はこぎれいな本屋の前で立ち止まり、ウインドーを眺めた。ホテルの窓から見えるはずの景色を写した数多くの風景写真は、普通の写真よりずっと説得力があると思えた。若い二人はそれをじっと眺めて安心した。こんな素敵な景色が、自分たちみたいな熱心な観光客にずっと見えないなど信じられない。朝は快晴の確率が高いという持論をソープが唱えると、二人はそれを信じたくなった。
「そうよ。絶対天気は変わる。」ジュリアは写真に魅せられながら断言した。
アルフレッドは時計を見た。「ホテルに戻った方が」と彼は言った。
「ところで」と、ソープがやや落ち着かない感じで話した。「夕食だが、部屋ではなくて大食堂で食べないか？」
「三人で食べるのに飽きたのなら、もちろんそれでも」とジュリアがすぐに答えた。とは言え、表情と声の調子には、明らかに驚きがあった。
「飽きてなど全くないが」とソープはジュリアに答えた。「三人で食べるのが当然一番だ。でも思ったのは、ここは有名なウインター・リゾートだし、ヨーロッパ中から偉い人たちが集まっている。君たち若い人にとっては、そういう人を見るのも面白いのではないかと。」
ジュリアは本当にありがたいといった眼差しで、ソープの言わば犠牲的申し出に感謝を示した。「でも、そういうのは全然好きではないので」と彼女は言った。「叔父さんと同じで、自分たち三人で食事するのが好きです。大食堂で会うような人は二人とも嫌いですし。それに本当の名士は、多分部屋で食事するものと、叔父さんも思いませんか？」
「もちろんそうだろうな」とソープはやや自分を責めながら答えた。「何を考えていたのだろう。自分でもよく分からない。もちろん、そういう人たちは部屋で食事をする。」
翌朝、ソープはかつてないほど早く目覚めた。特に落ち着かずぐっすり寝られなかった気がした。外の雰囲気が違うことに、髭を剃って身支度をしてから気づいた。充分明るいわけではなかったが、ブドウの木々などの輪郭が雪に覆われた丘にうっすら見えた。まるでオペラグラスを通して見ているように、その光景が窓からの視界いっぱいに、くっきりと広がっていた。すぐ居間に行って、窓のカーテンを一つさっと開けた。

夜の間に奇跡が起こっていたのだ。頭上の空は雲もなく静かであった。眼下の湖はそよ風で小波が立ち、全貌をはっきりと見せていた。空と湖との間には、広大でぼんやりとした稜線の影があった。頂上付近があちこちで白くぎらぎらと、まだらになって輝いている。ソープはこのやや遠くの黒ずんだ景観をぼうっとしばらく眺めていた。振り向いて急いでジュリアの部屋の前に行き、扉を叩いた。

「起きて！」と扉越しに彼は言った。「待望の日の出だよ。お待ちかねのアルプスが見える。窓のところで見ないと。」

ふざけたような声がはっきり聞こえた。「もう三十分も眺めています。素晴らしい。」

反対側の扉に行った方が報われた。というのもアルフレッドはまだ寝ていたから。彼は知らされると信じられないほど急いで身支度をして出てきた。バルコニーに出たのはアルフレッドが先であった。まだカラーもつけず髪もとかず、朝のそよ風で髪を乱しながら、口をぽかんと開けて、アルフレッドは、ソープから見るとまるで釘付けになっていた。

ソープは多くのところで色々な山を見てきた。山にはあまり興味を持てなかった。しかし今、なぜ山のないところで育った人々が、あれほどスイスに魅力を感じるのか、理解できると思った。三か月前までは理解不能だったこういう多くの情緒的な事柄が、自分にも理解できるようになった。それでもこの喜んでいる若い二人からすると、彼の俗物的資質には、まだ感受性が不足だと思えるであろう。だが彼に言わせれば、この二人は明らかに自分に多大な影響を与えてきたのである。尽きることのない熱狂と喜びを共有したいとは思わないにせよ、少なくとも曲がりなりにもそういう感情を理解でき、何に感動しているのか、今は見分けがつく。

ホテルの正面側の部屋の窓は、どれも開いていない。そう下を見て確かめてから、ソープはアルフレッドに視線を戻した。感動のあまり言葉を失っている。ソープはこれよりはるかに大きな山をメキシコで見た記憶があると話しかけてみたが、アルフレッドは聞いていなかった。感動して押し黙ったまま、湖の彼方で、光が移り変わっていく様子をじっと眺めている。ぼんやりとした薄暗い部分が、白く輝き出し、ついに最後には水平線全体が巨大な輝く光の塊として形をなし、円形になって、それからアルフレッドの顔に日光が輝いた。大きく息をしてから振り向いて部屋に戻り、椅子に身を投げ出した。

「あまりに素晴らしくて」とアルフレッドは半ばうめきながら言った。「想像以上というか。」

「こんなに素晴らしいものはないね」とソープが答えた。

「まさしく」とだけアルフレッドは答えた。ソープはしばらく彼を眺めていたが、微笑んで朝食のベルを鳴らした。

数分後ジュリアが姿を現したときには、テーブルが整えられ、ウェイターがコーヒーを持ってきた。

日の出を予言したソープに感謝のキスをジュリアがしてくれた。「朝食は急いだ方が」とソープは言った。「というのも早く外に行きたいだろうから。」

実際二人のそわそわした気持ちはソープが思っていた以上で、それでいつもとは様子の違う、奇妙に冷淡なソープに気づかなかった。こんなに興奮する朝なのに、彼は極めてゆっくり食べた。二人が食事を終わりかけたとき、明らかに彼はまだ食べ始めたばかりであった。

「私を待たなくていいから」と彼は言った。「今朝は少し疲れていて、横になって葉巻を吸って小説の一つでも君たちから借りようかと思うんだ。でも君たちは早く準備してすぐにでも行かないと。アルプスの景色は今日が最高だし、少しも見逃してほしくないから。」

この親切でやや執拗な説得に応じて、二人は部屋に戻ってすぐに出かけようと準備した。ソープとしては、見られる景色は二人に残さず見て欲しかったので、ジュリアがコートと毛皮を着て戻ってきて、なお窓から外を見ていると、少し叱るようにした。

「一体アルフレッドは何をぐずぐずしているのかね？」と彼は、ジュリアには耳慣れない、少し怒鳴るような声で聞いた。「昼まで待たせる気か。」

「髭を剃っているのだと。すぐに来ます」とジュリアは非常におとなしく答えた。ほどなく窓から振り向いて、彼女は機嫌よく近づいてきた。「そうだ忘れていた。カモメに餌をやろうと。何羽か窓のところに」と彼女は言いながら、テーブルの上のロールパンをいくつかにちぎった。餌をやるのがいかにも嬉しそうで表情が晴れやかだった。

「もしよければ」とソープはほとんどお願いする口調で言った。「僕なら餌はやらない。目の前に規則が書いてある。ホテルにいるなら規則を守るのが筋だというのが、常日頃の僕の考えだ。単なる僕の考えだか、でも恐らく考えたら君も同じだと思うのでは。」

ジュリアは手袋から残りのパンくずを振り払った。「もちろんそうです」とすぐに返答した。

彼女の口調や物腰に抗議の調子はなかったが、ソープとしてはいかにも権威を振るった言い方をしたのを和らげる必要を感じた。「僕は色々なところに行ったものだから」と、遠慮がちに説明した。「色々なところに行って経験すると、時々細かい点が気に障り、気まぐれになる癖があって。」

「叔父さんには誰よりもそんなところはないと思いますわ」と穏やかにジュリアが口をはさんだ。

「いやそんなことはないよ。君は叔父さんをよく知らないから。そこが問題なのだよね。それにもう一つ、昨日女性が餌を投げているのを見たからといって、君がやっていい理由にはならない。どんな女性か分からないし、そういう点に女の子は特に気をつけないと。」

ジュリアは少し無理に笑いながら答えた。「私がどんなに気をつけているか、ご存じないから。」

「ともかく、君は気にしていないよね」とせがむようにソープは言った。

彼女は答えの代わりに背後に回って彼の肩に手を載せて、軽く叩いた。彼はジュリアの手を撫でた。「世界で一番の姪っ子だよ」と感情を込めて彼は言った。

ようやく二人が出て行くと、ソープは急いで朝食を取り、コーヒーを一気に飲んだ。突然落ち着きなく行動し始めた。葉巻をつけ、部屋をうろうろしながら、考えに夢中のあまり思わず唇をかんだ。少しして窓を開け、いかにも下の通りを見るように、バルコニーから用心深く身を乗り出した。歩行者にまじって姪と甥の姿を見つけた。店のウインドーの前で一度ならず立ち止まって、ソープをうんざりさせたが、ついに道の曲がりを回って消えていった。そこまでソープは二人を見守っていた。それから振り向いて、万事ことが順調といったうきうきした様子で、室内に戻った。

彼は一人で微笑みながら、愛する姪がちぎっていったパンくずを大きな手でテーブルから集め、窓に近づいた。空中を飛んでいる薄汚いカモメが自分に向かってくるまで待って、一切れを投げた。叫びをあげて一羽が飛んできた。その瞬間、一団が鳴き叫びながら飛んできた。ソープは食べられずに騒がしく飛び回るカモメたちに悩まされながらも、探るような鋭い目で下方左のバルコニーをじっと見ていた。残念ながら内側のカーテンが引かれているかどうか、遠くて見えなかった。もう一切れを放り投げた。そして時計を見た。九時少し過ぎであった。観光旅行の人間なら、この時間には確実に起きているだろう。

カモメたちを飛ばせておくため、パンをずっと投げていようと思った。まず予めテーブルに残っていたロールパンをかき集め、窓のそばの机の引き出しにしまった。もっとパンをもらおうとベルを押そうかと思ったが、それはやりすぎだと思い直した。これだけでもウェイターは自分たちの食欲に驚くであろう。

三十分後に、彼のやり方は突然実を結んだ。クレシッジがバルコニーに現れたのだ。きれいなモーニング・ガウンを着て、裸足であった。両手には何も持たず、カモメには無関心な様子であった。が、ソープが空中のカモメの一団の真ん中にパンくずを一摑み投げると、彼女は彼を見上げた。

それは待ちかねた瞬間だった。相手を認めたというか、お辞儀というか、そのどちらにも見えそうな優雅な仕種をソープはしてみた。

彼女はすぐには返事しなかった。室内の見えない連れに何か言っている様子が、聞こえるというより、ソープには見えた。そうしながら彼女は彼のバルコニーの方向を静かに眺めていた。彼女にどう答えるか、それが何であれ自分の運命に大きな影響を与えるに違いないと思った。というのも突然クレシッジがソープに目を凝らし、優雅な微笑みを浮かべて、頷いたからだ。

「ここでお会いできるなんて幸運です」とソープは彼女に呼びかけた。御用済みのカモメたちには消えてほしかった。カモメたちのどうしようもない大騒ぎで話が難しかった。明らかに彼女は何か言っていたが、全く聞こえなかった。

「姪と甥と一緒なのです」とソープは叫んだ。「お話が聞こえません。後でご挨拶に伺ってよろしいですか。お部屋番号と何時にお伺いしたらよろしいか。」

これらの質問は、後で思い返してみても、厳格な社交的マナーから見ても妥当であったと言える。また彼女がソープに答える前に、連れにやや長々と尋ねているのも、非常に当然であった。ようやく彼女が返答した。その声は鳥の鳴き声に混じっても聞くのに問題なかった。約一時間したら、どうぞいらっしゃいと。彼女は部屋の番号を告げ、ほとんど突然室内に消えた。

それから一時間というもの、ソープはもの凄い勢いで葉巻を吸っていた。三十分ほどは、姪が渡してくれたタウクニッツ版★1の小説を何度か読もうとしたが、全く駄目であった。この記念すべき対面が始まったら、どういう順番で話をしようかと考えたが、馬鹿げたこと以外、何も思いつかなかった。こんな風な気持ちであっても、彼はそれでも大丈夫だと自分に言い聞かせていた。いつもその場その場の勢いで、ちゃんと話して凌いできたではないか。とは言え、確信もなかった。

ソープは二人ともいるのだろうかと考えた。礼儀からして当然そうすべきと二人は思っているだろう。その場合、会話は必然的に非常にありきたりの一般的なものになるだろう。姪の話題が主になると予想した。姪と一緒に旅行している男性というのは、特にあれほど女性的で楽しく魅力的な姪と一緒であるなら、女性だけで旅行している二人からすると、さぞ興味が湧くだろう。それに、こちらの旅行にそれなりの権威が生まれるというものである。二人は、どれほどジュリアを気に入るであろうか。もちろん母親と本屋の件は話さないつもりであった。未亡人の姉がいると仄めかせば、それで充分だろう。しかしチェルトナムの学校のことは自信を持って話せる。ジュリアから、あの学校は社会的地位を強く裏付けるものだと聞いていたから。となると、ことはジュリア次第だ。彼女が二人と親しくなるのに成功したら、万事がうまくいく。アルフレッドのことも気に入るだろう。彼はまだもちろん子供だが、画家志望で絵画の知識があるというのは、恐らく二人を引き付けるだろう。芸術家というのは女性にとって魅力的なものだと、どこかで耳にした記憶が……。

ともかく、退屈な待ち時間がようやく終わった。メガネに磨きをかけ、一階下に降り、右の廊下に行って、部屋の扉をノックした。陽気な声がお入りなさいと命じた。帽子と手袋を手にして、ソープは入室した。

想像した通り、二人とも部屋にいた。しかし出迎え役がアメリカ人女性だとは予想していなかった。彼を迎え、座るよう指示し、くつろげるようにしたのは彼女であった。クレシッジと握手したときには、その儀式には何となくついでにといった感じがあり、まるで彼女も居合わせた客みたいであった。

しかし、このささやかな訪問ほど気取りなく楽しいものはなかった。マドゥン嬢が雪のないじめじめしたイギリスに突然飽きてしまった。それで急にスイスに来ることに決まったのであった。ここなら確かに雪も積もっているはずだし、身にしみるほどの寒さであるはずだ。テリテを選んだのは、彼女が知っていたし、マルティニやブリークへの途中であったし、シンプロンかサンベルナール峠を冬越えしたいという希望があったからだ。判明したところでは、サンベルナールはとても無理だが、シンプロン越えの駅馬車街道は明らかに冬でも通じていた。この通行は一般には許されていないのであったが、マドゥン嬢は許されないことを時々したがるのであった。ブリークやベリサルのホテル関係者から、シンプロン越えの馬は貸せないという断りの手紙がきていた。もちろんそれは彼らの権利である。が、スイスには他にも馬はいる。馬は買うことだってできるし、他にも手はある。

ソープにも自分の話をする機会があった。若者の気まぐれ旅行に三か月も付き合う顚末を、いささか面白く話すと、二人は微笑んで聞いていた。彼がジュリアのことを、熱を込めて褒めちぎったら、ともかく二人は彼女に会いたくないとは言わなかった。また芸術家志望の甥の話も丁寧に聞いていて、そんな連れがいるなら大変楽しいだろうとも話した。少なくともマドゥン嬢は反応した。というのも、思い返すとクレシッジはほとんど無言だった気がしたのだ。彼女に向けた質問にはいくつか答えてくれたが、よく思い出せなかった。退屈しているのか不幸なのか、それとも両方なのかと思った。

ありきたりの会話がついにはどうしようもなく退屈になりそうだと思ったそのとき、大胆な考えがソープに浮かんだ。それはダン・デュ・ミディ★2が日の出にその氷河を見せる様子に、それこそ勝るとも劣らないほどの素晴らしいものであった。

「今晩、上で夕食をご一緒にできたら大変嬉しいのですが」とソープはこの思いつきを口にした。「誰かとともに食事をするのは、本当に久しいので。」

この言葉を口にすると、返事を待っている間も、彼は上機嫌であった。

二人の女性はお互いを見た。「そうですね」と少ししてマドゥン嬢が答えた。「私たちも嬉しいですわ。」

ほどなくしてソープは暇乞いをし、玄関に行って外に出た。彼は昼ごろまでぶらぶらしていた。湖の向こうの山々をあちこちの角度から眺めてみた。言ってみれば新たな目で……。不思議なことにその山々に新たな興味が沸いてきた。何やら山が語っている気がしたのだ。自分もアルプスの山の一つみたいだ。ふとそう思って、おかしくなって唇を歪めてみせた。

訳注

★1　タウクニッツ版（Tauchnitz Edition）とは一八四一年から出版された文学叢書。全五三七〇タイトルが存在。

★2　ダン・デュ・ミディ（Dent du Midi）はアルプスの秀峰。標高三二五七メートル。

第十二章

三日経って、ようやくクレシッジと二人で話す機会が得られた。
この短い間に、お互いの連れは目覚ましく親密になった。明らかに若い二人のおかげであり、ソープは旅行に同行した見通しの確かさを、毎日繰り返し自賛していた。
女性たち二人は無条件でジュリアを好きになった。彼女抜きなら、どんな行動もしたがらないほどであった。もちろん彼女が行くところにはアルフレッドも行く。論理的に当然、叔父もついて行くということになった。ソープが全部仕切って指示していたなら、こんなにうまく、彼の望み通りにはいかなかっただろう。
別の点から見ても、満足なのであった。女性二人がジュリアをますます大事にするのは、実はお互いあまり一緒にいるのを好んでいないからではないか、そう疑わせる兆候を、ソープは何度か目にしていた。二人きりだと飽きそうになり、その気持ちと戦っていたクレシッジとマドゥン嬢にとって、利発で優しい性格のジュリアは格好の気晴らしなのである。マドゥン嬢がいつも問題を起こしているというわけでもない。確かに、彼から見ると彼女は気まぐれで、分別を働かせ自重するというタイプの女性ではなかったが……。彼女とクレシッジの間柄は、実際どうなのだろうと色々考えた。あまり露骨にではないが、マドゥン嬢はクレシッジを従わせているところがある。ソープはそんな感じがしていた。しかし一方、マドゥン嬢はジュリアに優しく、率直で快活な態度がジュリアを魅了しているのも事実であった。だからソープもマドゥン嬢を嫌いではなかった。彼女はアルフレッドにも親切であった。

マドゥン嬢とアルフレッドの関係には妙なところがあると、ソープは思っていた。彼女はアルフレッドより何歳も年上であった。どう見ても二十代後半かそれ以上であろう。それなのにアルフレッドは彼女に密かに賞賛の眼差しを向け、ひたすら一緒にいる機会を望んでいるのである。それはまるで何か――、とは言えその何かを突き詰めて考えようとは、ソープはしなかった。アルフレッドは、彼女の素晴らしい髪のせいだと言った。彼は彼女の「髪の色の魔力」がどう凄いのか、細かく説明しさえした。何であれ、ともかく芸術家としての彼を刺激したというのだ。ソープはこの言い分を非常に疑わしいと思った。アルフレッドに一言忠告すべきかと不安に感ずるときもあった。しかし一方マドゥン嬢がアルフレッドに接する態度には、概ね安心できるものもあった。彼女は絵画に非常に詳しいらしい。少なくとも多くを語ることができた。穏やかだが結構独断的で、いつも法則というものをもとに話をした。必然的にアルフレッドは、生徒が先生の話を聞く立場になった。アルフレッドがそういう立場に甘んじているのが、ソープには時々気に障ったが、まあ見逃してもよい。恐らくそれにより、アルフレッドは彼女が年長である事実を絶えず意識するであろうし、大いに結構なことだ。こういった懸念は、ここ数日ソープが味わった幸せに比べると、ほとんど問題ではなかったのである。最初の夕食は本当にうまくいった。女性二人の華やかな衣服と宝石で飾った喉元や腕を見ると、ジュリアももっと衣装や指輪を持っていたらと思った。しかし彼女は何より若いし、二人が彼女を素敵だと思ったのは間違いなかった。アルフレッドは、イブニングを着ると非常に見栄えがよかった。ソープはすっかりご機嫌で、あのプラウデン家の愚息ボールダーより、よほど貴族の子息みたいではないかと、繰り返し自分に言っていた。アルフレッドが名刺に自分の名をドービニーとしていたのを思い出し、ソープはますます気分がよかった。教養のある者なら、その名は誰でも零落したダブニー家の正式名であると知っている。ずっと前まだ二人がチェルトナムにいる頃、アルフレッドはジュリアと共に、名前を変えることに決めたのであった。どういう具合か旅行の初めの頃に、二人はそれをソープに打ち明けた。おずおずと、まるでソープに怒られるのを恐れているように。ソープは非常に喜んで、自分の「ストーモント・ソープ」とだけ書いた名刺を見せて二人を安心させたのであった。そして明日になれば自分とアルフレッドの名刺が階下の部屋に置かれている。さぞ目につくだろう。ソープはこの一生で最も晴れやかな晩餐の席でそう想像しながら、さらに誇らしい気持ちになっていたのであった。

もっとも翌日にはお互いさらに親密になっていて、名刺などはどうでもよかった。ジュリアは二人に会いに行き、二人もジュリアに会いに来た。全員で遠くまで歩いてヴヴェイで昼食を取り、夕刻前にはアルフレッドは自信たっぷりにマドゥン嬢をモデルに絵を描くのだと宣言していた。次の日には列車でサン・モリッツまで行き、暗くなってから戻ってくつろいで夕食を共にした。三日目もまた天気がよくケーブルカーでグリオンまで登り、コーまで多くの登山者に混じって歩いた。コーで昼食後、一行はしばらく散策し、湖や山々のパノラマを楽しんだ。帰りの下り道となったとき、たまたま子供たち二人とマドゥン嬢が先に行くことになった。

ソープは気がつくとクレシッジの横を歩いていた。腕に彼女が後で着たいと言っていた肩掛けを持っていた。景色を見るには、彼女の顔の向こうを見る形になった。優雅な毛皮の帽子の下の横顔は、紅潮していて、いい血色であった。

「ほんの数か月前には、ご一緒に山登りをするなど思いもしませんでした」とソープが話しかけた。

「一日先だって分かりませんから」と彼女は答えた。「あのときはスイスに来るなど、あなた以上に思っていませんでしたから。」

「何度も来られているのでは？」

「ドイツもスイスも初めてで。ほとんどイギリスから出たことがありませんの。」

「そうでしたか」とソープは少し考えてから続けた。「マドゥン嬢を色々案内して回っておられるのだと思い込んでいました。」

「その反対ですわ」と彼女は少し醒めた微笑みを浮かべた。「彼女が私を案内しているのです。彼女が旅行の主役で、私はお供です。」

ソープはその言葉の意味を考えた。それほど深刻に取らずともよかったが、彼女の苦々しい口調にも気づいていた。

「確かに、本当の二人連れのご旅行という印象は受けません。つまりあなた方が、いかにも対等に同行されている旅行という感じには……。」この数日お互いに随分会っていたが、気楽に話せる範囲が広がったかどうか、ソープは確信が持てなかった。

黙ったまま少し肩をすくめて、彼女はソープの言葉に反応した。彼は当惑した。しばらく無言であった。どこまで自由に話せるものなのかと改めて意識しながら、彼は続けた。

「どうか私をうるさく思われませんように」とソープは言った。「甥や姪とも随分長く一緒に旅行していますので、周りの人間が楽しんでいるのか気にする習慣が身についていまして。楽しそうでなかったら、父親みたいに、何がいけないのか知りたいと。ついそういう気持ちがありまして。」

彼女は微かに微笑んだ。しかしふと思いついてソープが「ところで父親と言えば、ハドローに滞在した折には、あなたが私の会社の取締役の娘様だとは存じ上げませんでした」と話すと、彼女の微笑はたちまち凍りついた。

「ホテルから見た方がダン・デュ・ミディはきれいだと思いませんか？」と彼女は聞いた。「ここからよりも。」

迷ったが、やはりソープは続けることにした。「カーヴィック将軍には非常に好意を持っておりまして。」ほとんど逆らうかのように言った。「お父様にはそれなりの収入を、地位に相応しい収入を生涯得られるように取り計らっております。」

「それは喜ぶでしょう」と彼女は答えた。

「あなたもお喜びなのだと思っておりますが」と彼は無遠慮に言った。自分の優越性を前面に出せばよいのだという、長年身についた気持ちが蘇ってきた。自分の方が年配であり、父親みたいに目上である。そう振舞えば彼女は従いそうだ。「私は姪に対するように、あなたにもお話ししているのですが」と謎めいた言い方をソープはした。

クレシッジは振り向いて一瞬彼の表情を確かめた。ソープの言葉が意外であったらしい。「おっしゃる意味が分かりませんわ。あなたは私の父にお金を提供している。だから私にも叔父さんみたいに話したいと。そういうことですか。」

彼はやや落胆しながらも、笑ってみせた。「いえ、そうではなくて」と答えて、また笑った。「お父様の話をされたくないとは存じませんでしたので。」

「そんなはずは。父親を話題にしない理由など、どこにもありませんから」と、彼女は急いで答えた。「父がシティでいい思いをしているなら、何より嬉しいです。いつもお金をたくさん持っていないといけない人ですから。つまり、その方が性格のいい面も出ますので。私と同じで、逆境では輝きを失うのです。」

ソープは気の利いたことを言うまたとない機会だと思ったが、いざ口に出そうとすると、どの言葉にも自信が持てなかった。「自分はずっと貧乏で。今に至るまで」というのがようやく言った言葉であった。

「どうか貧乏でも幸せだったなんて言わないで」と彼女は、わずかに微笑を取り戻して、彼に諭すように話した。「そういう風にできる人もいるらしいですが、私は違います。そんな人の言葉など聞きたくありません。私にとって貧乏は恐怖です。言いようもない恐怖なのです。」

「そう思わない日は、私だって一日もありませんでした。」ソープは言葉に熱を込めた。「貧しさに甘んじたことは一瞬だってない。そこからいつかは抜け出すのだといつも自分に誓っていました。だからこそ、そこから抜けられない人に対して優しくなれるのです。」

「あなたの姪が、あなたは非常に優しいと」とクレシッジが言った。

「あんな素敵な子には、誰だってそうでしょう」とソープは機嫌よく答えた。

「彼女は素晴らしいですわ」とクレシッジが言った。「こういって差し支えなければの話ですが、彼女と三か月旅をされて、あなたにも好ましい影響があったのかと。この前のあなたとはずいぶん違います。」

「自分でも、そう思っていたのです」とソープは答えた。彼はクレシッジの証言に、見た目にも明らかに気をよくしていた。「事実上ずっと一人暮らしでした。話す友人もいなければ、仲間にも恵まれていない。ただひたすら這い上がりたいという気持ちだけで。それを成し遂げた今、私は、自分が好む人と付き合えるようになりました。でも問題は、そういう人が逆に自分を好むかどうかでした。率直に申しまして、最初お会いしたときも、それを非常に気にしていました。今、そのことを告白したくなりました。あのときはもう少しで、思わずひるんでしまうところでした。でも今はご覧の通り全く怯えていません。もちろんジュリアが私を猛特訓してくれたお陰で。」

言い回しの妙味はクレシッジに理解できなかったが、意味そのものは彼女にとって不快ではなかった。「あなたは本当に優しい人ですね」と彼女は言った。「父親の件で、先ほど素っ気ない言い方をしたのはお忘れください。」

「おっしゃったことで覚えているのは」とソープは、今度こそは機会を逃すまいと目を輝かせながら話した。「お父様は逆境では輝きを失うという言葉です。あなたと同じく。率直に申しまして後の部分は賛成できません。世界のどこであなたが輝きを失うというのか。」

「そういう言い方を、姪御さんにもされるのですか？」と彼女はあまり嬉しくなさそうに聞いた。「そんな見え透いたお世辞は、若い人には好ましくありませんから。」軽い言い方であったが、表情は晴れやかではなかった。彼女は冗談には向かなそうであった。

「ああ」とソープはやや不満気に声を漏らした。「どうやってあなたにお話しすればよいのか。真実を申しますと、私にはあなたが不幸に見えます。それが気がかりなのです。あなたに対して何もできないのか、それがお聞きしたい。できることがあると、あなたにお認めいただける、そんな尋ね方がしたいのですが。でもどうお尋ねしたらよいものか。」

彼は相手から感謝の言葉を期待して、微笑んでいた。だが彼女は、「でも、もちろん何もありませんので」と静かに言った。

「いえ、あるはずです」と彼は強く答えた。何を言い出すのか、自分でもはっきり分からなかった。「あるはずです。先ほどあなたは言われました。ジュリアに話すのと同じ話し方で、私はあなたにも話すと。」

「言いましたでしょうか？」

「ともかく、私はそういう話し方をすることにします」と彼は大きな声で答え、彼女の否定の言葉を無視した。「あなたは不幸なのです。あなたはお供だと認められた。さて、率直に申しまして、もしマドゥン嬢と一緒なのが嫌ならば、ジュリアのお供になったらどうですか。私はやがてロンドンに戻りますが、ジュリアはここにいられます。いや、エジプトでも好きなところどこに行ってもよい。もちろんあなたも好きにできるし、好きなものを買える。」

「どうもお話が無理な方向に行っているような」と彼女は答えてから唇を噛んだ。立ち止まって、次の言葉を考えるため少し顔をしかめたが、話を再開しようとして目を上げたときの視線は厳しくなかった。「歩きましょう。あなたは状況を完全に誤解しておられます。マドゥン嬢ほど親切で思いやりのある方はいません。もちろん彼女はアメリカ人、というかアイルランド系のアメリカ人で、私はイギリス人です。考えや作法は必ずしも一致していません。でもそれは無関係です。彼女の年収は何千ポンドで私は僅か数百ポンドというのも、それ自体に意味はありません。それにいざ助けを借りなくてはならない場合は、どなたよりもまずマドゥン嬢に頼みます。でもソープさん、ここが肝心です。私は施しのパンを優雅に食べるなどできません。その事実にしかめ面をし、それを繕えないのです。それが私の欠点です。自分でも分かっていますが、私は私でしかありません。仮にそのことをマドゥン嬢が気にされないのなら、どうしてあなたが気にする必要があります？」と、冷たく曖昧な笑いとともに言葉を締めくくった。

「どうして気にするかって」と彼は考えながら彼女の言葉を繰り返した。

「なぜかを言いたい気持ちは強いのですが、いつか申します。」
　二人は少し黙って歩いた。彼女が手を伸ばして肩掛けを引き取った。立ち止まってそれを両肩にかけた。
「こうやってお話しして驚きましたのは」と歩き出しながら毛皮のボタンをかけて、彼女は言った。「私は自分に苛立っているのですね。」
「いや、私に対してもっと苛立っておられる」とソープは答えた。
「いえ、違います。でもそれも道理かと。あなたは私に凄くつまらない話をさせたのですから。」
「そこが違いますよ。あなたの言われたことは、すべて文句のつけるところがありません。あなたの今の心境を聞かせてもらえるほど、私は長い間の友人ではありません。でも、もし私が他の人に比べて、長いお付き合いをしている友人ではないにしても、誰にも負けないほど信頼に足る友人だとあなたに思っていただけたら……。信頼に足り、疑いなく本当の。あなたからそうだという言葉が聞けたなら……。」
「友人と言われますが」と彼女は思わず尋ねた。「友人とはどういう意味ですか？　たまたま、二度お会いしたわけですね。一度はほとんど儀礼的な形で。今度もホテルで偶然同宿という間柄です。それ以上ではないと。あなたとあなたの連れが私に非常に親切で、それで私が調子に乗って、然るべき以上に自分の話をした。多分あなたが私の父の話をしたから……。これだけで友人というのは。」
　ソープは戸惑って口を尖らせた。「友人というよりもっと別な言い方だってあります」と彼は思い切って話した。「それを一度ならず口にしたいと思ったのですが。」
　彼女は歩くペースを速めた。空気が明らかに冷えてきた。枯れ木の枝の向こうに遠くの山々が時々見えていたが、暗く醒めた青色になって、空を背景にくっきりと浮かび上がっていた。まだ日没ではなく、霧も出ていなかったが、天空から日の光が消えつつあった。ソープは押し黙って、彼女の傍らを急いで歩いた。
　道が曲がって複雑になり、連れは見えなくなっていた。しかし彼らは近くにいるはずで、もしかしたら二人の声も聞こえたかもしれない。時々前方から笑い声が聞こえた。

不機嫌そうに、ソープが「向こうは楽しそうで」と言った。

「それなら一緒になりましょう」と彼女は短く何の気なしにそう答えた。

「でも私は嫌です」とソープは言った。「どうして私と一緒だといけないのですか？」

「だってあなたは私を虐めるから」と彼女は説明した。

その表現に彼の心は引かれた。それが彼女の本心であろうか？　自分が彼女に話をするように仕向けたのだと、彼女は言ったのであった。彼女の不平は、彼の意思が彼女を圧倒していることを認めたようなものだ。それが本当なら、彼は勝利を得るのに充分な力を蓄えているはずだ。

「いえ、虐めるなんてしていません」と、意味よりも表現に反対するかのように、彼はおもむろに言った。「そんなことができるはずもない。とは言え、あなたは私がどういう人間か、それが分かるほど私をご存じではない。私は一旦思ったら、何でもその通り実行する人間です。よろしいですか。あのハドローでの話ですが、私はキジ撃ちなど初めてでした。ライフルは何とか心覚えがありましたが、散弾銃はほとんど知らなかった。それまで鳥など数羽しか撃ったことがなく、しかもずっと昔の話です。でも私は誰よりもうまく撃てると思いました。そう思って、決めて、やってのける。それだけです。覚えておられるかどうか知りませんが、他の人たちが撃った全部を合わせても、私の獲物の方が多かった。これが一つの例です。あなたに射撃の名手だと思ってほしかった。だからそうなったのです。」

「それは面白いですわ」と彼女は小声で答えた。心なしか少し歩調が緩くなった。

「自慢していると思わないでください」と彼は続けた。「そういう意味で話してはいません。自分がものを成し遂げられることに誇りがあるのではなく、それからどうするかが気になるのです。富をなせば人は満足するでしょう。私はそうではない。私の関心は、どう財産を使うかです。最大限生かせる、つまり最大の幸せを得られるような。心すべきは、何をしたいのかを慎重に見極め、そしてそれに断固たる決意で全精力を注ぎ込むこと。後は簡単です。強い人間に手の届かないものはない。自分を充分信じさえすれば。」

「でもそれは二つを混同しているのでは」と彼女は尋ねた。この話が明らかに彼女の関心を引きつけていた。「力でものを勝ち取るのと、他人よりお金持ちだから、そのものをどう使うかも自由になるというのは、全く別では？」

彼は不敵に彼女に笑いかけた。「だって、私はその二つを合わせ持っていますから」と言った。

「とすればあなたは全能だと」と彼女は冗談めかして答えた。「他の人にはキジは一羽も残っていないと。」

「からかわれても気にしません」と彼は真面目に言った。「お好きなだけ私をからかってください。悪気がないのでしたら。でも私は真剣ですから。自分のお金や権力について、ふざける気持ちはありません。私には大きな計画がありまして。いつかお話ししたいと。すべてやり遂げてみせます。ことごとく全部。その計画をいつかあなたにご相談してもよろしいですよね。」

「あなたがおっしゃる計画なるものについて、私の意見など現実的に何の価値もありません。私にとってもそうですし、他の誰にとっても。」

「それでもアドバイスはしてくれますよね」と彼は迫った。「特にそれがあなたにも関係する計画であったなら。」

少し押し黙った後、彼女は答えた。「私が関係する計画などあるはずもありません。このお話は相当的外れです。あなたの問題が、私に関係するみたいに話すのはおかしいかと。関係する証拠なんてどこにもありません。」

「でも仮にあなたに計画に加わっていただいたとして、そしてそれが続いたとしたら、どう助けていただけますか」と彼は熱に浮かされたように思い切って聞いた。「本当はそうしたいのではないかと、自分にお尋ねになったらいかがですか？　どうしてそうされないのか。私があなたのよき友人になれるであろうことは、よくご存じのはずです。それくらいのお付き合いはあるかと。しかも私は相当の人物になる、そういう友人なのですよ。好きな人のために働く意思と能力を持つ、そういう人間が身を捧げると言ってくれたら、どういう理由であなたは断るのか。率直にお考えになってみてください。」

「けれどもあなたは、そういう質問を私に考えさせる立場にはありません」と彼女は答えた。そう言ったときの口調と素振りでもって、彼女は自分の意思をはっきり伝えようとしていた。「こうご理解願います。もう私について話さないと。私自身を会話の対象にしてはいけないと。」

「それなら、その前に言いたいことを言わせてください」と彼は言い張った。「私は何かを傷つけたくて話しているのではありません。ですから、お聞きにならないのは間違っている。というのもあなたを助けたいのです。お役に立ちたいのです。こういうことです。あなたは非常に辛い、不幸な状況におられる。私の友人である、あのプラウデン卿みたいに。」彼は彼女の顔をじっと見た。が、無駄であった。鈍い光の下では、さしたる変化は見えなかった。「プラウデン卿と同じく地位も肩書きもあるのに、それを維持していく財力があなたにはない。プラウデン卿ならシティで金儲けもできましょう。少なくとも、試みるのは可能です。会社の取締役などを引き受けたりして、自分の利用価値を知っている知人から、プラウデン卿は市場の情報を得ることも可能です。そうすれば彼は自分でそれなりの稼ぎもできます。しかし、あなたにはこういったことは不可能です。いや、無理だと思っている。どちらも同じですが。いわば八方塞がりです。制約にすっかり囲まれ縛られているのです。その制約によって、ここを歩いてはいけないとか、あっちを見てはいけないと指示されている。前を歩いている、あなたの友人のマドゥン嬢ですが、そういう制約にあまり縛られていない。実際カモメに餌をやるなと言ったら、彼女なら、だからこそ逆にやるでしょう。でもあなたは餌をやらない。けれどもそうしない自分に苛立っている。そうではないですか？　私の推測は正しくはないですか。」
　クレシッジは彼の話を従順に聞いていた。答える声に諫める様子は全くなかった。「あなたが言いたいと考えている、その点は分かります」と言った。
「考えている！」とソープは自信をもって答えた。「考えてなどいません。本の字面をそのまま読んで聞かせているのも同然です。先ほども言いましたが、あなたは満足していない。不幸である。不幸を隠そうともしていない。ともかく、不幸を嫌いなのにそれを受け入れている。自分の制約に素直に従わなくてはならないと思っている。私があなたに言いたいのは、考え方を変えるということです。あなた自身と友人の間にどうしてこんな壁を設けるのか。それで誰も得はないし、あなたは損をしている。なぜプラウデンは私から利益を得ているのに、あなたはそうしないのか。」
　彼女は醒めた微笑を目に浮かべて彼を見た。「不幸にも、あなたの会社の取締役に誘われませんでしたから。」
　彼はこの言葉の意味を考えながら、唇をきっと結んで、彼女を探るように見た。「私がプラウデン卿をなぜ助けているかと言えば」とゆっくりと、ややはっきりしない口調で、彼は言った。「彼が取締役だからではない。その点では特に役に立つわけではありません。でも彼は私にとって、人の親切が身にしみるときに、正に親切にしてくれた人なのです。それを私は忘れていません。その上、個人的に彼が好きなのです。私の幸運を、二人で分かち合えるのが嬉しいのです。分かりますか？　それが私にとって、自分の楽しみなのです。それにあなたのことも好きだから、それなら私の幸運をあなたとも分かち合いたいと。それがなぜ許されないのか。事情が違うという。それは根拠もなく全く馬鹿らしい。あなたが日頃付き合って意見を聞いている連中、一体そういう連中が、あの南アフリカでの金鉱の熱狂騒ぎのときに、何をしたというのですか？　ああいう人間のくずどもは、ただ認可を頂戴して分け前に預かっただけの話です。それで事情通の顔をする。そして気ままに貴族のご婦人方と夕食をともにできると。あの一件に関係した者を一人か二人、私は知っています。ああいった連中を、私だったら自分の会社に入れたくはない。が、ロンドンなら他のどこでも受け入れてくれるでしょう。」

「いかにも。どこでも、でしょうね」と彼女が口をはさんだ。「そういう点で、社会というのには浅ましいところはあると認めます。でもそれは一部が冷静さを失ったというだけです。他にも色々考えはあるわけですから。ともかくあなたはそういうことに巻き込まれなかったと。あなたが言う、そういう大騒ぎというのは、すべて金融の話ですね。どの株が上がるか教えてくれる人を追いかけ回す。そしてその株に投資する。それだけの話でしょう？」

じっと彼女を見ながら、ソープは僅かに頭を振って否定した。「株については」と、彼はまるで自分に言い聞かせるように繰り返した。「株については、人は得をしたいものなのです。」

彼は立ち止まって手を彼女の腕にからめた。と、彼女も思わずちょっと立ち止まった。「あなたが理解できません」と彼女は率直に言った。

「でしたら、こう説明したらよいかと」と彼は眉をひそめ、心の中ではしきりに考えながら言葉にした。「あなたは私の取締役陣に誘われなかった。だからプラウデン卿とあなたでは扱いが違うと。もちろん冗談だと分かっています。でもそこには意味がある。少なくとも私には。お聞きしたいのは、もし私が別会社を作って、それは非常に小さくて個人的なものですが、もし私がそういうものを作ると決め、あなたのもとに行ったら、その取締役に加わってくださるようお願いできますか？　もちろん頼めるでしょうが、でも言いたいのは、多分あなたには意味がお分かりかと。」

この言い方がソープにとって、彼の目的に適う最も巧妙な、満足のいくものだと思えた。が、奇妙にも色々混乱し始め、その気持ちはたちまち薄れてしまった。彼の立場上の有利さが急に消え去った。クレシッジを一瞬見た。自分の視線には、どことなくごまかした自信のないところがあるのではと感じていた。彼方の薄暗くなった山並みに目を移した。その後、沈黙が続いたが、胸の中で心臓が驚くほどドキドキしていた。

「あなたはきっと、言いたいことをすべて言ってしまったのですね」とようやく彼女が答えた。彼女は踏みしめている足元の雪をじっと見たまま、顔を上げさえしなかった。その緊張した様子と、すがるような言葉遣いが、たちまちソープに自制心を取り戻させた。

「それ以上、お願いですから言わないでください」と彼女は続けた。「三人からひどく遅れています。もし私を喜ばせたいのなら、急ぎましょう。それ以上お話しされないように。」

「でも一言だけ。怒ってはおられませんね？」

彼女は微かに首を振った。

「あなたは私が友人だと、確固たるかけがえない友人だとお認めになるのですね。」

一瞬の間があって、ほとんどささやくように彼女は答えた。「はい、それでよろしいのなら友人になってください。」そう言って彼女は曲がった道を急ぎ足で下った。

第十三章

二日後、ソープと連れの若者二人は、朝早くジュネーブ行きの列車に乗った。帰途に着くのである。

ロンドンで緊急の用事ができたという叔父の言葉を、二人はあっさりと受け入れた。とは言えそう告げられたとき、ジュリアとアルフレッドは、仕事以外の事情もあるのでは、という印象を持った。それを交わした視線でお互い了解していた。叔父は遠大で、恐らくリスクも伴う事業が気がかりなのだろう。が、二人にしてみると、仕事上のことで叔父が動揺するとは、似つかわしくなかった。だが明らかに動揺していた。

二人は常識的に、叔父さんの動揺の原因はグリオンからコーへの遠出に関係しているのではと思った。というのも翌朝になって、昨晩は寝られなかったから、自分はその日の計画から外してほしいと叔父が言い出したからであった。テリテでの残りの滞在中、ずっと叔父は二人と行動を共にしなかった。病気ではないが、落ち着かず気疲れしているとの話だった。ほとんど食べずに煙草ばかり吸い、ひたすら酒を飲んでいた。そんな叔父をこれまで見たことがなかった。二日とも、外に出る気が全くなかった。

奇妙にも、叔父が心の平静をなくしたのと同時に、階下の友人の態度も明らかに変化した。この変化は具体的には説明できないが、見れば分かるという類のものであった。確かに二人の女性は、相変わらずいつも親切で愛想がよかった。が、仲間意識に似たものがどことなく消えたのである。何かを一緒にやろうという気持ちや興味が徐々に失せてしまった。もう一緒に外出もせず、気軽にランチや、あるいは正式な晩餐を共にすることもなかった。
出発の朝、雪をかぶった列車に乗り込んでから、コンパートメントの窓を開け、二人は大きなホテルの正面を見上げた。マドゥン嬢の部屋は明らかにどこか分かり、カーテンも開けられていたが、人がいるかどうかははっきりしなかった。もちろん前の晩にお別れの挨拶はしていた。そのとき既に何となくおざなりな感じがしたのであったが、だからと言って、もう一度ちらとでも見送られもしないとは思わなかった。しかしバルコニーに出て手を振る人の姿はなく、列車が動き出すと若い二人は何となく納得がいかないと、お互いを見た。それから思わず叔父の顔を二人は見た。すると帽子を目深にかぶり、反対側の湖を不機嫌そうに睨みつけていた。
「幸い晴れているから、モン・ブランが見えるでしょうね」とジュリアが言った。
自分の声が耳に空々しく虚ろに響いた。叔父も弟も返事をしなかった。

二人の若者が空しくお別れの眼差しを向けていたホテルの部屋では、朝食の時間になっていた。マドゥン嬢が傍らのテーブルに手紙を広げて読みながら、思いに耽るようにコーヒーを飲んでいた。
「噂通りのようで」と言った。「馬車での山越えは許されていないそうです。共和国のモデルたる国にしてはおかしな話では？」
「でも、恐らくそれが正しいのでは？」クレシッジはあまり関心がなさそうに答えた。「安全のためですから。山を知らない人が、無謀にも登って雪崩とか吹雪で死んでしまう。それをスイス政府は防ぎたいのだと思います。」
「スイス政府の肩を持たれるのですね」とマドゥン嬢が茶色の目を輝かせながら言った。「本当はシンプロン越えがお嫌なのでは？」
クレシッジは眉を上げ、どうでもいいといった感じで頷いて肯定した。
「それならロシアに行く案の方がまだましだと？」とマドゥン嬢が言った。「せめて一度だけでも率直に話してください。どう思われているのか、はっきり知りたいのです。」

「一度だけでも？」とクレシッジが尋ねた。口調に含むところはなかったが、相手の言葉を繰り返した理由を詮索されるのは承知の上であった。

「一度だって本心を伺っていませんから」とマドゥン嬢が言った。微笑みで言葉の強さを和らげようとした。「あなただけではありません。例外だと思わないでください。あなたの国の女性には染みついていますわ。どうしようもない。ものを言わないのがあなたの国の女性の血筋なのですね？　本音をどうしても言えないとしか思えない。もう何人も、そういうイギリス人の女性に会いました。反対に、本音を明け透けに語ってくれそうな女性には、一度も会っていません。変だと思われませんか？」とやや笑いながら続けた。「シンプロン越えですが、行けるか行けないか分からないうちは、あなたは嫌だとは口にしなかった。でも行けないと分かったら、途端に嫌だと認めたのですね。」

「だってあなたが行きたかったから」とクレシッジはやんわりと反論した。「それが大事だから。私が行きたいか行きたくないかは、何の関係もないので。」

マドゥン嬢の顔が一瞬曇った。「そんな風には言って欲しくなかったのに」と、語調を強めて言った。「それでは全然話が違います。私が喜ぶのと同じくらい、あなたにも是非喜んで欲しい。それはお分かりでしょう？何度も言いましたし、それに反する何かを私がしましたか？　それにしても、お好みが分からないのです。何があなたを喜ばせるのか。決して何も言い出さない。私が言っても、絶対素直に答えられない。いつもちらちら見ながら、何があなたの好みに合うのか、そうでないかを推測しているだけで。」

話は、いつもと同じ展開になってきたようだった。「ずっと前に分かっていたことを、また蒸し返しているだけでは？」とクレシッジが穏やかに答えた。「私には、物事に熱中する素質がないのです。でもあなたが二人分持ち合わせている。だから私とでちょうどバランスが取れる。この説に前はあなたも賛成でした。非常に論理的だと思ったのですが。私は今でもそう思っています。でもそれがうまくいっていないとしても、うまくいくようにする責任は、少なくとも私だけにあるというのでは。」
「面白い！」とカップを置きながら、ふざけてマドゥン嬢が言った。「議論し甲斐のある、あなたは唯一の女性ですわ。話していると、オックスフォードかイエズス会の卒業試問を受けている気になります。是非毎日議論をしたいですわ。純粋な楽しみとして。私があなたを傷つけているのに、あなたが何も言わずに、密かに傷を癒しているということなど、ないならばの話ですが。私が何かまずいと感づいて、何週間もあなたをじっと観察して、ようやくその理由が分かるという、そんな不幸にならなければの話ですが。ところでさっきの話題に戻りましょう。あなたは全く本音を言わない。」
クレシッジは答えの代わりに愛想よく微笑んだが、いかにも遠慮した悲しさも感じられた。「それが生まれながらの私の欠点かと。あなたの言葉だと、イギリス女性の欠点なのかも。でも、この年齢になってどう変われと？　ところで、私に話してほしかったのは何でしたかしら？　忘れましたわ。」
「ロシア行きの話です。ウィーンに行って、ロシアへの入国許可を得る。それからクラクフへ。そしてキエフを通る。充分観光する価値があるとの話です。さらにモスクワへ。次にペテルブルクへ。雪が解けないうちに……。よく言われるように、本当のロシアは冬にこそ見られると。毛皮をしっかり着てソリに乗って、雪の上を三頭立て馬車で駆け巡る……。ヨーロッパで最高の観光だと思えます。仮にロシアをヨーロッパとすればですが。こんな計画が、まあ一般的かと。私は北国に近いところの育ちですし、この季節でしたら、そういうのが好みなのですが。でもあなたの場合は違うでしょう。イギリスでは、本当の冬がどういうものか知りませんが、だから冬のロシアが気に入られるかどうか、前もって伺っておかないと。」
クレシッジは静かに笑った。「でも私が本当の冬を知らないのなら、好きかどうかなんて、どうして決められます？　言えるのは、是非行ってみて確かめたいと……。間違いなく、行ってみたい。」
マドゥン嬢はちょっとため息をついた。「分かりましたわ」と言ったが、明らかに口調には確信が感じられなかった。

無言のまま、彼女はもう一通の手紙を開けて中をちらと見た。封筒には切手が貼られていなかった。手紙の内容を、唇を尖らせながら見ていた。驚いて思わず眉を上げた。が、手紙を元に戻してから、クレシッジに率直に微笑みかけた。

「あの青年からですわ」と彼女は機嫌よく言った。「画家志望のドービニーさんから。思い出しましたわ。私がしたという約束を。ロンドンで私の肖像を描くと。そんな約束をしたつもりはありませんが。でもそれはどうでもよくて。多分この忌々しい髪のせいですわ。もう今頃は、三人はずいぶん遠くまで行ったでしょうね。朝早く出発しましたから。」

クレシッジは時計をちらと見た。「八時四十分ですわ。もう三十分ほど前です」と、さり気なさを装って言った。

「奇妙な組み合わせの三人でしたわね」とマドゥン嬢が言った。「子供たちは非常にスマートなのに、叔父さんは朴訥で。子供たちが叔父さんを駄目にするのでは？　修道院が、いわゆる高貴な野人を駄目にするみたいに。子供たちは叔父さんから離れて、一人にしておかないと……。野人としての迫力がありますわ。でも彼を漂白してしまって、飾り立て、毒にもならないただの怪物にしてしまうのでは……。それも仕方ないのでしょうね。財産ができたら、紳士になるのが世の習いですから。アメリカではもっと簡単です。ある世代が財をなすと、飾り立ててそれを身につけるのは次の世代に任されます。たとえば私の父は、貧しい職工だった頃の習慣を全く変えませんでした。死ぬまで、昔のままでした。素朴で敬虔で控えめで、勤勉で情が深く倹約家で、模範的田舎者というか。自分が歩むように育てられた道から外れる、そんな誘惑には絶対負けませんでした。でも心と気だては非常に高潔で。だからと言って、娘にも同じ道を歩ませるなんて、父は考えもしませんでした。私にすれば、小さな頃から一度だって理不尽で偏狭な制約を、父親から押しつけられた記憶がありません。私はきっと手の焼ける娘だったと思います。でも決して父はそう言わなかった。そう思っている風に見せなかったし、仕種もしなかった。いやともかく、私は父の話を始めると止まらなくなってしまい……。」

「あなたのお父様の話は、いつ聞いても素晴らしいですわ。」クレシッジが口をはさんだ。「父親について、そういう風に思える人は非常に少ないですから。」

マドゥン嬢は真面目に頷いた。まるで相手が言おうとした次の言葉に対して、感謝しているかのように。アルフレッドの手紙がまた目について、前の話題を彼女は思い出した。「でも、一概には言えませんわ」と言った。「このソープ氏は、そもそも、いわゆる田舎者ではないと。教育を受けた人ではないかという感じが時々しましたわね。」

「パブリック・スクールに行ったのよ。プラウデン卿がそう話していました」とクレシッジが強調するように言った。「一家は、ロンドンのどこかの本屋だそうです。それで少しは教養もあるのだと。昨今大手を振って歩いている大勢の成金より、彼にはよほど紳士になれる素養があります。それに具体的で率直で、話も上手ですし。ところで、姪や甥が彼を駄目にするのでは、というあなたの言葉が理解できないのですが。もちろん、二人の影響があるのは分かります。でも彼はそれを承知していますし、誇りにしています。素直にそう言っていました。でも、それが悪影響だと？」

「いや、私もよく分かりませんが」とマドゥン嬢は曖昧に答えた。「私には彼は海賊みたいな人で、磨きをかけるとか、パーティーでの駆け引きとかを教え込まれるべき人ではないと思えます。単に、人の適性という観点から言っただけで……。彼の目を見ましたか？　どんよりとした目の表情を。あの瞳の中に、彼の犠牲となった人が映っていると。」

「あなたが言う彼の眼つきについては、私も意味が分かります」とクレシッジが低い声で言った。

「彼が殺人を犯すというのではなく」とマドゥン嬢は続けた。さり気なさを装っていたが、その視線は話に興味をそそられたようで、クレシッジに向けてじっと注がれていた。「また彼に罪を犯そうという意図があるとか言っているのでもありません。非常に礼儀正しいですし、明らかに姪や甥から尊敬されています。二人にとっては、彼は親切そのものですから。

間違っているかも知れませんが、何となくぼんやりとしたものを彼の目に見ると、思わず自分が警戒しているのが、自分でも分かるのです。一年ほど前にアフリカ探検家に会ったことがあります。その人の冒険については、とかく色々言われていますが、そっくり同じ目をしていました。それが恐らく私の頭にあったのでしょう。ともかくあのソープという人はただ者ではないと。必要とあれば何でも平然とやってのける力の持ち主ではないかと。」

「意味は分かります」とクレシッジが言った。彼女はお皿のパンくずを弄んでいた。考えながらパンくずを三角や四角に並べていた。「でも、それは素晴らしく強くて支配力のある性格が、単に顔に表れているということではないかしら？　結局、人は環境次第なのでは？　つまり、あなたが言うところの何千の犠牲者を出す人を作るのか、それとも逆に何千人の生活を豊かにする人を作るかは……。私たち二人とも、あのソープさんが強烈な個性の持ち主に見えるという点では、意見が一致しているとしましょう。だとすると問題は、彼がその力をどう使うかでしょう。その点については、何か証拠がないと。あなたはあのぼんやりとした目つきから、不吉な結論を導いた。でも、単に眠かっただけかもしれない。それとは反対の、彼にとって非常に有利な証拠を挙げましょう。あなたの言葉を借りれば、彼は二人しかいない親戚、つまり私たちが会ったあの二人から尊敬されています。多分彼とは育ちが違うでしょうから、最初から好意を抱いてはいなかったでしょう。それに、私は彼が非常に寛大に振舞った、またはそうしようとしたのを二度目撃しました。どちらも彼にとっては、ことさら意識してそうしたわけではなかったみたいです。実際は、彼は自分の幸運を他人とただ分かち合いたいだけなのでは？　自分の同情や愛情を掻き立てる人となら誰とでも……。」こう言って、クレシッジはパンくずを隅に片付け、顔を上げた。「さて」と彼女は晴れやかに微笑んだ。「あなたは凄く議論好きですから、これにどう答えます？」

マドゥン嬢も微笑んだ。「いえ、答えませんわ。」そう言って、からかうような声で続けた。「あなたの証拠立てには参りました。私は彼を知りませんし、あなたは非常にご存じみたいで。」
クレシッジはマドゥン嬢を改めて真剣に見つめた。「私はあの午後、グリオンからの帰り道で、長い間お話をしたのです。」
マドゥン嬢は立ち上がって暖炉のところに行き、葉巻をつけた。テーブルには戻らず、少ししてクレシッジの隣の安楽椅子に座った。クレシッジは振り向いてマドゥン嬢を見た。「つまり」とマドゥン嬢が真面目に言った。「あなたはその話をしたいのですね。であれば、私の方からそうお願いします。もし違っていたら、決してそんなお願いはしませんので。」
クレシッジはじれったそうに両手を膝の上で握り締めた。「私は自分が何をしたいのか分からないみたい。話して何の得が？　何の得があるのでしょうね？」
「さあ、さあ」マドゥン嬢のいかにも聞いてあげるといった言葉の調子で、二人の間に暗黙の了解が生まれたらしい。というのもクレシッジは微笑みさえ浮かべ、話し始めたからである。
「話すほどのことなど、何もないのに」となおもためらって口ごもりながら、クレシッジは言った。「つまり、何もなかったので。どう言ったらいいのか、あのときの話は、眩暈がするみたいな……。どうしてか分かりませんが。別に変わった話をしたわけでは。でも話をしていたとき、自分が意識していたのは何かその話以上だったような。ともかく、あのときのことは全部覚えていて。心の中で整理しようともしましたが、何もできない。それで悩んでいるのです。こんな風に奇妙に混乱した経験など一度もなかったのに。こんな馬鹿げたことは。人と話すときには、自分をしっかり持っているつもりです。ある程度の知的立場の人と話すときでさえ。しかしあの人はそんな立場でもないし、特に目的もなく取り留めのない話をしたのに、それなのに私の頭を混乱させてしまった。彼に凄い話をしてしまいました。女学生でさえ恥ずかしくて言えない、わけの分からない下らないことを。どうやって説明ができます？　しようと思ってもできない。あなたならどうですか？」
「心の問題でしょう」とマドゥン嬢が考えながら答えた。

「それは説明になっていません。」クレシッジが断言した。「誰だって、心の問題だとは言えます。もちろん、人の考えや行動はすべて心の問題ですから。」

「でもあなたの場合は特別な心の問題でしょう」とマドゥン嬢が穏やかな口調で冷静に言った。「いや、はっきり説明できると思います。喩えはあまり上品ではありませんが、世界で最も血統の優れた犬が、小さい頃から鞭打たれ、脅かされていたら、いつも神経質で心配症で臆病な、どう表現してもよいですが、そういった性格になるでしょう。あなたの場合はそれに似ているかと。痛めつけられすぎました。それがあなたの神経を破壊したとまでは言いませんが、少なくとも損ねはしたでしょう。それで嵐になると兵士の古傷が痛むように、ある心理状態の下では、古傷が戸惑わせ混乱させるのです。ちょっと変な説明ですが、説明に実際なっていると思います。」

「そうかもしれません。分かりませんが」とクレシッジは憂鬱な夢でも見ている様子で答えた。「何であれ、惨めな状態の私になる。」

「私なら我慢できませんわ」と、真面目な口調でマドゥン嬢がクレシッジを諌めた。「あなたみたいに自ら勇気をなくすなんて、とても許せません。」

「でも、私は臆病ではない」とクレシッジは反発した。「機会さえあれば誰にも負けないくらい、あなたにも負けないくらい勇気が持てます。でも手の届かないほど高い壁に対して勇気を持てと言われても、それはできません。壁を壊そうとするか、抜けようとしても結局は躓き傷つくだけです。分かっています。あなたの言おうとすることは。壁などないと。それはすべて幻想だと。でも不幸にして私はそういう考えができない。あまりにも長く、ひどく痛めつけられたのよ！」

マドゥン嬢は肩をすくめた。「そういう言い方をしたら、女性にはみんな壁がありますわ。限界が」と、彼女はクレシッジに同情しながらも苛立った口調で話した。「自由という観点から言えば、女性はみんな話になりません。自由な女性なんて言葉は、いんちきで現実的ではない。フランスの公共の建物によく書かれている、自由・平等・博愛と同じで、全く実態がない。私もかつては自立の意味を理想化して考えていました。財力と勇気と自由な心があって、自分をしっかり持ってさえいれば、人類を驚かせることだってできるだろうと。でもせいぜい可能だったのは、ドイツ人のウエイターを時々少し驚かせたくらいで。それだってたまには飽きがくる。もしあなたにある程度のお金があって、もっと自立できたとしても、何の違いがあるというの？　今しない、あるいは無理だと思っているのに、そうなったところで何ができるというの？」

「今？」微かな笑いを浮かべてクレシッジが見上げた。「今は途中というか、オアシスにいるみたいなもので。」

マドゥン嬢の大きくて整ったきれいな色つやの顔は、いつもは落ち着いて見えるのであった。が、クレシッジを見ている今は、冷静さをやや失くしていた。「どうしてそんな言い方をするのですか」と優しく、しかしやや責めるような口調で聞いた。「私は、心の中に制約などありません。あなたにはそういう制約があるなんて、考えてもいませんでした。」

「制約なんてありませんわ。」

「となると、今まで以上にあなたが分からなくなる。どうして途中だというのか。別の言葉は何でしたか、オアシスでしたか。まるで今は休憩のためのちょっとした停止、休息の機会だと。やがてまた砂漠にさ迷い歩きに出かけると。そういう表現は私にはありません。女性として共に生きていこうと、お互い同意しましたよね。色々な困難も分かち合って……。私は仲間が欲しかったし、それはあなたも同じでした。一瞬だって後悔してはいません。私の方の至らなさには後悔していますが。あなたは、私がこれまでに会った女性の中で一番美しく、才能にも恵まれ、私を気に入ってくださっているようです。自分に約束したのです。あなたの才能に快活さや陽気さを加えてあげようと。残念ながら失敗しました。あなたは不幸です。あまりにもはっきりと。」

「分かっています。私は疲れていて、あなたには退屈だと」とクレシッジが沈鬱な様子で答えた。

「そこが間違っています」とマドゥン嬢が言った。「そういう言葉を使ってはいけません。それでは人生の何を説明したことにもならない。あなたの悩みに少しでも助けになれたら、私だって嬉しいはずなのに。言いましたよね。貧しさが身にしみる境遇にあなたは二度と戻ってはいけないと。そのためなら、たとえ私たちの仲が終わっても仕方がない。こう考えてくれたら、あなたの心は楽になるのではと、私は思っていました。前にも言いました通り、あなたは、お金の力を知っている人が思うそれ以上に、お金を重要視している。ともかく、あなたは年六百ポンドではやっていけないと言う。でも、その言葉で尽きていますわ。私たちの仲が続こうが続くまいが、六百ポンドの倍のお金があっても、あなたの望む境遇は手に入らないでしょう。その三倍だとしても、関係ないと思います。」

「分かっていないようだけど」とマドゥン嬢はさらに力を込めて続けた。「あなたは私の夢です。私が最も誇りに思い、好ましいと思うものをあなたは持っている。あなたの百分の一の魅力を持つ人でさえ、他にはいない。私が一人で暮らすようになってから、一番嬉しかったのは、あなたに何かしてあげられることでした。一緒にいて、世界最高のものを共有すること。それでもあなたが不幸なままなら、何をしていいのか分からない。分かってくれますよね？」

「もちろん。私の態度がいけないのは。」クレシッジは立ち上がり、明らかに興奮した様子で部屋を歩き回った。「私は湖に放り投げられてもおかしくない。自分でも充分承知です。でも私はあなたみたいには割り切れない。新約聖書の人物たちと同じく、きっと悪魔に取りつかれているの。恐らく誰かがやってきて、取り除いてくれるでしょう。自分自身にはできそうにない。自分を制御できない。自分にはない力が、必要なのです。」

「そうなのですか」とマドゥン嬢は考えるように答えた。クレシッジが歩きながら、振り向いて興奮して口にした言葉には、よく考えると隠れた意味があった。

「それなら」と少しして、いきなりマドゥン嬢が尋ねた。「結婚したいのですか。」

クレシッジは暖炉のところで立ち止まり、マドゥン嬢をじっと長い間見つめた。それからゆっくり歩き出して「分からないのです」と答えた。明らかに素直な本音だった。

マドゥン嬢は口をすぼめ、思いを巡らせながらやや顔をしかめた。それからふと思いついたことがあるのか、奇妙な微笑を浮かべた。立ち上がり、暖炉に行ってもう一本葉巻をつけた。「率直に伺いましょう」とはっきり言った。「結婚の話が出たからには、黙っているより話した方が、差し障りがないでしょう。それで悩んでいるのですね？」

痩身のクレシッジは、考え込んで静かに窓際に立っていた。うつむくようにして湖を眺めていた。「多分そうだと」と彼女は声を低くして言った。

「それを私に話すのをためらったのですね？　言いたくないと。」マドゥン嬢は少し間を置いてから相手の返事を待たずに続けた。「結婚に私が敵意を持っているなんて、どうか思わないでください。実際自分でも、それがあなたにとって最上ではないとは、言い切れないのです。結婚、家庭、子供、どれも女性にとって大変なことです。そのためなら束縛という代償を払ってもいいような。でも束縛の意味を知るには、自由が自分にとってどういう意味があるのかを考えないと。」

「その通りです」とクレシッジが窓のところから口をはさんだ。「でも価値があったはずの自由でもって、何をしたというのか……。」

「それほどのことはなかったと」とマドゥン嬢が小声で言った。クレシッジの傍らに来て、彼女の腰に腕を回した。二人で湖を見た。

沈黙の緊張が高まったとき「プラウデン卿ですね」とマドゥン嬢が尋ねた。

クレシッジははっとして顔を上げたが、返事に躊躇した。「いえ」とようやく答えた。考えながらも、マドゥン嬢を見る目に僅かな微笑を浮かべて、付け加えた。「彼はあなたと結婚したがっているのよ。知っているでしょう？」

「それは考えないことに」とマドゥン嬢は冷静に答えた。「そんなことを彼は一度も口にしていません。そういう考えがあるとするなら、母親でしょう。私はもちろん、彼とも誰とも結婚しません。でもハドローで分かったのですが、あなたがた二人は、どう言いましょうか、旧友ですよね？」

「彼はお金と結婚しなくてはいけないから」とクレシッジは答えた。それから急に具体的な話を始めた。「私にお金があれば私に結婚を申し込んだでしょう。そう言って差し支えないわ。二年前にはそういう話でした。そのときはお金があればと私も思いました。」

「今はそうは思わない？」

小さくて形の良いクレシッジの顔が、答えとして微かに振られた。その後、感慨に耽りながら話した。「彼には自分のお金が間もなく手に入るでしょう。でも今はそれに私は魅力を感じない。もちろん個人的には好きです。しかし彼と一緒になっても、何の人生も野心も未来も開けない。」

「子爵なら充分未来があります」とマドゥン嬢が言った。

「それにも興味がないと」と曖昧にクレシッジが答えた。「彼は美男で、頭が良くて、親切で、その他何でも揃っています。でも人の感情を揺り動かすところがないし、努力してもそういうものを持てないでしょう。如才なく、バランスが取れすぎていて、紳士でありすぎます。表現は悪いですが、分かりませんか？」

マドゥン嬢が振り向いて、傍らの美しい横顔を、いかにも理解したかのようにじっと眺めた。

「意味は分かりますわ」と彼女は思わせぶりに言った。

クレシッジは顔を赤くしながら、マドゥン嬢の腕を振りほどいた。「でも自分では分からないのです」と彼女は離れながら悲しそうに繰り返した。「分からないのです。分からないのです。」

第十四章

二月末日に、ダブニー夫人の小さな本屋に二人の子供がいきなり現れた。それほど喜びはしなかったが、驚いたのは事実であった。

「今日来るなんて、思いもしなかった」彼女は真っ先にそう言った。二人は返事もせず、本棚の隙間の暗い通路を通して、窓の外を見た。なるほど陰鬱な光景だ。霧の名残の中、冷たい雨が斜めに降っている。東からの風が霧を晴らそうとしたのだが、まだ残っている。時折通行人が見通しの悪い中を傘で身を覆うようにして、あるいは襟を立てて顎を深く埋めて、前屈みに通り過ぎた。外の扉のところでは、男の子が不機嫌そうに、足を踏み鳴らし両腕で体の両脇を時折叩きながら、無言で棚の覆いから水が本に滴り落ちないようにしていた。もっともそんな本を誰も立ち止まって見ないだろうし、手に取る人などましていなかった。

「男の子に本を中に入れさせて、家に帰さないと」と彼女は、子供たちが男の子の仕種に注意を向けたときに言った。「でもまだ三時にもなっていないし、閉店には早すぎるわね。ともかく二階に上がったら、もっと落ち着くから。」

「やめてよ、お母さん。他人行儀な言い方は」とジュリアが答えた。冗談のつもりであったが、反発した印象は拭えなかった。

母親は背の高い机にもたれかかるようにして、娘をぼうっと見ていた。頭上のガス灯の青白い瞬きが、母親の細面で物憂げな顔をいっそう青白く見せた。

「だってあなたは、まるで他人みたいだから」と母親は冷たく返答した。

「十日以上も前に町に戻っているのに、全然顔を見せなかった。まあ、おかけなさい。荷物は床のどこに置いてもいいから。置いてあげましょうか？」

アルフレッドは、雑誌の束が置かれた隅の方でぶらぶらしていたが、あわててやってきて椅子を拭いた。が、姉は手でその椅子を断った。小柄な彼女でも背をすっと伸ばすと、威厳を感じさせた。

「色々用事があったのよ。お母さん」と彼女は冷静にきっぱりと言った。「買って取り揃えたりするものがたくさんあって。家事は一切私の責任になっているの。アルフレッドにはアトリエもあるし。もちろん、お母さんが会いたがっていると分かっていたら、早く、何度か来ればよかったとは思うわ。でも戻ってきた日にすぐに会いに来たって、お母さんが嬉しがるなんて、とても考えられない。」

「嬉しかったわよ。」ダブニー夫人は無表情に答えた。「どうして嬉しくないの？　どうしてそう思ったの？　それとも喜んで叫んで踊りだすくらいでないと、会っても仕方ないから？」

「でもお母さんはオビントン・スクエア★1には来ないと言ったし。」アルフレッドがそう言った。

「それは話が別よ。」母親が続けた。「私が行って一体何をするの？　あなたたちがあそこにいるのは構わないわ。それで幸せなら。でも私がいたら余計幸せってわけでもないでしょう？　多分その反対でしょう。分かっているの。私の居場所はここで、だからいつまでもいるつもり。」

母親の落ち着き払った頑なな様子をちらと見て、ジュリアの聡明な瞳は非常に冷たいものに変わった。「身分が違うって言われたみたい」と見た目にも苛立って話した。「ストーモント叔父さんは私たちと同じくらい、お母さんにも親切にしたいと思っているだけなのに。それは分かるでしょう？」

「ストーモント叔父さん！」ダブニー夫人の繰り返した言い方には、敵意の混じった皮肉が込められていた。

「ジョエルだけれど、ストーモントでもあるでしょう」とアルフレッドが薄暗い隅から口を出した。「一番気に入っている名前を使う権利は、誰にも絶対にある。」

「権利をとやかく言うつもりはありません」と、母親はなおも冷静に言った。「誰でも自分を好きに名乗ればいいわ。私には関係がない。あなたもジュリアも、好きな風に名乗ればいい。文句は一度も言わなかったでしょう？　あなたたち自身の考えも好みもあることだし。私にはどうしようもないわ。第一その方が、あなたたちには好都合でしょうし。絶対うるさく言わない。でも分かって欲しいのは、叔父さんが有り余るお金を、あなたたちのために最大限よかれと思って使ってくれる、それは凄くありがたいと……。仮に私に信心があれば、天の恵みとでも言わなくては。」

「実際そう呼んでいるわ」と、勢い込んでジュリアが口をはさんだ。「それならどうしてこの天の恵みにお母さんは背を向けるの？　考えてみてよ。オビントン・スクエアに住めとは言ってないわ。多分、お母さんの言う通り、お母さんは一人の方が幸せだわ。少なくとも今は。でもストーモント叔父さん、いや叔父さんは私たちでは使いきれないほどお金を持っているから、お姉さんも何かしてほしいと言ってくれないか、と思っているのよ。だって姉と弟でしょう？　それは仮にアルフレッドが私に何かしてあげると言っているのに、私が遠慮しているようなものだわ。」

「そんなことは一度もなかった」とアルフレッドが上機嫌で答えた。「お姉さんの名誉のために、言っておく。」

「これからもそれはないから」とジュリアはアルフレッドに、はっきりと請け合った。「それにしてもお母さん、言っている意味が分からないの？望み通りにしたわ。無理をして小さなときからいい学校に入れてくれて、叔父さんのお金が入ってからは、チェルトナムに入れてくれたわ。お母さんを失望させなかった。一生懸命勉強して、行儀よくして。戻ってきたら、お母さんの自慢とまでは言わないけれど、少なくとも満足してくれると思えるように……。それなのに全然気に入らないと。」

「そんなことは一度も言ってないわ」と、母親はやや語調を強めた。

「もちろん、口に出しては」とジュリアが認めた。「でもだったら他にどういう理由があるの？　叔父さんがヨーロッパに連れて行ってくれるとき、あわてて準備をして、新しい服とか作ってくれて。あのときお母さんから、行かないでなんて言葉は、一度も聞かなかった。」

「行ってほしかったのよ」と母親が答えた。

「それなら私が、いや私たちが戻ってきて、叔父さんが贅沢な素晴らしい計画を考えていて、きれいな家具付きの家を買ってくれたと伝えても、どうして見もしてくれないの？」

「見たくないからよ」と母親は頑固に答えた。

「分かった。何もいらないって話だね」とアルフレッドが立ち上がりながら言った。「もう二度と頼まない。」

「いや、また頼みには来るわ」とジュリアは意味ありげにアルフレッドと母親を見ながら言った。ジュリアはこれまでずっと、この折り合おうとしない頑固な二人の仲介役をしてきた気がした。小さい頃からどういうわけか彼女には分かっていた。ダブニーの血筋は比較的穏やかで妥協的とは言えないまでも、思慮分別はある。それに反抗するかのように、ソープ家は捻じ曲がった、癖のある極めて頑なな性格をしていると……。ソープ家の祖父が生きていた頃をよく覚えていたが、当時は皆、心の中で暗黙に、ソープ家だけが非常に頑固で激しい性格なのだと思っていた。祖父は眉をしかめて誰構わず叱り飛ばし、疑い、露骨に嫌って、自分に従うことを強く求めた。それは彼がソープ家の人間だから仕方がないという説明で済まされていた。

彼が惜しまれずに世を去った後、ジュリアの子供心には、本屋と二階の自宅には比較的平穏な時代が訪れたという印象があった。しかし一家の中には歴然と二つの家系の区別が依然存在していた。小柄で胸板が薄くなで肩の、青白く不安そうな顔をして、それでいてご機嫌取りの若き父親は、店員として雇われたのを縁に義理の息子に収まったのであるが、今ではほとんど誰からも記憶されていなかった。ジュリアと、この父親がダブニー家の血筋とされ、柔和で従順で、決して我が道を行くタイプではないと思われていた。

アルフレッドと母親はソープの血筋で、つまり必然的に我が道を行くタイプであった。ソープの血筋は高じて、祖父を周囲には耐え難いものとしたが、そういうところは二人にはなかった。性格は表面上、鈍いとも言えるほど穏やかであった。しかしその奥には、激しく荒々しい気質が潜んでいると、周囲は皆知っていた。ダブニー家の言わば使命はと言えば、徒にこの潜んでいる激情を刺激しないことであった。日常生活では、このような粗暴な傾向よりも、頑固さとして出てくる方が厄介であった。守勢に立たされると一種意固地になり、議論を受け付けず、どんなに同情を寄せられても気持ちを動かさない。そういう面が特にダブニー家の人間には辛かった。ジュリアは今、軋みあうソープ家の言わば仲間割れの間に割って入り、双方を慰めようとしていたのであったが、それにしても改めて思うと、ずっと今までこういう仲介をしてきた気がした。

「いや、私たちはまた頼みには来るから」とジュリアは繰り返し、隅にいる弟を半ば命令、半ばお願いといった口調で諫めた。「お母さんの子供だし、悪い子でも親不孝な子でもないから。お母さんだってもう一度考えたら、私たちとの間に距離を置くなんて、馬鹿げているときっと分かるから。」

「そんな距離なんて、今さらどうやって」と母親が、気が乗らない様子で言った。「もう私や私の考えをあなたたちは追い越したわ。ここに戻って店で生活して満足するなんて、考える方が間違っている。あなたたちをどうしたらよいのか、どうしても答えが出なかった。でも今は叔父さんがすべて引き受けてくれた。あなたがたの教育と考え方に相応しい家を与えてくれたし、それ以上何を望むの？　どうしてわざわざ困らせに？」

「お母さんは本当に間違っている！」と、澄んだ瞳に涙を光らせながら、ジュリアが叫んだ。

母親は肘を机から上げて、ゆっくり背筋を伸ばして立ち、娘を見下ろすようにした。細面で素朴な顔はいつも真面目そうで、今も特に激しい感情を見せてはいなかった。が、大きくてしなやかな両手の指を握り締め、交互に開いたり閉じたりしていた。話を再開したとき、声は諦めが混じったようにしわがれていた。
「あなたたちが自分の子供を持ったら」と彼女は言った。「自分を犠牲にして育てながら、いつか自分を追い越してくれるようにと願って、実際そうなったら、分かるでしょう。でも今は無理。だからこれ以上話をしても仕方がない。都合のよいときに、来たくなったらまた来なさい。私は仕事に戻ります。」
彼女はこう話してペンを手に取り、帳簿を開いて吸い取り紙の上に置いた。子供たちは呆然と母親を見たまま言葉を失っていた。少しして何かつぶやきながら、無表情な母親の頬におざなりのキスをして、雨の降る外に出た。
ダブニー夫人は二人が傘をさして、ストランドの方に歩いていくのを見ていた。じっと長い間、ぼうっと思いに耽って、店の窓とガラス戸に映る冴えない景色を眺めていた。強まる雨や角を曲がって吹いてくる風の悲しげな音とともに、夜の兆しが寒々と近づいてきた。ようやく見てもいなかった帳簿を閉じて、もう一つガス灯をつけ、扉のところに歩いていって、ガラスをどんと叩いた。
「全部片付けなさい」と少年に言って、腕の仕種で指示が分かるようにした。
少年が作業を終えると、二つの狭い張り出し口が外から運び入れた本でうまくブロックされ、辺りの床が防水布から滴り落ちるぎらぎらした水滴で煙ったようになった。ダブニー夫人は奥の机に子供を呼んだ。
「もう帰ってよいから」と、少年にはすっかりお馴染みのぶっきらぼうな言い方で告げた。「家はあるよね？」
少年はこの仕事につく前、斡旋してくれた教会で身元や所持品について徹底的に質問をされていた。それを思い出して、今になって夫人が質問してきたことに思わず驚いた。あわてて彼は頷いた。そして帽子に手をすっと伸ばした。
「お母さんはいるのかね？」と彼女は聞いた。
今度は自信を取り戻して、少年ははっきり頷いた。

「お母さんより自分の方が優秀だって思うかい？」

奇妙な問いに、少年の汚れた顔が心配で戸惑って、歪んだ。が、それから意味が分かったという風に表情は晴れやかになった。ネズミみたいな小さい目を鋭く向けて、輝かせながら「そうでなければ堪らないよ」と、しわがれ声の早口で答えた。「もう凄い酔っ払いで。本当に。自分は正直者なのに、ひどい話だよ。あんな……。」

「もう帰りなさい」ときっぱり彼女は命令した。それから身を縮めて急いで出て行く少年を睨みつけた。

一人になっても、ダブニー夫人は帳簿をもう開けなかった。惨めな日で、帳簿には実質上何も記載がなかった。彼女は薄暗い光の中、机の近くの本棚の間を動き回り、あちこち本の位置を変え、また他の本をざっと眺めていた。一、二度扉のところに行っては、雨に濡れた通りを見た。向かいの店の店員が、夜に備えてシャッターを降ろしていた。今日は帽子が商売にならないのなら、本はもっとそうだろう。彼女の店にはシャッターが備え付けられたことはなかった。その理由を、彼女は知らなかった。窓のところにたくさんの本が広げられたままぎっしり並んでいたが、ガラスを割って本を取ろうとする人間はいなかった。明らかに活字は犯罪者の興味をそそらなかった。閉店するには、扉の鍵を閉めて差し錠を掛け、明かりを消せば終わりだった。雨に濡れた外の暗闇で夜が来たと分かって、屈んで鍵を掛けようとした。と、やや驚いて、背を伸ばした。誰かが扉の前で傘を閉じ、店に入ろうとしていた。

弟だった。膝のところまで水がはねてすっかり濡れていたが、顔は紅潮し、中に入って姉と対面するとにっこり笑った。自信たっぷりで機嫌よく、姉のほっそりした腰に手を回し、湿った自分の肩に抱き寄せた。彼女の方は驚いて半ば笑いながら身を任せていた。

予期しない事態に、言葉が見つからなかった。「何のつもり？」と、顔を赤らめながらも、さほど不快ではなさそうに言った。

「もう店は閉めたら？」と言葉は優しく、しかし口調はいささか横柄に、ソープは言った。「雨の中、ずっとシティから歩いてきた。ともかく体を動かしたくて。馬車にじっと座ってなんていられなかった。そっちに行って暖をとって、話をしよう。何から話そうか。」

店の奥へと狭い通路をゆっくり歩きながら、「こっちには暖炉がなくて」と姉は言い訳するように答えた。「昔あった暖炉は大きすぎて、凄く寒いときは、時々石油ストーブを持ち込むようにしているの。たいていはガスをつければ充分温まる。コートを着ていれば、寒くはないでしょう？　それとも二階に？」

「だったら、寒いのは気にしないから」と椅子に座ってから、机の前のスツールに足を載せて、弟が答えた。「せいぜい数分しかいられないから。今日何をやってのけたと思う？」

ルイーザはこんな機嫌のよさそうな弟を初めて見た。黄色いガス灯の下のスツールに足を置いて、意気揚々と寝そべるようにしている。男性的で、一種くどい感じの表情が、なぜかありきたりに見えず、個性になっている。姉をじっと大胆に見上げた目は、愛想よくきらきらしていたが、威厳に似たものさえ感じられる。神経質で不安そうな皺が表情から消え、不思議にも無気力そうで鈍重な印象もなかった。気力に満ち、いかにも活力に溢れ自信たっぷりだった。言葉を強調するために机の上を規則正しく拳で叩きながら、じっと厳しい目で見つめてくると、この謎めいてよく変わる弟の表情が、ほとんど美男に見えるのであった。

「今日、おおよそ二万ポンド儲かった」と彼は言い出した。「今日が二月二十八日で、二週間前が最初の取引の日だった。僕は立ち会わず、センプルが立ち会った。すべてやり方は任せた。二月十四日は、全く彼は動かなかった。連中は二万六千株を渡す約束になっていて、一株も手に入れられなかったが、我々は騒ぎ立てなどしなかった。問題は、連中に罠にはまっていると夢にも思わせないことだ。価格を引き上げもしなかった。連中はセンプルのところにやって来て、その時点では入手できる株はないが、持ち越せるかと聞いてきた。つまり、奴らにもう二週間譲渡を延期させたのだ。センプルは非常に円満に連中と話して、今日まで変更なしの持ち越しに同意した。でも今日は前とは少し違って、株が十シリング上昇していた。

要するにセンプルが株の一ポンドにつき、秘密に三十シリングで仲買人と同意していたのだ。それで価格が決まった。連中が今日も株を持たずに持ち越しの場合には、二万六千株それぞれにつき十シリング払うと。それに額面高と連中が売りに出したときの価格との差額を加えて。だから現金で二万ポンド近くというところで。たった一日の儲けが。分かるかい？」

姉ははっきり頷いた。以前からの話で、取引が理解できるようになり、人に話すのがためらわれるほど、興味を持ち始めていた。

「それでその二万ポンドを懐に入れたと」と、ソープは目を相変わらず輝かせながら続けた。「二週間後、つまり三月十四日に、もう一度連中に思い出させるわけだ。連中は取引場の担当者のところに行って、二度目の取引をする。その十四日に何が起こるか。仲買人がセンプルのためにまた値段を設定する。それで連中が差額として払う必要額が決まる。その値段がいくらかは我々次第だ。時期が来たらそれは決めよう。恐らくもう十シリング上げるだろう。単純に計算して一万三千ポンド手に入る。思うに、ゆっくりと長い目でやるのがベストだろう。小額の上乗せで止めておいて、誰も怯えさせないようにするのが。ともかくセンプルがそう言っている。」

「でもどうして怯えさせないの？」とルイーザが聞いた。「あなたには、脅かしてやろうという気持ちが、少し前まで強かったのに。」

ソープは機嫌よく笑った。「あれから妙案を色々学んだもので。ただし連中と手を切る前には、しっかり脅かすよ。でも最初は穏やかにね。買い占めが行われているという噂が立ったら、仲買人の間でパニックが起こるだろう。株を手元に持っていないと、ラバー・コンソルズを売ったり、値をつけたりするのを嫌がるだろう。面倒になりそうなことは他にもあるし。もちろん今のところは、ある程度の株は市場で泳がしておいて、それで少しは、実際の取引があるようにする。まず、一般の投資家にいった五千株のうちの一定の株が、市場に戻ってくるだろう。それを我々が入手するには、当然売買が生じる。つまり、追い詰められている十四人の中の誰かが、あわてて買って、勢い込んで直接センプルのところにやって来る。二週間分の上乗せ費用から逃れようとして。それも含めて、最終的には半数かそれ以上の連中を退場させるというわけだ。」

「何が目的なの？」と、姉もいかにも興味津々といった様子で灰色の目をキラキラ輝かせた。「どうして退場させるの？　連中からずっとお金を取らないの？」

ソープは満足げに頷いた。「そうだね。それは僕も考えてみた。一度つかまえた獲物は、手放さないのが普通だろうと。でも考えてみると、持っている以上を搾り取るのは無理だろう。やりすぎたら破産の可能性がいつもある。そうなると全く手の施しようがなくなって、取れると当てにしていたものも失う。だからある時点からは、追い詰めている十四人をそれぞれ違った方法で扱わないと。全員を眺めて、資産を調べてみる必要がある。パドックで予想屋が馬を見るみたいに。」

「要するに、十万ポンド損した者の方が、一万ポンド損した奴よりまだ持ちこたえられる場合だってある。こういうことすべてを頭に入れておく必要がある。追い詰めすぎないようにすれば、破産して取引場から退場もしない。これを原則とする。まず限界までどれほど余裕があるか、それぞれの人物について知っておくのが僕たちの仕事だ。それから後は、そいつらが段々追い詰められるのをじっと見守って、自分で始末がつけられるだけの金は残してやって、そこで退場願うと。」

「残酷とは思わないの？」と、じっと考えていた姉が間を置いて聞いた。

「シティでは万事残酷だから」と気軽に弟が答えた。「投機はすべて残酷だ。僕たちの場合も例外ではない。ざっと見積もって、十四人の連中は差額と最後の取引を合わせて、七十万ポンド、いや八十万は払う破目になるだろう。でもその金の一銭だって、連中は自分で稼いだわけではない。連中も他人からぶんどって、その他人もまた他からぶんどって、これがほとんど無限に続く。二十人、いや五十人の手を渡っていないお金など、一銭もない。まともな仕事でそれを稼いだ、その元の人間が一旦手放してからね。そういう金は、持つ力のある者だけが、当たり前だが持つことになる。それより強い奴が現れたら、そいつが取っていく。不平を言う奴はいない。泣いて残酷だと訴える奴もね。それがゲームのルールと承知しているから。それを受け入れ、すぐに別の愚か者や弱い者を探し出して、損を取り返そうとする。それがシティだよ。」

ソープは自分の哲学をゆっくりと反芻しながら語った。黙ってから、目はじっと自分の前の机に載せた両腕を眺めていた。指を伸ばしたり、色んな風に折り曲げたりして、それから握り締めて太く無骨な拳を回しながら、様々な角度から見ていた。

「こんな腕さ」と彼は考えながら話した。「根性があって、ユダヤ人を結局やっつけられる腕というのは。ユダヤ人の腕を、一年ほど前に見たことがあった。食事をしながらワインを一緒に飲んだとき。連中の腕は細くて筋張って血管が浮き出ている。指がじっとしていない。ロブスターの触覚みたいにねじれたり、動いたり。けれどもその腕には本当の力がない。動いているものはたいていつかむ。なぜなら指自体もずっと動いているから。異常な勤勉さと行動力でもって、多くの人を恐れさせる。でも僕みたいな腕がそいつの喉をつかんだら。」そう言いながらソープは右腕を差し上げ、大きな親指と他の太くて不格好な四本の指とで威嚇するかのように、力を込めて締め付ける仕種をしてみせた。「この腕が奴らの首を締め上げる。この締め付けこそがビジネスの真髄だと分かったからには、連中なんて目ではない。」

ソープは馬鹿にしたように笑って、手を開いて机を叩き、姉を驚かせた。と、明らかにその音がきっかけで、彼女はあることを思い出した。

「ここに今日、あなたを尋ねに来た男がいた」と彼女は何気なく話した。「旧友だと言っていたわ。」

「ああ、みんな旧友だってこのごろは言うから」と彼は晴れやかに切って捨ててみせた。「晩餐やら舞踏会など、もうたくさん招待されている。そういう連中の一人が、一緒にイースターの時期に、カンバーランドでサーモン・フィッシングをやろうとしつこく誘っている。行けないと言ったのに、それでも予約に自分の名前を。時期が来たら奥さんが手紙を寄こして、僕に忘れないようにするそうだ。全くあの奥さんときたら……。センプルの話だと、我々の追い詰めが本格化し、連中が罠に陥っていると気づいたら、そんな招待がもっと山ほど来るそうだ。株取引にまつわる、社交の付き合いの誘いはもの凄いが、自分はそういったものに全く乗らないから。誰とも夕食などしない。魚釣りにも狩りにも、ヨットに乗りにも行かない。ジュリアとアルフレッドとオビントン・スクエアの家があれば、充分だ。ところで、お姉さんはまだ来てくれないね。すっかり落ち着いたから、すぐ来てもらわないと。今から、一緒にどうだい？」

ルイーザはこの申し出を無視した。机の上に無造作に置いていた書類にざっと目を通し、それから机の蓋を開けて、中を探った。

「名刺を置いていったわ」と、彼女は机の中をごそごそ探りながら「どこに入れたか。何か書いて帰ったし」と続けた。

「そいつも名刺も厄介だ」とソープは軽口を叩き、「どっちも見たくない」と答えた。

「メキシコでの知り合いだとか。一緒に仕事をしたとか。あなたの方こそ会いたいのではないかという、いかにもそんな素振りだったわ。でも分からない。あなたの住所は言わなかったし。」

ソープはこの取り留めのない話を何となく聞いていたが、突然話の全体が注意を引いた。座り直し、一瞬顔をしかめて考えて、姉を鋭い視線で見上げた。

「何て奴だった？」と、彼はいきなり聞いた。

「それが全然覚えていないの」と姉は、机の蓋を開けたまま、一旦探すのをやめて答えた。「小柄で五十代半ばぐらいかしら。灰色の長い髪をして、クエーカー教徒みたいな感じで。話では、店の扉の名前を見て、一家が本屋だとあなたが言っていたのを思い出したそうよ。一、二日前イギリスに戻ってきたばかりだと。あなたがメキシコを出てから、何をしているのかは知らないとも。イギリスにいるのかどうかも知らないと。」

ソープは、姉の頭の付近にある、緑色の装丁の安っぽいイギリス詩人全集をぼうっと見ていた。「どうしてもその名刺を見つけてくれ」と姉に迫った。「名前は分かるが、何が書いてあるのか知りたいんだ。住所だったの？　名前はタベンダーだったろう？　何ということだ！　どうして女という奴は、どこにものを置いたかいつも忘れるんだ。ジュリアでさえ、毎日ボタン掛けとかコルク抜きとか、何時間も探し回っている。目先にあるものをちゃんと覚えるぐらいしか用事もないのに、それもできない。」

「いや、私は違うわ」と、机の中のよく見えないところをまた探りながら、姉は答えた。「うちにある四万冊の在庫から、どれでもすぐに見つけられるから」と振り向いて静かに言った。「あなたはそういうのを決して学ぼうとしなかった。私は一冊でもなくなったら分かるわ。それになくすような店員も信用しない。」

「もちろんお姉さんは例外だよ」と公平を期さねばと思って、ソープは答えた。「それはともかく、名刺を見つけて欲しい。」

「思い出したわ」と姉は急に机の蓋を閉じた。店の奥のごちゃごちゃした隅に行くと、手にボール紙の切れ端を持って、明るいところへ戻ってきた。「洗面台の小さな鏡に貼っておく習慣なのよ。」

ソープは引っつかむようにそれを取って、よく見えるようにと、ガス光にかざした。「モンターギュ・ストリートってどこ？」とぶっきらぼうに聞いた。

「博物館の並び、ブルームズベリーにあるわ。そこに一つあるけど。他にもモンターギュ・ストリートがあるかは知らない。」

ソープはいち早く傘を取って、コートのボタンをはめようとしていた。「ブルームズベリーか」と早口で言った。「奴らしい。奴は僕の消息とか居場所とか、会社のこととか何も知らないと？」そう言いながらソープは時計を見た。明らかにこの第三者の登場によって、彼は興奮していた。

「多分そうだったと」と思い出しながら姉は答えた。「いや、知らないはずだわ。話し振りからすると、そもそもロンドンも、また他のどこも、あまり知らないみたいだった。」

ソープは頷いて、額に指を当てて意味ありげな顔をした。「いや、実は奴は頭がいかれていて」と秘密を明かすように言った。「でも会ってやった方がいいから。」そう言って急いで姉と握手をして、店を勢いよく出て行った。

通りの反対側の街灯の下で、叩きつける雨の中、弟が舗道で傘を激しく振って馬車を止めようとしているのを姉は目撃した。

訳注

★1　オビントン・スクエア（Ovington Square）ロンドンの高級地であるナイツブリッジの一角。

第十五章

オビントン・スクエアの新居の玄関で、ジュリアがソープを出迎えるなり、「空いた部屋があったよね」と聞いた。濡れたコートと帽子を脱ぎもせず、見るからに真剣に尋ねていた。「つまり全部の部屋が使えるかと。」
「もちろん。」少し考えてからジュリアは答えた。「でもどなたか来客が？」
「そうなるかと」と、ほっとしながらソープが答えた。ジュリアがコートや荷物の世話をした。ソープは計画がうまく運んでいるとの実感を強めているようであった。そばの書斎に行きながらジュリアがふざけ半分で腕を取ると、彼は微笑んだ。それは間違いなく、計画が思惑通りに進んでいることへの満足の笑みだった。
彼はスリッパを履き、落ち着いた様子で暖炉の燃え盛る火の前で安楽椅子に座り、葉巻をつけた。
「いいのかい？」とソープは機嫌よさそうに、暖炉の傍に立っているジュリアにまた微笑みかけた。
「もちろん、お客様をお迎えする役目は楽しみですから」とジュリアが興奮して大きな声で言った。「いつ来られるのですか。男の方ですよね」と、今度は少し静かに聞いた。
「ああ、そいつか」とソープは、少し他のことを考えていたかのように言った。「いつ来るかわからない。ロンドンか、それともイギリスのどこかにいると、ほんの数時間前に聞いたばかりだし。まだ会ってもいない。大英博物館近くの、奴の居場所に行ってみたが、いなかった。寝に戻るだけで、夜は早くても九時頃まで戻らないとの話で。近くのホテルのロビーでメモを書いて、奴の居場所にまた戻って、メモを残してきた。見たら荷物をまとめてすぐ来いと書いておいた。少なくとも当座はここを根城にしろと。」

「古いお友達ですね」とジュリアが尋ねた。「きっと私も親しくなれると思います。」

ソープは落ち着きが悪そうに笑った。「そうだね。まあ一種の友人だ」と戸惑った口調で答えた。「もっとも君が気に入るかは分からない。奴は淑女向けではないから。」

彼はその言い方で何か思いついたようで、また笑いながら続けた。「変わっていて、素朴な奴だが、一人でひっそりとしているのが好きで、話をするとか、歓待されるとかは期待していないだろう。ここに来ても、一人でいるだろう。親しくはならないよ。君ともアルフレッドとも。カナダか西インド諸島か、そういった生まれだが、ともかく国籍はイギリスだ。でもアメリカ暮らしが長くて、客間での作法なんかは知らない。あまり気を遣わない方がいい。挨拶するくらいで充分だよ。」

ジュリアの小造りでよく動く表情がやや落胆したが、口に出した言葉は明るかった。「もちろん、ご本人の一番気に入るのが」と答えた。「ポッターに準備万端申し付けておきますわ。夕食の時間にはいらっしゃらないのでしょうか？」

ソープは首を振った。新たに気がかりなことを思い出し、不安で眉をしかめていた。「外で食べたいのではないかな」と少し考えてから言った。「そういうのは、あまり覚えていなくて。もちろん、メキシコでの野営とはわけが違うが。でも改まった席で食べるのが似合うタイプではないだろう。まあそれはどうでもいい。奴は扱いやすいから。屋根の上で食べろと言えば、黙ってそうするだろう。これで分かるだろう？　理科系の人間で、地質学というか、鉱山の専門家でゴムにも詳しくて、化学にも明るいとかまあ色々で。大学を出たと思うが。もしかすると、思っているより、ずっとマナーがいいかも。ともかくざっとしか知らないし。全然親しくはなかったけれど、一緒に仕事をしたし、それに奴がロンドン滞在中は緊密に連絡を取る理由もあって。でも、面倒をかけないようにするから。」

「そんな！」とジュリアが叫んだ。「まるでここは、叔父さんが会いたい人を迎えられる家ではないみたいな。」

ソープは少し憂鬱そうに微笑んだ。そして手の葉巻を不安そうに眺めた。「本当にここだけの話だが」とゆっくりと気難しそうに言った。「実は会いたくないのだが、ここに来た以上、まあ歓待するしかなくて。」

夕食後、ソープはジュリアとアルフレッドを二階の客間に行かせた。それは、今晩はもう会わないという暗黙の了解であった。彼は書斎と呼んでいる部屋に戻った。玄関奥にある内装が濃い色のこじんまりした部屋で、前の館の持ち主が鍵付きの本棚を二つ残していた。ソープは書き物机と書類用の小さな金庫を置いていた。しかしこの小部屋の主たる用途は、暖炉の前の大きくて丸い二つの安楽椅子と、壁際のガラス戸棚の中に見える葉巻の箱と、立ち並んだ酒瓶とグラスで分かった。ソープは部屋をパブの個室と呼んでいて、スリッパ履きでゆったりと葉巻をふかしながら、暖炉の火をぼんやりと満足そうにいつも眺めているのであった。くつろいで座っていると、たまにジュリアが本を読んで聞かせてくれたが、そうすると必ず眠るのであった。

ところが今は、ウイスキーの水割りを作り葉巻に火をつけたが、椅子に座ろうという気にはなれなかった。がっしりとした肩を丸め、ポケットに両手を入れ、何となく同じところを歩き回っていた。表情は不安で冴えず、憂鬱そうであった。時折二階からピアノの音が聞こえてきた。普段は折を見て、客間に行ってジュリアの演奏を聴くこともあった。だがそれよりも扉を開け放ち、大きな椅子にゆったり座り、ピアノの柔らかな音を遠くに聴いている方が多かった。しかし今日は耳にしても楽しくなかった。前屈みになった姿勢で落ち着きなく部屋をうろうろしながら、何度かピアノを止めて欲しいと言おうとしたが、思いとどまった。一度しばらくの間金庫の前で跪き、中の包みの一つに入った書類をしきりに熱心に見ていた。

ようやく十時過ぎて、二階の音楽が止んだ。待ち望んでいた馬車の音が外でしてドアのベルが鳴らされ、ソープの不安な時間が終わった。すっと背筋を伸ばし、顔の表情を整えた。部屋の扉をじっと見ていた。これから起こることに、自信をもって対処できるといった冷静な眼差しで。

「クエーカー教徒のようだ」という姉の言葉は、メイドが招きいれた男に誠に相応しい表現であった。小柄の痩せた老人が、腰を曲げ、足を引きずっていた。コートと大きくて浅い帽子は、ほとんどぼろみたいにくたびれていたが、それが宗教者めいた雰囲気というか、少なくともそういう装いだと思わせた。痩せた顔に目立つ、幾多の苦労が報われなかったことを示す皺、メガネをかけたぼうっとした目の表情などから、どこか田舎の司祭が無意味に本を読み漁り、ものごとを分かろうとする努力に疲れた結果、かえって愚鈍で子供っぽくなった印象があった。長い鼻の上にあるはっきりしたシミでさえ、宗教的雰囲気がないわけではない。初めて来た暖かな部屋で、こうして電灯の光に目をしばたたかせて立っていると、いかにも哀れな老人に見えた。無力で疲れ、長く逆境にいるのに慣れきって、当座の身の置き所以外に何も望まなくなったのである。

「ソープさん、お久しぶりです。」ようやく彼は、ぎこちない言い方でそう話した。「思いがけず親切にしていただき。」

「いや、そんなことは」とソープはうやうやしく握手しながら言った。「家は旧友を泊めるためにあるのだし。ともかくどうかね。身の回りのものは持ってきたのだね。それはよかった。」ソープは廊下をちらと見て、彼の持ち物が二階に運ばれているのを確かめ、扉を閉めた。「食事は済ませたよね。帽子とコートを脱いで、まあ気楽に。そこ、その大きな椅子に座って。そうだよ。さて顔を見せて。タベンダー、若返ってはいないね。皆、そうだが。何を飲む？　自分は水割りだが、ソーダ割りが好みなら。アイリッシュ、スコッチ、どっちを？」

タベンダーの表情は、温かい歓待に非常に驚き、戸惑っていた。恐れも明らかに混じっていた。というのも大きな椅子の端にかしこまって座ったが、背もたれに頭を預けるのを控えていたからである。帽子を取ると、薄くなった鈍い灰色の髪は真ん中で分けられ、広くて目立つこめかみから、襟元で束ねたように巻かれていた。その感じから一種威厳が生まれていた。ウェスレーか、フレーベル★1の肖像画に何となく似ている。

しかしソープの心は別のところにあった。「それで」と向かいの椅子から、非常に優しく親切そうな声で言った。タベンダーは気後れしたように、差し出された大きな葉巻の一方に火をつけてもらった。「あれからどうだった？」

「あまり冴えませんで。ソープさん」とタベンダーが抑えたかすれ声で答えた。

「その『さん』付けは止めてくれ」とソープが言った。「昔馴染みじゃないか。お前はタベンダーだし、俺はソープでいいじゃないか。」

「ご親切に」と、タベンダーは、なおも恥じらいながら小声で答えた。しばらくの間、寄せられる質問に、悲しそうに、恥ずかしくて気が進まないように話した。彼はついていなかった。万事うまくいかなかった。ある仕事の連絡役をする機会をやっとの思いで得て、こうしてロンドンに戻って来るのでさえ、非常に苦労をした。背に置いた衣類と、カーペット地の旅行鞄二つ以外に実質持ちものはなかった。こういった事実の告白が少しずつ引き出されたのであった。

「でも私から当時買った、あの権利は手放したのかね」と突然ソープが尋ねた。「もっとウイスキーをやってくれ。」

グラスをすすって、タベンダーは溜息を漏らした。「何の役にも立たなかった」と、悲しそうに答えた。「政府があの権利を認めなかった。メキシコ中央政府が。もちろん、あなたを悪く思ったことは一度もない。自分が冷静に考えて買ったのだし、あなたも善意で売ったのだから。それは全く疑っていない。しかし額面の価値がなかったのは確かだ。あれが打撃だった。他にも色々あったが。」

「それは何と！」とソープは言った。彼の驚きは明らかに本当で、しばらく無言であった。その間も、新たに分かった事情について思いを巡らしていた。考えがまとまると、目が輝いた。

「その証書は持っているだろう？　つまり、権利書と譲渡書類とか」と、さりげなく聞いた。

「もちろん」とタベンダーは答え、冷静に付け加えた。「それしか持っていないから」と。

「ええと、いくら支払ってもらったのだったか。三千八百ポンドだったかな。」

タベンダーは頭の中で計算していた。「それぐらいだったと。一万九千ドルに少し足りないぐらい。」

「そうか」と少しずつ言葉を強めながらソープが言った。「そんな風に僕のせいで苦しんでほしくない。君から同額で買い戻そう。」

タベンダーは思わず姿勢を正し、身を震わせた。それから自分を驚かせた相手を眼鏡越しにじっとみた。「君は」とあえぐように聞いた。「買い戻すと！」

「その通り」とソープが答えた。「僕はそう言ったが。」

「そんな話は聞いたことがない」と、タベンダーは興奮を募らせてどもりながら言った。「本気じゃないだろう。常識では考えられない。」

「いや常識的な礼儀だよ」と大柄なソープが威厳たっぷりに答えた。「君には大事《おおごと》かもしれないが、僕には何てこともない話だ。僕のせいで悲しい目に遭ったのだから、僕が君を元に戻すのが、人の道だと思うが。」

タベンダーは震える自分の足を見つめながら、息を荒げた。話に圧倒されたのだ。一、二度頭をもたげて何か言おうとしたが、薄い唇から言葉は出なかった。ゆっくりグラスの酒をすすって、唇を湿らせていた。

「ただしこの点は理解してもらわないと」ソープは考えながら言葉を続けた。「死に馬を買うなら、当然条件があるのが筋だろう。君は承知だと思うが、仮にあの権利が政府によって認められても、結局利益は出なかった。二年前には、君と同じく僕も気づかなかったが、今では明白だ。取引して分かった。ゴムの木の所有地は資産価値がない。周囲全部がゴムの木の原野なのだし、それは誰にとってもただなのだから。ゴムのプランテーションを買って、転売する際に上乗せなどできるはずがない。一方では、ゴムの木をただで好き放題得られる人間がいるのに。君にもそれは分かるね？」

タベンダーはきっぱり頷いた。「もちろん分かっている。僕がその証明だ。」

ソープは微かに、にやっと笑った。「ならば、それを君に証明してほしくない」とずばり言った。「我々はゴムの資産価値はゼロだと知っているが、ロンドンでは知られていない。ここではゴムの投機はいいビジネスだと思われている。知っているだろう？」大胆な例を思いついて、目には嬉しそうな輝きが浮かんだ。「実際去年ある男が、四十万ポンドでゴムのプランテーションを売ったそうだ。二百万ドルだぞ。もちろん現金ではなく、関連の株でだが。手放すときに、倍の額を稼いだとか。それでロンドンがどういうところか分かるだろう？」

「そういったことが通用するところのようで」と、タベンダーが自信なさそうに答えた。

「だから要するに、僕も君の権利で何かできるのではということだ。お金を取り戻せるかもしれない。ともかくやってみよう。少なくともそれで君は損をしなくなる。もちろん、君自身が市場でやってみたいのなら、是非。」

タベンダーの首の振り方には哀愁じみたものがあった。「大金なんてもう自分には」と力なく答えた。「もう歳で疲れた。四、五、いや六回も一生楽に暮らせるだけの金を得たのに、その度にもっと大金を得る餌に使って全額失った。もうやりたくない。気力をすっかり失わせる、何か病気にかかったみたいな。医者は認めないが、ともかく本当にそういう病気がある。多分長生きしないだろう。」ソープはこの男がグラスを三杯重ねると、いつも悲観的になっていたのを思い出した。「もしあなたが一万九千ドルかそこら払ってくれるなら、ありがたいし、それで満足だよ。」

「いやそれ以上払うから」と、ソープはビジネス口調で、はきはきと付け加えた。「ただし、君にそういう計らいをするとなると、多分君には少し思いがけない話もあって……。要するに僕のためにしてほしいことが。すぐメキシコに戻ってほしい。もちろん費用は出す。つまり総計四千ポンドで旅費とかその他一切を。文句はないよね。」
　二時間前にはポケットに五ポンド札一枚しかなく、生活に逼迫していた男が、躊躇するはずもなかった。「もちろんそれで結構だ」と元気を取り戻して言った。彼はまたグラスの酒に手を伸ばした。「そこで何の用事を？」
「そうだな、まず権利に関する報告を」とソープは努めて冷静に答えた。「君のことは、その方面の権威としてまだ覚えられているだろう。ともかく僕が取り計らう。ただし一つ言っておかねばならないのは、これがかなり重要だが、権利が一度は君のものであったと誰にも言ってほしくないのだ。そうすると君の報告の権威が怪しくなる可能性がある。分かるよね？最初から僕のものだったとしておこう。いいかい。君への譲渡などなかったと。ずっと僕のものだったと。」
　タベンダーは彼の恩人に半盲のようなウインクをしてみせた。
「ずっとあなたのものだったって？　もちろんそうだったよ」と彼は陽気に答えた。
　ソープは気づかれないようにほっと長いため息をもらした。「葉巻をもう一本どうかね？」とソープは言った。老いたタベンダーが葉巻をつけるのを、ある種見下した寛大な気持ちで眺めていた。大工が慣れない手つきで木を扱うように、葉巻は一度ならずほどけてしまい、不器用にもうまくつけられないのであった。タベンダーは新しい葉巻を取った。ソープにマッチを差し出されてようやく吸えると、笑っていた。素朴な感じと、長い苦労のために備わった従順な態度が急速に消えていた。みすぼらしい長靴を暖炉の格子に堂々と載せ、グラスを揺らしながら話した。
「自分の失敗は」と彼は、はっきりした口調で言い出した。「三十年前に科学と手を切って、ビジネス専門にならなかったことだ。そうしたら、君みたいに財をなしただろう。両方をやろうとしてしまった。半年は給与のために砕石の分析とか、水準測定とか、砂糖の調査をしたかと思えば、あとの半年は、研究成果を頼みにその給与で一儲けしようと。両方をうまくやるのは難しい。どちらかでないと。両方は無理だ。たとえば、君から権利を買わずに、その金を持って君と同じ頃ロンドンに戻っていたなら……。」

「それでどうなったと？」とソープが機嫌よく言葉をはさんだ。「二週間で一文無しだよ。ロンドンがどういうところか知っているかい？　沼にアリゲーターがひしめいて、裸の黒人がいる場所と、ここも変わりはしない。チャンスなんてない。」

「でも君は儲けたみたいだが」とタベンダーが反論した。「こんな豪邸に来たことがない。」

「僕の場合は違うから」とソープが無造作に答えた。「僕には金儲けの才がある。防備が完璧だから、アリゲーターにもガラガラヘビにもやられやしない。」

「確かに人は色々だから」とタベンダーは哲学でも語るように重々しく答えた。大きな椅子に深く座り直して、じっと相手を見つめた。「どうやってお金を儲けたのかい？」と、ややはっきりしない口調で尋ねた。「ゴムではないだろう？」

ソープは頭を振った。「ゴムに資産価値はない。全部金融だ。株式市場の。色んな取引で」と、まじめな顔で答えた。

その説明をタベンダーはすっかり受け入れた。聖職者を思わせる頭を大きな椅子の隅に斜めに預け、しばらくおとなしく考えていた。それから葉巻を置いて、目を閉じた。

ソープは背を屈めて、もう一杯ウイスキーの水割りを作った。それからまた深々と座って、グラスを傾けながら奇妙なこの来客をじっと眺めていた。この一年の間に色々不思議な形で自分の運命が展開した。が、これこそがその最大の証だと心の中で思っていた。こんなくたびれた馬鹿な老いぼれなど、存在は無きに等しい。はるかメキシコにいる限りは。実際、奴のことなど忘れていた。それにしても今日の午後、ロンドンにいると知ったときの驚きは、なお鮮明であった。姉の本屋で一瞬奈落に落ちる気がした。大地が足元で崩れるかのような。しかしたちまち冷静さを取り戻し、それと共に機略の働く頭脳も蘇ったのであった。すばやく巧みに手を打って対処し、目的を達するように取り計らった。
　今はタベンダーがロンドンに姿を現し、こういう状況になったのが無条件に嬉しいとさえ思えた。実際自分は、今ようやく確固とした立場に立ったのだ。そう思いながら、この数か月渡ってきた危ない橋を振り返ってみると、いささかぞっとした。タベンダーに株をメキシコでまず売って、それから同じものをロンドンのラバー・コンソルズに譲渡したのであった。このやり口は不正だと言われる、いや、それでは済まないだろう。そもそも価値のない資産だという考えは、彼の頭になかった。あくまで権利であり、権利とはそれによって得られるかもしれないものというのが、昔からの解釈なのだ。しかしもう一つの譲渡の一件は、極めて具合の悪い話になった可能性もある。しかしそれも今は解決した。
　暖炉の火が尽き、タベンダーのいびきが非常に耳障りになるまで、ソープは祝福の夢心地で我を忘れて優に一時間ほど座っていた。やっと立ち上がり、タベンダーを強く揺すって、半ば寝ぼけたまま、二階に上がらせ寝かせた。
　三日後、ソープはウォータールー駅で列車に乗るタベンダーを一人で見送った。サザンプトンからニューヨークを経由し、メキシコに行かせるのである。老いたタベンダーは子供みたいに機嫌がよく、新しい服を買って着させると、これまで以上に聖職者風に見えた。人混みのプラットフォームで、タベンダーは濁った目で、新品の二つのスーツケースを何度も眺めていた。その度に見るからに嬉しそうであった。
　列車のコンパートメントの開け放たれた扉のそばに、二人は立っていた。「本当に親切にしてくれて」とタベンダーが一度ならず言った。「こんなに親切にされた経験がない。素晴らしく気を遣ってくれて。君を真の友と呼びたい。」
「そんなのは。こっちも楽しかったから」とソープは気安く答えた。実際この三日間、一瞬たりともタベンダーから目を離さないようにしていた。飽きずにロンドン中を引き回した。サウス・ケンジントン博物館からロンドン塔まで見物し、一緒に買い物をし、古いパブで一服し、朝、昼、晩と食事をした。タベンダーが誰かと偶然会って妙な話でもしないようにと、ソープは万全の注意をした。非常に疲れたが、その甲斐は充分にあった。

「一つだけ残念なのは」とタベンダーが悔やみながら言った。「ケントの義理の兄に会うはずだったのに。僕に親切だったのに、自分の方はそうでもなくて……。訪ねるからと手紙を書いたのだが、全然時間がなかった。でももう一度手紙を書いて、事情を言っておこう。多分いつかまた来られるから。」

「もちろんそうだよ」と、ソープはぼんやり答えた。ケントの義理の兄弟の話は、当座ソープの耳に入っていなかった。というのも次々に浮かぶ色々な計画に、心を奪われていたからだ。

「向こうでは、僕の部下という形で」と、ソープは考えを巡らせながら、ゆっくり話した。「色々大仕事があるかも。できるだけ手紙を。事情はすべて報告してほしい。お金は問題ない。取り上げる価値がある話になれば、好きなだけ払うから。ただし僕の話は人にしないで。僕との関係も……。会社の上層部から君に連絡が入って、資産の報告を求められることになるし、報酬も指定されるから。よい面の正確な報告だけが欲しい。他は無用だ。僕のこととか、権利の過去とか、その正当性とか。ともかく僕の話はしないと。分かったかい？」

「信瀬してほしい」とタベンダーは言って、恩人の手を握り締めた。

事実ソープは列車が駅から出て行くとき、信頼した目で見送ったのであった。

訳注

★1　ウェスレー（John Wesley: 1703–1791）はメソディストの創始者。フレーベル（Friedrich Froebel: 1782–1852）は教育者・幼児教育の祖。両者の肖像画で、一般に知られているものに、タベンダーが似ていることを指している。

第十六章

八月のバンク・ホリデイの翌週になって、シティでは珍しく忙しく、気を揉む状況が生じていた。いつもは、休み前の気楽な時期であった。仕事と言えば、気も遣わず大した用事でもない、企業との連絡程度であり、後は金融紙を適当に読んで過ごすくらいの、本格的な休暇を前にしての平穏なときであった。この週もシティに人は来るが、心は上の空で、湿原や青い海、氷山かフィヨルド、清清しいドイツの松林などを夢見ているのであった。

シティの多くの人にとって、八月はごく普通に始まっていた。けれどもある投機家筋にとって、さらに仲買人、銀行、その他この投機家筋と多かれ少なかれ関係する多数の人々にとって、極めて不安な出来事が起こっていた。非常に奇妙な戦いが進行していたのである。大殺戮に発展する可能性のある戦いとも言える。不幸にもこの戦いの主役である投機家筋からすると、闇の中での戦いに等しかった。自分たちの命が係っているという、疑いようもない重大な事実以外に、戦いの実情が何も分からなかった。友人や支援者、さらに家族という、当事者ほど関わりのない人々には、まして事情が不明であった。もっとも、彼らの方が怒りや恐怖は大きかったであろうが。マスコミは何も知らないらしい。戦いが進行中は、どちらかの側をけたたましく支持するのが通例である。そういうシティの代弁者たるマスコミが黙っているのも、さらに奇怪であった。マスコミはまるで口止めされたか、目隠しされたかのようであり、これ自体が不気味であった。とは言え、戦いに対し、賄賂をもらって沈黙しているのでもなかった。要するにこの戦いは、本当にひっそりと人を葬る行為なのであった。

外見上目立つものはなかった。隔週毎に十二回の取引がこれまでなされ、一番新しい八月一日には、ラバー・コンソルズの株は額面一ポンドにつき十五ポンドで取引が成立した。そういう素気ない非公式の知らせがあっただけであった。友人や隣人で、幸運にもこの株を持っている者を誰も知らなかった。金融紙の読者がこの数字を見て、誰か幸運な奴が儲けたなと、あちこちで噂していたに違いない。が、それが誰かについては報道されなかった。夕刊紙の個人消息の欄で散発的に「ゴムの帝王」というソープの異名が現れ始めていたが、世界には現在色んな「帝王」がいるのを皆知っていたから、特別にこの「ゴムの帝王」の名が一般に知られるということはなかった。

とはいえ報道よりは噂で聞く方が多いシティの人は、この「ゴムの帝王」について、ある程度は知っていた。この人物はよそ者で、明らかに儲けているそうである。が、長い目で見ればこういうよそ者は資産を必ず使い果たすという、慰めとなる法則があるのであった。ソープがこの例外になる兆しはない。彼は儲けを活発に投資しているらしく、事務所には自称後援者やら投資の勧誘をする連中などがさぞ押しかけているだろうと、シティでは当然思われていた。そういう連中が、ゴム株買い占めの利益がソープの手に実際に入るずっと前に、彼の金庫を空にしてしまうだろう。とは言え、そういうソープであっても知り合いになっておいて、言うまでもなく損はない。他の話題に移った後でも、シティの人々は彼のオースティン・フライアーズの住所を密かに控えておくのを忘れなかった。

ゴム株の買い占めそのものについては、株式市場は概ね無反応であった。犠牲となっている連中は、公的介入があると自分たちが有利になるぞと警告したが、黙殺されるか嘲笑されただけであった。ソープとセンプルの網にしっかりかかった例の十四人の、その主だった連中は「ごろつき」と呼ばれ、市場では重んじられていなかった。

一番打撃を受けたロストッカーとアロンソンは大金持ちであったが、この二人は、発足したばかりの弱い企業を締め上げ、あるいは然るべきチャンスを与えられたら存続できたであろう企業をあえて倒産させて、つまり謀略で財をなしたのであった。そのやり口は、法的にも市場の規則に従っても充分許された。獲物に狙いをつけ、追いかけ、引き倒し、骨までしゃぶる、そういう権利は問題なく認められていた。しかしこういう権利の行使は、犠牲者とその支援者から愛されていなかった。二月の最終日に、そういったヒツジの一匹が、ベテランで自信たっぷりのオオカミ二匹に意外にも抵抗し、それぞれ片耳を食いちぎり、追い詰めてあわてさせたとの噂が出たとき、各方面から歓迎の笑みをもって迎えられたのであった。

その後、状況が進展するにつれて、事態は当事者にとってはっきりと悲劇的に、かつ一方反対側からすれば喜ぶべきものとなってきた。ロストッカーとアロンソンだけでなく、他の十二人がソープという驚くべき凶暴なヒツジによって追い詰められたのである。その多くが例の「ごろつき」、すなわち、ブロウスタイン、ガンツ、ロスフォーレ、ルイス、アッシャー、メンデルであり、ハーディング、カーペンターとヴィージーが「ごろつき」の同類とは断定できないにせよ、少なくともこれらすべてが、その不運に対して同情を寄せられなかった。他の二社、つまりノーフェルとピニーはほとんど無名であった。

しかしながら、伝統があり敬愛もされ極めて手堅いフロマンティン・ブラザース社もこれに巻き込まれているという発表は驚かれた。エジプト関連の債券、レバンタインでの小規模な借款、アラビアやペルシャとの通商関連の割引債券、こういったものが長年フロマンティンの専門であった。メキシコのゴムの空取引に引っかかるなど、誰も想像できなかった。そもそもこのラバー・コンソルズが関係している土地というのは、メキシコで間違いなかっただろうか？

ソープの会社は、株の募集をした時点では、その価値は株式市場の然るべき人たちから全く無視されていた。株の買い占めが最初噂になったとき、株の目論見書がどうだったか、はっきり思い出せる者はいなかった。後で自分たちの帳簿のリストやファイルを見てみたが、記載はほとんど役に立たなかった。ソープの会社が所有する資産の価値をとやかく言う人などいなかったし、買い注文によって値が非常に上がっているときも配当の可能性を言う人はいなかった。どのようにしてソープが株主に対応しているのか、あるいは背後に本当の株主がいるのかなどは、市場の厳しい目から見ても、ことさら問題ではなかった。株の上昇などの事実が広く知られたら、恐らく少し変だと思われたであろうが、少なくとも当座「ごろつき」どもに不運な「活気」を与えているなら、それで充分だった。

七月の終わりになって、ようやくこの戦は久しぶりの見ものではないかと思われだした。とは言え困るのは、表面上は何も見えてこない、つまり目立った点がないということであった。金融紙は何も報道しなかった。小柄な赤毛のスコットランド人センプルが、明らかに買い占めという復讐の当事者であったが、誰よりも冷静に沈黙を守っていた。今や、取引所の仲間は敬意を持って彼を眺めていた。帽子をかぶって頭を上にやや向け、薄い唇をきっと結び、茶色がかった灰色の目で落ち着いてじっと見ているセンプルの様子に、仲間たちは言いようもない力を見て取った。取引所では背後から誰よりも指を差され、頷かれる存在となり、露骨に排他的なことで悪名高いお偉方たちでさえ、ぎこちなく親しげな態度で彼の知己を求めた。

もちろん、彼の買い占めは隔週取引のどの時点かで暴落となるかもしれない。が、もはやそういう段階を通り越して彼は買い進め、その成功は明らかに超人技になっていた。

この小柄で赤砂色の髪をしたスコットランド人が自ら計画したのか、それともソープの単に手先なのか。両方の見解をそれぞれ支持する者が取引場にはいた。八月一日の急騰でいきなり八十シリング上昇してラバー・コンソルズが十五ポンドになると、センプルはその日だけで差額と繰り延べ料金で七万五千ポンドを得たと見積もられた。するとソープが疑いなくこの手口の考案者だという話が持ち上がった。彼の口からそう明かされたという話も伝えられた。それによると、恨みのあるユダヤ人投機筋への復讐としてすべて計画したというのであった。この話を裏付けるものとして、大苦境からなお抜け出すのが許されない七人のうち六人がユダヤ人であり、明らかにこれには意図があるとされた。しかし反対意見として、考えてみるとブロウスタインとアッシャーは逃れるのを許されたのだから、容赦ない反ユダヤの復讐という話には合わないとも言われた。この反対意見はもっともと思えたが、これに対しさらに次の指摘もなされた。つまり、ブロウスタインとアッシャーは解放される前に完全に骨抜きにされたが、キリスト教系の五社は相対的に穏当な被害で済んだのであった。だから全体としては反ユダヤの匂いがラバー・コンソルズの買い占めにはつきまとっていた。

次の週の午後、ソープはオースティン・フライアーズにあるオフィスの取締役室に一人でいた。窓と窓との間に置かれた大きな机の前から立ち上がり、無気力な疲れた足取りで火のない暖炉の前をうろうろしていた。一度ならずあくびをし、いかにも疲労困憊の様子で腕を伸ばしたりした。何度となく落ち着きなくうろついた後、ふと思いついて、角の戸棚にまっすぐ向かい、鍵を開け、ブランデー・ソーダを作った。すぐに飲んでまた振り返り、またうろうろした。手を後ろに組み、考えながら顔はうつむいていた。

この半年でソープの外見は目に見えて変わった。顔の下半分がふっくらとし、不機嫌な様子が消えたのが誰でもすぐに分かった。大きく張った顎の重苦しい印象が、肉付きがよくなってできた二重顎と、少したるんだ白い肌のせいで、ある特徴を示すようになっていた。それは明らかに独裁者の顔つきであった。口髭は軍人のように短く剃られ、その下の口の線が荒々しい力を雄弁に示していた。落ち着きのある灰色の目は小さくても以前より目立っていた。その視線には新たに秘密が蓄えられ、自信たっぷりの旺盛な活力によって裏付けられた策略めいたものがうかがえた。

ソープは顔以外、それほど太った印象はなかった。言ってみればよりがっちりと引き締まって、表情や動作がより身についている感があった。彼はまたいかにも大物でかつ趣味人といった服装をしていた。仕立てのよいフロック・コートの襟には花をつけ、ぴったりした真っ白のベストがサラサラと音を立てると、香水の洗練された心地よい匂いがした。

「チョルドン公爵と、もう一人紳士が一緒にお越しです。」

事務員が静かに扉を開けて、そう告げた。その言葉は、ソープの夢想にぼんやりと響いた。

「一緒の紳士とは誰かね？」ソープは一瞬躊躇してから、威厳たっぷりに尋ねた。けれどもこの一瞬の間のため、訪問者たちはすでに事務員の後ろに姿を見せていた。合図をするような仕種でソープは訪問者たちの来訪を認めた。

この大きな部屋をもう誰も取締役室とは言っていなかった。暗黙のうちにソープの部屋となっていた。名目上の会社の会長で、誉れ高く著名な元大使で元総督のチョルドン卿でさえ、この部屋を自室という前提で入って来ることはなかった。会社や取締役会といったものが存在するとか、まして自分が両方の責任者であるとか、そういった自負を思わせるものは、手を差し伸べながら歩んでくるチョルドン卿のどこにも見えなかった。

この貴族の会長は白い髭と髪をし、マナーは非常に丁寧であった。小柄で服装に気を配った上品な老紳士で、やや赤みを帯びた容貌は長年の生活の憂いから、いつも孤独な感じが顔の皺に表れていた。瞼の辺りに見られる神経質そうな様子が、時折すがるような印象に変わり、見る側を戸惑わせた。長年の勤勉な生活ゆえ、皆が彼に好感を抱き、評価していた。ソープも彼が非常に好きで、差し出された手を、敬意を込めて丁寧に握った。それからソープは、チョルドン卿からその連れにかなり露骨に視線を移した。

「面会してもらってどうも感謝する」とチョルドン卿は、喉を鳴らすような愛想のよさで話しかけた。「是非友人を紹介したい。旧友で、アレキサンドル・フロマンタン氏だ。バクダッドの先、はるかペルシャの方で、同じテントで起居を共にした仲だ。四十年も昔の話だが。若い頃で、成功しようとして血気盛んだった。自分は自分で。彼は彼で。それから何度か旧交を色々な場所で温めあった。インドやコンスタンティノープルやエジプトなどで……。君に彼を是非託したいと。つまり君の厚情に。」

ソープはおざなりにこの男と握手した。背が高く痩身で、顔は細く髭をきれいに剃り、肩幅は狭く、その年齢からすると黒髪はこんなにあるはずがなかった。慣れない感じで挨拶をし、一言、二言言葉を発した。ソープには英語だとは分かったが、意味は分からなかった。声は老人特有で、もう一度顔を見ると、四十年前ペルシャにいた頃も、チョルドン卿よりはいかにも年配の感じがしただろうと思った。ソープは髪を染めた老人が好きではなく、テーブルから椅子を机の方に引いて、あまり気乗りせずに勧めた。自分も机の後ろの回転椅子に座り、指を折り曲げながら、このフランス系の名前と風貌の人物の顔をじっと見た。

「何か私にご要望が？」とソープは無造作に切り出した。

「何と！　何かですって？」と相手は痩せて骨ばった両膝の上で、両手を落ち着きなく動かしながら言った。「全部です。お願いします。ソープさん。」

「かなり重大なお話みたいで」と、ソープは視線を冷静に訪問客の一方から他方へ移して答えた。

「個人的な取り計らいというか、好意を最大限お願いしたいのだが」とチョルドン卿が口をはさんだ。口調は真剣であった。

「そう言われると、私も何の話か非常に気になりますが」とソープは言った。「でも思い当たりません。ご友人は何をお望みで。」

「ただ、破産者として死にたくないと」と、苦々しく、しかし必死で相手は嘆願した。「私の父や祖父が残してくれた名家の名を汚したくないのです。」

ソープの大きくて沈着な顔が思わず戸惑って、「何かの間違いでは」と言った。「あなたの名を存じ上げませんし、耳にしたことも。」

相手の変わりやすい表情が、信じられないといったしかめ面に変わった。彼は非常に口が大きく、その口を横に広げた様はひどく無様だった。「何と！　聞いたことがないとは。」チョルドン卿を見ながら彼は言った。「まさかそんな」とソープに対し、興奮を抑えながら続けた。

チョルドン卿は少し声を震わせながら説明に割って入った。「私の友人は社長、つまりフロマンタン・ブラザーズ社の名誉ある社長なのだ。君は取引をしていると思うが。」

ソープは当惑の表情をちらっと見せたが、口を開いた。「ああ、分かりました。ようやく意味が。フランス語の発音では気づきませんでした。ここロンドンではいつもフロマンティンと呼ばれていますので。もちろん、フロマンタン・ブラザーズです。」

こう言って彼は黙った。相手二人は彼の言葉に何の救いも見出さなかった。顔を見合わせ、それからフロマンタン氏が話した。

「ソープさん」と、努めて自らを抑えようとしながらゆっくり切り出した。「極めて単純なお話で。私の会社は古くて、曽祖父は、エジプトでナポレオン閣下の兵站事業に関し、資金調達をいたしました。小アジアから絨毯などを輸入するささやかな事業を始め、祖父、そして父と引き継いできました。輸入のみならず金融もやるように。レヴァントの貿易発展に多大な貢献をして……。祖父たちは貪欲でも、略奪者でもありませんでした。そういう血筋ではないのです。あなたの社の会長であるチョルドン卿は、私を光栄にも友人と呼んでくれますが、私たちが東方では名誉の誉れ高いと請合ってくださるはずです。我々の金融事業は、常に相手とは友人関係であって、抑圧したり傷つけたりはしません。そのため、恐らくそのためでしょう、お金持ちになったことはありません。エジプトで財をなした金融業者もいます。我々は違う。チョルドン卿が証言してくださるかと。我々は進んで、つまり私と二人の兄ですが、自らの意思で財産の五分の一を放棄した事実を。惨めなエジプトの農夫たちの血と涙を搾り取るくらいならと思い……。」

「その通り。あれほど名誉ある人道に適った行為はない」とチョルドン卿が力を込めて言った。

「それで私の兄で、ずっとスミルナに暮らしていたポリドールが亡くなり、その妻が資産を事業から撤退させました。一八七〇年からずっとロンドンに住んでいたもう一人の兄、オーガスティンも六年前に死にました。私の甥にあたります息子のロバートが残って、今は私のパートナーです。とっくに成人に達し、今は三十歳くらいかと。ロンドンに来たときは子供でしたが、イギリス人以上にイギリス人らしくなりました。ロバートは非常に行動力があり、また勤勉です。多くの大事業を起こし、それで祖父は事実上葬り去られたようなもので。あ、私の健康はまあまあです。これまでホンブルグやマリエンバード、カイロなどに住んでいました。自分は半ば実業からは引退しております。会社の支社が幾つかありますが、ロンドンがすべて中心になりまして、ロバートがその社長です。これでソープさん、お分かりですね？」

ソープは白のベストの襟に顎を埋めながら、相手をじっと見ていた。が、あまり関心なさそうで、ほんの微かに頷いて同意した。

「ロバートを私は大変信頼していました」と相手が続けた。その目は涙で霞み、声は震えて頼りなかった。「以前よりもリスクが大きいとは言え、彼の事業は堅実だと思えました。私の若い頃に比べて、事業の環境が一変しました。だからそういう新しい環境の下では、ロバートに自由にやらせるのが最良だと思ったのです。状況を私よりはるかに理解していますから。それでフロマンタン・ブラザーズが株式投資に参入すると彼が話したときも、私は反対しませんでした。行動的ですし大胆で賢明で、なおかつ彼は事業の最前線にいるのですから。だからすべて判断を任せました。それが破滅のもとで……。南アフリカ関連で市場が沸き立っていた時分は、大儲けしました。ところがその儲け、いやそれ以上を失ってしまって……。それからは賭けみたいになってしまい、儲かったり、損したり。帳簿を見たところでは、ずっと少し赤字という状態で来ました。彼はますます大胆というか、向こう見ずになって。多くの株に少しずつ手を出して。もう意味がお分かりですね？　ついに魔がさして、他の投機家を真似して、あなたの株を二千株売ったのです。手元にないのに。そうなのです。彼は今、頭を銃でぶち抜こうとしている。それがフロマンタン・ブラザーズの終わりとして相応しいなどと言い出しています。」

ソープは顎を引いて、不機嫌そうな目で相手の沈鬱な様子をじっと眺めていた。彼が不快そうな溜息とともに、張り詰めた沈黙を破ったのは、相当経ってからのように思えた。「この種のことについて、誰ともお話しする気はありません」と冷たく言い放った。「そもそも、もしあなたがどなたか分かっていましたら、この部屋にはお入れしなかったと思います。」
チョルドン卿は思わず座ったまま背筋を伸ばし、失望して驚いた視線をソープに向けた。
「いや、訂正します」と、ソープはこの視線にすぐ反応して、急いで付け加えた。「今のでは真意が伝わっていません。もちろん、会長がお好きな方をお連れするのは結構です。会長の友人は、もちろん、我々の友人ですから。こう言うべきでした。この件を前もって知っていたら、特定の取引についてお話はできないと説明したはずだろうと。」
「しかし」とチョルドン卿は静かな優しい、けれども執拗な声で迫った。その声は聞く者にとって、昔は口調というものに自分たちお偉方は随分気を遣っていたのだと、相手に分からせようとするところがあった。「どうしてできないのかね？」
ソープは不審そうに顔をしかめ、座り直した。「仮にお話ししたとしても、何が話せると？」彼は控えめに反駁した。「私は役員の一人に過ぎず、あなたが会長です。でもこの方はあなたとお話ししても甲斐がないと思っておられる。こういったことにはちゃんと厳格な取り決めがありまして。理の当然ということが。あなたは実業家ではいらっしゃらないから。」
「自分は実業家とも言えると思うが」とチョルドン卿は慇懃に答えた。「カルカッタでもカイロでも、人はそう思っているだろう。考えてみると、これまで人のために多くの取引をしてきたし。それにこういう言い方を許してくれるならの話だが、間違いというのではないが、君の言い方には但し書きが必要な気がする。僕が会長で、そこの役員が君だというのは本当だが、全部が本当ではない。会長としてこの件は全く何も知らない。とすると私の理解では、役員として、君もこの件について本来知っているはずのない立場になると思うが。とは言え。」
彼はここで言葉を切った。まるで第三者の前で、率直な打ち明け話をするのは不都合だと突然気づいたかのように。するとソープは、相手が体面を重んじてためらったその隙に乗じて、獲物に挑まんばかりに素早く跳びかかった。

「では、これではどうでしょう。」ソープは勢いよく言った。頭を上げて手で制止するようにして注目を引き、その間、言うべきことを考えていた。「これが私の言いたいことです。第三者の前でこういったお話をするのは、少々異例ではないでしょうか。あなた自身もそう思っておられる。それは私も思っていた点でした。ともかくフロマンティン氏にお会いして」と、ソープはその名前を頑固に英語の発音で口にした。「お話を伺いました。あなた様もお聞きになったかと。まだフロマンティン氏が事実関係でさらに述べたい点がおありならば、それは結構ですが、でも私としては、フロマンティン氏は我々に事態を任せた方がよろしいかと存じます。我々二人の間で話し合って検討するために。それがチョルドン卿、然るべき方策ではないかと。」

フロマンタン氏は緊張したまま、じっとソープの気乗りしない表情を見つめ、一方ではチョルドン卿にも鋭い視線を何度も走らせていた。貧相で老いた顔が目まぐるしく心配そうに色々変化したが、それは彼が話をすべて聞き逃すまいとしているからであった。不吉な展開を感じて、唇が歪んでいた。チョルドン卿がソープの提案に対し、頷きと手振りで応じたのである。それにソープも頷いて返し、この上なく満足な表情を浮かべた。

「当然ですが、何卒便宜を図っていただきたいと、また分別に訴えたいと」と、フロマンタン氏は、うわべは謙虚だが、しかし堂々と言った。「他にも申しておくべき点が、幾つかございます。甥はすでに差額として、二千株について合計三万ポンド近く払っております。ポケットに数字を書いたものが入っていますが、頭にもちゃんと入っています。すでに差額は二万八千五百ポンドに上っています。利息は入れずに。最新の取引、つまり八月一日には一株十五ポンドでした。それで今購入すればさらに三万ポンド上乗せで、全部で実質六万ポンドです。何ということ！　今買えるように是非お取り計らいを。言いたくはないのですが、フロマンタン社はこの六万ポンドの損失だけでも大変困窮いたします。昔ならこの程度の損失では必ずしもそうはならなかったのですが、今はあいにく……。この事態を招いたのは、甥のロバートです。これを申すのは恥なのですが、私の全資産と甥の妹の結婚での相続分で三万ポンドは何とかなります。そうすれば会社も存続できます。ロンドンに来てから、帳簿を丹念に見ました。これ以上悪くならなければ、会社は何とか浮上し、やがて元に戻ってそれなりの利益を上げられるように。ただしもう六週間、これまでと同じなら、もう全く無理です。不名誉な汚名を着せられ、すべてそれでおしまいかと……。」

フロマンタン氏は震える深刻な声で話を終えた。ソープの顔を涙目で見た後、頭を垂れ、膝を微かに震わせていた。膝の上で、細く黒ずんだ両手をしっかり握ったままであった。髪の根元が真っ黒ではなく、また染めた髪の頂上では分け目がひどく薄くなっていたが、そういう滑稽な様子も悲しみを和らげる効果はなかった。

ソープは一瞬躊躇してから、紙と鉛筆を机の引き出しから取り出し、計算を始めた。数字を見て唇を噛み、眉をしかめた。また幾つか別の計算に取り掛かったが、どれも満足がいかないようであった。突然我慢できないと言わんばかりに、立ち上がった。

「お話しされた、甥の妹さんの結婚の相続分とはお幾らですか？」と、ソープはややぶっきらぼうに聞いた。

フロマンタン氏も立ち上がった。この質問にひどく驚いていた。そして顔を強張らせた。「申し訳ありませんが」と短く答えた。「家庭の内情はお話ししたくないと。」

「幾らかとお聞きしているのです」とソープは尊大な調子で聞いた。「女性から結婚の相続分など奪いたくない。」

「お答えできないと」と、相手はためらいながら言った。「思わずそれを口にしたのは私の過ちです。姪の件はどうか勘定に入れませんように。」

「それなら、もう申すことは何も」とソープは明言した。そして勢いよく座った。乱雑になった机の上を睨みつけ、それから怒って言った。「そういう当然の質問にお答えにならずに、どうやって助けろと？」

「いや、ソープ君」とチョルドン卿が宥めながら割って入った。「君は誤解している。私の友人は、きっと何も誤魔化そうとしているのではない。君の配慮をお願いするというか、そのために純粋な家庭の事情を持ち出したのが間違いだったと思っているわけだ。」チョルドン卿はフロマンタン氏の方を向いた。「その額を僕に言うのは拒まないよね？」

フロマンタン氏は肩をすくめた。「一万ポンドです」と、ほとんど素っ気なく答えた。

ソープの態度が軟化したように見えた。「それなら」と言った。「二千株を十ポンドで売ろう。」

チョルドン卿とフロマンタン氏は不思議そうに見合った。

「あの」とフロマンタン氏はどもりながら言った。「お話は分かります。お許し願えれば、大変ご好意あるお申し出とは存じますが、ただそれは私の提案とは違いまして。市場価格は十五ポンドで、それで購入する用意があると。」

ソープは横柄な調子で勢いよく笑った。「でも私が言うほど払えないでしょう。」彼はいかにも愛想よく言った。「あなたとあなたの甥を救うのに、あなたの姪は放りっぱなしでいいなんて、誰がそんなことを言えるのですか。さっきも言った通り、彼女のお金はいりません。女性のお金は取りません。もし私がご一家に親切にするのなら、姪の方に親切にして何が悪いのですか？」

「ソープさん」とフロマンタン氏がしばらく考えてから答えた。「何も申しません。一瞬あなたのお言葉の趣旨を理解しませんでした。でも今は極めてご配慮されたものと分かりました。本当に感謝申し上げます。私の一家全員に代わりまして。」

少し話をしてからフロマンタン氏は退出した。チョルドン卿は明らかに一緒に出ようとしたが、ソープが留まるように言った。彼は帽子を再び脇に置いて、座った。

ソープはポケットに両手を入れたまま、落ち着きなく歩き回った。「もし差し支えなければ、葉巻を吸ってもよろしいですか」と突然言い出し、戸棚に行った。ブランデーをストレートで注ぎ、見られないように呑み干した。それから、葉巻の煙を吹かしながら戻ってきた。

「不本意ですね」と残念そうな笑いを浮かべながら言った。「ユダヤ人どもからは、身ぐるみ剥いでやろうと誓っているのですが、これで三人に巧い話をされて逃げられてしまった。」

「ユダヤ人？」とチョルドン卿は非常に戸惑って口にした。「君はフロマンタンをユダヤ人だと思っていたのか？　まさか！　違うよ、僕と同じだよ。いや、自分の家系にはユダヤ教から改宗した者もいるが。フロマンタン家は十字軍だったのだよ。」

ソープは気抜けして笑った。「気づきませんでした」と言った。「外国の名前だったから、当然ユダヤ人だと思った。」

チョルドン卿は微かに眉をひそめ、「そうだった」と考えながら言った。「君のやり方には、反ユダヤ的傾向があると耳にした。その点で少し話してもいいかね？」

「それはもちろん構いませんが」とソープは座りながら、不承不承答えた。

第十七章

金融界とユダヤ人についての、チョルドン卿のちょっとした講釈はソープを喜ばせた。というのも、どちらかと言えば専門的というより一般的な話であったからだ。

またチョルドン卿のような著名人から、貴族や内閣の内幕を教えてもらう機会はそうあるものではなく、貴重な経験だった。有名人の名前が次々に挙がってきた。王族や首相たちと晩餐を共にしたチョルドン卿は、気軽にそういう名前を列挙してみせるのである。ソープも有名人と親しくなる名誉に与った気になった。とは言え彼は、このチョルドン卿という老貴族で政治家でもある人物に給与を払う立場であった。そのチョルドン卿が――王族の会話や、拝謁の栄誉を賜った者があまりに面白くない話をするので、ローマ法王が装飾を凝らした椅子に座って落ち着かない様子であったこと、あるいは女王とその夫の愛人である軽喜歌劇の踊り子が執務室の金庫を争って陰湿な暗闘をする様、某国が近代兵器ではなく性能の劣る古くさいマスケット銃で装備することになった顚末、黒真珠を身につけたら見違えるようになったある女の子のエピソードなどを――事細かに話すのであった。

チョルドン卿の思い出話が、二人の気分を変えた。取締役室の雰囲気さえも。この取締役室が歴史をまとったかのようであった。まるで観光客が見物に訪れる王族埋葬の地みたいに……。チョルドン卿の話し振りが、そういう幻想を見事に生み出すのであった。彼は、ふと話し始めたというのではなく、ずっと前からこの話を用意していたみたいに、美しい語り口で淀みなく話した。口調やその仕種、親しみを込めた表情に、聞き手を喜ばせたいという気持ちが滲み出ていた。ソープは話の中身より、そこに魅かれた。国際金融を支配するユダヤ人の話に及ぶと、驚きもし得ることもなくはなかったが、どういうわけか彼の想像力をあまり刺激しなかった。ユダヤ人が強大な権力を行使する目的、全体として彼らは善意で動いているというチョルドン卿の思い、彼らから権力を奪い、より無能な連中に与えたら結末はどうなるか——、こういった説明をチョルドン卿はして、それなりに説得力があるとは思えたが、ソープは賛成できなかった。

話が終わりに来たとき、ソープは頷いて見せ、ゆったりとした動作で座り直した。ロストッカー、アロンソン、ガンツ、ロスフォーレ、ルイスやメンデルから全財産を残らず奪い取ってやるという気持ちは、この興味ある訓示をもってしても、何も変わらなかった。話を承ったという素振りさえ必要ないと思えた。マナーを知るチョルドン卿なら、話題を変えても反対しないであろう。

「チョルドン卿」とソープは言った。「もう世間話はこれくらいにいたしまして、会社の話をした方が。年次総会の時期が近づいていますが、私としては延期すべきと思います。ご存じの通り、市場での我が社の株取引が極めて活発で、それにかかりきりです。メキシコ資源の開発運用について、対処する時間がありません。ですが、今はそのままでよろしいと存じます。さしあたり、ロンドンでの株式の方がはるかに重要です。それで株主に話すことがありません。招いたとしても、一ポンド株が十五ポンドになったと伝えるだけで、それは周知の話ですから。」

チョルドン卿はソープの顔を油断のない鋭い視線で見ながら、話を聞いていた。瞼の神経質な動きが、一瞬瞬きになってから、口を開いた。「自分は私の株に十五ポンドの価値があるとは聞いていないが。」そう言って率直に意味ありげな微笑を浮かべた。

「確かに。」ソープは笑いながら椅子に深くまた座り直した。「その点のお話を。会社発足以来、我が社の公開株の取引が他の業務を圧倒するなど、思ってもいませんでした。仮にロンドン取引場よりメキシコ資産に注意を払っていたなら、私に委託された株、その内の二千株をあなたがお持ちですが、今頃はちょっとした値段になっていたでしょう。ところが不幸にも、取引の対象になっていません。公開株の動きと無関係ですから。もちろん、ご理解なさっていると存じますが。」

チョルドン卿はいかにもという感じで頷いた。諦めと希望が混じった表情で。

「そうなのです。私の期待や意図と正反対に。」ソープは話を続けた。「こういう思いがけない事情の変化を理由に、あなた様にご迷惑をおかけしたくありません。二千株お持ちですが、本当に偶然、動かせない株になっておりまして。ですから私がそれを動かせる株にしましょう。明日、買いを出します。それであなたは私に株を売れます。二千株の公開株と交換で。お望みでしたらすぐに売却ください。もう一度取引日が来るまで持っておかれるのも。どちらでも、お好きなように。」

「これは大変寛大な」とチョルドン卿は少し考えてから言った。口調は極めて穏やかだったが、どこにも、もの凄く喜んだといった様子はなかった。ソープは喜ぶことを期待していたのであったが。元大使でもあるチョルドン卿は、ソープが思っていたよりも冷静なのだ。この上品な元外交官の老人は、上等の葉巻でももらうみたいに三万ポンドを贈り物として受け取ったのである。

少しして、チョルドン卿が口を開いた。「ならば君のアドバイスをもらおうかと、ちょっと今考えていたのだ。売るかどうか。」彼は続けた。「でもそのままの方がいいのだろう。君の手に全部預けておく方が。君のやることは何であれ正しい。それにこういう方面には僕は疎いし、君は専門家だから。」

ソープはやや唇を尖らせた。横を向いて、一瞬顔をしかめた。「それでしたら、お売りになった方が」と言った。「私が長期にこの取引に賭けてみるのは構わないのですが。私の勝負ですし。とは言え、あなたが危険を冒す理由はありませんから。しかしながら、もっと別の方法をやらせてくださってもよろしいかと。」新しい考えが浮かんで、どんよりとした視線に一瞬輝きが浮かんだ。「我々の間だけで取引するのは如何ですか？　そこの金庫に無記名の株があります。その内の二千株をあなたのものとしましょう。実際あなたのものとなります。もしお望みなら、ここで三万ポンドの小切手を差し上げましょう。再び株は私のものとなる。それで取引は終了です。この部屋の中だけで。この話は誰にもしない。如何ですか？」

チョルドン卿はこの提案を考えた。先ほどと同じく瞼をゆっくりと震わせながら。「理屈屋だったら幾らでも文句を言うのだろうが」とようやく言った。微笑を浮かべながら考えていた。「でも僕には、強く反対するところが見つからない。」彼はさらに考えた末、ソープに問いただすような上向きの視線をじっと向けた。「マスコミでゴタゴタ不愉快に取り上げられる可能性はないのかね？　年次総会が延期と発表されたら。」

ソープは自信たっぷりに首を振った。「いえ、そういう恐れはありません。マスコミは大丈夫です。結局どうせシティの内輪話ですから。どうやって私がマスコミを操っているかの話です。そもそも三紙がすべて報じるなんて滅多にありません。」

チョルドン卿はソープの言葉に戸惑っていた。それから微かに笑った。「話がずれているのではないかな」と言った。「君は明らかに金融紙のことを言っている。金融紙なんて、考えていなかった。それがどう書こうが気にしない。でも僕は他のマスコミ、つまり一般紙については非常に気にする必要があるのだ。」

「一般紙が何を？」とソープは気楽に聞いた。「私の知る限り、連中は何も知りはしません。裁判とか、離婚訴訟とか、何らかの裁判沙汰にならない限り……。一般紙なんて、笑止千万です。裁判にならないと、報道するのは危ないとでも思っているのでは？　どうして恐れなくてはいけないのか。」

「それでも」とチョルドン卿は穏やかに答えた。「我々の会社の話が公に取り沙汰されるのは非常に嫌なのだ。そういう事態は明らかにないと望むが。」

「もちろん！」とソープは力を込めて安心させた。「誰かが言い出さなければ噂は始まりません。噂が始まるには、誰かが火をつける必要がある。この場合、誰が火をつけるのですか？　株を持っている一般の人間は文句を言わないでしょう。何故なら、十五倍から二十倍も上昇しているのですから。他の誰が、会社が会社としてやっている業務に関心がありますか？」

「ああ、それこそ私が感じていた疑問だった」とチョルドン卿は言った。「もう答えが出ているのなら結構だ。君の言う、火をつける可能性のある連中といったら、会社の他の取締役などではないか。現在の高騰の恩恵に与れない株を所有している連中が……。この説には自信がある。というのも、さっきまで自分がそうだったから。それに正直に言うが、自分も最後の手段となったら、少しでも火をつけざるをえないかも、と感じていた。もちろん今は全く違うが。僕が君を罵るとまでは言わないにせよ、批判するつもりで来ていたなら……。だが結果的に今は感謝するのみだ。でも僕の言っている意味は分かるだろう？　無論、他の取締役たちに君がどういう取り計らいをしたのか知らないが。」

「連中のことは知りません」とソープが無頓着に答えた。「然るべき取り計らいをしようと思ったのは、あなただけですから。他は関係ありません。もちろん、何かはしますが。面倒など起こさせません。仮に連中に面倒を起こさせる力があればですが。連中にはありませんから。それに何をしてあげるにせよ、絶対同じ程度には……。」ソープは突然言葉を切った。二人は視線を交わしながら、残りの言葉を黙って考えていた。

チョルドン卿は立ち上がり、帽子と杖を手にした。「郵送してくれるなら、書留だと助かる。できれば僕の別邸の方にお願いしたいが。」彼はいかにも遠慮しているかのように上品に言ってみせ、手を差し出した。「旧友のフロマンタンへの厚情にはお礼の言いようもない。本当に親切で。感謝の気持ちは決して忘れないから。」

「誰にも口外されませんように」とソープは握手しながら言った。「それについても、またもう一つの件も。」

「絶対秘密に。最高の外交機密だよ。」扉の方に二人が歩いているとき、チョルドン卿が言った。

ソープは扉を開け、半ばお辞儀をしながら脇に避け、チョルドン卿を通そうとした。彼はその礼儀に優雅に感謝してみせた。と、突然驚いて二人は姿勢を正した。真ん前に、取締役室のドアの真鍮のレールにもたれ掛かって、プラウデン卿が立っていたのだ。

偶然の出会いを歓迎はしないが、仕方ないといった、一種混乱した雰囲気になった。チョルドン卿は激しく瞬きをしながら、プラウデン卿と短く握手をし、ありきたりの言葉を小さくつぶやいた。それから、礼儀に適っているとは言えないほど迅速に、それでも優雅さは忘れずに立ち去った。ソープは冷静な表情を取り繕うのに苦労した。手を差し出し、頷いてから曖昧な微笑みを浮かべた。

「どうぞ」とためらいながらソープは挨拶した。「どこからお越しで。どうも。ご一家ご健勝で？」

ほどなく若き子爵は、先ほどまでチョルドン卿が座っていた椅子に陣取っていた。チョルドン卿と同じく、礼儀正しいと思える態度であったが、実際にはそのあり方は非常に違っていた。プラウデン卿の整ったしなやかな体軀がくつろいだ姿勢には、相手への敬意というものが一切見られなかった。もちろん、その整った顔は妥協して取り入る態度とも受け取れそうな感じではあったが……。ともかく今は茶色の目を輝かせ、自信に満ちた素直な視線を、机の前にいるソープの精彩のない重苦しい表情にじっと向けていた。

「これまで迷惑をかけはしなかったと思うが」と彼は言った。手袋を帽子に投げ入れ、フロックコートの絹の折り襟を伸ばすようにしていた。足を組み、愛想のよい微笑を浮かべながら座り直した。「君が忙しいのは知っているし、こんな話はなるべく控えたいが、率直に言うと、切羽詰っているのだ。お邪魔したことを気にしないでほしい。」

「それはもちろん」とだけソープは答え、一瞬間を置いて付け加えた。「チョルドン卿は、年次総会の延期の件で相談に来られました。あなた様も延期に同意してくださると。報告する用件もありませんし。無論、あなた様はチョルドン卿より事情をご存じでしょう。我々の間のことは……。

まず株主が総会を求めていません。所有株が十五から二十倍になっているだけで満足でしょう。それに現状では、我々としても総会は不要です。」

「そうなのかね？　で、その現状とは？」とプラウデン卿が率直に聞いた。

「そうですね。」ソープは不機嫌そうな目で相手を見た。顎は襟に隠しながら。「私の見る限りすべて順調です。言うまでもなく、シティでの我が社の株の取引で、すっかり時間を取られまして。メキシコでの事業を立ち上げる時間がなくて。そういうことで、今年度のすべての支出、つまり賃貸料、取締役の給与や事務員の賃金など、全部自分持ちにするつもりです。総額で二千七百五十ポンド程度に。私の筆頭役員としての別給与は除いての話ですが、この状況では一銭も要求しませんし、これ以外の経費の支払いもします。こうすれば、資源開発に取り掛かれないことによる我が社の損失は全く生じません。これ以上は誰も求めないでしょう。ところで、お母様や妹様はお元気で？」

「ああ、非常に元気だ」とプラウデン卿が答えた。そこで言葉を切り、すっかり黙ってしまった。輝く陽気さが、どこかに消えたみたいであった。

「ハイランズに館と狩猟場を購入するつもりで」とソープがさり気なく話を続けた。「実際三、四か所候補がありまして、どれにしようか迷っています。どれも捨てがたいところが……。でも今月の二十日までは、行く時間がそれほど取れるかどうか分かりませんが。もし向こうに行けたら、その間に是非来ていただければ。お母様や妹様、それに弟様を連れて来てくだされば、大変嬉しいです。彼と同じ年くらいの甥がいまして。いい若者です。弟様の友人になれると思います。全員で来てくださいますよね？」

プラウデン卿は何か新しい考えが浮かんだらしく、夢想から醒めたように顔を紅潮させた。「妹を連れて行くかも」と彼は言った。「母親はスコットランドが大嫌いで。そもそもイングランドの中でもあまり旅行しない。でも多分、妹は非常に喜ぶと思う。君を気に入っていて。」

「あの時だけですね。お会いしたのは。」ソープが言った。言葉の背後にある意味が、言い方に余韻を与えた。プラウデン卿は考えながら何も言わず、微笑でソープの言葉に返答した。
「女性とは奇妙な生き物だ」と彼は言い出した。「女性の好き嫌いは本当にくるくると気まぐれに変わる。でも妹は、君を非常に気に入っていて。母親もそうだが。」彼はまた微笑んでいた。しばらくソープを見ていたが、急に視線に不安そうな様子が表れてきた。「君は太ったのでは」と少しして言った。自分を不安にさせる相手の変化に、自分はちゃんと気づいているのだといった意味合いがその口調にはあった。
「それほどでも」とソープは素っ気なく答えた。「最近はシティにかかりっきりですから。それだけです。二週間も休めば大丈夫です。ともかく、まずあなたと妹様に来ていただきたい。どこに決めたかお伝えしますから。他の女性がお越しのときに、妹様も合わせて来ていただけますよね？　つまりクレシッジ様やマドゥン嬢ですが。」
プラウデン卿はソープをじっと見た。「二人は戻って来ているのかね？イギリスに戻っているのかね？」と戸惑って尋ねた。
「ご存じなかったのですか？」とソープは機嫌よさそうに言った。明らかに相手が知らなかったのを喜んでいた。「もう二、三週間ほどロンドンに滞在しておられます。マドゥン嬢は寺院などを慌しく見て回られ、でもクレシッジ様は市内でずっと引きこもられて。長旅でかなりお疲れになったらしく。」彼はプラウデン卿の目をじっと見て、意味ありげに付け加えた。「彼女の健康を気にかけております。」
プラウデン卿は見るからに当惑していた。「君が気にかけていると」と驚いて不快な様子で顔をしかめ、相手の言葉を繰り返した。
「ええ、だって当然ではないでしょうか」とソープは突然声に凄みを込めた。プラウデン卿の端正な顔をじっと執拗に見た。怒りの衝動が湧き起こった。どうしてこの格好をつけた貴族は、いかにも軽蔑して信じられないといった顔をするのか？「何か不思議でしょうか？　どうして気にかけてはいけないのか。」
ソープの有無を言わせぬ厳しさと、睨みつけた怒りの表情が、相手に自制心を蘇らせた。プラウデン卿は肩をすくめ、気にしないといった振りをした。「いや、もちろん」とできるだけ陽気に答えた。両膝に手を置いて、立ち上がりかけて体を前に屈めた。「ともかく、また日を改めて」と探るように言った。「お邪魔みたいだし。」

「いえ、座ったままで」とソープは相手に命じた。それからスカーフに顎をじっとつけて、相手を長い間不機嫌そうに押し黙って見ていた。

プラウデン卿には、この大きくて無表情な顔から、背後の心の動きを全く読み取れなかった。ソープはこういった不可解な表情を見せるときがあった。その表情にどういう意味があって、本人にとってどう役立つのか、プラウデン卿はソープとたまたまそんな話をしたのを思い出した。ソープが見せるそういう表情が面白くもあり、また感心さえもしていた。が、自分に対して断固とした表情を見せられ、その結果自分が意気消沈してしまうとは思っていなかった。たちまち、この容赦ない表情に耐えられなくなった。

「いや、別の日が絶対いいのでは」と彼は言った。口調には明らかに和解の意味合いがあった。「今日は僕に邪魔されたい気分ではないと思うし。」

「今日ほどね」とソープがゆっくり答えた。

たちまち相手は姿勢を正した。それから一瞬考えてから立ち上がった。「どうしてこうなったのかわけが分からないのだが」と大あわてで気遣って言った。「もし気を悪くさせたのなら、言ってほしい。すぐ謝るから。だが、こういうのはどう扱ってよいのか。」

ソープ自身も実際にはよく分かっていなかった。奇妙な意固地さが、この理解しにくい糾弾をさせていたのだ。「気を悪くしたとは一言も言っておりません」と厳しく、ゆっくりとした口調で答えた。「気を悪くしたというのは、あなたの口から出た言葉です。ともかく、私がある女性の名前を出したら、その方とはあなたの館でお会いしたのですが、そうしたらあなたが如何にもといった態度で、気取った態度になられたのではないですか。まるで私には不相応だと言わんばかりに。」

「いや、それは全く根も葉もない。」相手が言った。「そんな風には思いもしなかった。ごく自然にちょっと意外な話だったから一瞬驚いただけで。それだけだよ。誓ってそれだけだよ。」

「それなら結構ですが」とソープは不満そうにつぶやいた。

彼は自分の前に立っている男をなお不機嫌そうにじっと見ていた。相手の陽気な様子が一変しているのに気づいていた。部屋に入ってきたときは、非常に堂々として、目を輝かせ微笑みを浮かべ、上品な服に身をまとい、ほとんど浮わついた態度であった。それが今は元気のないしおれた男に……。この前の二人の会話を思い出した。つまりこの前会ったときは、この若き貴族に対し自分は好意を持っていたのであった。今は何の共感も覚えず、それが不思議であった。何が不満だったのか。この残忍な敵意を呼び起こす、何をこのプラウデンはしたというのか。ソープには分からなかった。ただ、自分でも理解できない何かの力が、この元友人を傷つけ、侮辱させる方へと導いていくのだ。疑いなく、女性の話がどこかでからんでいる。プラウデンはクレシッジにずっと憧れていた。クレシッジの父親の話では、金があれば結婚したがっていたのであった。それから父親は、プラウデンに経済的憂いがなくなったら、今でもそう望んでいるともほのめかしていた。その言葉が急に切実に感じられ、ソープの心を悩ませた。だから自分はプラウデンを憎むのだろうか。いやそれは違うと自らに言った。というのも、自分がクレシッジと結婚するのだから。彼女の手紙は、自分の求婚を承諾すると微妙に匂わせていた。その手紙は今朝到着したばかりで、今ポケットにある。もう一人の求婚者の空しい想いなど、どうして気にするのか。それにプラウデンは彼女がロンドンに戻っているのさえ知らなかった。明らかに両者の間には連絡もないのだ。自分がプラウデンに敵愾心を感ずるのは、彼女が理由ではないと、ソープは自分に言い聞かせた。それなら他に何の理由が？　彼は、プラウデンが動揺して落ち込んでいるのを残忍な満足感をもって眺めていたが、その理由はなお不明であった。

「問題なのは」と、プラウデンが落ち着かない沈黙を破った。声には熱が入っていた。「明らかに君が何かに気を悪くしていることだ。どうしてか、どうにも分からない。言えるのは」と、どうしようもないといった様子で言葉を切った。先を言うのが怖いといった意味合いがあった。

ソープは唇を尖らせた。「意味が分かりません」と、ぶっきらぼうに答えた。

「言いたいのは」と相手が当惑した視線で答えた。「見当もつかないのだ。何も分からない。僕によくしてあげようと、君は自分から宣言してくれた。『お互い金持ちになった』と。それが君の言葉だった。その時僕はあわてないでほしいと言った。あまりにも気前よくなり過ぎないように、慎重にしてほしいと。僕への恩義というものを、不思議なくらい大袈裟に考えすぎていると、他ならぬ僕が言った。それでも僕に十万株提供すると言ってくれたのは、君だった。」

「ああ、それならここにありますが」とソープはわざと冷たく言い放った。「いつでもどうぞ。約束しましたし、取っておきましたから。今でよければ持って返ってください。何でこんな大騒ぎを。言っておきますが、あなたはここに来て、私が約束を破ったみたいな言い方をされた。」

プラウデンはソープをじっと見た。彼は相手の言葉の意味を考えていた。「君の意図は分かった。僕に十万株を。ありがたい。すでに千株は持っている。父親の連邦債と一緒に金庫に入れてある。」

「それは一体どういう意味で？」ソープは椅子から立ち上がって激しく言った。

「いや、ソープ、落ち着いてくれ」とプラウデンは答えた。「分別と常識をもって話さないか？」彼はある程度自制心を取り戻していて、優雅な眼差しと語り口を前面に押し出そうとしていた。再び座った。「君が僕に対してよかれと思っていたのは疑っていない。もちろんそうなのだから。もし一瞬でも僕がそう思っていないと見えたのなら、僕が事情を誤解していたからだ。ただこれ以上誤解をさせないようにしてほしい。君に謝罪する。株の譲渡を避けようとしているなどと、一瞬たりとも誤って考えたことを。君は僕が疑ったみたいに言ったが、あれは冗談だったのだ。」

「どこかに冗談が含まれていたようで。確かに」とソープは乾いた冷たい口調で言った。「でも冗談を言ったのは私ではありませんから。私は四十万株の内、十万をあなたに持ってもらうと言いましたね。言葉を尽くして言いました。それなら、これ以上何を？　ここにありますよ。約束はきちんと守っています。しかしあなたは、文句をつける権利があると思っているらしい。どういう話ですか？」

「一言だけ」とプラウデンは、努めて冷静に言った。「君の言っていることは本当かもしれない。いや認めよう。その限りでは本当だと。でもあの時点では二人ともそう思っていたのかな？　少なくとも君はそうではなかった。それは分かっているだろう？　君は、巨額の報酬になる株取引を計画したばかりだった。僕は取締役会でいんちきの配当案を通す手助けをした。あれがなければ君の計画は何の価値もなかった。その時僕に凄く感謝してくれた。その興奮の最中に、君は四分の一の分け前を約束してくれた。『二人とも大金持ちだ！』という君の言葉を正確に覚えているよ。一度も忘れていない。金持ちになったら何をしようかとも話し合った。君の金儲けは僕の金儲けでもあるというのが、話の中では前提だった。それが当たり前だった。その場でも、そして私の館に君が滞在しているときも。君も知っているはずだ。それで僕は考えるのを戒めた。君が本気で僕に値打ちのない紙切れを渡そうとしていると疑うのを……。そう考えたらあまりにも酷い話で。」

ソープは机を爪でコツコツ叩いて、これから言うことの強さを相手に分からせようとした。「ではこの事実はどう説明されますか？」ぞっとするほど侮蔑した調子で、正確を期すように言った。「私は間違いなく四十万株を私の取り分だと言い、その内十万株をあなたに渡すと話した。それが特別の計らいだったのでは？　否定されないでしょう？　ならば、いまさら何を言っておられるのですか。」

「それはこういうことではないか」と、プラウデンは一瞬戸惑ってから答えた。「あの時は、君自身も二種類の株の違いが分かっていなかった。売主の持ち株も取引の対象になるだろうと。そうか、分かった！　そうだったのだ。こうだよ、ソープ。今まで言った話はすべて取り消させてほしい。君に口で勝ちたいとは思っていない。売主の持ち株の件で、そもそも僕を虐めるつもりもないだろうし、自分自身を不愉快にするつもりもないだろう？　君は非常によかれと思ってくれていたし。とは言え君は僕に、今食ってかかっているが、僕だって何をしたと？　これまで君に迷惑を掛けたことはなかった。今日来たのは、今、経済的に行き詰っているからで……。でも君を困らせようなんて思っていない。すべて任せている。しかし、結局は要するに、率直に一対一関係で言いたい。君は道徳的観点からみても、僕を救う義務がある。」

「『結局は要するに』とはどういう意味ですか？」と、ソープはやや困惑して聞いた。プラウデン卿の懇願には、道徳的に訴えるものが多分にあり、また以前抱いていた好感が蘇った気がして、一瞬気持ちが揺らいだ。

プラウデン卿は僅かに顔を赤らめ、床を見ながら答えを思い巡らしていた。鋭敏な彼の耳は、ソープの口調にためらいを聞き取っていた。ソープの揺らいだ気持ちを、自分の有利に導く、そういう方策を必死に頭の中でまとめようとしていた。

「いやどうにも」と彼はおもむろに答えた。「どう言っていいのか分からないが、君が約束してくれた巨額なお金を当てにして、それ以上すでに使ってしまったのではないかと。もちろん、僕の他にも……。一人の秘密にしておけるような話ではなかった。母と妹が、特に妹が非常に喜んで。二人の目からすると、君は英雄だ。それに君は覚えているだろう。僕が君の社会的な助けになると言ったのを。手始めとして、すでに少しはしてあげたはずだが。無論、してあげられることはもっとあるが、君はこれまで凄く忙しくて。でも君がよければ今からでもできるのだが。口にしても差支えないと思うけれど、君の結婚についてちょっと考えていたのだ。血筋や一族から考えると、一般人の相手としては、ちょっと僕の記憶にはない、そんな凄い組み合わせとか。貴族で教養が高く、育ちもよい令嬢で、相当な地所が君の息子に相続される取り決めもできる。そういう地所が金銭以上にはるかにものをいうのは、君も承知だろう。仮に君が准男爵かそれ以上になりたいのなら……。もちろん、言うまでもなくこの結婚話は、君が気に入るかどうかは関係なしに言っているのであって、他の相手がよければ君次第だし。だが僕の関係では、これほど君に有利な話はなかなかなくて。」

言葉自体よりも、その口調からソープはウィニフレッド・プラウデンの話が持ちかけられているのだと分かった。そういう考えが自分の脳裏にも一度浮かんだときがあった。そうはっきり覚えていた。不思議なほど昔に思えるが、事実そういうことがあったのだ。今では何か別世界の夢みたいに感じられる。伝統ある家系から彼女が受け継いだもの、それに彼女が貴族の血筋である点、そういったものの重みに関心を持ったこともあったが……。しかし今、それとは関係なく、そのウィニフレッドの兄をかつてないほど憎悪していた。

「今のお話は」と、ソープは唐突に言った。「私には何のことか。お約束の通り売主の持ち株をお渡しします。それ以上どうしてあなたが望めるのか、理解できません。」表情を暗くしたプラウデン卿の顔をちらっと見ていた。それから決然と立ち上がった。「もし非常にお困りでしたら」彼は冷たく言った。「こうしても構いません。あなたが既に所有の千株の売主の持ち株、つまり当初あなたに役員待遇を与えるために譲渡したものを、普通株に交換しても。それは一万五千ポンドで売れます。実際、今あなたから買い取りましょう。その額の小切手をお渡ししますが。欲しいですか？」

プラウデン卿は顔を真っ赤にしてしかめ面をし、ほんの一瞬迷った。それから否応なく黙って頷いた。ソープは机にゆっくり屈んで、小切手を書いた。それをプラウデンは受け取り、折り曲げて、何も言わずにポケットに入れた。

「これでこの件は終わりだと。」彼は黙っていたが、やっとこう言った。声の震えを抑えられずに。

「何の件が？」とソープは言った。

プラウデンは肩をすくめ、何かを言おうと唇を動かしたが、結局言わないでおこうと決めた。ようやく出て行こうと振り向いた。「それでは」と振り返って口にしながら、敵意を露骨に見せて出て行った。

　ソープはしばらく部屋をうろついた後、戸棚の前で立ち止まり、ブランデーを注いで飲んだ。明らかなのは、あえて友人を敵に回してやったぞという断固とした気持であった。なぜこうしたのか。ブランデー・ソーダを飲みながら、色々自分に問いかけたが、確たる答えはなかった。そうしたかったから、そうしたのだ。それ以上動機を探るのは無理であった。

第十八章

その晩、グラフトン・ストリートにある、クレシッジの住まいを訪問すると、応接室で「イーディスはすぐに降りてきます」とマドゥン嬢が言った。

ソープは、彼女が差し出した手にお辞儀し、その目を見て微笑んだ。彼の視線は力強く直截に気持ちを表していた。「そうか、あなたに彼女はお話ししたのですね」と。

着替えて正装をすると、自分の印象がよくなったと納得して、ソープの物腰はいつも柔らかくなるのであった。昼間の彼にはそういう優しさは見られなかった。洋服屋の丁寧な仕立てによる正装が、大柄な姿に威厳だけでなく、優雅さすら与えていた。そういう優雅さを言わば内面に取り込んで、しっかり身につけている。それが夜になると表面に出てきて、いかにも寛大で愛想がよさそうに見える。力強い行動力と同時に、なおかつ親しみやすく気楽な感じがするのである。けれどももっと夜更けに彼と会った人が、仮に女性にその評判を聞かれたなら、ためらいがちな言い方になるであろう。つまり、この「ゴムの帝王」は大酒のみで酒癖が必ずしもよくないと、世慣れた女性なら察する言い方に……。

とは言え、彼は誰から見ても関心を引く人物であるのに変わりはない。大らかな感じだが、まあ弱点もそれなりにある。五十万ポンドの資産をなし、それを他に施そうという意向を何度も示し、事実そうする——新興の人物がこういう性格だというのは、それほど不愉快ではなかった。

「そうか、あなたに彼女はお話ししたのですね」というのは、まるで目ではなく、彼の口が実際に言ったようであった。マドゥン嬢は事実上口にされた言葉として受け取った。
「非常に嬉しいという振りをするつもりはありませんが」と彼女は握手を交わした後、露骨に言った。「それに、ただおめでとうと申しましたら、空虚な言い方になりますから。そういう言い回しは嫌いですので。」
「どうして私がよい夫になれないと？」と彼は機嫌よく、むしろ横柄なくらい率直に聞いた。このアメリカ人女性といると、いつもすぐに、こういう風になるのだ。彼女自身が直截で、ある種高飛車な感じだからであろう。
「特にそう思っているわけではありませんが」と彼女は答えた。「どんな男にも、よい夫になれる素養はあると。条件が揃えば。」
「それなら、その条件はどうすれば」と彼はふざけて聞いた。
マドゥン嬢は少し肩をすくめて見せた。ソープは、彼女の優美でゆったりとした肩と、クリーム色の肌に目がいった。豊かな喉の周りに、ダイヤモンドのネックレスが光沢を帯びて掛けられている。これほどローネックの服を着たマドゥン嬢を初めて見た。髪は大きく束ねられ、燃え盛る火のように輝いている。それが眉や喉、胸に素晴らしい彩りを与えている。彼女も美しいのだ。と、今になって改めて気づき、彼は驚いた。これからは、こういった宝石の光り輝く、高価な衣装をまとった美女に囲まれて人生を過ごすのだ。そう思うと、ぞくぞくした。しかも女性たちは、自分が命令すれば微笑んでくれるのである。
「いや、興ざめにするつもりはありませんから」と彼女は言った。「私は期待しております。色々よい結果が生まれるのではと。この実験から。」
「私も最終的にはそうなると」とソープは考えながら答えた。「すべて実験です。すべての結婚がそうなのに違いない。それ以上でもそれ以下でもない。」
「うまくいかないという教えが、いつの時代にも存在するのですが。」彼女は椅子の方を向いていたが、振り返ってそう言った。「非常に幸せな結婚というものを、あなたは目にしたことがありますか？」

考えてからソープは首を振った。「すぐには思いつきません」と彼は認めた。「つまり本で読む類の幸せなものは。でも不愉快なことなく、うまく、気楽に快適に仲よく暮らしている例はたくさん知っています。若すぎて結婚した人が、喧嘩しがちなのでは、と思います。分別ある年齢になれば、自分の求めているもの、逆にそれなしでもやっていけるものが分かるようになり、トラブルの原因はなくなります。私たち二人は、少年少女の戯言から出発するのではないので。」

「いえいえ、戯言ならたくさんあるのでは」と、彼女はソファに座りながら言葉をはさんだ。

「それはそうです」と彼女を見下ろしながら、ソープは愛想よく答えた。「それがあればあるほど、よりよいのです。自然に生まれているからこそ、逆に人は戯言だとちゃんと分かりますし、それがすべてでも、すべての終わりでもないことも知っていますから。」

「あなたの恋人が参りますわ」と、喜びとからかいが入り混じった笑いとともに、マドゥン嬢が大きな声で言った。

「私のことは心配しないでください」と彼は言った。「私は充分善良な恋人ですから。それにもし婚約者が満足しているのなら、なぜあなたがそこに拘られるのか……。」

「私には関係ない、でしょうか？」と彼女が彼の言葉を引き取った。「あなたは正しい。あなたの言う通り、もし彼女が満足しているのなら、誰も関係ありません。」

「それにしても、彼女が満足していないと思う何か権利が？」彼は率直に聞いた。「それともそう思う理由が？」

マドゥン嬢は首を振った。しかしその否定は、気まぐれな微笑によって幾分打ち消されたように見えた。「いえ、本当に何も」とだけ答えた。その瞬間クレシッジが登場して、話は終わった。

こうして彼女に会いに来ると、自分の稀なる幸運をしみじみ思い、改めて心が一杯になるのであった。彼女の差し出す手を握り、挨拶しながら微笑むのをじっと見詰めると、もう何も言えなかった。彼女の美しさが彼の目に新たな魔力を焼き付けた。それは彼の目を眩ませ、悩ます魔力であった。この美しい人が、言いようもない繊細な感情と神経、優しい知恵と機知に愛らしさ、それを兼ね備えた女性が自分のものになる。身に余る思いであった。震えを抑えられず、彼女の肩の向こうにある衝立に、思わず目を逸らした。あまりにも目に眩い。

「お待たせして」と彼女はつぶやきにも近い小声で言った。

優美な声は、遠くから聞こえた気がした。声は聞きなれず、一瞬ソープは戸惑った。それから言葉の意味が四方から彼の意識に上ってきて、いかつい顔が、征服者を思わせる利己的な微笑みで輝いた。目をクレシッジに向けると、彼女の視線が自分の視線に従い、動き、逸らすのを見て冷静な喜びを感じた。彼は肩をいからせ、頭をもたげた。宝石をまとった彼女の手を握ったまま、振り向いてソファに導いた。立ち止まり大袈裟に片膝を折り曲げ、握っていない方の手をマドゥン嬢に誇示してみせた。同時に彼はマドゥン嬢に挑発的な、非難めいた視線をちらと向けた。もう一方の手の感触で、自分が手を握っている女性もお辞儀しているのを感じた。彼の心の中には挑むような、それでいて懇願するような気分が入り混じっていた。彼が笑ってみせると、ふざけた挨拶で一瞬漂った間の悪さが消えた。

マドゥン嬢も笑って、「降参ですわ」と言った。「私から祝福の言葉を無理に引き出そうとして。」

この率直な言い方で、かえって三人はやや気が楽になった。クレシッジはソファにマドゥン嬢と並んで座り、無意識にマドゥン嬢の片手を軽く叩いていた。ソープは立ったまま、いかにも満足げに上機嫌で二人を見下ろしていた。これからする話の助けにしようと、ポケットから紙切れを取り出した。

「私みたいな立場におりますと、シティというものがどれほど緊張を強いるのか、何度かお話ししましたが」と彼は言った。「今日はちょっとした気まぐれで、起こったことを書き留めておきました。こうです。訪問客は三十人。その内、何人が私のビジネスと直接関係があって会いに来たと思われますか？　八人だけです。彼らの用件は投資関連ですが、たいていの者が、自分が如何に苦労しているかを話そうとします。残りの者は露骨に自分のことしか考えていなくてもうなりふり構わず……。私はそういう連中を一人ずつ分類してみました。」

「最初に何らかの株を買ってほしいという人物が……。数えてみると六人でした。それで多少なりとも、どういう会社の株なのかという説明を、聞かねばなりません。どれも話にならないものばかりで。それから次に八人が、色々計画を持ってやって来ました。が、その連中の話は事業というレベルに達していません。一人はカリブのハイチ共和国を実質買収すると。借款を募り、それでこれまでに背負った借金を帳消しにしようと。また私に新聞社を買い取ってほしいというのもいました。その新聞社は、私の事業全部を誉めちぎる記事を書くと。また銀行を始めたいという者も。明らかにお金は私の担当、頭脳は彼というわけです。さらに劇場のシンジケートに融資を願い出る者もいました。鞄に女優の顔写真をいっぱい詰め込んで……。カロリン諸島のある権益を、スペインから譲渡してもらうため、計略を巡らしている者もいました。工場を建設しイルカの革を作るというのです。」

「それから発明家が三人も。ええと、ここに書いてあります。ポケットナイフに付属のハサミ、その渦巻きスプリングとか、瓶をコルクやストッパーで栓をする代わり、瓶の先端を何やら回す構造になっているものとか、照明つきの釣り糸で、絹の管の中に細い電線が入っているとか。電池とつながっていまして。魚が食いつくと、ベルが鳴る。釣り針はたくさんついていて、あらゆる方向に伸ばせるとか。」

「それから会社の社長になってほしいという者も来ましたし、銀行の残高不足に対し保証人になってくれないかとか、株投資の金を借りたいという二人、それから牧師で、子供たちのために田舎に建てる施設か何かの、手付金をとせがんで。こいつが最悪でした。」

「二十七人のうち、二十人は全く知らない連中で、自分にとってはどうでもよい連中ですが、相手からすると、皆自分から何とか金を取ろうと。酷い一日だと思いませんか？」

「それはどうでしょうか」とマドゥン嬢が考えながら言った。「淑女の中には半日だけでその二倍の訪問者がいる人も。全く無関係の人で。たとえ訪問の目的が分かっても、こちらとしては何とも思わないような。少なくともあなたの訪問客には目的があります。つまらない計画ばかりなのかもしれませんが。でも、誰かの提案に、もしかしたら後で感心するかもしれない。そんなことは女性の訪問客にはありえません。そうでしょう、イーディス？」

イーディスは愉快そうに、しかしやや沈んだように無言で微笑んだ。

「ともかく」とソープが続けた。その目は話を戻そうとしていた。「この連中は時間を食う以外、何にもなりません。でもさらに三人の訪問客がありまして。ほとんど同時に。一人は三万ポンドを、もう一人は一万五千ポンドを私から奪っていきました。三人目は全く知らない人物ですが、一万ポンドを全くの謝礼として得ました。その上私が株も売ってやると承諾したのですが、もしそれを断っていたら、私は四万か五万ポンド、さらに儲かったでしょう。そういう訪問客がないことを、女性たちは感謝しなくては。」

金額を聞いた女性二人は、表情を緊張させた。彼女たちが好まない話題らしい。が、マドゥン嬢が少し間を置いてから、別の角度から質問してきた。

「あなたは『全くの謝礼』と言いました。私はシティの流儀には無知ですが、一万ポンドの謝礼とはかなり巨額では？」

ソープは一瞬ためらったが、微笑んだ。ゆっくりと落ち着いた様子で椅子を引き寄せ、二人に近づいて座って「恐らくそう言ってもよいかと」と答えて、また間を置いた。「今朝手紙をいただきまして」と言いながら口調と視線に感情を込めるように「その手紙は私にとって、世界を一新させるもので、私をこの世で一番誇らしく幸せな男に変えてくれました。手紙をポケットに入れています。左のポケットに。ここに」と言って胸のところを手で触れた。自分の言葉を証明したいと思い、手紙を取り出そうとした。と、手を止め、顔を赤らめた。

女性たちの視線は、ソープが思わず行ったこの感傷的な仕種を大目に見ているかのようであった。またある種楽しんでいる様子も二人の目にうかがえ、彼の予想外であった。

「ポケットにあるのです」と彼は一層感極まった声で繰り返した。「そしてこの手紙ほど私の気持ちを揺り動かした『訪問客』はいませんでした。話は戻るのですが、七十歳近いのに、髪を紫がかった黒に染めているフランス人の実業家がやってきまして……。自分の甥の会社が窮地に陥ったそうです。私の会社の株を二千株売却する約束をしたのですが、実は株を持っていなくて、入手もできない。そこでその老人がやって来て、現在の株価で彼にこの株を手放させてほしいと頼みに来たのです。チョルドン卿が連れてまいりました。私の会社の会長ですが、その老人を友人だと紹介し、仲介したのです。けれども、私としてはそれで自分の気持ちを変えようとは全く思いませんでした。しかしその老人が、いかに必死になって時価で株を買う金をかき集めたか、そしてふと姪の持参金もそのため犠牲にすると口にしました。そこで私はポケットの手紙の中身を思い出したのです。その娘の持参額は、聞きだしたところでは、一万ポンドだそうで。そこで老人には株購入に際してその一万ポンドは勘定に入れなくても、会社を救えるように取り計らったというわけで……。この手紙のせいだったのです。」

ソープが言葉を切ったとき、非常に静かであった。女性たちは彼を、それからお互いを見た。驚いて容易には言葉が出ないらしい。この当惑した沈黙の中で、扉が開いて夕食の時間だと告げられた。

マドゥン嬢は、話の中断を歓迎して勢いよく立ち上がった。「私がお先に」とすっと出て行った。クレシッジはソープが差し出した腕を取った。歩いているとき、手首が彼のわき腹にそっと付けられていることに気づいていないようであった。

薄暗くひんやりとした食堂の中心に、小さなテーブルがあって明かりに照らされていた。当たり障りのない会話が何となく進んだ。食事が始まった頃から、雷を伴う嵐になっていて、開いた窓を通して雨の激しく降る音が聞こえた。なまった空気をかき乱して新鮮な空気が入ってくる感じが、どんな話題よりも心地よかった。話は自然に田園地方のことになった。久しぶりの雨が景観を蘇らせ、夜明けには大地が再び緑に輝き、再生の力で晴れ晴れと、この上なく甘い夏の香りが漲る……。八月になると都市の疲れた人々は、田畑や湿地について、憧れを交えて語るのである。

「一旦都会を離れると」とソープは力を込めて語った。「もう二度と戻りたくない気になります。ここ数週間は非常に神経にこたえました。実際、どうして戻ってきたのか。ずっとその疑問を自分に突きつけていました。特に今日は。もちろん、今日はすべてが違いますが。それにしても財産を自分のために使うのなら、将来シティから完全に引退するために使いたいと。とは言え、それが今であってはなぜいけないのか？　重要なことで、まだ不確定な要素もありますし、四六時中注意しておかないといけないのですが。でも結局、センプルという仲買人がやってくれますし……。長くてもせいぜいこの先六週間程度で終わりでしょう。来週取引がありまして、十五日ですが、その後は二週間後の二十九日、次は九月十二日と。それらの三日間が、不測の事態も起こらず私の思惑通りになるとすれば、四十万ポンドが手に入り、それでラバー・コンソルズの取引はおしまいです。ありがたくも、シティとも永久にお別れと。そう思えば六週なんて、まるで明日みたいなものです。努めて気を楽にして、この六週はやっていこうと。この嵐ですっかり田舎のことを思い出しました。明日か明後日にでもご一緒に、ハートフォードシャーのペルスリーの館を見に行きませんか？　写真で見る限り、売りに出されているものの中では、一番いいようで。館の一番新しい部分でも、チューダー朝時代の建物だそうで、どうしても住みたくて。」

「これは意外な！」とマドゥン嬢が言った。「チューダー朝の建物にご趣味があるなんて、とても思えませんわ。」

ソープは唇を尖らせた。「それは私を知らないからです」と、表情よりは優しい口調で答えた。「私が粗忽で実利的な人間だからといって、いいものを見る目がないなどと、お考えにならないように。今に世間は、その紛れもない証拠を目にするかと」と言って、黙っているクレシッジに非常に意味ありげな微笑を向けた。「私こそが当代一の完璧な美を非常によく理解できるのです。その生きた証明を……。」

彼はそう言いながらグラスを掲げた。二人の女性も頭をやや傾け、ワインに唇をつけて、ソープの無言の乾杯に合わせた。

「いや、あなたのことは充分分かっているかと」と、考えながら冷静にマドゥン嬢が返答した。「ある点まで、あなたは普通の男と何ら変わりません。心に響くものがあり、逆らわず、退屈もさせず、邪魔もしない相手であれば、あなたはそういう人に極めて優しくなれる。でもそれは珍しくはありません。あなたが他の男と違うのは、これは私の解釈ですが、状況次第で優しくも、その正反対にもなる点です。それは倫理とか普通の感情とは全く違う次元にある。もっとも、こういった個人的分析をさらにお話しするのが望ましいかどうか。」

「もちろん、どうぞ」とソープは促した。引きつけられたように彼女の顔を興味深く見ていた。

「あなたは重要事でも、突然気まぐれに決めるところがある。理屈とかに耐えられず、結果にもこだわらない。偶然あなたを悩ませ、あるいは邪魔してしまった人には、それは不都合というか、災難でさえあるかもしれません。あなたには、瞬時のうちに警告も理由も告げず、一瞬の気まぐれで絶対的な法則を作り上げてしまうところがある。それに否応なくあなた自身が従ってしまう。」

ソープは微笑んで、なるほどと頷いた。「あなたは私を鋭く分析なさって。」

「非常に自信があるのです」と彼女は、冷静に思いを巡らしながら、少し笑って続けた。「なぜならお話ししているようなところが、私にもありますから。違いは私の場合、そういういたずら気分を小さな頃から思う存分発揮することが許されていました。十代の頃、好き勝手に自分の金も、それから力も……。もちろんそれは限定つきで、しかも非常に狭い範囲での話でしたが。それでも自分の力でできるのが面白くて、災いや面倒を周囲にばら撒いていました。もちろん、そう大事というのではなかったのですが。でもその絶頂で色々起こりまして、非常に痛ましい結果になってしまい、それで馬鹿な真似は止めました。兄と父が亡くなりまして。その他にもさまざま考えさせられる事件が起こりまして、幸いまだ若くて止められましたから、よく考えた末、もう二度とそんな愚行はしないと。それからはちゃんと守っています。でもあなたの場合、権力をその年齢になってようやく持たれた。今、どんなに悲惨な体験をされても、それであなたが変わるわけはないでしょう。ことが起こっても影響されたり、自分を信じられなくなったり、自分のやり方を改めて考えて変えるとか、そういう可能性はないでしょう。権力があなたの手にあると、恐ろしい結果にもなりかねない。弱い人があなたを挑発し、残酷な気持ちにさせたら。」

「まあ、何と」とクレシッジが割って入った。「何という気が滅入る話を。シーリア、お願いだから止めて。」

「いや、その通りです」とソープが真面目に答えた。「私はそういう男です。」

彼は自分の人となりがこう評されて、強い関心を持ったようであった。女性二人は彼の考えている様子をじっと見ていた。ソープはしばらくフォークを指で弄びながら、グラスを通して映し出された、テーブルの布の鮮やかな赤い色を見ていた。

「自分には、そういう男こそ唯一価値があると思えるのですが。」彼はなお考えながら慎重に、言葉を続けた。「権力ほど凄いものはないと。それを得れば他には何でも手に入る。しかし権力を持っても使わないと、手の中で錆付き、やがて崩れてしまう。サラブレッドみたいなものです。厩でじっとさせておくわけにはいかない。運動させないと、駄目になる。」

彼は心に浮かんだある想像を、まるで解説でもするように話していたが、あくまでその想像は聞き手には見えないのであった。女性二人が彼をじっと見ていた。彼はその想像の元を、明かしたい気になっていたのだ。

「その例が今日の一件で」と彼は言ってから、黙った。

「その通りですね」とマドゥン嬢が言った。「見ず知らずのフランス人女性が、結婚の持参金を失うと聞いて、すぐに彼女に五万ドルを進呈した事実は、偶然の寛大な権力行使ということでしょう。とは言えやはりそれには理由がなく、知的賞賛を得られるとは言えません。ここが問題です。もし誰かがあなたに逆の印象を与えたとしたら、同じく気軽にその男性から五万ドルを奪ったでしょう。」

いかにも面白いといった様子で、ソープの表情は輝いた。「正にそういうケースを話そうかと思っていました。女性の持参金の話ではなくて……。今日若い男が私のところにやって来まして。意気揚々と。自分が欲しいものは、ただ言いさえすれば、私がくれるだろうと考えてニヤニヤしながら。それで。」

そこで彼は話を急に切って、困ったみたいに小さな笑い声を上げた。もう少しでプラウデン卿のうろたえ振りを話そうとした。今にも舌の先から話が……。その話をせずにおくには努力が必要であった。言わない理由として心に浮かんだものをいくつか考えていた。ようやく彼は話を再開した。妻となるのを承諾した女性に向かって、意識して寛大な眼差しを向けながら。

「あ、いや」と彼は軽く言った。「別に話すほどのことではなかったのですが、どういうわけかその男が気に入らなくて。で、その男は望んだものを得られませんでした。それだけです。」

「でもその人には得る権利が？」とマドゥン嬢が聞いた。

ソープは唇を尖らせて答えた。「まあ、ないのですが。」あまり言いたくなさそうであった。「厳密に言うと、彼は権利のあるものについては、ちゃんと得たのです。私が約束したものは。でも彼はそこから図に乗って……。結局、全く権利のない一万五千ポンドもくれてやったのですが。」

「それならそれが何の証明になるのか、分かりかねますが」とクレシッジが言い、この話題は終わった。

二時間ほどたって、ソープはクレシッジの住まいを出た。呼んだ馬車に乗ったとき、初めて自分が婚約者と一瞬たりとも二人きりでなかったことに気づいた。馬車はスピードを速めていった。考えてみるとこれは奇妙であった。だが最終的には、自分には分からない社交ルールがあるのだろうと結論づけた。

ソープが立ち去ったグラフトン・ストリートの館の応接間では、二人の女性がお互いに顔をそむけた状態で、緊張した雰囲気の中、言葉も交わさずにいた。

ようやくクレシッジが立ち上がり、両手を髪にあてたまま歩いた。「私は踏み出したのよ。話を進めることに」と、はっきりと、ほとんど挑みかかる口調で言った。

「どう言っていいのか」とマドゥン嬢がゆっくりと答えた。「あなたは私の反対を大袈裟に考えているのでは？　多分、反対と思われるほどのものでもなかったかと。ただ私は戸惑っただけで。それに少し怖いという気も。」

「私もそうです」とクレシッジは応じたが、声には怖いというより期待といったものが感じられた。「それで二人だけにしないでと、あなたに暗黙のシグナルを送ったのよ。勇気がなくて。でも信じてくれるかしら。それが魅力の一つでもあるの。そういうところに何か気持ちを高まらせるものが……。恐れとない交ぜの幸せというか。あなたには理解できないでしょうけれど。」

「分かろうとしていますわ。それに分かり始めた気が」とマドゥン嬢が曖昧に答えた。

「メアリー・ステュアートがどうしてボズウェル伯★1と結婚したか、考えたことがあります？」とマドゥン嬢をじっと見ながら、クレシッジが聞いた。「そこにすべて答えがあるわ。メアリーは人当たりの良い、普通の人に飽きたのよ。スケールの大きい、陰湿な獣と一緒にいれば、冒険もあれば危険もある。危ういこと、それにドラマティックな気持ちも体験できるわ。」

「でもそれは幸せな話ではないのでは。あなたの挙げた喩えは」とマドゥン嬢が答えた。

「幸せなんて！」とクレシッジが強く反論した。「メアリーの人生で、そのときが唯一の幸せではなかったなんて、誰が言えますか？　俗物や高潔ぶった人たちが、揃って彼女を叱りつけ説教をする。彼女の時代はそうでしたし、今も同じです。」

「いや、私は俗物でも高潔ぶってもいませんから」とマドゥン嬢がクレシッジを見上げて、微笑みながら宥めようとした。「ボズウェルのことでメアリーを責めはしません。彼女を批判してはいません。ダーンリー卿を殺したのも気になりません。私は非常にリベラルですから。奔放だと言う人さえいます。でも私が仮にメアリーの友人の一人で、親友であったら、たとえばキャサリン・シートン★2なら、そしてメアリーが打ち明け話をしてくれたら、私は不吉な予感とか、不安とかを口にしたと思いますわ。」

「それでメアリーの答えは何だと？」クレシッジは素早く聞いた。顔を紅潮させ、声は自信に溢れ、勝ち誇ったところがあった。「彼女はきっとこう答えたでしょう。『私はこれまで他人の言いなりでした。子供の頃、馬鹿な犯罪者と結婚させられ、早く未亡人になったと思ったら★3、今度は男女問わず悪人どもの言いなりにされ、それからまた馬鹿な犯罪者と再婚させられた。私自身の個性など、一度も発揮するチャンスがなかった。自分がしたかったことを一度もしたことがない。小さい頃は政治屋の母★4と聖職者の詐欺師たち、それから意地悪な兄★5とその友人のうるさくてひねくれた説教屋たちに、さらに宮廷では敵味方双方の嘘つきどもや、人を食い物にする連中、こそこそした輩に取り囲まれて、人生とは決して言えない生き方をしてきた。私は女でありたい。でも本当の男に会った試しがない。そして今ようやくそういう一人が、少なくとも私にはそう思える一人が現れた。海賊で人殺しでどうしようもない悪漢だと分かっているわ。でも私を魅了して、一緒にやっていこうと手招きしてくれたの。だからどうかあなたは、私の帽子と上着と手袋を取って出かける用意を手伝って、そうやって後押ししてちょうだい』と。そういう風にメアリーは友人に答えるでしょうね。」

「それなら私は」とマドゥン嬢は一瞬間を置いて立ち上がり、クレシッジの腕を取って言った。「こう答えるでしょう。『何が起ころうと、願っているわ。忘れないで欲しいと。どこまでも私はあなたの優しい、献身的で忠実な僕だということを。』」

訳注

★1　メアリー・ステュアート（Mary Stuart: 1542–1587）は十六世紀スコットランドの女王。三人目の夫ボズウェル（4th Earl of Bothwell: 1535?–1578）とは、二人目の夫ダーンリー卿（Lord Darnley: 1545–1567）の死（ボズウェルが暗殺したとも言われる）後、ボズウェルに略奪される形で結婚。後にメアリーは処刑され、ボズウェルは獄死。

★2　キャサリン・シートン（Catherine Seton: 1410–1470）は、ダーンリー一族に実在するが、時代が合わない。女王メアリーに幼少の頃から長い間仕えた、メアリー・シートン（Mary Seton: 1549–1615）を指していると思われる。

★3　最初の夫フランソワ二世（Francis II: 1544–1560）とは十五歳で結婚し、夫は三年足らずで死去。

★4　母親のメアリー・オブ・ギーズ（Mary of Guise: 1515–1560）は娘メアリー・ステュアートの摂政。

★5　メアリーと対立した異母兄マリ伯（James Stewart, 1st Earl of Moray: 1531–1570）を指す。

第十九章

八月は身を焦がすほど暑く、しかもだらだらと過ぎた。九月までロンドンにいると、さらに耐えがたかったが、なおソープは離れられなかった。

巨額な賃貸料をすでに前払いした館があり、まだ面識もないそこの執事から、うるさいほど細かく書き連ねた手紙を、しかも山ほど貰っていた。そのことでソープは、自分がマリシャーにある最高の狩猟地を借りていると思い出すのであった。取締役室の暖炉の上に置いた、ロッジと称する建物の写真を何枚か眺めてみた。豪華な邸宅というか、貴族の城というか、ちょうどその中間のようであった。この館をここ数か月借りていた。彼の来訪に備えて予め家具が調えられ、掃除も済んで食料も調達されている。そう思うと、この暑く濁ったロンドンで時間を過ごすのはいかにも虚しかった。何度となく断固として口にしていた。明日、いや最悪でもその翌日には何としても出かけようと。でも結局は行けなかった。八月の最終週には、すでにノースウォードに甥と姪を送り出していた。オビントン・スクエアの家は閉じ、自分はサヴォイ・ホテルに滞在していた。これでどこかに行ったのも同然だと当座は思えた。少なくとも旅の手始めだと。しかしホテルに留まったまま、九月十日になっても、あの湿地や深い森は、一か月前と変わらず遠いのであった。

孤独感に襲われ、何とも馬鹿馬鹿しい状況だという思いが、心に重くのしかかってきた。グラフトン・ストリートにいた二人の女性はすでにロンドンを離れ、モールバンやシュロップシャーの公爵の城、ウエストモーランドなどを見て回る旅に出かけていた。スコットランドの彼の元にやって来る日取りは全く決まっていなかった。彼との結婚を承諾した女性とは、どういうわけか手紙を交わす約束をしなかった。その代わり、彼女と姪のジュリアが手紙をやりとりし、二人の間でマリシャーに来る日取りが決められる手はずになっていた。

ソープはこのことで苛立ってはいなかった。恋文を書くのにそれほど自分が熱心ではないと気づいていたし、自分がそれを受け取らないのは不自然だと思うこともなかった。少なくとも婚約当初の段階では、戯言など不要というのが当然だと、二人の間で了解していた。またソープ自身、そういう自分に不満もなかった。クレシッジのために高貴なペルスリーの館を買う手続きがほぼ終了しているのに、まだキスもしていないというのには、逆にある種誇らしい満足感があった。自らに課した戒めは、貴族的優雅さに繋がるものとも思えた。そういう自制によって、彼は彼女とほぼ対等になったと感じられるのである。だがそれにしてもロンドンでは孤独だ。そう身に沁みていた。

なるほど多くの社交行事に相変わらず誘われ、強要さえされていた。一般にロンドンはこの時期人が少なかった。が、ソープを晩餐や劇場、カード遊びや河畔のパーティーなどに招く人はこれまで以上に多かった。どこにも行かないというルールに彼は意固地に固執していたが、ホテルにわざわざ来る人や玄関で待ち構える人、レストランでたまたまあった人、そういった様々な人たちの好意というか執拗な誘いを、うまくかわすのは結構骨折りであった。いかにも愛想のよい着飾った女性方と食事を共にし、その後女性の亭主などと葉巻とワインを片手におしゃべりする――そういうのをどうにか断るのも努力を要した。

さらに自分たちの真の目的を装いなどしない、要するに直接の利害関係にある多くの人々が、いつもしつこく誘いをかけてきた。この申し出に対して、ソープは素っ気なく、皮肉に、あるいは露骨に無礼な態度で応対したが、少なくとも面と向かっては誰も怒らなかった。彼のふざけた礼儀知らずの話や笑いに、女性たちが思わずたじろいだとしても、あるいは自分の心に断固として立ち入らせない冷たい傲慢さに、男性たちが内心殺意を抱いたとしても、我慢して態度に出すことはなかった。彼から何かを引き出せるという望みが残っている限り、誰もが恐れ従い、侮辱や恥辱をおとなしく受け入れるのである。要はそういうことだという意識が、ソープの心の中では強くなっていた。

彼を怖がり、あえて侮辱を甘受し、冗談を笑ってみせる男連中に、仲間意識を感じろといっても無理であった。やりとりが時に下品な楽しみにつながり、また残虐な気分を満足させてくれることもあった。たまたま、ユダヤ人の賢明な女性がいた。美人というより明るくて聡明、率直で、話が本当に面白かった。男たちと話せないような、実現性は抜きにした他愛のない話をした。それでもこういった気晴らしは、本質的に虚しかった。友情に近いとも思えず、孤独がますます辛くなってきた。

古本屋の姉は最近彼をよく怒らせ、縁を切ろうかと思いさえした。姉のためを思って考えた計画がいくつかあった。気に入るようにそれぞれ変更もし、調整もした案であったが、どれもこれも、愚かにも姉は断ってきた。望みは何もないのだ。自分が慣れ親しんだ仕事を、無為の生活と引き換えたくない。今より大きな店など欲しくないし、そんなものでどうしたらよいのか分からない。元手が増えても意味がない。何故なら、本の数を増やすスペースが店にはないから。自宅はくすんだ二階の部屋で至極満足だし、どこかに引っ越すというのも嫌である。ソープが何かを提案すると、姉は何度も口答えをした。それは父親がよく口にして、苦々しく思った言葉である「慣れないことをするとろくなことにならない」を思い出させた。

「慣れないことでも、無理して覚えるべきだ」と、とうとうソープは姉に強硬に言った。

が、彼女は痩せた両肩をすくめてみせるだけだった。「誰でも脅せば従うと思っているのでしょうが、私には無駄よ。」彼女がそう言うのを聞くと、弟は大きな足音を立てて店を飛び出して行ったのであった。その時はもう二度と店には行かないと心に決めていた。

九月十日の午後、ソープは昼食後ホテルの部屋で葉巻をくゆらし、金融紙を読みながらくつろいでいた。パークまで歩くのは暑すぎるだろうか、姉に会いに行こうかなどと取り留めなく考えていた。座って新聞を読んでいると、ふとあの古本屋を思ってしまう。それにあのひねくれた、一筋縄ではいかない姉を……。ソープは諦めて姉のことを考えてみた。確かに姉の性格のある一面は、素晴らしいと認めざるをえない。彼女だけが唯一、無私な人間みたいである。明らかに世界でただ一人、自分から何も求めない人間であった。決して裕福ではない。どちらかと言えばかなり困窮している。唯一の弟が億万長者である。そして彼女なりに、弟に対し姉らしい愛情を持っている。それなのに彼の資産に一銭たりとも手をつける話に乗ろうとしないし、丸め込まれもしない。彼女みたいな女性はいない。

そういう姉を持っていることは名誉なのだと気づいた。ただしこういう思いの背後には、そういう女を生み出す血筋もまた素晴らしいのだという意味がそれとなくあった。それに素晴らしい男も生み出しているではないか。彼は頭を上げ、前をぼんやりと見た。まるで鏡に理想の自分が映っていて、それを見るように。

突然、ほんものの人間の姿が目に入り、彼の夢想に割って入った。彼は驚いた。一瞬ぽかんと口を開けたまま、じっと眺めた。ようやく事態が分かった。ホテルの従業員の目をすり抜け、老人が部屋に無断で入ってきたのであった。音も立てずうろつきながら、のろのろと部屋の真ん中まで来た。動きの鈍さと表情のなさからすると、呆けた人間か、酔っ払いかと思われるであろう。が、ソープはどちらも違うと思った。その顔は、何と老いたタベンダーそのものではないか！

「一体何！　ここで何を？」ソープはこの亡霊にあえぎながら言った。じっと見たまま、椅子を後ろに引き、両足に思わず力を込めた。

「あの、ソープさん」とタベンダーは前屈みになり眼鏡越しに見ていた。「やはり、あなただ。見つけられるか、自信がなかった。ホテルの中は曲がりくねっていて。」

「いや、何という！」と、なお混乱したままソープが言った。立ち上がり、無意識に相手が差し出した手を取っていた。「一体何を」と言って、また黙った。アルコールの臭いが辺りに漂い、タベンダーが多少酔っ払っていると分かったが、そこで思考は止まった。それ以上進ませ、この新たな危機の意味を把握しようとしたが、無駄だった。

「君を見つけたくて」とタベンダーが気軽に答えた。「ロンドンで誰よりも君に会いたくて……。ともかくどうも。」

「何しに？　いつ着いたのだ。」ソープは考えもせずに質問していた。が、自制心が蘇りつつあった。決められた方向でもあるみたいに、有能な頭脳が働きだした。

「全部君のおかげではないかと」とタベンダーが答えた。彼を特徴づける、老クエーカー教徒に似た印象がまだ衣服や振舞いにうかがえた。が、穏やかで血色のよい顔に自信めいたものも新たにうかがえた。裕福になって見るからに気持ちが自由になり、気力が出たのだ。彼はソープの手を二度振った。「もちろん、すべてあなたのおかげだと」と繰り返した。「三週前に電信をもらい、『ロンドンに急ぎ戻れ、緊急、費用は保証、ラバー・コンソルズ』とのことでしたから。最初のものは、そういう内容でしたね。無論君が僕をこのラバー・コンソルズに紹介してくれたのだから。だから全部君のおかげだと。」

何度も感謝の辞を述べて、突然彼は涙を浮かべた。ソープは必死に考えながら答えた。「いや、それはいいのだ。君を助けられて嬉しいのだから。それでラバー・コンソルズの連中のためにここに来たと？　それはいい。もう会ったのか？　いつ着いたのか、まだ話を聞いてないが。」

「今朝サザンプトンから。義理の兄弟が迎えに来てくれて。今日一緒にロンドンに。」

「義理の兄弟か」とソープは思いを巡らせながら言った。何かを忘れているという、はっきりはしないが、微かな不安が心を騒がせた。「君の義理の兄弟はゴムの事業でも？」

「まさか」とタベンダーは面白がって答えた。「兄はそういうことは、全く何も知りません。今日も尋ねましたが、仕事の話は何もしませんでした。どういう用事で私が向こうにいたのかも聞きませんでした。」

「しかし彼は、君が向こうにいたのは知っていた」とソープは少し考えてから言った。
「ええ。だって彼から二番目の電信が来ましたから。」
「二番目とはいつ？」
「次の日だったか、それとも実は同じ夜に出したのに、翌朝まで配達されなかったのか。ともかく、もう一通来たのです。それが義理の兄弟からになっていまして、どの船でいつ来るかを教えるようにと。もちろん、ですから事情を知っているはずなのですが、でも今は全然知らないと言う。変な奴でしょう？」
「どうして奴が、関係あるのだ？」とソープが苛立ちながら聞いた。
「私の想像では、このゴム会社の誰か偉い人のために働いているのではと。どうも私の義理の兄弟に会ったことがあるらしく。貴族のようで。この前の春、私はその方に手紙を書いたのです。メキシコに戻ったときです。それでこの人が、私に戻って来てほしいと思って、つまりガファソンから私に電信を送らせたのかと。」
「ガファソン」とソープはゆっくりとその名前を繰り返した。ほぼ冷静であった。驚いていないのを自分でも意識していた。このタベンダーという途方もない老いぼれの馬鹿の背後に、そっと潜んでいるプラウデン卿とその庭師の不吉な影がすべて見えた気がした。
「ガファソンは非常に園芸に詳しくて」とタベンダーが続けた。「聞いたことがあるでしょう？　新種の花などで、メダルを数えきれないくらい貰っている。奴は、ダリアの展示会を見るために、ロイヤル・アクェリアムというのですか、あそこに来ている。そこに一緒に行きましたよ。でもあの手のものは、私の好みではなくて。彼を残して、五時半にまた会うことに。今晩一緒にケントに行く予定になっています。雇い主に会うために。先ほど話した貴族の方に。」
「それは結構」とソープはおもむろに答えた。「田舎に行ける人間は、最近誰でも羨ましくて。でもどうやってここに僕がいると知ったのだ？」
「古本屋の女性が教えてくれました。最初に行きました。私があなたを探すだろうことは、あなたもよくご存じのはずで。あなたほど私によくしてくれた人はいないから。何をお願いしにきたかお分かりですね。今から外で一杯飲まないかと。」

「僕もそれを考えていた」とソープは答えた。「帽子を取って、すぐに一緒に行くから。」

隣の部屋に行くと、ソープは非常に戸惑った様子で、顔をしかめていた。が、睨みつけるような表情で数秒考えた後、ある計略を思いついて安心し、ぱっと表情が明るくなった。そうして自信たっぷりに客間に戻った。

「さあ行こう」とソープは陽気に言った。「下でちょっと飲んでいてくれ。その後ハノーヴァー・スクエアまで馬車で行って、クラブで顔見知りに会えないか見てみよう。」

小切手をかなりの紙幣と交換するために、階下の両替所にソープはしばらくいた。その後ほどなくして、二人は馬車でアジアン・クラブの扉の前で降りた。ソープはクラブの外廊下のところで、カーヴィック将軍がいるのを知って喜んだ。

ボーイが将軍を見つけて連れてきた。将軍は二人の客に歓待の手を差し出した。どことなく驚いた様子もあったが、洗練された物腰を崩さなかった。カーヴィックはタベンダーが誰か分からないのに、全く無関心であった。ソープはそういうカーヴィックが気になっていらいらした。が、幸いタベンダーはそれほど繊細ではなかった。周囲を子供のようにぼんやりと見ながら、ご機嫌で酒を飲んでペチャクチャしゃべった。彼はロンドンのクラブに入ったことがなく、閲覧室をしきりに見ていた。そこには顔を赤らめた、かつて帝国の支配層であった人物たちが、それぞれ一人で静かに座っていた。痛風の足をフットレストに載せ、白髪の眉がフランス小説を睨みつけるようにして読んでいるのである。その様子がタベンダーの関心をひどく引いた。それは彼にとって、老年の過ごし方として、未知ののどかなものに見えた。また広い喫煙室には、背の低い柔らかな革のクッションが置かれ、ベルを鳴らすとすぐにウエイターがやって来る。この方がなお気に入った。

やがてソープは、口実を作ってカーヴィックとタベンダーを切り離した。

「あの老いぼれを連れて来たのにはわけがありまして。」彼は低く真面目な、事務的口調で言った。「彼は今日の五時半に人と約束をしていると思っていますが、それは大間違いです。そんなものはありません。しばらくの間は、約束など守らせません。奴を酔っ払わせておいてほしいのです。あの座っているところで。そして一緒に出かけてもらい、なお飲ませて、列車でどこかへ行ってください。チャリング・クロス駅やその沿線は駄目ですが、それ以外ならどこの駅でもどの路線でも構いません。どこで降ろしても結構です。たとえスコットランド、アイルランド、フランスでも、どうぞお好きなように。ここにお金がありますので、もしこれ以上入用ならお手紙をください。奴に何を話しても構いません。どんな作りごとでも大丈夫です。奴をご機嫌にさえしておけば。ロンドンにさえいなければ……。お知らせするまで、誰とも奴と話をさせないように。それから所在をお教えください。私はもう行きますが、将軍、私の意向に従ってやってくださるかどうか、それが重大なのですが。」

カーヴィックの血色のよい顔と大きく見開いて熱を帯びた視線が、充分承知したと語っていた。紙幣をポケットに入れるときに、意味ありげに頷いた。「よく分かった」と元軍人らしく簡潔に、白くぴっちりした髭の下の口が小声でつぶやいた。

一言、二言タベンダーに曖昧な言葉をかけてから、ソープは外に出て、ホテルに歩いて戻ることにした。明らかになった事情に推察を加えると、このパズルを解くのは難しくない。あのどうしようもない、老いぼれの馬鹿が、この前イギリスに来たとき、義理の兄弟に不義理をしたと自分を責めていた。それをソープは思い出した。どういう偶然か、この義理の兄弟がガファソンなのだ。メキシコに舞い戻ってから、タベンダーはガファソンに手紙を書いた。思いがけず用事が忙しくてイギリスでは時間が取れなかったと。これは疑いない。多分、愚かにも書いてしまったのだろう。言うまでもなく彼にとっての最高の幸運を。つまり騙されて買った無価値の権利が買い戻された顛末を。その権利が何かを具体的に明かしただけでなく、ソープという名前も書いたのだろう。最初は自分を貧乏にし、次に不可解にも金持ちにしてくれた人物として。ともかく、タベンダーははっきり教えたのだ。ラバー・コンソルズの資産に関する報告の使命を自分は与えられたと。そして誠に余計にも、これをロンドンの会社に売却したことには、秘密めいた犯罪的要素があるという印象をガファソンに与えたのだ。後は簡単だ。ガファンソンは、プラウデンとこの会社には関係があると知っていたから、タベンダーの手紙をプラウデンに見せた。プラウデン卿はその内容を色々と考え、悪巧みを思いつき、復讐に燃えて突き進んだ。彼がタベンダーをメキシコからロンドンに連れ戻して、武器として使おうというのである。全く明白ではないか。

とは言え、何の武器だろう？　ソープはこういう疑問を抱いて、答えを考えながら、ある店のショー・ウインドーの前で立ち止まった。いかにも柔らかそうな絹の織物が飾ってあった。目の前の繊細な色合いと肌触りがなぜかこの問題と結びつくと思えた。プラウデンもまた繊細で洗練された性格の持ち主だ。復讐心だけで、こんな手の込んだ企みをするというのは、あまりにも単純で粗雑な話だ。ソープはガラスのウインドーの前でぼうっとして、立ちつくしていた。しきりにおしゃべりしている周りの女性たちからは、浮いた感じで……。プラウデンはただのいたずら心で金など使わないだろう。単なる復讐より複雑なことを考えているのだろう。何か具体的に計算が可能で、銀行の残高を増やせる策略を。ソープは結論に到達したときに微笑んだ。その彼の様子が、たまたまその場にいて、視線が合った女性をひどく驚かせ、当惑させた。ソープはゆっくり振り向き、歩き出した。

ホテルに戻ったとき、彼はもっと早く馬車で戻っていればと悔やんだ。というのも、センプルがシティから二度も電話してきていたと知ったからだ。とは言え一方では、もう夕方遅くになり、タベンダーとガファソンの約束の時間はとっくに過ぎたと気づいて満足もしたが……。ソープは誰か残っているかもしれないと思い、センプルのオフィスに電話した。応対した事務員が、誰か残っているか確認するのに、十分あまりかかった。ソープはその間、代わって応対している別の事務員に、イギリスの官吏は電話を忍耐の道具と考えているらしいなどと軽口を叩いていた。とホテルの入り口に、何とセンプル自身が現れたのだ。

センプルはソープを見て安堵の声を上げ、ソープのびっくりした様子には一切構わずに、傍らに招き寄せた。

「ちょっと話せる場所へ」とセンプルは警戒しながら小声で言った。

ソープはセンプルがこれほど動揺しているのを初めて見た。「それなら部屋に行こう」と彼は言って、エレベーターに向かった。

二階で、部屋の鍵をセンプルはしっかり掛け、隣の寝室に誰もいないのを納得するまで確かめた。それからため息を漏らして、帽子を脇に放り投げ、大柄のソープを鋭い視線で見た。「面倒が生じまして」とだけ彼は口にした。

ソープは心を乱さず、落ち着いた態度が取れる自分を誇らしく思った。「いいじゃないか」と動じていないかのように答えた。「対処すべき点には、ちゃんと対処しようではないか。」ソープは相変わらず微笑んでいた。

「冗談ではないのです」と相手があわてて諌めた。「二か所から来ました。証券取引委員会に訴えがなされたそうです。今日の午後。詐欺の疑いで、我々の業務を調べてストップさせてほしいと。直接そういう知らせが私のところに。」

ソープはセンプルを考えながら見ていた。この知らせは自分がすでに計算していたことと、ぴったり一致する。自分が予め考えていた策を取れば、全く影響がない。「まあ、焦るな」と静かに言った。「たとえ訴えが五十出たところで、全くどうということはない。一杯やるか？」

センプルは少しためらったが、誘いに応じた。ソープの落ち着きが彼を見るからに安心させたらしい。彼はあわ立つグラスの中身をすすり、薄い舌で舐めるようにした。「いや、非常に驚いたもので」と、しばらくして平静さを取り戻した口調で言った。

「もっと度胸があるかと思ったよ」と言って、ソープはグラス越しにセンプルを、親しみを込めた視線で見た。「ずっと動じなかったし、今も気が弱くなったとは思わないよ。もう目的達成間近だし、それなのにこんな最終段階で騒ぎ立てては、恥ずかしいよ。」

センプルは自分のグラスをゆっくり感慨深そうに回しながら、その底を見ていた。「あなたがそういう風に考えているのなら安心です」と、やや間を置いて言った。が、迷いが募ったらしく、真面目な顔をして続けた。「自分はこれまで細かく株式買い取りの状況を見ていなかったもので。それは自分の業務ではないと思って。委員会も自分の仕事ではないと思うだろうと。その点では、私の立場は明白です。」

「正しくその通り」とソープは同意した。「君の仕事ではありえない。過去も、今も。」最後の言葉を強く言ってみせた。

「そうみたいで」とセンプルは、いかにも事情を理解したという表情を目に浮かべて答えた。「立ち入った質問をしていると思わないでください。もし教えてもらえるならの話ですが、つまり不安な材料がないのなら、保証があると一層安心で嬉しいのですが。それで私には充分です。」

「教えてあげるよ」とソープはセンプルに言った。サイドテーブルから赤い本を取り出し、太い指でページをめくった。「五十九条にこう書いてある。『取引場での売買を無効とする趣旨の申し出は、証券取引委員会では受理できない。特定の詐欺の容疑や、意図的虚偽の場合でない限り。』今回、受理されるだろうか？　検討さえできないのだ。なぜなら『特定の』と記載してあるから。何であれ『特定の』とするのは問題外だと、そう君に請け合えるよ。」

センプルは、一瞬心配そうに灰色の眉をしかめた。「もし委員会が言葉を別な風に解釈したら」と不安そうに聞いた。

「それはそうだが、でも大丈夫だよ」とソープは安心させようとした。「もう一つ話そう。君は僕に質問をしているのではないと言った。それが当然だ。それに僕も、君の仕事にわざわざ余計な情報を押しつけたりはしていない。でもこの中間に、つまり君が知っていても損ではないという位置にある事実も存在する。僕を強請ろうとする企みがなされている。どういうものかと聞かれたら、かなり愚かな計画だと答えるが……。だが、仮に不意打ちを食らったとしたら、面倒だっただろう。ところが二時間前にこの計画に僕は気づいた。これは凄く幸運だ。」

「あなたの運は、単なる幸運などというものではありません」とセンプルが感心して言った。「他の人にも運がありましょう。でもあなたの場合は違う。ちょっと言い表せません。」

ソープは微笑みながら言葉を続けた。「ともかく気づいた。それから出かけて、この馬鹿げた企みにしっかり杭を打っておいた。核心部分にまでね。明日、ある人物が来るだろう。そいつがどんなネクタイをして来るかも、ほとんど分かるよ。そして脅してくるだろう。まずは彼の話を聞いてやってから、足元をすくってやる。」

「なるほど」とセンプルは楽しそうに答えた。

「今日は一緒に夕食はどうかね？」とソープは急に思いついて聞いた。「その後、どこかミュージック・ホールに行こう。カンタベリーで、ドタバタのパントマイムの公演をやっている。マルティネッティ★[1]という名前だとか。面白いそうだ。凄く笑えて、下らない退屈なおしゃべりは全くないそうだ。歳を取ると、無駄口を叩かない人間がますます好きになる。」

「なるほど」とセンプルは繰り返した。

訳注

★1　マルティネッティ（Martinetti）は十九世紀の有名なパントマイムの一座。一座は、一八八〇～一八九〇年代にカンタベリー劇場（the Canterbury Theatre）（ロンドンの下町ランベスにあった）で公演している。

第二十章

次の日取締役室で、ソープはプラウデン卿が来るのを待ち構えていた。事態を知っているだけでなく、その事態を相手がどう動かそうとしているのかも見抜いていたので、落ち着いて自信たっぷりであった。

彼は机の前でじっとしていた。手元には新聞を二紙置いて、青鉛筆でマークをした一節を、ことさら見えるように折り曲げていた。金融紙ではなかった。だから秘書がマークをして来なかったら、ソープが読むことなど普通なかった。秘書は記事に非常に動揺し、その様子はソープには不可解なほどであった。表現は少し違っていたが、金融欄に掲載された記事は両者とも、ラバー・コンソルズの買い占めに関し詐欺の容疑が浮かび上がっていて、まもなく公の問題になるだろうと書かれていた。

ソープは机の上の二紙を、霞んだ、ぼうっとした目で見ていた。青鉛筆でマークされた箇所に目は向いていたが、同時に色々考えていたのである。一般に報道されて、事態に新たな意味が付け加えられたとも見えたが、実際には何の変化もなかったとも思えた。記事が載るにあたっては、どこからか影響力が行使されたに違いない。それを疑う気持ちは一瞬たりともなかった。彼からすると、新聞記事はすべて特定の意図をもって掲載されているのだ。意図というより、何らかの金銭的価値と引き換えにといった方が、彼の考えをより正確に表しているだろう。新聞の流儀には全く疎かったが、ともかく彼は、総じて新聞に否定的であった。とは言え考えてみると、プラウデン卿が記事の掲載を手配したとは思えない。プラウデン卿の目論みからすると、ソープが知る限り、こういう記事で事前に暴露されたなら不都合だろう。

より真実に近そうなことが、ソープの中で徐々に見えてきた。買い占めの罠からまだ抜け出せないのは、二人しか残っていない。ロストッカーとアロンソンだ。自分たちだけ解放されないのだから、様々な悪あがきをするだろう。そもそもこの二人が株の主たる売主だった。ラバー・コンソルズ株を八千五百株売る責任が彼らにはある。その株が彼らには手に入らない。二人は他の連中より多くの資産を持っている。だからこそ一定に、しかも長期間、ソープからすると金を絞り取れるのであった。これは望むところであった。なぜならこの二人こそ、個人的復讐心を抵抗なくずっと持っていられる連中だったからである。

それもあって、この二人はすでにそれぞれ十六万五千ポンドほど容赦なく搾り取られていた。明日九月十二日には、彼らが入手しなくてはならない株を二十二か二十三ポンドで買わせるつもりであった。これでさらに連中は二十万ポンド取られてしまう。その際、必要ならこの巨額でもって買い占めから解放しても、ソープとしては満足だと思っていた。一つにはこれ以上彼らが払えるかどうか分からなかったし、またこの総額で充分満足もしていた。それにこういう取引の緊張に自分自身がもう疲れていたので、これで勘弁してやろうかと思っていたのであった。

しかし連中の方は、どうも最後の支払いをせずに逃げられると思っているらしい。そうソープは気づいた。それが明らかに記事の意味であり、それに証券取引委員会に昨日なされた申請の意味でもあったのだ。申請については今日さらに新たな情報を聞いていた。公に申請の根拠が示されたわけではない。根拠は委員会の幾人かのメンバーに対して非公式に知らされたのだ。つまり詳らかにできない根拠でもって、ラバー・コンソルズの経営に関して申請を受け、明日特定の容疑で詐欺の告発をすると。そのようにセンプルが今朝聞いてきた。ソープには今、それが何を意味するか少しずつ分かってきた。プラウデン卿がロストッカーとアロンソンを探し出し、恥知らずにも自分にはこの買い占めを挫折させる力があると言ったのだ。どういう力があるかは正確には言わなかっただろう。なぜならタベンダーに会うまで、彼自身知らないだろうから。ともかく連中に詐欺を立証できると理解させ、連中の方はこれで二十万ポンドが助かるのではと嗅ぎつけ、時間が切迫しているので、急いで委員会に駆け込んだのだ。曖昧な申請で、自分たちも正確には知らないが、ともかく明日立証できると。そうだ。明らかに事態はこうなのだ。そしてこの二人のユダヤ人のごろつきが、委員会に対する申請をできるだけ権威あるものにするために、前述の二紙に掲載されるように、事態を漏らしたのだ。

ソープのぼんやりとした目が、結論に達したとき、突然歓喜で輝いた。彼の大きな顔が喜びでニヤリと笑った。プラウデン卿の途方もなく困る様子がはっきり目に浮かぶ。それに対してソープは声を上げて笑った。

と、その瞬間、事務員が扉を開けて合図をしたのは、極めて当然と思えた。オフィスにいる者たちに来訪を予告していた、まさにその人物がやって来た。プラウデン卿が入ってきたとき、ソープはまだ一人で笑っていた。

「やあ、どうも」とソープは座ったままプラウデン卿に言った。

自分が思わずしてしまった陽気な応対に、ソープ自身やや驚き困惑した。どう応対すべきか予めはっきり考えていなかった。それにしても、こういう陽気な応対が相応しいとは思っていなかった。

プラウデン卿の方はもっと驚いていた。一瞬ソープの晴れやかな表情を見ると、それからおどおどして不自然に、顔の表情や物腰が目まぐるしく変わった。顔を紅潮させて「ああ」と答え、顔を歪めて不審そうな、痛々しい微笑を浮かべた。目はあからさまにじっとソープを見ていた。前に進み、やや唐突に手を差し出した。

ソープは手を見ないようにした。「どうも」と無機的に繰り返し、微笑むのをやめた。

プラウデン卿はそわそわしながら机の前に立ったままで、何とも間が悪かったが、ようやく傍らの椅子に腰を下ろした。冷静さを装い、足を組んで、無造作に手で片方の足の踝を撫でていた。「何か変わったことは？」と彼は聞いた。

ソープは椅子に寄りかかった。「数日以内に、ここを離れられそうで」

とさりげなく彼は言った。「というのもようやく明日、取引場の仕事に区切りをつけられると。」
「ああ、そうかね」とプラウデンはぼんやり言った。どこかに行ってしまった考えを改めて探しているようだった。「それはそうだろうな。」
「そうなんですよ」とソープは彼に従って言った。言外に意味を込めて。
プラウデンは咄嗟に顔を上げ、それから再び視線を逸らした。「君の思惑通りに進んでいるのかい？」と彼は尋ねた。
「思惑以上です」と、ソープは元気よく答えた。「誰もの予想を超えています。」
「そうか」とプラウデンが言った。一瞬考えてからためらいがちに続けた。「それは知らなかった。今朝の新聞でちょっと見たもので。金融欄で。それによると今の状況に疑念があると。それで今日訪れたわけだ。」
「来ていただいて本当にありがたいです。友人として心配していただきまして。」ソープの声は素直そのものであったが、視線にはどこか不可解なところがあり、プラウデンは不信が募った。
「友人としての心配など、今さらあまり当てにしていないと」と表情が固いままでやや笑いながら、プラウデンは言った。
「今さら、新たに当てにすることもありません」と、ソープは相手の言い方を無造作に真似しながら答えた。「すでに心配は目一杯していただいておりますので。」
一瞬、緊張した沈黙が続いた。するとプラウデンが口火を切った。「ともかく、何か役に立てればと思って、訪ねたのだが」と言った。
「どのように？」とソープはほとんど気がなさそうに聞いた。
プラウデン卿は両手を上げる仕種をした。彼の黒い瞳には、率直に意味が分からないといった様子があった。「何が必要かによるのだが。君が困っていると思って。新聞によると疑問の余地はないと。それで恐らく僕とその件について話したいのではないかと。」
「その通りです」とソープは答えた。「私もそう思っておりました。」
けれども、このように相手の意向に無条件に賛成しても、会話は容易に進まなかった。プラウデン卿はさっきまで触っていた踝の部分の靴下の模様を見ていた。それから当惑して眉をひそめた。「もし証券取引委員会が取り上げたらどうする？」と聞いた。

「それは大変でしょう」とソープは認めた。

「どれくらい大変と考えれば？」

ソープは計算しているらしい。「二十五万ポンドほどに」と答えた。

「やはり！」とプラウデン卿が言った。「私はそう理解したのだが、委員会もそう多分裁定すると。」

「新聞にそのように？」とソープが尋ねた。興味を引かれた振りをした。「どこで御覧に？」

「見てはいない」と相手は答えた。「そういう話が。」

「それは」とソープが言った。「それは大変で。でも本当ですか？　もしかするとそう聞かれたのでは？　直接その話を？」

プラウデン卿は深刻そうに頷いた。「実は直接に」ともったいぶって答えた。

ソープは一瞬いかにも当惑して見せ、何とか助けを求める振りをした。「さっきは、具体的に何を？」と熱を入れて聞いた。「先ほど、助けるとおっしゃられました。本気でしょうか？　何か案が？　何かおできになることが？」

プラウデンは重々しく答えた。「お互い完全に了解しておかないと」と言った。

「何でも結構ですが」とソープは答えた。

「失礼だが、そういう言い方以上にはっきりしておかないと」とプラウデンは要求した。「一度痛い目にあったからね。」

ソープは考えながら爪で机をコツコツ叩いていた。「了解という点では、意見の相違がないようにしたいものです」と言った。「ですがまず知りたいのは、お話しされたくないことはおっしゃっていただく必要はないのですが、それにしても案とは？　私が困っているので、あなたが助けてくださると。」

「実質はそうだ。」
「でも私が自力でできないとどうしてご存じで？　ともかく何をご存じで？　仮に私がそんなものは笑い飛ばすと言ったとします。詐欺の疑惑など全くないと。全く。」
「君がそう答えるとは思わないが」とプラウデンは率直に言った。
「では仮にそう答えないとしても」とソープは理屈っぽく言った。「その代わりに、立証できないのではと答えたとしますと。委員会は今、証拠を持っておらず、一日足らずでは何もできないと。明日が取引日です。ずっと私は明日でおしまいではないかと言ってきました。市場価格は仲買人によって昨日と今日ですでに定められています。明日取引を全部終えて、すべて終わりにしようと。そうなったら、証券取引委員会など気にする必要もありません。調べようが知ったことではないのです。何ができるというのか？」
「いつでも人は逮捕され、起訴され服役させられると思うが」とプラウデンは厳粛な口調で言った。「逃亡しても引渡しされた有名なケースもあるからね。」
ソープは襟に首を埋め、相手をじっと見た。そこに相手は動揺を見て取った。「しかし委員会と明日の件ですが」と彼はゆっくり聞いた。「どう思われますか？　どうやって速やかに委員会が動けると？　証拠があったといっても、そう知らされて直ちに、どうやって委員会がそれを手に入れるのか。」
「このケースは非常に重大なので、明日の朝、委員会が特別に開催されてもおかしくない」とプラウデンが応じた。「一時間前に通告され掲示がなされたら、確か充分ではないか。三人の委員がいればそういう会を開ける。七人いれば定足数ではないかと。明日の昼には開催もできるだろう。そうなったら三十分で君は破滅だ。」
「どういうことで。破滅とは？」とソープが聞いた。「少しはお金がまだあると。」
「ことが露見したら、訴追は実質上免れない」とプラウデンはますます言葉を厳しくして宣告した。

「いえ、お願いですから混乱させないでください」とソープが促した。プラウデンからすると、その声には懇願する調子があると思えた。「あなたは、委員会の活動に影響を与えることもできると。暗にそういう意味でお話をされていたのかと。明日の昼、特別委員会が開催されて。」

「そうなるかもと言ったのだ」とプラウデンはソープの言葉を訂正した。

「分かりました。実際それが開催されるとします。証拠があると。私に不利な。それが会議で提出されると。」

「そうだ」と静かにプラウデン卿が答えた。

「そうなったとしても、証拠が提出されるかどうかは、あなた次第だと？」

プラウデン卿は、自分を見つめるソープの冷静な視線を見返し、それから目を逸らした。「正確にはそういう風にはなっていないが」と彼はためらいがちに答えた。「本質的にはそうだ。そうだと受け取ってもらっていい。」

「お申し出の額は？　証拠を出さないこと、それからあなたのユダヤ人の友人であるアロンソンとロストッカーから、私がお金を搾り取っておしまいにすることを条件に、幾らお望みですか？」

プラウデン卿は頭を上げて、鋭く探る視線をソープに向けた。「連中は私の友人なのだと？」と挑発的に傲慢な調子で聞いた。

「私と同様、あの人たちとも取引をされていると、当然私は思っていますが。」ソープはまるでそういう取引が常識であるかのように、冷静に説明した。「あなたは私に不利な証拠を出せる立場にあるといって、連中に幾ら出すかを聞いた。それから当然、私のところに来て、その証拠の取り下げに幾ら払う気があるかを聞く。連中より多い額を言わねばならないのは充分承知しています。それにまた、あなたは連中の申し出た額をご存じなのですから、私の額にも心積もりがあるのも当然かと。私は連中より多額を払わねばならないと分かっています。これは『友情による上乗せ利息』と言いますか。」

「君の方からそう言い出すのなら」プラウデン卿は言った。その声は冷徹で高慢であった。「例の額を払ってくれるのなら問題ない。十万ポンドぐらい約束すると前に約束した。それを君は信じてくれと言った。僕は愚かにも信じた。約束の実行を求めに来たら、君は面前で笑った。結構だ。今度は僕の番だ。僕が有利だ。あのことを根に持たないと言ったら、馬鹿だろう。十万ポンド、丸ごと貰いたい。そして君の巧い言い回しを借りたなら、『友情による上乗せ利息』で五万ポンドを加えて。」

ソープは顎を胸のところにさらに押しつけた。「それは無茶な」と気持ちを絞り出すように言った。しかし諦めて落胆しながら「いつ欲しいのですか？」と聞いた。

「ロストッカーとアロンソンが、君か、君の銀行か代理人に支払いをした時点で」とプラウデン卿は準備していたように、すらすらと答えた。明らかにこの手はずを前もって充分考えていたのだ。「もちろん君は今、そういう趣旨の契約を書いてくれるものと。今回は署名した書類を持っている。差し支えなければ、然るべく証拠としたい。今回はね。」

ソープはいかにも狼狽した、重苦しい目でプラウデン卿を見た。が、実際はその間、提案の内容を考えていた。「それで結構です」とおもむろに言った。「しかしあなたにも一筆書いてほしい。こういう条件での取引ですから、あなたの側も契約を実行するという保証を示さなくては。」

「実行するだけで充分だろう。実行しないと支払いはされないのだから」とプラウデンが言い出すと、ソープが制止した。

「いや、それだけでは不足かと。こういうことです。署名された書類を下さい。」ソープは署名された青い紙を手にとって、躊躇せずに数行素早く書き加えた。「これが私の約束です」と彼は言った。「十五万ポンド支払う条件は、文書Aに別に指定された特定の項目を、あなたが然るべく実行することとする。その文書を両者が起草し同意し署名する。そしてあなたのお好きなところで結構ですが、この契約書を安全のために保管する。さてここにおかけになって、同様のことを書いてくだされば、つまり私の十五万ポンド支払うという件に鑑み、あなたは文書Aに指名された件を実行することを契約する云々と。」

プラウデン卿はソープの手早いビジネスライクな提案を当然だと思った。机の前の椅子に座って、言われた通りに書いた。ソープはベルを鳴らした。やって来た事務員が型通りに両文書の署名を見守った。お互いが文書を折って、それぞれポケットに入れた。

「さて」とソープが再び机の前に座って言った。「互いの権利の保護に関する限りは、これで充分です。差し支えなければ、別文書Aの文言を私が書きます。気に入らなければ、あなたがお書きになって結構ですが。」

ソープはこの作業に時間をかけた。白紙の前で顔をしかめて入念に案を考え、書いていることを片手で見えないよう隠した。やっと作業が終わったように見えた。文書を取り上げ、もう一度目を通し、黙って相手に渡した。

やはり無言のまま、そして思わず注意を引かれた様子で、プラウデン卿は以下の文書を読んだ。

「プラウデン卿及びストーモント・ソープがそれぞれ署名した、同日付けの二文書で言及されたことは以下の趣旨である。九月十二日の午前十一時から午後三時の間に、速やかにプラウデン卿は証券取引委員会の特別会にジェローム・P・タベンダーという人物を出頭させる。それは前述の委員会に、恐喝計画に加担したことを陳述させるものである。その計画については、プラウデン卿が署名して、証拠文書を提出している。」

プラウデン卿はじっと文書を見下ろしていた。左手の震えを止める力はなかった。健康で血色豊かな表情に暗い影が宿り顔色を損ねていった。塗料が剝げて灰色の粘土が表れたのに似ていた。目を上げなかった。

ソープはこの策略の成就を、遠慮なく精一杯侮蔑して喜んでやろうと思った。プラウデンが自らの致命傷となった文書を読んでいる間、ソープはじりじりしながら笑ってやろうという気持ちを抑えていたのであった。しかしプラウデンが我を失うのを目にすると、勝ち誇ってあざ笑おうとする気持ちを何かが抑えた。この男は衝撃を紳士らしく受け止めている。顔色をなくし震えているが、しかし育ちのよさから無言で威厳を保とうとしている。だからソープは自分も同じように節度を守ろうという気持ちになった。

「さて、あなたは本当にビジネスをご存じない。成長して大人になることに、ずっと背を向けられて来られたので。」

ソープは先生が生徒に諭すように言った。一見感慨深そうに、しかし内心は喜んで。悪戯がばれたいたずらっ子を説教するみたいに。

「止めろ！」となお文書を見ながら、プラウデン卿は嚙みつかんばかりに叫んだ。

ソープは結局沈黙が一番の礼節だと分かった。両足を机の端に載せて、椅子を少し後ろに引き、敗北したプラウデン卿をじっと見ていた。微笑むのもやめた。

「つまりタベンダーという奴が、君のところに真っ先に来たのだな。」プラウデン卿はやっと言葉を見つけた。話しながら顔を上げ、相手の目を見た。

「いえ、あなたのやり口には、あなたの気づきもしない盲点が山ほどありまして」とソープは気軽に答えた。「あなたの行動はすべて見通しています。あなたご自身より、ずっと先を行っておりまして。あまりに簡単で、子供をからかうようなもので。たとえば、今日来られるだろうと。事務の者たちにもそう話していましたよ。」

「そうだな」と、悲痛なほど当惑した表情でプラウデンが言った。「君はその点では抜かりがなかった。認めるよ。」

「その点は？　いえ、どの点でもそうです。」ソープは少し椅子から体を浮かし、声を強めた。

「それがあなたみたいな人がする、どうしようもない過ちだ」と彼は雄弁に語りだした。「あなたは、一文なしでシティに来て、人との繋がりを何とか作って、遠大な計画を実行しようとし、取引場のやくざ共と一戦を交えた挙句、その連中をやっつけ、一財産儲けた人間を、馬鹿だと見下している。そういう人間を騙せると。あなたみたいな素人にごまかされるとでも？　馬鹿馬鹿しい！」

ソープにすればほとんど悪意とも思っていない言葉が、プラウデンには身にしみた。自分の失敗自体よりも、その言葉の方が驚愕であった。彼は少しずつその意味を受け入れた。そうすると気力が徐々に視線に戻ってきた。呼吸が楽になった。

「君は正しい」と彼が認めた。その言葉に最大限の気持ちを込めたとしても、彼自身傷つくことはなかった。頭の中の矜持と貴族としての特権意識が最大の弱点だったのだ。「君は正しい。自分は馬鹿な真似をした。さらに馬鹿なのは、ロンドンで君の力を最初に認めたのは、他ならぬ僕だったのだから、余計にそうだ。最初に君に言った。『君はこれから成長する。偉大な人物になる』とね。覚えているよね。」

ソープは頷いた。「ええ、覚えていますよ。」

プラウデンは少し考えてから、ポケットから銀の小箱を取り出し、マッチを見つけた。「いいか？」と彼は聞いて、ほとんど答えを待たず、靴の裏で火をつけ、まだ手に持っていた紙につけた。二人は無言でその紙が折れ曲がり、黒ずんで、暖炉に捨てられるまで眺めていた。

このことでソープの心は平静に戻った。ほとんど友好的な雰囲気にまで話が逸れるのも気にしなかった。が、突然気持ちを変えたように、座り直し、床にしっかりと足をつけ、眉を厳しくしかめた。

「あなたがやろうとしたのは汚い手口というだけでなく」と彼は声色を変え、冷酷な調子で言った。「馬鹿な手口だ。老いぼれた酔っ払いのタベンダーが、ガファソンに下らない手紙を出して、しかもこのガファソンはタベンダーより馬鹿な奴で、どちらかの馬鹿がもう一方の馬鹿の考えを推測して、それをネタにあなたは策略を進めた。お金を使って、そのお金は私があなたにくれてやった金だが、それでもってタベンダーをイギリスにまで呼んだのだ。二重のチャンスだと考えたのでしょうね。復讐と金儲けとの両方の目的に奴を使うか、それとも彼を私に売って、もっと大きな金額を要求するか。とは言え、全部私には手に取るみたいな話でして。」

プラウデン卿は全くその通りだと頷いた。

「それでタベンダーがやって来た。ところで何をされたのですか？　彼を出迎えに波止場へ？　自分にちゃんと言い聞かせたのですか？　自分はイギリスで一番頭が鋭く強い人間と喧嘩を始めるのだと。油断なく気を配って、全神経をこれ以上ないほど緊張させて、トラがヘビを見守るように、一瞬一瞬を注意しなくてはと。とんでもない！　あなたはうたた寝をしていた。その間に、これ以上ない馬鹿者のガファソンを、タベンダーに会いに行かせ、一緒にロンドンで無駄な時間を過ごさせ、奴を夜になってようやくあなたのところに列車で寄越すようにした。何ということ！　ことの終了まで二日しか余裕がないのに、二人を迎えに自分で行きもしない。ガファソンを代わりに送り込んで、奴に花の展示会に行かせて……。考えてもみなさい。展示会ですよ。彼は言われたことなど放り出して、花に夢中になるに決まっている。だから、あなたの手下のはずのタベンダーと私は一緒に散歩もできましたし、昔話もし、新しい計画も考えられたのです。心ゆくまでじっくりと。全くあまりに簡単で。うんざりするくらいです。」

プラウデン卿は、青ざめて慈悲を乞う微笑を少し浮かべた。「確かにある種怠惰なところが」と謙虚に認めた。

ソープは少しの間、相手をいつもの無感動な冷めた目で見ていた。「もしタベンダーをあなたが捕まえたとしても」と、ソープはあえて話した。「奴はあなたの役になど全く立たなかったでしょう。ガファソンに何を手紙で書いたのか、私は知っています。最初彼がそう言ったときには分からなかった。しかし後で見破ったのです。それは奴の感傷的な勘違いです。三つか四つのことを全部一緒にしてしまっている。あなたは、タベンダーに会ったことなどないでしょう？　よければ、ハドロー・ハウスでもてなせばよろしかったのでは？　どんな遠くからでも、酒の匂いなら嗅ぎつける奴ですから。間抜けな頭の全部が酒漬けです。最初一緒に野営したとき、ストーブ用のアルコール★1を飲ませたこともありました。あなたはさぞ彼が気に入ったでしょう。」

「明らかに」と、プラウデン卿は考えながら言った。「あれは全く不運だったし、最も嘆かわしい手違いだった。」ふと彼は大胆にも付け加えた。「もっとも、自分が一番驚いているのは、何と言おうか、どうも君は僕をあまり怒っていないみたいだが。」

「自分でも驚きです」とソープも考えながら答えた。「あなたを殺す権利だってある。八つ裂きにも。他の人が相手ならやったでしょう。でもあなたには……。自分でも分からない。どうもあなたにはおかしな応対をしてしまう。」

「そのおかしな応対の一つとして、一杯くれないか」と冗談めかしてではあるが、自信なさそうにプラウデンが聞いた。

ソープは立ち上がりながら少し微笑み、ゆっくり歩いた。中央に大きなテーブルが設えてあったが、それは一度も召集されていない取締役会を思い起こさせる、おかしな調度品であった。そこに水差しとグラス二つに、幅広の丸底の酒瓶をいくつか並べた。テーブルにやって来たプラウデンに、瓶の一つを渡した。

「開け方をご存じですよね」とソープが何となく聞いた。「どうも巧く開けられないもので。」

プラウデン卿は黙って瓶を取って、針金のついたコルク栓にぎこちなく触れて、それほど勢いよくではないが、すぐに栓を開けた。無言でカフスについた液体を拭っていると、グラスをソープが差し出した。

「では、次回の幸運を祈って」とソープが言って、グラスを掲げた。その露骨な皮肉にプラウデンはすぐに反応した。

「どうしてあんな風に僕を攻撃したのか？　この前ここに来たとき。」思い切ってそう聞いたが、相手の無反応な様子を見て、急におどおどして説明を加えた。「いや、あの時ほど驚いた経験はなかったものだから。今日まで全く説明がつかない。一体これまで僕が君に何をしたのだろうかと思って。」

ソープの頭には今まで思いもしなかったことが、ゆっくり浮かんできた。それを満足そうに口にした。

「あの狩猟に同行したとき」と、彼は長い間抱いていた悔しさをやっとぶちまけるように言った。「私が起きて待っていると知っているのに、あなたは何時間もベッドにいた。それに出かけたとき、あなたには召使が椅子を持ってきた。それなのに、私は立たされていた！」

「そんな！」と、プラウデンは素直に驚いて言った。

「これは些細な話でしょう。取るに足らない」とソープが続けた。「ですが私みたいな育ちで、こういう性格だと、そういうことで怒り、傷つき、恨みに思うのです。馬鹿げているかもしれないが、それが私なのです。あなたはそれが分かる知性を持って然るべきだった。私を苛立たせる、下らない真似をしないように、と。自分のやったことを考えてみなさい。私はあなたに凄いことをしてあげようとしていたのです。財産など一切を持たせてやろうと。それなのにあなたは、然るべき時間に起きて私を待つという心遣いさえしてくれなかった。あなたが座るのなら、私にも椅子を用意するくらいの配慮はなおさらの話ですが。」

「誓って、本当に恥ずかしいし、申し訳ない」とプラウデン卿は声を詰まらせながら必死でソープに理解してもらおうとした。

「そういう点には用心しなくてはね」と、ソープはこの話題を終わらせようとした。「私に気遣ってくれる人、ささやかでも私に嬉しいことをしてあげようと、骨折ってくれる人、私を些細なことで苛立たせない配慮ができる人、そういう人のためなら、私は大変な恩返しをしてあげます。私はこの上ない味方になります。私を構ってくれ、私が好きだと分かっていることをしてくれる人なら……。べったりの追従はいらないが、私との繋がりを大事にして、私や私の気持ちや興味を、自分のことのように気にしてくれる人が、私には必要なのです。」

「それがすべて快適な主従関係になると」と、プラウデン卿は微笑みながら誰にともなく語った。それからソープを見て言った。「そういう人に僕がなろう。君が言う通りの人に」と明言した。

ソープは機嫌よくニヤニヤしながら相手を見た。「でもあなたが何の役に？」と冷やかしながら聞いた。「私の周囲の人間は皆役に立ちます。ちゃんと頭がある。でもあなたのやったことは……。タベンダーがあなたの手中から逃げた事実をとやかく言うのではありません。もっともそれも最悪でしたが。それよりもこの部屋で、そこの机で、私に騙されて文書にサインし、次に文書を作るのを、みすみす許してしまった。サインし、書かせるくらいなら、そんな手は本当なら切り落とした方がましです。ここにやって来て、脅迫としては一番難しく危険な類のものをやろうとしていたのですよ。あなたが唯一頼りとしている証人が消えてしまい、どこにいるか全く不明なのが分かっているのに。それなのに自分が強請りをやっていると自分で告白した書面にわざわざサインするところまで、あろうことかしてしまった。ですから、考えてもみてください。あなたがこのシティで役に立つなんて、私が思うはずがないでしょう。」

ソープが自分の言ったことを笑っているのに、プラウデン卿も無理やり合わせて笑った。彼のそういう態度は、恥ずかしさが表面に表れたものとも見えたが、希望を繋ごうとする面もあった。「シティか」と意味ありげに相手の言葉を引き取った。「呪わしい。私は何も知らない。私がシティと何の関係があるというのか。君も言った通り、僕は素人だ。君みたいに強い人間なら、気分次第で僕など、どんな愚か者にも仕立てられるだろう。それがよく分かった。でも僕はどうすれば？　何かしなくては。物凄く貧乏なのだ。」

ソープは例のぼうっとした目に戻って気持ちを表そうとしなかった。この懇願を聞いていなかったらしい。

相手は黙ったまま、テーブルの上の何かパンフレットを見ている素振りをした。ソープの気持ちにこの上なく従うといった仕種であるかのように。

「分からないです。まあ見てみましょう」とようやくソープが確信なさそうにつぶやいた。

プラウデン卿は、この曖昧な表現に希望が保証されたと感じた。「それはありがたい」と小声でつぶやいて、言葉を切った。「どうだろう」と新たなことを思いついて、さらに懇願するように続けた。「私がサインしたあの馬鹿な書類を返してくれないかと。」

ソープは首を振った。「今はともかく駄目です」と考えながら答え、うつむいて数歩落ち着きなく歩いた。

「でも君はしてくれるよね！　助けてくれるのだよね！」とプラウデン

卿は確信したかのように言った。が、ソープの物腰が匂わせる暗黙の警告に応えて、帽子を取った。

ソープはプラウデン卿を奇妙な目で見ていた。そして答えをためらった。この会見の最後は予期しない、ほとんど不可解な形で終わる結果になった。自分自身を恥じる気持ちも何となくあったが、それよりもはるかにプラウデン卿を侮蔑していた。心の中では、口に出してそう言ってやろうという気持ちが強まった。この端正で若い貴族を、こんな風に陽気な態度で納得した気で帰らせてはならない。厳しく罰せられるべきだ。今、この男は気楽になって、きっと新たに恩恵が施されるであろうと思っている。

「分からないです。まあ見てみましょう」とソープは不機嫌そうに繰り返し、それ以上何も言わなかった。

訳注

★1　ストーブ用のアルコール（methylated spirits）はメタノール変性アルコールのこと。飲用不可。燃料用。

第二十一章

次の日の昼、ラバー・コンソルズ株の買い占めを巡るドラマの最終章が、あっけなく終わった。

何週間もの間、ソープはこの壮大な企みの、来るべきクライマックスはどうなるのかと、色々想像していた。人生の記念すべき出来事として、また新たな素晴らしい世界への門出として……。大勝利とともに、解放されるはずであった。これを機に、自分はシティでヒーローとして、またリーダーとして君臨するであろう。が、同時にもうすべてうんざりだと思うようにもなるだろう。当初、この矛盾した気持ちをそれほど気にしていなかった。両方をそれぞれ別に考え、色々想像を巡らしていた。矛盾しているとは全く思えなかった。が、夢の中では葛藤がつきまとっていた。いつまでも戦いに明け暮れ、できないことでもやり遂げねばと果てしなく努力し、奇怪な災禍の影を見て恐怖に駆られる。ついには眠るのが怖くなってきた。やがて水割りウィスキーをもう二杯余分に飲めば何とかなると分かった。たちまち熟睡するのだが、明け方になれば苦しいのは同じであった。悲観に押しつぶされそうで気分が悪くて目覚め、時々まどろみながら、新たな苦悶と屈辱と恐怖の種を心に描いている。そしてようやく起きる時間になる。

冷やした大きなスポンジを頭から背筋にあてると、無用な想像は霧散し、現実の中で常人の分別を取り戻すのであった。落ち着いて洋服を着て、カミソリを熱いお湯に浸すころには、ほとんど陽気になっていた。それでも疲労と緊張の意識は日々募り、徐々に九月十二日という日付が、それ自体不吉な影として立ちはだかってきた。

この日は過去のどんな日より意味を持っていた。彼は夜中の暗いうちから目覚め、もうあまり眠れなかった。けれどもこの睡眠不足を限りとして、悲嘆から逃れられる。ソープはまどろみつつ、安堵の思いを抱きながら朝を待った。意識の外に追いやっている事実、つまり今日がその日だということを、何度も不意に思い出した。起きて、朝食をしっかり摂り、エンバンクメントからシティへ歩いた。十時にセンプルと言葉を交わし、それから通常の客は断った。二時間くらい取締役室でうろうろ歩き回っていた。万事抜かりはないと安心する気持ちよりも、むしろいよいよクライマックスが近づいているという満足感の方が大きかった。当日の計画の中にはロストッカー氏とアロンソン氏の来訪が含まれていた。それが買い占め戦の劇的最終局面となるはずであり、この会談を大いに期待していた。とは言えその中身について、ソープは漠然と予想しているだけで、どう話すかなどを事細かく詰めていなかった。極めて劇的で、素晴らしいものになるとは思っていたが。

結局、待ち望んだ場面は呆気ないほど何もなく、平凡に終わった。言おうと考えていたことが、後で振り返ると、それなりにソープにもあったのだった。そのかなりの部分を言わないうちに事態は終了した。二人は予想通りにやってきた。そして二人はソープが思っていたのと正に同額を支払って、悲劇的買い占め戦から撤退した。だが他のことは、ソープが思い描いていた通りにはほとんど進まなかった。

ロストッカー氏は金髪で、アロンソン氏は漆黒の髪をしていた。比較してみると、全く姿形に似ている部分が見られなかった。それなのにソープの前に二人が無言のまま無愛想に現れ、ブラシでよく手入れされた帽子を深々と被ったまま立っている姿を見ると、ほとんど見分けがつかなかった。最後までソープにはそういう印象がぬぐえなかった。彼らの側はと言えば、ソープに対して感情を表すのを一切控えていた。好意も悪意も無関心も。

金髪で巻き気味の亜麻色の顎鬚をしたロストッカーが、口火を切った。

「どうも。ラバー・コンソルズを八千五百株、二十三ポンドで買いたいが。」
「いや二十五ポンドです」とソープが返事した。
黒髪の男が言った。「仲買人の値段は二十三ポンドだった。」
「繰越しならそうですが」とソープが答えた。「買うなら二十五ポンドです。」
数字の達人たるユダヤ人の血を引く二人は、警戒した視線を交わし、一瞬じっと床を見た。
「私としては」とソープは二人の沈黙に割って入った。「もう二ポンド加えたっていいくらいです。なぜなら詐欺の容疑で証券取引委員会に訴えるという策略をお持ちだったそうで。」
「何もそんなことはしていない」とロストッカーがきっぱりと答えた。
「私たちになすりつけようと」とアロンソンがはっきり言った。「おたくの取締役の一人が言ってきたのだが、その時も信じなかった。」
この話はソープには初耳だった。一瞬、彼の戦略に対し相手が妥協してきているとも思えたが、ソープは何も言わず、「ともかく二十五ポンドだ」と断固として主張した。
「二十四ポンドなら」と一呼吸おいてからアロンソンが言った。
「二十五ポンドを一シリングもまけない」とソープが頑固に答えた。
「それならいつでもうちの出資者に資金を払い戻して、うちの事業は終わりにするぞ。」ロストッカーがぶっきらぼうに言った。
「お好きなように」がソープの返事であった。「二十五ポンドでラバー・コンソルズを買わないのなら。そちらが破産しても知ったことではないので。あなた方からお金を取るのも、あなた方が破滅するのも私はどちらでも構いませんから。」突然思いついて彼は付け加えた。「後二分きっかりで、三十ポンドになります。」
「それなら破産で仕方がないな」とソープの言葉を引きとって、とっさにアロンソンはロストッカーに聞いた。
ロストッカーの方が年上でいかにも意志が強そうで、ようやく話したときには、それは権威ある者の決断という感じであった。「君の勝ちだ」と落ち着いて重々しく答えた。「二十五ポンドで二人で八千五百株、半時間以内にクレジット・リオネスに売却してくれるか？」

ソープは冷静に頷いた。それから無邪気なふざけた発想を思いついて、瞳が輝いた。「もしラバー・コンソルズ株をもっとご用命でしたら、いつでも」とクスクス笑おうとしながら言った。「恐らくもっとお安い値段で。」

二人はこの冗談を笑わずに聞いていた。それよりも驚いたことに一人は冗談以外の意味を、ソープの言葉に見出したらしい。ロストッカーが「多分また、君と取引をするかもしれない」と紛れもなく本気で言ったのだ。

この言葉と共に二人は立ち去った。入ってきたときと同じく、頑なに挨拶を拒否して。すぐにソープは秘書を呼び、センプルに取引場から戻ってくるように使者を遣わした。今終わった取引が秘書によって筆記され、センプルがやって来たときには、秘書は用務ですでに出かけた後だった。

小柄なセンプルが入って来たとき、ソープは扉のところで待ち構えていて、いかにも万感迫って手を差し出した。「握手だ！」と彼は気持ちを込めて言った。本当にほっとした様子であった。

「やったのですね」とセンプルがその言葉に対し、細面の顔を喜びでほころばせて応えた。「二十三ポンドを引き出したのですね？」

ソープの大柄な顔が思わず子供みたいに悪戯っぽく笑った。「二十五ポンドだよ」と言って大声で笑った。「今朝君が行ってから、二ポンド上げてやろうと思いついて。思った以上に新聞記事に腹が立っているのに自分でも気づいて。それで一万七千ポンド余計にぶん取ってやった。」

「それは何と！」とセンプルが叫んだ。満足そうであったが、そこには心配していた様子もうかがえた。「そう吹っかけて駄目にしないなんて、神業です。すべてを賭けて。」

ソープは大げさに肩をすくめた。「ともかくやった。うまくいった」と答えた。それから背を伸ばし、大きく、大きく深い息をした。そして小柄なセンプルを見下ろすようにした。「やったよ。これで事実上終わりだ。さあ、一杯やろう。シャンパンを持って来させよう。」

ソープの指がベルに伸びかけたとき、センプルが制止した。「まだ駄目です」とあわてて言った。「私は飲みません。お昼に飲むのはよくないですし、オフィスで噂になりますよ。事務員が色々言うでしょう。シティで評判を損ねかねない。」

「シティなんて！」とソープが愉快そうに言った。「二度と来ない。そう思ってくれ。本気だから。」

ソープはシャンパンを持って来させるのは諦めて、戸棚にあるもので我慢した。何度かせがまれて、センプルはブランデー・ソーダを一緒に飲むのに同意した。もっともこんな時間に不謹慎だと、飲んでいる間に何度も口にしたが。

「どんなに強い人間でもお酒は破滅の元です」と、グラスを傾けるソープをじっと見ながら、センプルは説教した。「大成功を収めた人にとって、最も危険なものです。運動をするには忙しすぎる。煩いが多すぎて眠れない。でもお酒はいつでも飲める。ある意味、あなたがシティを去るとしても、残念とは思いません。」

「いや酒なら大丈夫だ」と、ソープはセンプルの言わんとするところを冷静に受け止めながらも、そう答えた。「自分は凄く頑丈だから。それでも、このシティから逃げ出せたら、万事結構なはずだ。ありがたくも、明日にはスコットランドへ。それにしてもセンプル、私の所に来ないか？　最高の狩猟と釣りで接待するから。」

センプルは他のことを考えていた。「近い将来、会社での立場は正確にはどのように？」と彼が尋ねた。

「会社？　どの会社だ？」

センプルが不自然に笑った。「そういうものがあったのを、もうお忘れで？」と皮肉っぽく聞いた。「つまりこの立派な取締役室のテーブルを、そのために買った会社ですよ」と彼は、赤いテーブル掛けの中央部分をコツコツ叩いた。

ソープは面白がって笑った。「自分の金でこれは買った」と言った。「そういう点では、会社のものはすべて自分で。」

「もしくはすべて自分のものにと」とセンプルが言い出して、二人はクスクスと笑った。

「いや、確かに君は正しい」とソープが明言した。「会社の件で決めなければならないことがある。もちろん自分は手を引く。でも誰か他に引き継ぎたい人が？　年間経費が、オフィスと取締役室関係だけで三千ポンド近い。今年は自分が払った。当然もう嫌だ。誰か他にそうまでしてという人間が？　たとえば君は？」

「取締役陣にはもう説明を？」とセンプルが考えながら言った。

「説明かい？　いや」とソープが答えた。「でもそれは気にしていない。チョルドン卿についてはちゃんと取り計らったし、それにプラウデンにも。連中は何にでも同意する奴らだから。それからカーヴィックは全くの味方だし、残りはワトキンとデイヴィッドソンだが、どうってことない。連中は名目だけだった。数百ポンドをそれぞれくれてやれば、黙るだろう。くれてやる価値があると思えばだが。」

「それでは資産は？　ゴムのプランテーションがあるでしょう。会社はそれを取得して開発する目的でした。そういうプランテーションは本当にあったので？」

「もちろん、向こうにちゃんとある」とソープが素気なく言った。

「でも全く無価値と」とセンプルは機嫌よく率直に聞いた。

「ここだけの話だが、一銭の価値もない」とソープは愉快そうに答えた。

センプルは眉をひそめて考えた。「ですが、そこにまだ資金が投入されているはずでは」と確信がありそうな口ぶりで尋ねた。

「ところで」と、ソープは急に思いついて言った。「理解できないことがあって。ロストッカーに冗談で、奴とアロンソンが八千五百株買った後に、もっと欲しければ負けてやると言ったら、真面目に聞いていた。事実として受け取っていた。そしてまた私と恐らく取引するだろうと。」

「そうですか」とセンプルも考えながら言った。「何か私に話してくるかどうか、見てみましょう。多分ロストッカーは、何か事態をひっくり返す手立てを考えて、体制を立て直してから、そのうち実行するつもりなのでは。考えてみましょう。私は行かなくては。昼食はされないのですか。」

「自分は誰かにサンドイッチでも持って来させる」とソープは言った。「次の食事は、シティから離れて食べたい。もう永遠にシティには興味をなくした。」

「でもあなたにとって、悪くなかったと思いますが」と、センプルは扉に向かいながら言った。

ソープはニヤニヤしながら満足な表情で答えた。「ロストッカーなどと最終的に取引が済んだら、急いで戻って来てくれ」と、センプルの後姿に声をかけ、それからうろうろ歩き始めた。

取締役室で二人が再び会ったときにはすでに四時近かった。書類に目を通してから、姿勢を正して、お互いをじっと見た。二人はいよいよ最後の言葉を言うときだと暗黙に了解していた。

「さてセンプル」とソープは、一息ついてから言った。「今回の件では非常に巧くやってくれて、本当に嬉しい。君は僕に対して極めて誠実だった。自分もよくやったつもりだが、同じくらい、君の世話になった。今でも君自身はまだ不足だと言うかもしれないが、僕は満足だ。」

ソープは心から感謝の意を込めて語った。センプルも同じ感謝の調子で答えた。「ロンドンに自分が来た頃、夢見ていた以上のことができました」と彼は言った。「もし父が生きていて、一年足らずで、たった一回の取引で六万五千ポンド以上を決済するようになったと聞いたら、さぞまさかと思ったのではと。感謝の言葉にこちらこそ感謝を。あなたと組んで儲かっただけでなく、非常に勉強になり、かつ楽しかったです。」

ソープは相手の感謝の言葉に頷いて答えた。「君にお願いがあるのだが」とソープは言った。「自分の投資と利息の運用具合を、君に見守ってもらいたい。一般的な意味での投機は全く望まない。家に金を相当使ったとしても、少なくとも五万ポンドの収入がある。いや、恐らくその二倍が。そんな資産があったら投機をしても面白くない。だが投資に関して、より有利で安全なものに変えた方がよかったら、また自分が知っておいた方がよい話が持ち上がったら、そういうときには私に代わって君が動いてくれるとありがたいのだが。それは通常の仲買人の仕事とは違うので、君には然るべき、君が妥当と思うだけの額を支払いたい。」

「それなら簡単でしょう」とセンプルが言った。「あなたが資産を預けてくださるなら、喜んで見守っていきましょう。持っておくだけでも減りはしないでしょう。」

「総額の保証などは必要ないから」とソープは念を押した。「君はこのシティで一番正直な人間だから。」

センプルが感謝のお辞儀をした。目を輝かせ、これほど自分が信頼してもらっていることに、素直に感激していた。「そう言えば、あなたの会社からもっと利益が上がる方法が見つかった気がします」と、突然話題を変えた。「ロストッカーと少し話したのですが、それで彼の企みが分かりました。あなたのところに提案して来るでしょう。」

「僕には会えないだろう」とソープが機嫌よさそうに微笑みながら答えた。「君に全部任せるよ。」

「彼の企みとは」とセンプルが続けた。「株の大半について、数シリングの上乗せを秘密に持ちかけ、取締役陣を入れ替え、別会社を作って元の会社の資産と営業権をいい値段で買い取るということではないかと……。それが彼にとって好都合なら、私にとっても同様でしょうし。今晩入念に検討してみます。私から見て問題がないなら、あなたも賛成されるかと。仕事は私がすべて行い、リスクも負います。それで利益は折半でどうでしょうか。その代わりあなたの株については、全部私の自由裁量でと。それから取締役へのあなたの影響力も使わせてもらいます。」

「この方がなおいいだろう」と、少し考えてからソープは言った。「経営陣を刷新し、プラウデン卿を会長としよう。チョルドン卿にはそういう企みに乗るほど度胸があるとは思えない。私の株は君とプラウデン卿に半々で渡そう。君が彼と一緒にやるのは問題ないだろう。朝、彼をちゃんと起こせればだが。その種の約束を、すでにある意味彼とはしてあるが。これでどうだろう？」

センプルの表情は喜んではいず、むしろ考え込んでいた。「私は、あなたほどにはプラウデン卿を信用していません」と言った。「でも彼が従順で、彼の役割は、ただ私の言う通りにするというのなら、なるほど一緒にやれますが。」

「もちろん」とソープが自信を持って言った。「彼は羊みたいにおとなしいよ。君には絶対的な権利があるから。君の好きなように、つまり会社をたたもうが、売ろうが、新会社に模様替えしようが、新しい業務でも加えようが、何でもお好きなように。一旦信用すると決めたら、僕はどこまでもその人を信用する。」

互いの能力と忠誠心を信じているという確固たる思いで、二人の顔は輝き、声は優しくなっていた。この新たな儲け話をどう進めるか、それを色々楽しく語るのは一旦止めて、個人的な話題に移った。秋にセンプルがスコットランドに来るとか、冬にソープが海外に出かける話などであった。突然ソープは自分の結婚話を切り出したが、相手の父親の名前には触れなかった。この話題で盛り上がり、二人はまた飲んで祝福の乾杯をした。ようやくセンプルが退出するとき、二人は死地を共にした戦友みたいにじっと相手を見つめながら握手を交わした。

一人になってみると、やっと今日一日の重みがじっくりと分かってきた。ついに達成した。最後の仕上げが終わった。嬉しくも、その嬉しさに浸る他に、何も残っていない。

しかし不思議にも、そういう思いを充分に嚙み締められなかった。死ぬまで限りなく優雅に、金で可能なものはすべてを買って人生を豊かにできる。そういう立場になった。そう感じてもいいはずなのに、奇妙にもその通りには感じられない。

どういうわけか、不可解にも憂鬱な気持ちが襲い、得体の知れない影に似たものが心を暗くした。すべての仕事が終わったのが、まるで残念な気がした。もうすることがないというのが……。それは馬鹿げている。彼はそういう思いを心から押しのけようとした。怒って自分に言い聞かせた。仕事など一度も好きではなかったと。仕事はいつも不快で骨折りで単調だった……。目的への手段だから耐えられたのだ。今や目的が達成された。

もうシティには二度と目もくれない。

その代わり、かねてやりたかったことを実行に移そうではないか。旅行は間違いなく好きだ。いや、だがそれほどでもない。妻が行こうとするなら付き合う程度以上に、好きではないだろう。それよりも自分の家でゆっくりする方がよい。ペルスリー・コートの主になること、召使にその家族、それに借地人を従え、何千エーカーの敷地で、素晴らしい歴史ある森と、丸々と太った家畜、駿馬に豊かな草木、賞を勝ち得た名高い猟犬――そういったものが、自分は一番好きなのだ。でも本当に、狩りをするだろうか？　それは分からない。危険な乗馬なんて好みではない。でも競走馬を育て、競馬場で誉れとなる、それをしてはいけない理由もない。競走馬や競馬関係の人間には興味がなかった。けれども皇太子やローズベリー伯★[1]といった王族たちは、何とかダービーに馬を出して勝とうとする。確かに魅力的なところがあるのだろう。

それからもちろん議会がある。地方の有力者として、議員という肩書を得るのは当然である。何となくではあるが、そういう昔からの思いが揺らいだことはない。それは別としても、色々な面で、人は自分を権力者として崇めるだろう。毎日教会に行こう。そして名士の席に座る。もちろん自分は治安判事にもになるし、地方議会で自分の存在を大いに印象づけるだろう。自分の寄付で地元は驚愕するだろう。また不景気な時には賃借料を気前よく減らしてやろう。恐らく凶作になったら、賃料は全くなしとしよう。どれほどの名声を得られるであろうか。公爵だってこれほどはできないだろう。

子供が欲しいのだというのもはっきりしてきた。少なくとも男女二人、いや男一人と女二人で、女の子二人は仲良しだろう。子供を想像してみる。男の子の主たる目的は名声と家督を継ぐことだろう。父親との繋がりは多分に形式的であり、愛情はあっても、深まりのあるものではない。だが女の子の場合は、父親の首に抱きついたりするだろう。家畜や猟犬を一緒に見に出かけるのだ。彼の心の宝物となるだろう。女の子が成人する頃には、自分は老人となる。

喜び一杯の光景が目に浮かんだ。髪が白髪になり、上手に年をとって、心から周囲の敬意に包まれて、二人の娘に挟まれて歩きながら、いかにも満足そうに微笑んでいる。娘という美と優しさの化身に両手を取られて。

と、扉のところにいた事務員がこの夢想を破った。彼は電報を手にしていた。ソープは気を取り直し、茶褐色の封筒を取って、ぼうっと見た。嫌な予感がした、電報からむやみに災いを連想する、田舎の百姓みたいな気分になった。この気持ちを押しやって事務員に立ち去ってよいと合図し、一人になって、ゆっくりと中を開け、目を通した。

「ニューカッスル・オン・タイン。九月十二日。我々の友人がエジンバラで死す。今晩ホテルで会いたし。カーヴィック。」

ソープはいきなり嫌悪感に襲われ、夢の中の二人の娘がしぼんでいった。その姿は、不気味な暗闇のとばりに、すべての楽しい想像もろとも消えていった。彼はざらざらとした柔らかい紙を呆然と見ながら、ぞっとする孤独の真ん中に立ちすくんでいた。

予感は当たった。電報とは悪い知らせだという気がした。運命という迷信を漠然と信ずる気持にとらわれていた。勝利には血の穢れが付きまとう。犠牲者が必要だったのであり、そのせいで愚かで貧しい老いぼれのタベンダーが死んだのだ。ソープには彼が目に浮かんだ。傍からすると、見るからに始末に困る死体だ。死に様さえ愚かだ。

カーヴィックへの怒りが突然湧き起こった。明らかに馬鹿をやったのだ。間違って精を出しすぎ、奴に死ぬまで飲ませた。殺人の疑いが恐らくこの状況にはかかってくる。それから電報をするという何とも無分別な杜撰さ！　すでにエジンバラ警察はロンドン警察に連絡しただろう。エジンバラで死んだことをニューカッスルから電報で知らせてくるとは、これが当局の目を逃れるとは思えない。向こうの扉に、今にも刑事がやって来て、この取締役室まで容赦なく血の跡を辿ってくるかもしれない。一瞬刑事が実際この場にいる気がした。痩身で冷徹な目をし、不可解なくらいもの静かで非常に勘が鋭い。雑誌の短編に出て来る、すべてを見通す恐るべき存在が……。

恐怖に駆られてソープはふらふらし、気分が悪くなった。尋問の恐怖は、単なる恐怖ではすまない。まるでもう巡査が自分の腕を引っつかんでいるようだ。そんな感じがした。すべてが容赦なく暴かれるだろう。カーヴィックの間抜けな電報のせいで、ビーグル犬の群れみたいに警察が自分を追ってくる。馬鹿なガファソンの供述や推測が、警察にすべてを解く鍵を与えるであろう。タベンダーからの手紙を持参して、刑事たちに見せる。それから後は賢明なる警察当局が探り出すだろう。タベンダーの死について、ガファソンの責任にはまずしないであろう。この劇的な死を手掛かりに、警察が詐欺にまつわる一切を解明していく。死に絡むスキャンダラスな側面が、陪審員には悪印象を与えるだろう。いつも無知で感傷的なのが、この陪審員という奴らだ。タベンダーの死とラバー・コンソルズの取引とをごっちゃにする。その頭の悪さで混乱して、「懲役十四年」と宣告する。いや違った。量刑を決めるのは裁判官だった。しかし裁判官も馬鹿だ。あまりにもうぬぼれが強く、虚栄心でのぼせ上がっていて、理解しようとしない。ソープはどうしようもない悪夢の中で声を上げてうめいた。

自分の声が耳の中でうなるように聞こえた。するとそれが不思議な作用を及ぼした。頭を上げ辺りを見回すと、顔が真っ赤になった。己のこれほど根性のない臆病さが、たちまち自分でも信じられなくなった。恥ずかしそうに顔をしかめて、姿勢を正し、長い間立ちすくんだまま、断固としてこの悪夢を一掃しようとした。一旦男らしさを悪夢に見せつけると、おかしなくらい簡単にしぼんでいった。ブランデーを注いでストレートですすって、軽蔑した、挑むような大声で笑った。

自分には五十万ポンド以上の資産がある。権力も度胸も兼ね備え、不可能などない。これまで自分はひるまず、倦まず、無一文のまま運命と戦ってきた。この期に及んでひるんで尻尾を巻くのか。金はうなるほどあり、すべてにおいて備えは充分なのに？　自分に一瞬取りついた、まるで女の子のような弱さに、彼は驚き、傷つき、何より怒った。そんな弱気は鞭で叩き出すこともできたはずなのに。だが二度と起こさせない。二度と。

彼は、帽子と杖を取って、机の引き出しから一、二枚の書類を取ってポケットに入れながら、傲然とそう繰り返した。そして取締役室を、恐らく見るのが最後であろうそのの様子を一瞥した。この場所で運命に勝った。ここで敵を打ち負かしたのだ。だから仮に無知な馬鹿者がこの敵の一団に加わって、そして連中がもろともに押しつぶされたとしても、知ったことではない。言ってみれば、今こそ連中に自分は背を向けたのだ。連中は死んだまま、踏みつぶされたまま、取締役室に置き去りにされる。もう関心がない。

扉までしっかりと歩んでいき、その敷居を踏めば、老いたタベンダーの死体を踏んづけることにもなる。ちらと足元を見て、そして通り過ぎる。通りに出たときには、タベンダーの記憶など単なる断片と化していた。進んでいくと、娘たちがまた戻ってきて、彼の両手を取り、隣を一緒に仲よく歩いている気がした。前よりもさらに仲睦まじく、一層自分を敬うかのように。

訳注

★1　一八九四年、一八九五年のダービー馬は、皇太子（後のエドワード七世［Edward VII]: 1841–1910）が馬主。一八九六年のダービー馬はローズベリー伯（Lord Rosebery: 1847–1929）が馬主。

第二十二章

翌年の秋頃になると、ペルスリー・コートの厩から聞こえる時の知らせで、ハートフォードシャー地域の住民は時間を合わせるようになっていた。その中には、ペルスリー・コートをハイ・ソープと違和感なく呼ぶ者たちもいた。たいてい頭の回転が速く、押しの強い商人を思わせる臨機応変さを持った連中である。彼らは地主たちのところで、それなりの職を得ている人々であった。より多数は、どっちつかずの言い方であるペルスリー・ソープという表現をしていた。さらに大多数の保守的な農夫たちは、戸惑って——男はずんぐりして背が丸く、膝下でコーデュロイのズボンを紐で巻いていた。女は屈強で牛のような顔をし、小さな薄暗い小屋から、華やかに花が咲く庭越しに通りがかりの人を眺めている——、館の主人の名を省き、単にコートと呼ぶのが安全だと考えた。

すっきりした形の大きな館が、平地からかなり高いところに誇らしげに立っていた。灰色の石造りであったが、イチイとマツの深い木立を背景にすると、遠目にはほとんど白色に見えた。海岸方面の何マイルも離れたところから、この館が目印になっていた。一階のテラスから、穏やかな緑の壮大な広がりが見渡せた。はるか遠くまでなだらかに傾斜し、平地になるところまで連なって、霧の日には果てしなくなる。天気の良い日には、彼方に低く広がる地平線が、茶色がかった青色にくっきりと線を描く。ノルマン時代の名前がついているが、実際にはもっと古い木々のある原生林が残っている。その森はいつの時代からか、エピングまで途切れなく続くようになったのだ。つまり南の方に何マイルも。とは言えエピングと森との間には、最近になって開墾地や耕地が生まれ、境界の役目を果たしていた。ローマ人や昔のアングロ・サクソン族が、かつて荒野の森だったその地を見たら驚くであろう。ハイ・ソープの館からが、きれいに開墾された豊かで広大な平原を一番よく見通せた。鉄道が通っても景色を安っぽくしていない。静かでこんもり覆われた昔ながらの生け垣の田舎道が、細かく張り巡らされていた。屋根の斜面の赤い先端が、深い緑の果樹園の間に固まってあちこち見えて、集落が散在しているのが分かる。古く土地台帳に記されて以来★1、変わりなく思わせる。ミヤマガラスの巣の合間に教会の灰色で四角い塔が見える。遠くに点在する家の破風や煙突が、広大な整備された緑に隠れるようにある。素朴な荷馬車が時折街道を行くのが微かにうかがえる。虫みたいにゆっくり走っているのだ。こういったものはすべて、この平穏な自然の中に、後から人が住み着いたという証拠なのだ。

ソープは十月初旬のある午後、この景観を見ながらあくびをし、それからどうしてあくびしたのか、自分でも少し不思議に思った。館を所有した当初は、名誉という点からしても、この景観はイギリスのどんなジェントルマンの館から見るものより素晴らしいと自分に言い聞かせていた。最初の数か月は、こういう気持ちを維持するには骨が折れたが、今は、幸い抵抗もなくなった。景色と自分の気持ちを巧く一体化させたのだ。のんびりした景観は、それに目が向くと、本当に見事だと感じられた。かなり前から、ソープは自分自身の中に、景色に応える心の平穏さ、まどろみが生まれているのに気づいていたし、その気分が心の中で広がっていくと、紛れもなく満足であった。木々や家々が背景と精妙に一体化していく稜線のこちら側は、事実上すべて彼の領地であった。灌木の下で半ば隠れるように寄り添う村全体が、彼の所有物であった。投資としては、これらは非常に利益に乏しかった。実際これまで行った改装と、これから必要な費用を含めたら、二十年は赤字ではないかと思われた。しかし土地柄をしっかり理解した今となっては、これでよいとソープは気に入っていた。木造で経費はかかるが落ち着いた感じのコテージを、儲けの出るものに変えるつもりなど全くなかった。店の煙突から煙がたなびくなど目にするのも嫌だったし、工場が、たとえ利益を上げるにせよ純粋な森の色を汚すのも見たくなかった。この景色を本当に愛することを学んだのである。

しかし今、昼食後最初の葉巻をテラスで吸いながらぶらぶらしていると、自分が愛するはずのものに対して、どういうわけかあくびをするのであった。思うに、昨日の晩はいつもより早く寝た。羽目をはずして飲みもしなかった。肝臓は健康そのものみたいだ。彼は疲れたとも眠いとも感じていなかった。もう一度じっと景色を見た。そして自分に言ってみた。この景色に勝るものはイギリスにないと。最高の景色だ。それなのに驚いたことにまたあくびをしかけて、途中で止めた。旅行がしたくなったのではと、ふと思った。

アルジェリアやエジプトへの新婚旅行を終えて、去る一月にこの素晴らしい新居に来て以来、国外に出ていなかった。なるほど何度もロンドンに、いわゆる季節の一番よい時期に行ってみたが、振り返ってみると気晴らしにはならなかった。落ち着かなくてただ疲れるだけの、不思議な体験であった。それまで面識のない人たちとの晩餐や、今後会いたいとも思わない人との神経を遣う対面などばかりが続いた。身体にとって快適とは言えず、精神的にも満たされなかった。というのも、ロンドンの人々、いやロンドンに滞在する人々は皆、自分と妻を心の中で不愉快にも区別していると見えたのだ。レディー・クレシッジと依然呼ばれているのは、ソープにとってさして問題でなかったはずだ。しかし、ロンドンに何度行っても、自分たち夫妻はいつもソープとレディー・クレシッジであった。さすがにソープは、紳士淑女の使用人たちが自分たちをどう呼ぶかにも神経質になり、耳障りになってきた。彼らが執拗に、さも意味ありげに区別するのが、彼らが仕える女主人たちの視線や物腰にも反映されていると思えた。ともかくそれでソープはロンドンが嫌いになり、別邸を買おうという気持ちをなくした。

なるほど新妻もあまりロンドンが好きではなかった。別邸を買わないという夫の決定を喜んで受け入れてくれた。大都市の暑苦しい混雑から、この涼しい木陰に戻ったときには、特に館の下方にある曲がりくねった馬車道の門のところまで来た瞬間、二人は前景に聳える建物を無言で眺めるのであった。歓待してくれる大きな館、テラスに並ぶ召使たち、それがいつも心にあった。馬車の中で並んで座っていると、イーディスは、感激を分かち合うようにソープに腕を押しつけた。実は、彼女と気持ちが一つであるという強い確証を抱けるのは、後にも先にもこういうときだけだった。

とは言え、彼女に不満があるというのでは全然なかった。彼女をいつも眺め、思っているという、自分が選んだ生き方がうまくいかないのだ。彼女は眺める対象としても思う対象としても、申し分なかった。が、問題はどんなに彼女のことを思っても完全に理解できないソープの心なのである。自分がやろうと決めた役を、イーディスは素晴らしく巧みに、遠慮深く優雅にこなした。よき連れ合いという雰囲気を漂わせ、そこに愛情も見て取れた。ソープは自分自身に何となく苛立っていたのである。彼には妻が役割を意識して演じていると分かるほどの洞察力はあったが、妻がその役割をどう思っているかが分かるほど鋭くはなかった。ソープは他の上流の妻たちが夫を見るときの様子を観察していた。夫が妻たちの頭越しに話すとき、妻たちは熱心に、しかし話を理解せぬまま、可愛い子犬みたいにただ感心して聞いているのであった。ソープには、こういう眼差しを自分の妻が見せるとはとうてい思えなかった。そもそも頭越しに話すのが考えられない。妻の視線を見ると、会話をすべて理解していると充分分かった。それだけでなく、彼が理解できない話題も無言で理解しているらしい。社会的ではなく、知的な面で彼女に爵位があり、自分は依然平民のままである。

しかしいずれの不公平についても、彼は悲しんでいなかった。まず呼称について、その問題が初めて起きたとき、妻は非常に素直で公平であった。彼女の説明では、爵位のあった夫の死後、女性が再婚してもその肩書を使うのは、後世に成立した、言わば習わしだそうである。そういう習わしに従うのがいつも一番簡単だが、もしソープが気に入らず、ソープ夫人と呼ばれるよう望むのなら、喜んで従うというのであった。とは言え、彼女によれば、慣例を守るのが問題を解決する最も賢明な方法であった。結婚後数か月たった頃、新聞に次の趣旨の記事が掲載された。それによると、再婚した女性が前の結婚で得た肩書きを維持しているのに女王が反対で、先例についても今後考慮するとの公式発表があったとの話であった★[2]。イーディスは記事を夫に見せ、また率直に話題にした。彼女はこの慣習が常々遺憾で、今でも変えて欲しいと思っていたが、新聞でことさら取り上げられると、やはり卑屈に感じるというのである。いつもと同様、この点についてもソープは妻に同意した。彼女が言った通り、王室には何もして欲しくなかった。

妻は近隣との社交をあまり求めていないように見えた。お決まりの招待が細々とあるのをソープは知っていたが、自分のところまで届かず、それで一度も応じることがなかった。地元とどう関わるかについてソープは考えを口にはせず、また聞かれることもなかったが、実際には以前に考えていたのとは徹底的に違っていた。そういう付き合いの相手となるであろう、地主や有力者とほんの少し会っただけで、野心がすっかり消え失せた。連中は自分とは違う。彼らの判断基準が分からなかった。仮に自分がその流儀を理解したら、連中を支配できるのは疑いがなかった。中国語を理解したら間違いなく高級官吏になれるのと同じ理屈で。しかし流儀の理解も連中の支配のどちらも自分には合わず、面白くもないであろう。周囲に住む農夫たちとも挨拶を交わす仲となっていた。時折おざなりの言葉をかけ、妻も必要なときには言葉を交わしているのを知っていた。しかしこれ以上に交流は発展しなかったし、それで充分満足していた。妻も同様に満足しているらしく、ソープは非常に嬉しかった。

彼は考えるときに心の中で、「〜に見える」という言葉をよく使っていた。というのも、何が妻の気に入り、何が気に入らないか、決して確信が持てなかったからである。口では楽しいと言っているが、本質的には空虚なことと、彼女の疑いなく高い知性がどう折り合いをつけているのか、いつも不可解だった。ただしあることを、彼女はエネルギーのはけ口としていた。まるで仕事と見なしていると彼は思った。これほど花や木に熱中している人間を、ソープは初めて見た。ふざけて花束資金と命名して、彼女に巨額と思えるお金を渡すのが嬉しかった。それはやがて次のように発展していった。膨大な量のセメント、レンガ、モルタルやパテなどが、ゆっくりとだが少しずつ消費される。数多くの石工、大工、ガラス職人、配管工や見習いたちが、退屈もせず無駄話をしながら、自分の仕事の手を止めては人の仕事ぶりを観察しつつ、それでも最終的には数にして二十以上の温室を完成したのである。その間、郵便の配達袋は養樹園主からのカタログで満載され、パンジー駅を荷馬車が絶え間なく出入りし、藁で覆った大きなかご、包みや箱などを数え切れないほど運んで来たのであり、それから荷解きがイーディスの一日の仕事になるのであった。温室が例のないほど変わった植物の展示場になっていく、その完成までのあらゆる段階に、彼女は疑いなく非常に興味を持っていた。そして花で溢れかえるようになった後も、妻の興味が全く損なわれないのを知って、ソープは喜んだ。何時間も彼女は緑の下にいて、庭師と意見を交換し、自分で草刈りさえした。また外の庭で始まった大改装をずっと見守っていることもあった。新しい小道が整備され、南側には塀が造られ、さらに植木鉢を置く小屋や促成栽培室など、ありとあらゆる新しいものができる予定になっていた。夜になると彼女は自分で描いた図面や計画を遅くまでよく見ていた。妻みたいな素晴らしい才能の持ち主が、種や球根や肥料などの間で一日を過ごして満足しているというのが、ソープには分からなかった。しかし時間が経っても、妻の熱意に衰えはなかった。いつ衰えるのか？　いや、恐らく延々と続くのだろう。

ソープ自身は、趣味といったものが特になくてもやっていけた。一年前には手を付けようと思っていた、主に関心のあったそのどれも実行していなかった。しかし残念という気持ちで心が乱されもしなかった。自分がそもそも何をしようとしていたかさえ、はっきり覚えていなかった。制服を着た、賢くて気が利く館の使用人たちがお膳立てする毎日の生活は、それだけで充分満ち足りていた。夜明けまで熟睡でき、依然としてかなり早起きであったが、召使の手を借りての風呂や髭剃り、それに着替えには充分時間を取った。彼を主人と呼び、どんな些細な振る舞いでも一挙一動を気にかけてくれる人々によって、いつも手厚く見守られていた。こういう意識を持って過ごすだけで、一種の職業みたいなものになった。館自体も使用人と同じく、自分に要求するところがあった。巨大な部屋に高い天井、壮麗な暖炉に階段、それらを初めて見たときには王宮のように感じられた。そして今になっても、彼はいまだ把握できない広さと、よそよそしさを感じるのであった。不動産屋が言ったほど古くはなく、建築後数世紀の建物であったが、彼が想像していた自宅というものの持つ親近感がほとんどなく、まるでドルイド族が建てたかのように異質に感じられた。くつろごうとすると、当然色々支障があった。奇妙にも、眺められ見守られること自体が彼の仕事になった。素晴らしい蔵書のある書斎で読書をしていようと、御者を後ろに従えて洒落た軽馬車で出かけようと、晩餐の席で妻の向かいで正装をして座っていようと、自分には求められているものがあるという感覚が、いつも圧迫感として存在した。まるで大気の圧力みたいに。

これまでのところ訪問客は少なかった。どこの館からの宴会の招待も断っていた。二人の間では暗黙の了解で、自分たちは歓待されるより歓待する側だというのがあった。この月の下旬になって来訪者があった。それはすべてイーディスの好みと選択に従った。というのも、ソープには妻の知己以外に呼びたい友人も知人もいなかったからである。こういった訪問客の中には、公爵夫妻なども予定されていた。昔なら、ソープの想像力をかき立てたであろう。ところが今は自分の境遇に当然と思え、それ以上考えなかった。彼の平穏で幸せな生活は、どんな凄い名士であっても、そういう人が訪ねてくる興奮で乱されなかった。ソープは昼食後、広いテラスを歩いていた。背が高くがっちりして、身なりがよく、くつろいだ気楽な様子で、大きな葉巻を手にし、パナマ帽をかぶり、上質の生地で見事な仕上がりのゆったりとした服を着ている。その男が、ここはイギリス最高の景色だと自分に言い聞かせている。それなのに、驚きにも思わずあくびしているのだ。

テラスの端にある、絹のカーテンが日除けになった大きなガラスの戸口を通って、妻が彼の方に近づいてきた。帽子はかぶらず、夏の装いのシンプルな軽いガウンを着て、若い女の子みたいに美しく溌剌としていた。

「どこか出かけようか？　もしよければ明日からでも。外国など」と、近づいてくる妻にソープが話しかけた。ほんのさっき思いついたのだったが、急に心に広がっていた。

「どうしてですか？」と妻が即座に答えた。「週末に来客が。今日は月曜で、十二日に来られる予定ですから、つまり土曜に。」

「そんなに早く」とソープが驚いた。「もっと後かと。そうか。では多分今日の午後にでも、ロンドンに行こうかと。どうも急に落ち着かなくなって。一緒に来るかい？」

妻は頭を振った。「ロンドンには、何一つ面白いものがないみたいですから。」

ソープは曖昧な笑いを浮かべた。「ロンドンに着いたら、自分も恐らくこんなところは大嫌いだと思うのだろうが」と言った。「会いたい人もいないし、したいこともない。でも元気づけてくれるかも。」

妻が真面目な顔で聞いた。「ここに退屈され始めたのですか？」穏やかに、控え目に尋ねた。

ソープは少し考えた。「いや違う」とまるで自分を納得させるように答えた。「もちろん、そんなことはない。こういうのをいつも望んでいたのだから。これが自分の望んだ生活だから。ただ何であれ、ものごとには時々変化が必要だし。その一つとして、あえて昔の退屈な生活に戻ってみるのも楽しみだという場合だってあるから。」

「昔の退屈な生活ですか」と妻が考えながら言った。「いつでも退屈な生活というものが、明らかにありますわ。」

ソープは不満というのではないが、不思議そうな視線を妻に向けた。妻はそういう視線にすっかり慣れていた。夫の気持ちに対して、知らない感情をぶつけてみたいという衝動に駆られた。

「ご存じかと」と、今こそはっきりさせようという自分の決意に、自分自身戸惑って半ば微笑みながら、妻が尋ねた。「私は、決まりきった生活など、あなたは大嫌いだと思っていましたわ。そういうのには耐えられないと。つまり保守的なしきたりには……。カーライル★3の言い方を借りるなら、私は、あなたは公式なんて全部呑み込んでしまう方だと思っていました。」

ソープは呑み込むと言われてお腹の辺りを不審そうに眺めていた。「言う意味は分かる」としばらくして答えたが、確信は全くなさそうだった。

「そうでしょうか？」と妻はすぐに半ばふざけた感じで聞いた。「と言いますのも、自分でも言った意味が分かりませんから。実際私、今何と言いましたかしら。それはともかく、今晩ロンドンへ行かれると？」

自分の頭から消えかけていたことが何であったか、それが急に分かったとソープは思った。「いや」と彼は妻に言った。「君には自分の言ったことを忘れないで欲しい。もっと話してくれたら。それが聞きたかったのだ。君は自分の本心を決して話してくれない。」

妻はそういう非難に対し、目にやや信じられないといった微笑みを浮かべた。「そうでしたわ。そうやって、いつも私は叱られていましたが、叱っていた人が誰だったか……。そうでした」と彼女も突然何かを思い出したようだった。「話を忘れるところでした。シーリア・マドゥン嬢から手紙が。イギリスに戻っています。彼女もこの土曜に来ますの。」

ソープは少し唇を尖らせた。「それはいいね」と言った。「でもそれが話していたことと何の関係が？」

「話していたことと？」と妻は一瞬わけが分からないといった顔をした。「ああ、そうですわ。いつも彼女は私を苛めていたので。私が欺瞞、裏切り、その他色々な罪を犯したと。でも会えたら嬉しいです。いつも彼女とは喧嘩していましたが、女性の中では誰よりも好きですから。」

「僕も好きだよ」とソープは少し真面目な調子で、そう言わねばならないと感じて口にした。「自分たちの一番幸せだった頃を思い出させてくれる存在だから。」

妻は一瞬夫を見てから、朗らかに、ややこびて笑った。「気の利いたことを言われますわね」とやや頭を傾けて、彼女は言った。「ともかくシーリアが来ますから、他に男性もいるとよろしいのでしょうが。それにしても急な知らせで。」

「お父さんを招待したら？」とソープが提案した。「誰よりもお父さんがいいと。君から聞いてくれるかい？　それとも私が？」
突然二人は無言になった。それでこの件について明らかに意見が違うと分かった。自分でも理由が分からないのだが、ソープはカーヴィック将軍をかつてはあれほど嫌っていたのに、今は彼がいると楽しいのであった。この館を二度訪れていた。二回とも滞在が非常に延びて、振り返ってみると、彼がいない期間の方が僅かのように思えた。黙っている間、ソープは彼がいないと非常に寂しいと改めて感じていた。彼がいたなら、自分が退屈のあまりロンドンに行こうなどとは言い出さなかっただろう。カーヴィックは紳士だが、使用人の持つ柔軟さも持ち合わせていた。規律を教えられた人物であり、そのため、こびへつらうとか馴れ馴れしいといった印象にならずに、人に従えるのであった。経験豊富で、面白い話をたくさん知っていた。たとえ同じ繰り返しであっても、何の話もないよりはよかった。それに主人が望むなら何でも、チェスであれ、バックギャモン、ドラフト、ベジーク★4であれ真似ができないほど辛抱強く付き合ってくれるのであった。
「あなたがどうしてもというなら」と、ようやく妻が冷たい口調で答えた。
「そこが理解できない」と妻にやや力を込めて聞いた。「自分は気に入っているのに、どうしてその娘が。」
「お話しする必要がありますか？」といらいらして妻が言った。「私が子供としておかしいというなら、その通りです。でも、それで済ませてはいけないのでしょうか？」美しい口元に華やかな笑いがこぼれた。「親子の感情は仕方のないもので、説明の要はないと。」
ソープは妻の言い方に冗談めいたものを感じて微かにニヤリと笑った。が、自分の希望は抑えられなかった。「君が拒否権を発動しないなら、お父さんを呼びたいのだが」と冷静に、けれども頑固に主張した。その後思いついて付け加えた。「お父さんが公爵に会っていけない理由があるのかね？」

「特には」と落ち着いた口調と物腰で、妻が返答した。「それに私も、拒否権を発動する妻の役はしたくないので。」

「それならいい。彼に電報を送ろう」とソープが言った。とは言え、妻を押し切って、かえって不安になった。けれども、巧く自分が折れる方法を見出せなかった。

二人はお互いの緊張を感じながら無言で立っていた。ふと視線を逸らすと、数百メートル離れた眼下の馬車道を、かなり早足でやって来る一頭立ての馬車を二人は同時に目にした。パンジー駅からの駅馬車だとすぐに分かった。通常は村の少年が操っていた。この若者の隣にがっちりした赤髭の、まあまあの身なりをした男が乗っていた。後ろに置いたブリキの箱や旅行鞄からすると、ハイ・ソープに滞在しに来たらしい。

「一体誰だ？」とソープが不思議そうに尋ねた。明らかに身分は高くなさそうだったが、どこか目立つところがあるのだった。

「多分新しい庭師頭では」と妻が素っ気なく答えた。

妻の言い方で、自分たちの会話がしっくりいってなかったのを思い出した。ソープは気分がよくなかった。「新しい人を呼んだなんて、聞いていなかったが」と妻の方を振り向いて、笑いながらも納得できないと尋ねた。

「そうですわね」と彼女は答えた。夫の笑いを和解として受け入れようかと考えたが、それを拒絶して、ゆっくりと振り向いて館の中に入った。

裏の入り口のところで、駅馬車が止まった。ソープは再びそれを見はしなかった。少しして邸内におもむろに入って、召使にロンドン行きの荷物を作るよう告げた。そして駅への二輪馬車を手配するよう命じた。

訳注

★1　イギリスの土地台帳（the Domesday Book）は一〇八六年にウィリアム一世（William I : 1028?–1087）によって作成された。

★2　どの新聞で報じられたかは明らかではないが、一八八七年三月二十一日から二十四日にかけて、当時のソールズベリー首相（Robert Cecil Salisbury: 1830–1903）とヴィクトリア女王（Queen Victoria: 1819–1901）との間で、この件が話題にされている。

★3　トマス・カーライル（Thomas Carlyle: 1795–1881）『フランス革命史』（*The French Revolution*）（1837）「憲法」第五編第二章にある言葉。

★4　バックギャモン（backgammon）は二人でする西洋すごろく。ドラフト（draughts）はチェス盤上でそれぞれ十二個のコマを使って二人でするゲーム。ベジーク（bezique）はトランプゲームの一種。

第二十三章

次の朝、ホテルの宿泊客が動き出す物音が聞こえるずっと前から、ソープは起きていた。

こんなに自分自身と周囲に神経質になっている経験は、久しくなかった。見た目にも、また実際寝てみても、ベッドは快適なはずであったが、ほとんど眠れなかった。寝室は豪勢な内装で、スイートの室内全部がそうであった。しかし彼には馴染めず、落ち着かなかった。一人で髭を剃り、洋服を着る作業は孤独感を募らせた。だからといって供の者を連れて来なかったことを後悔していなかったし、ともかく理由などなかった。彼みたいな地位の人間は通常世話係を同伴して然るべきである。供の者を連れずに旅行しているので、ホテルの従業員はさぞ驚いただろう。またハイ・ソープの召使たちも奇妙だと思ったに違いない。明らかに妻が最もそう思っただろう。夫の突然のロンドン行きを、妻はどういう風に納得しているであろうか。喧嘩をしたみたいにして別れたのを思い出すと、非常に気分が悪かった。彼が不可解にもいなくなった。それを妻が色々疑っているのを想像すると、一層気が滅入るのであった。

ソープは急いで階下に行き、レストランに朝食の掲示がまだ出ていないのを見ると、外に出てエンバンクメントに向かった。昔はお気に入りの道だった。しかし今は不愉快な思いで歩いていた。昔の印象に比べると、ずっとくすんで侘しく荒涼としたところに見えた。朝の空は曇っていたが、たくさんの明かりが眩しく照らし、サリーの側の荒んで不潔な感じを容赦なく曝していた。水位は低く、対岸の汚泥と滲み出る汚水から、また灰色の川の流れ全体から臭いが立ち上り、慣れない鼻腔を刺激した。突然突風が東から吹き、道からの埃を一気に集めて、彼の顔に吹き付けた。

ソープは当てもなくシティに向かって歩き続けた。特に感慨もなかった。もし妻が、自分のロンドン行きに何かよからぬ動機を疑っているなら、それで不幸だと思っているなら、少なくとも自分を愛しているからではないか。しかしそれは、考えると惨めな慰めでしかなかった。彼女の心に全く確信が持てないのだ。自分に対して妻が抱いている密かな思い、いや自分のことなど全く妻は頭を悩ましていない――、そういう気持ちが多少なりともあって、今朝は混乱しているのだ。妻は自分に無関心ではないかという疑念が、こんなにあからさまに浮かんだ経験はなかった。じっと考えると、思っているよりもっと可能性があるのではないか。どの道自分になど関心がない。それは大いに有りうる。

実際、自分みたいな者など誰も気にしていないのだ。こういう陰鬱な思いが募ってきた。自分の言動や気持ちなど、誰が気にするだろうか。シティは自分の存在自体を忘れた。ウエスト・エンドなら、名前を覚えている人間に偶然会うかもしれない。しかしそれは、レディー・クレシッジと結婚した金持ちの成り上がりという理由だけでの話だ。あの何もない田舎の、冴えない農村以外では、イギリスで自分を少しでも知っている人間はもう誰もいない。これが自分の人生だ。このために、あの遠大な計画を立て、何十回も驚異的戦いを繰り返し、勝利を逃さず、複雑な策略で僅かな過ちもせずに、最終的勝利を勝ち取ったのだった。それはシティ全体にとっても驚きであり賞賛の的であった。召使など使用人が何十人も彼に頭を下げているではないか。駿馬を駆り、いつもうやうやしく応対され、飲食や煙草についてはこの上なく高級なものを嗜んでいる。しかし考えてみればそれだけだ。こういう快楽を束の間享受できたとしても、そんなものをいつまでも楽しめるのは、ポケットに十ポンド札一枚しかない愚か者だけだ。

何という陰険な罠を運命は自分に仕掛けたのだろうか？　権力を得た。しかしその権力はどこにある？　それで何をしたのか？　何ができたというのか？　なるほど膨大な資産がある。しかしどのようにして、それが素晴らしい楽しみを与えてくれたというのか？　そもそもこの問いかけ自体がおかしいと、彼はぼんやり思った。金持ちに恵まれた点など、実はほんの僅かしかない。貧乏人より少しだけ多く、質のよい飲み食いができるだけだ。いい服を着て、朝は遅くまで寝られて、気楽に過ごせる。しかしそれには限度がある。乞食より食べ物やワインを余計胃袋に詰め込もうとしても、高が知れている。一、二時間朝長く寝るのは快適だが、一日中となったら苦しみである。お金で買える利点がいかに僅かであるかは、無限に例が挙げられる。一方には奪われている者、他方には過剰な者がいる。それだけである。率直な話、幸せというものは、過剰にならないよう対策を施すことよりも、奪われている状態から脱する努力にあるのではないか。貧乏な人間が金持ちになる。その過程の色々な段階で、本当に幸せだという瞬間を体験するのだ。しかし頂点に達したらおしまいだ。そこから崩壊がたちまち始まる。自分ができると思っていたことと、実際にできると分かったこととの落差は、あまりにも大きくてとても平常心では受け入れられない。

とは言え、あまり清潔ではなく贅沢な構えでもないイタリア・レストランで朝食を取ると、ソープが自分の立場についてそれほど悲観的でなくなったのも事実である。しかしその後、さらに東に歩いて、今まで全く知らなかった、川沿いの倉庫や荷揚げ場などに迷い込んでも、なおぼうっと取り留めのない瞑想を続けていた。快楽には限りがある。なぜなら、普通の欲望を満たして得られる幸福感、それを超えては不可能なのである。せいぜい様々な欲望に少しだけ上積みする程度である。欲望の発露だと言われる趣味を深め、気晴らしや、様々な想像をできるだけ増幅して、それ相応に満足の程度を引き上げるしかないのだ。こういう見解にソープは達した。

これは非常に論理的に思えた。しかし彼個人の欲望に関しては、そう簡単にはあてはまらない。自分が今までできなかったことを、今はどうしたいというのか？　答えが難しい。見回すと船具商の看板や窓が目に入り、高い壁や狭い通りがあった。それで連想したのが何となく海であり、恐らくそのため彼の頭にはヨットが浮かんだ。自分はヨットが欲しいか？　かつて非常に欲しいと思った。間違いなく、今でも非常に楽しいだろう。自分は海が好きだし、海も自分を気に入るだろう。個人用の船でも新しいものなら、贅沢に過ごせる。最近になってそう知るようになった。ヨットを買おうとソープは思った。しかしそう決めても心は全く高鳴らない。以前と幸せの程度は同じに過ぎないのだ。自分が欲しいと口にしたものは、何でも手に入れられる。そう考えても、気分は全く高揚しなかった。ヨットはハイ・ソープの館に負けないくらい豪華にしよう。広くて、整備が行き届いた……。しかし館と同様、ヨットにも退屈するようにならないだろうか。

これまで認めていなかった、率直な疑問が突然彼には浮かんだ。自分はハイ・ソープそのものに飽きたのか？　昨日妻にそうではないと言ったばかりではなかったか。今も自分に対してそう繰り返した。そうだ、そうではない。その代わり自分に飽きたのだ。自分には疲労感がつきまとっている。そのためあらゆるものをただ無感動に眺め、すべてに関心をなくしているのだ。名状し難い麻痺の感覚が自分に取り付いて、楽しむ能力を奪い、萎縮させているのだ。かつては、生活を豊かな経験と感情の源にする力が漲っていた。今はある意味、どうでもいい雑草みたいな無価値な存在になってしまった。誰も知らず気にもしない存在に……。自分はロンドンを意のままにできただろう。にもかかわらず、億万長者たる自分がロンドンでできることは数限りなくあったのに、こともあろうに自分はロンドンと言えば、そこからカーヴィックがやって来て、ドミノや下らない話で退屈を紛らしてくれるところ、そういう位にしか考えていなかったのだ。全く！　ソープは自分を嫌悪した。

道を変えて、ロンドン大火記念塔を目印にしながら、やがてソープはいささか馴染みのあるシティの一角に入ってきた。彼は聖スウィジン・レーンを歩き、店の戸口に置かれた見慣れない形の外国の果物などを眺めていた。それを見ると、やはり自分は外国に行きたいのではと一瞬思った。

彼は立ち止まって、左側の囲い地につながる柵沿いの道と、いかめしい初期ヴィクトリア朝の大きな建物群を見渡した。ポーチのところで身なりのよい男たちが立話をしている。玄関口の黄色がかった頑丈そうな漆喰の柱と、その陰に見える制服姿のポーターの姿が、ソープの目に入ってきた。いかにも小ぎれいできちんとしているが、全く何の特徴もない。これほどありふれた光景はなかった。

しかし一年半前のソープは、この何の特徴もない扉の奥に、どれほど驚くべき力が潜んでいると思っていたであろうか。扉の内側、その奥の部屋に男たちが陣取り、未曾有の権力を操っているのだ。彼らと、パリやフランクフルト、いやどこであれ彼らの同業者たちが、世界すべての議会を合わせたよりもなお強大な権力を奮っていた。政府を交代させるのも、人々の望みを押しつぶすのも、戦争か平和かを決めるのも、この人たちの内輪の話し合いで決定されるのだ。かつて自分はこの場所に立ち、この平凡な四角い建物を魅せられて眺めていた。あの当時は、ロスチャイルド★[1]みたいになれたらどんな気がするのだろうか、などと夢想していた。それがたった一年半前だった。

自分の今の視線には、何かに魅了されているところなどなかった。ただ客観的に見ているのである。フロックコートを着て、シルク・ハットを被り、玄関口で話す小さな集団を……。まだ十時にもなっていなかったが、明らかに中で取引が行われていた。彼が眺めているその一人が、もしかするとロスチャイルド社の人間かもしれないが、確かめる術もなかった。ともかく、何人かは取引をしているのだろう。ソープは聞いたことがあった。昼食を取りながらでも、取引所の有力者は相場を常に気にしていると。そして仕事と関係がなければ、どんな重要な訪問客との会食でも一旦中断して、戻ってきた仲買人から提案を聞く。そして株取引の諾否をすると。このような仕事への異常な熱意の裏にはどういう気持ちがあるのか？　どういった目標に向かって戦っているのか？

後の人生を楽しむために、お金を儲けようと一生懸命働いて危険をも冒す。ソープはこういった考えに人が引き付けられるのは理解できた。しかしすでに財産を築き、なおも働くというのがソープには分からなかった。誰か知った人はいないかと思った。特に取引所に関係している人物を。内部を見学したらさぞ面白いだろう。

この後ほどなくして、ソープはセンプルのオフィスで、彼を待っていた。「すると最近はそう早くは来ないのかい？」と、事務主任に聞いた。その男はソープが誰かすぐに分かって、極めて丁重に一番奥の部屋に招き入れたのだ。繁盛しているので、センプルはもう睡眠時間を削ってまであくせくする必要はないのだろう。そう思うとソープは嬉しかった。

「はい、そうでございます」と事務主任が答えた。「普通はどちらかと言いますと、もう少し早いのですが。途中で弁護士のところに立ち寄っておられるのだと思います。ソープ様はお元気そうで。」

「ありがとう。その通りだ」とソープは関心なさそうに答えた。事務主任は部屋を出た。

ようやくやって来たセンプルは、外で知らせを聞いて、非常に喜びながら急いで部屋に入ってきた。「これはようこそ、ソープさん」と大きな声で言い、丁寧に握手した。「これは嬉しい。ロンドンに来ておられると知っていましたら……。でも、どうして知らせてくださらなかったのですか。お待たせしなかったのに。」

ソープは疲れたように笑った。「自分でもロンドンに来るとは思っていなかったから。昨日の晩に着いたばかりだ。あちこち見て回れば面白いと思ったのだが、全くつまらなくて。」

「それはいけません」とセンプルが言った。「この秋は本当に順調です。新企業も続々できていますし、一般投資家の新株予約も、私の知る限り十月第一週としてはこれまでになく活発です。どうも西オーストラリアの景気はよくないのですが、でも人の噂なんてあまり信用されませんように。実を言うと、向こうでは単なる不正な株価操作以上の疑惑があるそうで。もっとも、あなたは一銭も投資していませんから。」

「そんなことには興味もなかった気が」とソープは、非常に曖昧な言い方をした。「ともかく君は今もどんどん儲けていると」と、間を置いて聞いた。

「いや少しずつ、少しずつです」とセンプルは陽気に答えた。「ちょっと説明はしかねますが。」

ソープは考えながら眉をしかめてセンプルを見た。「それで財産ができたら、その後どうするのかね？」と、かなり鋭い口調で尋ねた。

センプルは一瞬驚いたが、やがて微笑んだ。「ずっと続けていきますよ」と、軽く答えた。

「そうではなくて」とソープは、自分の発言に意固地になって、まるで自分自身に問い詰めるかのように尋ねた。彼の大柄の顔には気分が落ち込んだ深刻な様子が表れていて、センプルの注意を引いた。

「どうされたので？」とセンプルがとっさに聞いた。「何か具合が悪いので？」

ソープはゆっくり首を振った。「もう充分金があるのに、それ以上金持ちになって、何の得があると思うかね？」と強い口調で尋ねた。

センプルは肩をすくめた。彼はこの一年で随分明るくなった。見るからに少しがっしりとし、鋭い視線と狡猾そうな微笑も柔らかくなっていた。ソープが不機嫌そうなのに明らかに困惑していたが、彼の方の機嫌は変わらなかった。

「そう学校で教えられたでしょう」とセンプルは、冗談めかして言ってみた。「算数でも五よりは六が、六よりは七が大きいと。」

「それは間違っている」とソープは答えた。と、センプルが困った表情になったので、仕方なく無理に笑ってみせた。「言いたいのは、お金をどんどん稼いでどうするのかと。それで買える楽しみがどんどん増えるわけでもないのに。億万長者になったところで、その五分の一も、いや十分の一も楽しみを与えてくれないのに。」

「ああ」とセンプルの目が、意味が分かったと言っていた。「そういうご心境になられたのですか。つまり一羽しか食べられないのに、カモを何百羽も撃ち続けるのかという。」

「君が金儲けそのものを好きならば、もう言うことはないが」とソープはいささか怒って話した。「君は僕みたいなタイプだとずっと思っていた。お金を貯めて、それから遊ぼうという。」

センプルは楽しそうに笑った。「楽しむって。あなたみたいに」と大きな声で言った。「これは何とまあ悲観的な。どうされたのですか？　分かりました。外国にでも行かれたら？」

「そんなのはたくさんだ」とソープは不快な顔をして答えた。「自分は大丈夫だ。ただ、いや、無性に酒でも飲みたくなった。」

センプルはソープを一層同情的な目で見た。「そんなに落ち込んでおられるとは」と優しい声で言った。「それはきっと単なる気まぐれではありません。何か問題が？　ご家族とか？」

ソープは首を振った。「すべてが下らない！」と謎めいた断定をした。

「すべてとは？」と、センプルが机の端に座って聞いた。そして辛抱強く冷静に話し始めた。「一年に八万ポンドの収入が、下らないと？　それはそういう収入がある人次第の問題でしょう。」

「それは分かっている」とソープが真面目に言った。「それを私も色々考えて……。自分は駄目な人間だ！」

センプルはソープをじっと見下ろして、考えながら唇をすぼめた。「そんなことはないです」と説得するように穏やかに答えた。「あなたには素晴らしいところがたくさんあります。けれども、あなたがしようと思っておられることがよいのかどうか、私には分かりません。いや、そうだ！　分かりました。あなたは地方の名士としての生活を始められた。それが巧くいっていない。巧くいかないのでしょう。そうなると思っていました。あなたには、生まれながらにしてそういう趣味があるわけではないので……。幼いころに身に付けておかなければならない、そういう生活をするための習慣とか趣味が、あなたにはないのですよ。そういうものがないと駄目なのです。たとえば牧草地の囲いを見ても、そこから家畜を連想しない。あなたは使用人を見て、父親が誰だろうとは考えない。その叔父が、もし住むところを欲しいのなら、どこの酪農婦と結婚させたらよいかとか。館から見渡せる家の住人の名前なんて知ろうとは思わないし、まして名前をずっと覚えておくとか、その連中を話題にするとか、彼らについての噂話に耳を傾けるとか、そういうのを来る日も来る日もするなんて、あなたには無理です。猟犬を従えて馬に乗り、狩りをするとか、そんな情熱が元々ないのです。生まれつき備わってはいない。だからと言って、その生まれつきを補おうという意志もない。だったら田舎で何をするのですか？ 大食をして、ただ座って、太って馬鹿になるだけです。真実を言って欲しいのなら、これがそうですが。」

ソープは唇を尖らせて考えていた。思えばなるほどこれが真実だという気になっていた。「それは確かにそうだが」としぶしぶ認めた。「それなら他に何があるというのか。」

センプルは、自分が言い出した話を中途半端で終わらせようとはしなかった。「一年前」と続けた。「あなたは、正にナポレオンみたいに勝利しました。すべてを手中に収めた。ナポレオンだってあなたほどには、周囲を支配していなかったでしょう。それからあなたは何をしたか？　自らエルバ島に引退した。負けて追放されたのではない。自分の意志でした。でも、こう考えたことがありましたか？　ナポレオンは時代の英雄でした。いやすべての時代の。戦争だけでなく、あらゆる面で。彼は最後の六年をセント・ヘレナで過ごしました。健康にも優れ、話し相手にも恵まれて。けれども、そこで彼が話したという数多くの昔話の中で、二度聞く価値のあるものは一つもありません。読んでみると、ナポレオンがごくまるで平凡な、子供じみた話をしていたと思うでしょう。偉大さが彼から消えていたのです。何もすることのない島に足を踏み入れた瞬間から。」

「そういうものか」と、ソープは感慨深そうに口にした。彼はナポレオンと比較するという発想の突飛さを気にせず、センプルの言葉を受け入れた。センプルが言う通り、自分は偉業を成し遂げた。それについて、謙虚になるつもりはなかった。「問題は」とソープが言った。「一番やりたいと思っていたことを達成してしまった点だ。間違いなく、それこそが念願だった。仮にそれが間違っていたのなら、不本意であったとしたなら、他に一体何がしたかったのか？　誰が分かるというのか！」

「シティに戻られたらいかがですか」とセンプルが促した。「あなたの居場所はそこです。」

「違う」とソープは強く言った。「皆間違っている。自分の居場所はシティではない。それ一切が大嫌いなのだ。他人から金を巻き上げて何が楽しいのか。返してやりたいとずっと思うだろう。自分の金が巻き上げられるのも確かに面白くない。そもそも何の楽しみにもならないのだ。もう関心がない。金融紙も全く見ていない。そういう類にはもう絶対関心が持てないだろう。万一関心を持つとしたら、もう地獄だ。」

「政治の道に進めば」とそれほど熱を込めずに、センプルが答えた。

「分かっている」とソープがためらいがちに答えた。「それをもう少し考えるべきだろう。そう言えばプラウデンはどうしている？　彼の噂を全然聞いていなくて。」

「どこか外国にいるのでは」とセンプルが答えた。その言い方は全く興味がないことを示していた。「母親が死んだとき、少し手に入ったと。幾らか知りませんが。それ以来会っていません……。確か、半年以上前かと。」

「その話は、そのとき聞いた」とソープが言った「そんな風な話だったと。彼の妹と弟が、週末に訪ねて来ると思う。君はプラウデンとうまくいっているわけではないのだね？」

センプルは少し軽蔑した笑い声を上げた。「喧嘩はしていませんよ。そういう意味なら」と答えた。「でもたとえあなたのためであっても、彼のためにことさらお金を儲けてあげる気にはなれません。とは言え、彼は正当に、いや寛大に扱われていますから。総計で彼の持ち株は三万ポンドの資産になります。それだって私からすれば本来より百倍くらい多い。誰にでも世話になる人というのがいますが、彼の場合それ専門です。機会が来たら見捨てますので。」

「それでいい」とソープは気軽に応じた。「奴がいい奴だなんて、言ったことはないだろう？　少し助けたい気になっただけだ。というのも最初は本当に役立ったから。借りもある。奴の館で妻に初めて会ったので。」

「そうですか」とだけセンプルは素っ気なく答えた。

訳注

★1　ここでソープの念頭にあるのは、ライオネル・ロスチャイルド（Lionel Nathan Rothschild: 1809–1879）（十九世紀イギリスの代表的銀行家・ユダヤ人）か、その息子ネイサン（Nathan Rothschild, 1st Baron Rothschild: 1840–1915）だと考えられる。

第二十四章

センプルは別れ際、ソープに道の角まで同行してきたが、明らかに早く行かねばと気を揉んでいた。ソープは他にシティで会いたい人を思いつかなかった。銀行関係を訪問したら、愛想よく丁寧に応対してもらえるだろう。だが思い直すと、あえてするほどではなかった。

ソープはぶらぶら歩こうかと思った。ホルボーンの長い大通りをゆっくりと歩いて、そこを曲がったとき、ふと路地や袋小路がどんな様子か見てみたい気になった。昼食後、また散策を始め、セント・ジャイルズから少年の頃はなかった道を通って、ダイアルズの一角に足を踏み入れた。ここも総じて様相が一変していたが、元の感じが分かる、いかにもゴミゴミしたところも残っていた。ソープは辺り一帯と住民を物珍しそうに眺めた。明らかに気分がよくなっていた。昼のシャンパンか、それともセンプルとの率直な会話のせいで、憂鬱が吹き飛んだのかもしれない。ともかく暗い気持ちは消え、落ち着いて満ち足りて、ロンドンのごくありふれた暮らしを見て回った。田園生活を経験した視点から、改めて町を眺めたのである。

世界の多くを見て周り、景色にはもうあまり関心のないソープであったが、気づくと観察を楽しんでいるのであった。こんなことは自分にはできないと思っていた。ようやく見る価値のあるものを見つけたのかも？　そういう思いで、気ままに見物していた。そんな対象が間近にあったのである。ロンドンのこの一角は、昔からずっと知っていたし、風景には馴染みがあったが、あくまで何となくであった。突然、全く違った風に見えるのを心に感じた。見ている対象が生きているものであれ何であれ、自分にとって新たな意味を持ったのである。そういうものが自分に語りかけてくる。それに心地よく気持ちが反応していた。

通りすがりの窓の中を一つ一つ覗いて見て回った。外には、二輪の手押し車や行商人が小道にひしめいていた。ショールと白いエプロンをして帽子もかぶらずボサボサ髪の女たちが立っている。元気のない赤ん坊が彼女たちの腕に、あるいは汚れた皺だらけのスカートに抱かれている。お馴染みの酒場を背にして、不機嫌そうに男たちがたむろしている。酒場の扉は半分開いたままで、窓にうす汚れた劇場の切符が掲げられている。馬車や荷車の御者が、大きな馬を眠たげに見ている。近くで眺めると、マンモスの時代からの生き残りみたいだ。それがおとなしく一歩一歩、テカテカ光る舗道の上を、房状の足を進めていく。暗がりの中で腰の曲がった老婆が不潔にもゴミを拾っている姿が見え、彼が通り過ぎるとき、何かを訴える顔をした。酒でくすんだ顔、栄養不良で血色の悪い顔、苦労のあまり表情をなくした顔、諦観によって柔和になった顔、無頓着な喜びを浮かべる顔、そういった表情の奥にある、言わば鼓動をソープは感じ取っていたのだ。彼にとって、以前は生きているとは思えなかったものを……。

気づいてみると、姉の古本屋の前で立ち止まっていた。新しい少年が、外の棚とスタンドに置かれた本を盗まれないために見張っていて、ソープを睨みつけた。この大人物が自分と全く無縁ではないとは、少年は思ってもいないのだ。しばらく何冊か本を手に取って、読むふりをし、少年に厳しく監視させるよう仕向けると面白かった。自分のポケットに一冊こっそり入れてみたいとさえ思った。そうしたらこの子はどうするだろうか。つまらないことを楽しんでみようとする、この思いつきはなかなかいいと、ソープはすっかりご機嫌であった。

彼は、かつて店の看板の件で姉と下らない喧嘩をしたのを思い出した。後ずさりしてその看板を眺めてみた。昔通り「ソープ書店」とある。これでいい。しかし何となく新しい感じがする。よく見ると塗り直されていた。これを見てソープは大声で笑った。喧嘩の経緯を細かく思い出した。どういう理由か、いや理由はなかったかもしれないが、――今となってはなぜそんな発想を自分がしたのか分からないが――、この前の春に、「ソープ」の代わりに看板に「ダブニー」という姉の姓をつけるよう伝えたのだ。この使命を遂行したのはジュリアであった。そしてジュリアが回りくどい言い方で、母には全くその気はないとやがて知らせてきた。昔の看板を、あえて塗り直すというところに新たな敵意を見て取って、ソープはまた笑った。店に入って奥に進んでいくときも、まだあからさまにニヤニヤ笑っていた。

姉は机のそばにいた。ソープが物心ついてから、ずっとそうしているみたいに……。背が高く、落ち着いた、どんよりとした目付きで、尊大で、ある意味頑固だが、逆に何にでも気がないといった様子もある。彼女の面長の男っぽい表情が、弟を認めたとき、来たことに明らかに関心を示した。だが彼にはそれが喜びなのか何なのか不明であった。最近滅多に会わなくなってからは、姉にキスする習慣がなくなっていた。姉にそれを期待する様子もなかったし、まして姉の方からするなどとは……。それなのに突然ソープは姉を引き寄せ、痩せた腰に腕を回し、軽くその頬にキスをした。

抱擁から無理やり身を引いた姉の驚きは、容易に見て取れた。「まあ」と彼女は曖昧に言って、弟を見て、それから「太ったわね」と口にした。

「違うよ」と、ソープは重大な問題であるかのように真面目に答えた。「皆そう言うけれど、これは服がゆったりしているからだよ。この前ここに来てから全然変わらない。」

二人は視線を交わしたが、お互い無言で随分久しぶりだと感じていた。その気持ちをソープが口にして「そうだな。クリスマス前のとき以来かな」と言った。

「それぐらい前ね」と姉が応じた。「あなたの結婚はそれから一、二週後だったと思うわ。一月よね？　棚卸をしていたから、覚えている。」

ソープは頷いた。ただ一人の姉が自分の結婚を単なる日付としか思っていない。王室の記念日か、バンク・ホリデイみたいに。姉がソープの家庭から頑なに距離を置いている事実が、改めて癇に障った。思わず、姉と弟なのに水くさいという気持ちが働いてか、「僕たちに近づかないなんて、凄く臆病だね」と、言ってしまった。
姉は唇を尖らせ、頭を少し振ってみせた。その仕種は自分にそっくりだと一瞬ソープは思った。「その話はずっと前に済んだはずだと」と姉が不愉快そうに答えた。
「そうだった、それはもう気にしないと」と安心させるようにソープが言った。「今日は、今までになくお姉さんに優しくしたい、そういう気分だから。」
姉はこの言葉に驚いて、じっとソープを見つめた。明らかに言うべき言葉を思いつかなかった。
「ジュリアとアルフレッドは元気かい」と陽気にソープが尋ねた。
「多分」と姉が短く答えた。
「手紙は来ないの？」
「ジュリアは時々寄越すわ。彼女の話だと、二人とも凄くうまくいっているみたいで。」
「返事を書いたらもっと手紙をくれるのに」と非難してソープが言った。
「私は用事がないと書かないから」と、それで説明は充分だと言わんばかりに姉が答えた。
現在二人はデュッセルドルフに住んでいて、アルフレッドは大陸で画学生としての生活を始めようとしていた。一方ジュリアは外国語を学びたいというもっともらしい口実で、自由と一人での家事を楽しんでいた。夏と秋はそこで家を借り、冬はドレスデンかミュンヘンでそうしていた。
「本当は」とソープは姉に打ち明けた。「二人とも自分のところに住んで欲しかったのだが。当然歓迎したのに。もちろんアルフレッドの場合は、芸術家の道を踏み出すのなら、外国で学ぶ必要がある。イギリスの一流画家ですら、最初はそうしているからね。だから彼が行ったのはそれでいい。けれどもジュリアの場合は違う。彼女には是非一緒に来てほしかったが。妻も同じ思いだ。最初からジュリアが大好きで、自分が見る限り、ジュリアもそうだと。実際ジュリアもそうしたいのだと思ったのに、どういうわけかそうはしなかった。」

「ジュリアはいつも奥さんを褒めていたわ」と、姉は事実として冷静に答えた。「奥さんを大変気に入っていると。」

「それならどうしてわざわざ、あんなところに住んでいるのか。イギリス最高の邸宅が用意されているのに」とソープが聞いた。

「私に聞かないで」と姉は答えた。彼女の言い方には、話さないことで娘を守ろうという印象があった。

「お姉さんも理由を知らないのだ」と思わずソープは口にした。

「多分そうだわ」と姉は素っ気なく返答した。「ただ、あまり豪邸には住みたくなかったのかも。もっとも娘の考えはたいてい分からないけれど。」

「ジュリアがそう話したのかい？」とソープは聞いた。

姉はきっぱりと否定した。「娘は何も言わなかったわ。私がそう思っただけで。どう思おうが自由でしょう。」

「本心を聞かせてくれないかな」とソープは優しく説得するように尋ねた。「僕がどんなにジュリアを気に入っているか知っているだろう？　それにジュリアのためにならないことなど、絶対にしないというのも。」

「娘もそうは思っていないでしょう、そんな風には」と曖昧に姉が答えた。「率直なところ、退屈だろうと思ったのでは。」

「そうなのか」とソープは考えながら言った。「それなら驚かないよ。思いつかなかったけれど。でも、妻とジュリアとは友達同士になれると思うのに。」

「まるであなたは人生を汽車での長旅、暇つぶしみたいに言うわね」と、姉は意外な比喩を使ってソープに答えた。「女が二人、寂しいカントリー・ハウスに幽閉されるなんて、一人でいるのより少しましかも知れないけれど、でも大した違いはないわね。私には関係ないけど、きっと奥さんはそこでの生活を嫌っているのね。」

ソープは軽く笑った。「それは違う」と彼は言った。「彼女はガーデニング以外に興味がない。それが趣味で。大好きで。新しい温室だけでも、多分この建物を建て直すよりもっと金を使ったよ。しかも植物は別にしてね。温室装置の費用も入っていたかどうか。それにその植物代！　球根一つで六ギニーとか八ギニーとか。それもアマリリスの球根で。果樹園となったら、一体いくら払うのか。妻は熱中していて。本当に気に入っているから。」

「寂しくて死なないために、そういう慰みに飛びついたのよ」と姉がさらに言った。それをきっかけに、姉は反論し始めた。「自分の言っていることは分かっているわ。三、四人、店をひいきにしてくださる方がいて。地方に住んでおられる淑女の方が。お一人は貴族で。ガーデニングの本を、私の店を通じて注文してくださる。一年に一回くらい、ロンドンに来られたときにここに来られてお話しするわ。心の底では皆さん大嫌いなのよ。チャリング・クロス辺りで一日中遊んでいる方が、花の栽培なんかよりずっといいのよ。好きにできたなら。でも好きにできないし、だから暇つぶしが必要で、それでガーデニングをするのよ。私だって田舎に住んだらそうするわ。幸いそうではないけれど。」

「それはお姉さんが地方の生活を何も知らないから」とソープは言った。しかし自分の反駁は正しいにせよ、耳に空ろに響いた。「ロンドン以外で知っているのは、せいぜいマーゲイトくらいだろう。」

「この夏ヤーマスにもローストフトにも行ったわ」と彼女はきっぱり反論した。

どういうわけかソープは笑えなかった。「お姉さんの言うのも分かる」と宥めるように優しく答えた。「多分お姉さんの言うのは筋も通っているだろう。確かに退屈だ。僕のいる所は。長くいすぎるとね。妻について、お姉さんの意見はもっともだと思う。今まで思わなかったが、そうかもしれない。でも一体、他に何をすれば？　気候のいいときにロンドンに家を借りようかとも考えたけれど。」

「新聞で見たわ。あなたと奥さんが来ていたのを」と、弟の当惑した言葉に対して、姉は冷静に答えた。

「お姉さんを訪ねなかったのは、僕にはあまり会いたくないかと」とソープはややぎこちなく言った。「でもそれはともかく、家を借りたけれど気に入らなくて。ひっきりなしに馬鹿げた退屈な客が来るし、晩餐とかパーティーとかで。すっかりうんざりして。もう二度と借りないと。確かにお姉さんは正しい。ハートフォードシャーなんて馬鹿みたいだし、ロンドンも馬鹿みたいだ。もちろん外国を旅行してもいいが、数か月が限度だ。することがあれば別だろうが。正直に言って、貧乏だったときの方が幸せだった気が時々する。もちろんそんなのは愚にもつかない考えだし、本当は幸せではなかったけど。でも時々そんな気がして。」

姉は弟をじっと見つめ、「何か自分のお金を人のために使おうとは思わないの？」と、ゆっくり、ぶっきらぼうに言った。ただ誤解されてはいけないと、あわてて付け加えた。「親類に対してではないわ。我が家は伝統ある一家、ソープ家よ。なるほど私たちは助け合ってきたわ。たとえ揉め事があっても、そうしてきたわ。でも私が言っているのは外の世界、世間一般よ。」

「世間一般に何をしなくては？　分からない。そんな責任はないよ」とソープは軽く小さな声で言った。しかし、そう口にした自分の言葉を耳で聞いたとき、何か愚かな感じがした。「一年でロンドンの病院に五、六千ポンド寄付した」と姿勢を正しながらソープは言った。「見なかったかい。新聞に載ったよ。」

「病院！」

姉はこの言葉を、非常に軽蔑して口にした。弟は姉を驚いてじっと見た。姉は何かにすごく関心があるらしく、それをこれから話そうとしていると思えた。姉の視線と態度がみるみる活気づいて、どこか異様でさえあった。

「お金を人のために使ったらと、さっき言ったわよね」と姉は弟に言い始めた。その声は震えていた。「もしロンドンの病院で満足ならば、そのまま地方に住んでいなさい。ロンドンの人たちは騙されないわ。王族でも行かせて、跪いてもらうなんて芸当でもしない限り。ただあなたは巨額の小切手を送っているだけね。」姉は考えながら続けた。「病院がどう運営されているのかは聞かないのね？　どういう連中が私利私欲で動いているかとか、あなたのお金がどう使われているかとかは。それで高尚な慈善を施したと思っているの？　下らない。違うわ。私が言っているのは、そんな下らない慈善ではなくて、世間のために、本当に役立つことを、と言っているのよ。」
ソープは高いスツールに片足をかけ、帽子を後ろにずらして微笑んだ。
「分かった」と彼は機嫌よく答えた。「でも、どういうことを？」
「特にどういうことも言ってないわ」と姉は一瞬ためらってから答えた。「あなたが自分で考えないと。私が大切だと思っても、あなたは何の興味もないかもしれない。興味がなければ、あなたは何もしないでしょう。でもこれは言っておくわ。ここ一年余り、私は毎日思っている。ずっとあなたがどうするか気にしていたわ。もし私に財産があって、きれいな服でも着て、何もせず好き放題怠けて、誰のために使うでもなく財産が増えるのに任せているとしたら、恥ずかしくて他の人に顔向けができない。あなたはここで生まれたのよ。ロンドンのスラムがどんな状況か知っているでしょう？　クレア・マーケットとか。今も酷いのよ。セヴン・ダイアルズや、ドルリー・レーンとか、たくさんそういうところがある。ほんの目と鼻の先よ。チャールズ・ブース★1のロンドン貧民に関する統計を見た？見てないでしょうね。別に構わないけれど。でもあなたは状況を知っている。けれども気にしない。何万の人の惨めさとか、無知なまま酷いところに住んで希望もなくしてしまって……。そういうのに関心がないのね？自分は大金を抱えて、ただ笑っていると。本音を言うと、あなたが弟で恥ずかしい。」
「何という！」とこの姉の暴言に、ソープは一瞬間を置いて、困惑して言った。しばらく姉を呆然と見ていた。「ねえ、いつからそういう風に」とようやく彼は、無意識に半ばふざけて聞いた。
「それはどうでもいいのよ」と姉は言い訳のように答えた。「そう私は感じるの。ずっと昔からそう感じていたわ。」
ソープは姉の予期しない発言に平静さをすっかり失っていた。足をスツールから下して、机の辺りの狭いところを歩き回った。話を再開したとき、それはどうしてそう言い出したのか、自分でも不思議な発言となった。
「どうして僕の感覚は違うと決めつけるの？　最初から。」姉にほとんど突っかかるように言った。「僕がお金を持ったまま、ただ笑っているって言った。僕が自分のお金で何もいいことをしないと責めるけど、僕が考えていないって、どうして言い切れるの？　計画があって、実行しようとしているのに。僕を信用したことなんて、一度もないだろう！」

姉は鼻であしらった。「ともかく今は信用していないわ」と素っ気なく答えた。

ソープはいかにも誤解されているという態度を取った。「今日ずっと」と始めたが、今度も考えが浮かんだとたんにそれを口にしていて、内心ではいかにも意外だと感じていた。「今日ずっと、お姉さんがさっき言った、そういう貧しいところを少しずつ回ってみたよ。朝から一日歩いて、自分の目でそういう地域を細かく見てきた。住民とか、その住民が何を買っているのかとか、暮らしぶりとか。自分が何をしたらいいのか、その計画を考えながら。信用してもらおうとは思わないけれど。でも、自分みたいな立場の人間なら当然すべきだから。それにしても正直な話、あんな風に歩き回って疲れて、ここに来たら、姉に自分勝手だとか情がないとか、けちだとか言われるなんて、それはちょっと酷い。」

姉はこの非難に対し、ソープの思惑通りにはひるまなかった。あるいは弟を見る厳しい表情が、目に見えて和らぎもしなかった。とは言え、しばらく考えた後の彼女の言葉は、気を悪くさせまいとする調子があった。「もし本当にそう考えているのなら、姉に罵倒されても気にしないはずでしょう。それにはすっかり慣れているはずだから。」

ソープは自分の言葉を、もう少し条件抜きで受け入れてくれたらと感じた。けれども結局、姉に強く賛成してもらおうとは思っていないのであった。が、それにしてもロンドンの貧民に対する姉の強い思いには、なお驚いていた。ありそうもないから余計そうであった。姉は博愛精神が旺盛で気前のよい性格である。そう知っていたなら、理解もしただろう。しかし姉は常に細かく合理的で、情に動かされない人間だった。比較すれば自分の方こそ、気まぐれで感傷的な人間だとさえ思っていた。その姉が、ああいう考えをしているなら、自分の方がもっと先をいっているに決まっている。

「非常に大変な問題だから」と、ソープはおもむろに言った。「本気の人間でないと、どんなに複雑か分からないだろう。でも出発点はこれに尽きる。ただ何とかしたいという気持ちに……。途中でどんな困難があろうが、何とかしなくてはならない。意志の強い人間が一旦そういう気持ちで始めたなら、突き進み、困難を押しのけ、あるいは自分の目的に適う形にそれを変えて、目標を達成する。」

姉はこの言葉を聞いていた。異論を唱えるべき点はなかった。しかし依然、疑わしいとまで言わないにせよ、何となく信じていなかった。「あなたの計画とは？」彼女が尋ねた。

「いや、まだ具体化するには早すぎる」と彼は待ち構えたように言った。「あわててやるものではない。生半可な理論しかなくて、情報も乏しい状態では。それでは大きな成果、かつ永続的成果は無理だ。」

「ピーボディー流の住宅★2 ではないわよね。」

「全然違う」と彼は答えたが、内心姉の言った意味が何なのか調べてみなくてはと思っていた。

「ラウトン住宅★3 の方がましだという話だわ」と姉が続けた。「でも私には、ポケットに僅かのお金しかない人間が、これほど大勢いてはいけない、というのがまず肝心だと。災いのもとはそこにあるのよ。」

彼は理解したように頷いたが、言葉にするのはためらった。と、そのとき考えが浮かんだ。「そうだ！」と言った。「もしそういうことにお姉さんが熱意を持っているのなら、こんな下らない古臭い店は閉じて、僕が計画を実行するのに、時間を貸す気はあるかい？　計画を具体的にし始めたら。」

姉は首を振ったが、同時に思いついたことがあるらしい。「そうなるまでには、時間が充分あるでしょう？」

「いや、今約束してくれないと」とソープが姉に迫った。

「それなら駄目でしょうね」と姉はやんわり答えた。

「もしそうなら、お姉さんのせいで計画は全部駄目になってしまうよ」

とソープは姉を戒めた。「その馬鹿げた強情さを少しでも控えないと。」

「つまり」と、姉はあくまでうわべは平静に、しかしその奥に鋭い理解力をちらつかせながら言った。「あなたは騙そうとしているのね。もし本気なら、私がやらないから計画が全部駄目になるなんて口にするはずがないわ。もっと考えればよかったわ。あなたの話を信じると、いつも馬鹿みたいだから。」

ある意味で姉の非難が正しいと、彼は思った。それでも「それは違うよ」とソープは宥めるように言った。「本気だよ。全部。いや、本気以上だよ。ただ、お姉さんが手伝ってくれるなら、もっと巧くいくだろうと思ったから。分かるでしょう?」

姉は弟が本気だとは不承不承認めたらしい。しかし何か約束するのにはすべて抵抗した。「橋の向こうまで行き着かないうちに、その橋が渡れると思う類の人間ではないから」と彼女は宣言した。別れ際、ソープはもう一度話を持ちかけたが、そのままになった。

ソープは、姉がまとめて渡してくれた小さな本を数冊抱えていた。姉はそれを読めと言った。自信たっぷりに必ず役立つし、熟読すれば内容にほとんど賛成するはずだと……。ソープは、その日はニューマーケットに行こうかとずっと考えていた。というのも、そこの競馬場でチェザレービチ[★4]が翌日開催されるからである。人から一見の価値があると聞いていた。しかしホテルに戻る頃には、全く新しい計画が彼の心を捉えていた。荷物を詰め込んで、館へ戻ろうと次の列車に乗った。

訳注

★1　チャールズ・ブース(Charles Booth: 1840–1916)はイギリスの社会学者。社会学に統計的研究法を適用した。

★2　ジョージ・ピーボディー(George Peabody: 1795–1869)(アメリカ生まれの実業家・慈善家。後にイギリスに移住)による、ロンドンの貧しい職人や労働者のために建てられた住宅。一八六二年から一八九〇年までに五〇〇〇戸が建設された。

★3　ラウトン男爵(Baron Rowton: 1838–1903)(モンターギュ・ウィリアム・ラウ

リー・コリー［Montagu William Lowry Corry］：イギリスの政治家・慈善家）はロンドンの労働者のために良質で低廉な住宅の建設（ラウトン住宅）に献身した。その数はおよそ五〇〇〇戸。

★4 チェザレービチ（Cesarewitch）はニューマーケットで毎年秋に開催される距離二マイルの伝統レース。

第二十五章

「結局、君のお父さんに来るようには頼まなかった」というのが、次の日、妻にソープが告げたことの一つであった。機嫌よくそう言ったが、妥協の色合いもあった。妻は素気なく無言で頷いた。

二日後、ソープはまたこの話をした。二人はこのときもテラスにいた。そこでソープは安楽椅子に座って一日の多くを過ごしていた。傍らのテーブルには姉が薦めた本を置き、数冊あまり気乗りせず、適当に読み飛ばした。視線はほとんど、前に広がる光景を眺めていた。十月のぼんやりとした柔らかな陽光の下で、景色が茶と黄色に優しく色づいていた。本の内容そのものはあまり参考にならなかったが、それが恐らくきっかけとなって、取り留めのない、だが穏やかな思索に新たな喜びを感じていた。

「お父さんの件だけど」と彼は言い出した。妻は他の用件で話があって、テラスに来ていたが、また戻ろうとしていた。「どうも自分の言ったことで、君が気を悪くしたのではないかと。」

「覚えていませんわ」と、妻は振り向いて平静に丁寧な調子で答えた。

ソープは急にこの話題がしたくなった。「でも君には覚えておいてほしくて」と、立ち上がりながら言った。何か緊急といった印象がその口調にあって、妻は注意を引かれた。妻はゆっくり椅子の方に近づき、大きな肘掛に腰掛けた。欄干に寄りかかっていた夫を妻は見た。

「色々考えたのだが」とためらいながら夫が話し始めた。自分の意志は、言葉で表現するよりもはっきりしている気がしていた。「いつも言っていたよね？　君の意にそぐわない行動を、僕はいつかするだろうと。僕自身より君に関わることで。自分でもずっと気になっていた。というのも、それは僕自身不本意だから。」
彼女は黙っていたが、その表情はどう答えていいのか分からないという顔であった。素直に驚き、また当惑していた。
「あなたはいつも私によくしてくれようと、それは分かっています」と彼女はしばらくして答えた。言葉も口調も優しかったが、夫にはどこかおざなりだと感じられた。
「よくしてくれるだって！」とソープは、妻の言葉を急に我慢できないとばかりに強く繰り返した。「よくしてくれるなんて止めてほしい。誰だってよくしてくれるさ。その『よい』よりはるかに凄いことを、今自分は考えている。」
「『よくしてくれる』という言葉は、直ちに撤回しますわ」と彼女は微笑みながら言った。それは夫にとってはお馴染みの、軽くからかっている印象があった。
「いつも僕が真剣な話をしようとすると、君は笑う」と夫は反駁した。
「笑うですって？」と、妻は控えめではあるが、驚いて咄嗟に見上げた。「そんな！　もうどれほど私が笑うのを忘れてしまったか……。」
「そこだよ」とソープは強く言った。「君は僕と同じ気持ちなのだね？　お互い、今の生活に満足していない。僕と同じく、生活に。今はよく分かる。前は考えもしなかった。どういうわけか、君は凄く楽しんでいると思っていた。温室とか、庭とか。それを誰が教えてくれたか、分かるかい？　君はそんなのは大嫌いだと。」
「お父さんの話はしないで」とすぐに妻が言った。
ソープは笑った。「違う。お父さんではない。姉だよ。君に会ったことはない。それなのに僕にアドバイスをくれるくらい、よく分かっている。ここで君が幸せだなんて、僕は馬鹿だと言われた。」
「何と賢明な。」からかうような微笑みが、その言葉には伴っていた。が、微笑みはたちまち消えた。妻は考えながら真面目な口調で言葉を続けた。「お姉さんとあまりお知り合いになれなくて残念だわ。非常によくお分かりの方みたいで。一緒に住むのは大変でしょうけれど。性格をちゃんとお持ちの方は、恐らく皆そうでしょう。でも凄くよくお分かりに……。明らかに、お話はお上手ではないけれど、でもお話すると、とても楽しいですわ。」

「どういうこと？」と、ソープは当惑し、眉をしかめながら聞いた。

「時々お店に伺っていますわ。つまり、ロンドンに行った折に。最初はイギリスに戻った直後に。私が分かるかしらと思ったのですが。新聞に写真が載っていましたから。でも明らかにお分かりではなかったらしく。だけど素晴らしいわ。お姉さんの、あの無駄口を一言もおっしゃらないところが。あの率直さ！　つまらない本なら正直にそう言われる。そうでしょう？」

妻を見下ろしながら、ソープは怪訝そうに顔をしかめていた。「行ったことがあるなんて、一度も話さなかったじゃないか」と、咎めて言った。

「ちょっと事情があって」と妻が説明した。「お姉さんの方が、私を知っていると言いたくないのよ。その点では非常に偉いと思うわ。だからお姉さんを知っていると、あなたに話せなくて。それにあなたがどう思うか分からなかったし。だから、言わないのが一番と。」

「僕の話はこれだけではなくて」と、ソープはまだ不審そうな顔で、しかし少し優しい声で言った。「いつか話したのを覚えている？　もし実現したら、僕にとっては素晴らしいことだという話を。つまり君が本当に、僕のパートナーとなってくれたら。」

彼の言い方は、実際口にすると、どうにも話が続きにくいところがあった。二人は無言のまま、ぼうっとお互いを眺めていた。随分長い時間に感じられた。

「要するに」とソープが言い出した。話を続けるにつれ、言葉も滑らかになってきた。「つまり、本当に僕とものごとを共にしてくれたら。いや、不満を言っているのではない。そういう風には思わない。最初のときにした約束、それを君は完全に果たしている。約束以上に。というのも、そのために君は不幸になったのに、今まで隠し通してくれたのだし。」

「そんな」と彼女は静かに答えた。「自分が不幸になったなんて、それはありませんわ。」

「それなら不満ということで」とすぐに夫が続けた。「そこだよ。僕たちはしたいことをしている。お互いが望んだ家庭を作った。だが予想通りではなかった。君は飽きてしまった。思うに、正直言うと、僕も退屈している。考えてみると、二人にとって一番重大な話だ。これを話し合わないと。もっと巧くやっていけないかを……。色々真面目に考えて。それなのに、これを避けてきた。君は自分が不幸だなんて、絶対口にしなかっただろうし。」

「またそう言われる」と言いながらも、妻はかすかに微笑みを浮かべて、抗議の調子を和らげた。

ソープは欄干から身を起こし、椅子にゆっくり近づいた。妻の視線を捉え、立ったまま頭を傾け、じっと妻を見た。

「だったら幸せだとでも？」と、夫は率直に真剣な顔で聞いた。

妻は答えの代わりに両手を僅かに動かす仕種をした。「いつも極端な」と妻は答えた。「黒と白の間には、様々な色や色合いがありますわ。あらゆる色が……。思いますに、誰も純白か漆黒かといった両端にまで行き着かないのでは？　原色ではなく色合いが混じったのもありますから。言ってみれば、人はそういう範囲の中にいるのでしょう。私にとって最悪なのは、自分が憂鬱の青かもしれないと、あるいは憂鬱に近い薄い青色ではないかと言われることです。でも思い出してください。写真ではちゃんと白は白に写っていましたわ。」

ソープには、こんな返事は下らないと怒りたい気持ちが芽生えたが、それを抑えて、彼女の喩え話をじっと考えてみた。「要するに」と彼はためらいながら言った。

「人から見れば幸福でしょうが、自分では、少なくとも不幸ではないくらいのところかと……。」

「どうしてはっきり言ってくれないのか、イーディス、君はどっちなのだと？」

彼女の名前がやや唐突に聞こえた。夫の声の調子に引かれて、妻はすぐに顔を上げた。

「自分で分かっているなら」と一瞬考えて妻は答えた。「必ずあなたに言っていますわ。」

ソープはどう話を進めてよいのか、道が塞がれた気がした。深くため息を漏らした。「君にもっと近づきたいのに」と陰鬱な声で言った。「でも駄目なのだ。」

妻はふと思いついて答えた。「『あなたはいつも私によくしてくれようと』と、私が言いましたとき、あなたは言葉を別な風に取られたみたいで。でも私の言った意味はご承知かと。」こう話してから、微笑もうとした。それを夫は不機嫌そうに見た。

「結婚に同意したとき、僕をただ『よくしてくれる』人間だなんて期待してなかっただろう」と彼は思わず口にした。「あの頃は、そんな言葉を僕に当てはめるなんて思っていなかったはずだ。僕についてどう言ったか覚えていないが、よくしてくれるでは絶対になかった。あの頃、そんな言葉は僕に一番似つかわしくなかった。それなのに、今ではそういう風にしか僕を考えられないとは。」どういうわけか、不可解なことを解き明かそうとして、かえって躓いているのではないかと、ソープは感じた。話しながらそういう気持ちが募った。この一年で自分は随分変わってしまった。あの当時持っていた何かを欠いている。しかしそれが何であるかはっきり言えないのだ。

ソープは椅子に座って、妻の腕に手を通し、体を少し自分に預けさせるようにした。「教えてほしい」とソープは深刻に、だが優しく聞いた。「あの当時何と言っていたか。よくしてくれるではなかっただろうし、あり得ない。僕をどう呼んでいたか。」

妻は少し黙っていた。椅子から離れて、夫に腕をつかまれたまま、真っ直ぐ立った。「多分」と彼女は言った。「私は力とか強さといった言葉を使ったかと。」そう言って腕を放し、振り向いて欄干に歩いていった。

「今は弱いのだ。よくするだけで」と彼はぼんやり言った。

妻はずっと遠くの地平線を眺めていた。その横顔には、思いに耽った、いや悲しみさえ浮かんでいた。無言だった。よく見ると唇が震えている。改めて美しいと思った。それと共に、少なくともその瞬間本心を見せていると思えた。ソープはすっと立って妻のそばに行った。

「もっと率直に話して欲しい」とソープは穏やかに言った。

妻はやや顔を背けた。自分の動揺を隠すように。「何を話せば」と言ったが、声は嘆きに近かった。「あなたが悪いのではないし、責めてはいません。」

「一体何が悪くないというのかな」とソープは辛抱強く穏やかに尋ねた。

突然、妻は彼の方を向いた。睫に涙の跡があった。落ち着きが表情から失われていた。「間違いなのです。大失敗」と彼女は早口で言った。「全部私の責任です。私がしたことです。もっと判断力があれば、良識があれば！」

「まさかこう言おうとしているのでは」とソープは真剣に聞いた。「僕と結婚して後悔していると。」

「では、どちらかがこの結婚を喜んでいると？」と息を殺して妻がつぶやいた。「どこに喜びが？　死ぬほどあなたは退屈だと。そう言いましたね。私は、こうなるとは思っていませんでした。自分を騙していた。でもあなたを責めてはいません。」

「分かっているよ。さっきも君はそう言ったから」とソープは表情を暗くしてゆっくり答えた。「それなら自分の何を責めているのか。話してくれてもいいだろう。」

「そうですね」と彼女は急に落ち着きを取り戻して言った。ソープの目を見た妻の視線には、非常に素直な印象があった。「自分を公爵夫人にしてくれるという理由で、かつて私はある男と結婚しました。再婚したのは、相手に八万ポンドの年収があるからです。私はそんな卑劣な人間です。汚れた血が流れている。父を知っているでしょう？　あれが充分な証拠です。あの娘ですよ。それですべて説明が。」

大袈裟な彼女の言葉と口調が、ソープに不思議な影響を与えた。じっと見ていると、少しずつ、新しい妻が見えて来た気がした。精妙な皮肉、愛想と礼儀をまとった冷淡さ、そういったものが消えていた。結局その背後にあったのは生身の女性なのだ。この女性とならば、自分は親密になれる。

「下らない！」とソープは切り捨て、大柄の顔が優しい父親みたいに晴れやかに微笑んだ。「君は財産目当てに結婚したのではない。何と馬鹿な！自分が来て君をさらっただけの話だ。君はどうしようもなかった。僕が無一文でも結果は同じだ！」

夫の激しい言葉に反応した表情の変化が、妻の目の輝きに見て取れた。あわてて彼女は視線を逸らした。それでソープはますます自分の言葉に裏付けを感じた。

「問題は」と彼は言った。「僕が君を恐れていたことだ。君は僕よりずっと繊細だと。触れてはいけないと……。全部間違いだった。今はっきり分かった。君は僕より確かに繊細だ。そこは疑いない。だからと言って、君に全部触れるな！　というのではなく、恐れる理由にはならない。君を引き付け、夢中にさせる自信がある。その後、君に僕を愛させるよう仕向ければよいのだ。そしてそれをずっと……。そういう風にするから。」

この宣言に対し、妻はすぐには返事せず、眼下に広がる景色をぼんやりと眺めていた。ソープはちらと背後の窓を見やって、安心してから妻の腰に腕を回した。抱擁に応えて、妻がいかにも屈服したと、ソープは感じたわけではなかった。しかし彼は、肩のところにある美しく小柄な頭を見下ろしながら、改めて確信した。自分にそう言い聞かせた。きれいな醒めた茶色の髪が額に緩やかにかかり、この上なく美しい横顔が傾いている。素晴らしい……。

ソープは晴れやかな気分でしばらく待った。じっと妻が話し始めるのを……。妻が立ったまま自分の腕に抱かれている。召使の目も気にしないで済む。それだけで差し当たり幸せだった。彼はテラスから限りなく広がる景色を新たな目で見ていた。確かにイギリス随一の景観だ。それに傍らに妻がいればなおさらそうなのだ。

ようやく突然、妻が声を立てて笑った。嬉しそうに鈴のような小さな声で。「お互いに長い間、何という悲喜劇を！」と彼女は言った。その口調は華やかだったが、ソープにしてみると、あまり気に入らなかった。
「悲劇などではない」と彼は断言した。「喜劇でも。」
妻はまた笑った。「あなたのユーモア感覚からすると、気に入らないなんておっしゃらないで」とさらにふざけた調子で答えた。
ソープはいかにもうんざりといった感じでため息をついた。その気配に妻は気づいた。抱擁されたまま、妻は顔を上げた。「私を憎いなんて思わないでね」と言った。その目は非常に優しかった。「あなたの言ったことは、あなた自身が思うよりずっと当たっているわ。本当にお金ではないわ。お金がなくても同じだったと、今は抵抗なく言えるわ。でもどうやって説明が？　私は大胆で屈強な海賊にさらわれたのよ。でもさらった瞬間、そういう表現をすればだけれども、その男はたちまち犯罪を止めて、法律を守る平和な市民になってしまった。海賊は私の目の前で紳士になってしまった。これが喜劇ではないと。それに悲劇でもないと言うの？」
「そう説明してくれたら分かるよ」とソープは、少し考えてから答えた。「人と同じように、僕も面白いと感じるから」と彼は言った。「君の冗談は、僕の嫌な部分をずばりと衝いているね。でも済んだことだからもういい。僕が君を知らなかった。恐れていたから。もう全然恐れない。すべて変わった！」
ゆったりと優雅な動きで、妻は夫の抱擁を解き放し、向き合って曖昧な微笑を浮かべた。「そんなに自信を持たないで」と彼女はつぶやいた。
「いや、すべて変わった」と彼は自信を持って強調した。「分からないのかい？」
「あなたがそう言っても」と、妻はためらいがちに答えた。「それですべてそうだということにはならないわ。人生は空虚ではないと口にしても、空虚さは埋まらないから。」
「でもこれからは、君はそういう思いを、全部僕に話してくれるし」と夫は勝ち誇って言った。「今まではお互いに距離を置いていた。お互い助けにならなかった。でもこれからは違う。自分たちが本当にやりたいことを、やっていこう。つまり君を腕に引き寄せ、一緒に踏み出して実行だ！」

夫が新しく生まれ変わったみたいに喜ぶのを、妻は優しく辛抱強く微笑みながら応えた。「私を知恵とか具体策とかで、当てにしないでね」と妻は夫に念を押した。「何かをするときに実行するのは、やはりあなただから。でも間違いないわ。何かをしているときのあなたが最高なのは。ここでは、あなた向きのそういう生活がなかったのよ。」

彼は妻の腕を引き寄せた。「温室を見せてほしい」と言って、テラスの端に歩き出した。「これまでの一年も、結局は良かったということに」と、歩きながら言った。妻の腕に触れていると、改めて親密に感じられて嬉しかった。その気持ちから口調は非常に晴れやかになった。「ここで色々学んだ……。君の人生を邪魔していた。いい教訓だった。あらゆる面で自分は成長した。」

二人はテラスから庭の小道に下りて、細長いガラスの建物に近づいた。パネルを通して、たくさんの色がぼんやりと見える。白、黄色、ピンク、藤紫、見慣れない鈍い赤などが。

「今年はあまりキクが咲いていなくて」と、建物の扉のところで妻が言った。「コリンズが凄く手入れが下手で。他の植物は巧くやったのに。でも来年は全然違うでしょう。ガファソンはイギリス一番のキク栽培の名手だから。中にいると思うわ。」

ソープは急に立ち止まり、じっと妻を見た。その間、この名前の響きが持つ意味が段々分かってきた。

「ガファソン？」と、彼は呆然とした表情で妻に聞いた。

「新しい庭師の頭よ」と彼女は言った。「ハドローにいたわ。それから可哀相に、プラウデン夫人が亡くなってしまって。あそこにガファソンがいたのは覚えているでしょう？　あなたは彼と言葉を交わしていたから。どこかで会ったとか。西インド諸島ではなかったかしら。」

ソープは麻痺したようにぼうっと中を見ていた。「そう話したかな」と無意識につぶやいた。

それから突然、彼は舗道に戻った。「ちょっと頭痛がして」と言った。「できれば、中に入るのは……。」

第二十六章

ソープは広大な庭園の端を歩いていた。日光は翳り始め、夕方の影が伸びてきた。長い間ぶらぶらと歩いた。悪夢に圧倒される思いで、気分が悪く心は麻痺した状態だった。

混乱した思考から、自分を叱咤する気持ちが生まれてきた。恐れや、悩みは馬鹿げている。実際まだ何も起こっていないではないか。とは言え、そういう慰めをしても甲斐がなかった。彼の中の意固地な部分が、執拗に想像を強いるのだ。そして不本意にもそういう想像から不吉な面が見えてくる。忘れていた恐怖が記憶に蘇ってきた。またあの取締役室で立ち尽くしているかのような。タベンダー死亡の電報を両手に握りしめ、ロンドン警察の来訪を待ち受けている……。

状況を考えると、ガファソンが来たことは、天の配剤ともいうべきところがあった。今週は自分の心が不思議な形で働いて、記念すべき特別な週となった。が、それは正にガファソンの来訪と時を同じくしてであった。館に奴がやって来たときの様子がまざまざと思い出された。村のおんぼろ馬車、少年と鞄に黄色いブリキのトランク、落ち着いた赤髭の身分の低そうな姿、いつもと変わらぬ風景だが、そう言えば何となく普通とは違う雰囲気があった。思い返すとあの幻の光景に、ある種の運命をすでに見ていたのだ。あのとき、妻と自分はカーヴィックの話をしていたではないか。ちょうど妻とは意見が合わず、それで新しい庭師の名前を聞かずじまいであった。すべてに不気味な様相がつきまとっている。

それにしてもガファソンは何が目当てなのか。どれくらい知っているのか。ことによるとカーヴィックがガファソンを見つけ、そしてプラウデン絡みの強請りの計画を彼のせいにしたとでもいうのか。そうソープは思い、冷静さを欠いたまま、それが間違いない確信となった。しかし強請りの逆襲なら取引が付き物である。この複雑怪奇な話が、そういう強請りに関係する類ならほぼ安心だ。しかしガファソンがそれ以上の復讐心に燃え、真相の暴露を意図していたらどうする？　怠け者だがしつこく執念深い奴だから、その方がもっと可能性があるのだろうか。

色々な推理が繰り返し心に浮かんできた。妻はガファソンの仕事ぶりを知っていて、高く評価していた。ハドローを去るのも知っていた。だから妻が急いで彼を雇うのは自然であろう。結局ガファソンは何を知っていて、何を証明できるのだろうか。義理の兄弟がやって来て、飲みすぎて死んだ。これがソープと一体どういう繋がりがあるのか？　どのようにしてガファソンが、ソープをこの話と結びつけるだろうか。もし敵意があったなら、どうして行動を遅らせたのか。一体なぜだ！

結局納得できる結論は得られなかったが、最終的には断固として行動に移ろうという気持ちになり、館の影にすでに覆われた温室にソープは向かった。ガファソンを見つけて、この件を徹底的に究明しよう。奴の態度や視線に少しでも悪意を見出したなら、どう対処すればよいか分かっているつもりだ。いや、どうするかとは何だろう？　口に出せなかった。言えばガファソンが気の毒だ。ソープは無意識に上着のポケットの中で拳を握り締め、足を速めた。

ガラス造りの温室内はゴチャゴチャしていて、少し迷った。棚の間を不自由なく歩けるほど、まだ明るかったが、建物全体の様子が分からず、ソープからすると一度通った場所にまた舞い戻った気がした。温室の内外に、何人かの庭師がいたが、道を尋ねはしなかった。ぶらぶら歩きながら、さり気ない風を装った。挨拶に、ほんの微かに頷いてみせた。

ようやく鍵が掛かった扉のところに来た。しかしその場に鍵はない。それにいささかソープは戸惑った。ガラス扉の中を、じっと見つめてみた。室内の空気は少しむっとしている。と、まっすぐ先の方に炎が瞬いているのが見えた。消毒の煙であった。金属製の容器の中で燃え盛る火が、薬品を燻し、室内を煙で満たしていた。虫をすべて殺すのだ。二、三時間したら、扉や窓を開け放ち、換気をするのだろう。その作業はソープにとってお馴染みであった。最初にこれを見たとき以来、温室では一番興味があった。

ソープは、閉じられた扉の鍵が、頭上の釘に掛けられているのにふと目が止まった。それが突然、何かを連想させた。何かの印象か記憶だろうが、突き止められない。鍵をじっと見ていると、急に何なのかはっきり分かった。今使われている消毒薬のラベルには、必要以上に煙に人体を晒してはならないと書いてあったのだ。それを思い出した。これは人を殺せるという意味である。面白い。ガラスの室内を透かして見たが、これ以上煙が濃くなるのだろうか。火はまだ赤々と燃えていた。

ソープが振り向くと男が見えた。古ぼけた帽子を被りエプロンをして、ヤシの木の温室の奥で何か作業をしている。それがガファソンだと分かっても、全くひるまなかった。鍵が掛かる室内に毒の煙が立ち込めていて、そしてその鍵を見たときから、どういうわけかすでにガファソンが近くにいるという予感がしていたのだった。ソープはゆっくりガファソンに近づいた。はっきりとした計画を胸に、歩くごとに心の準備が整っていった。この厄介な馬鹿の首を絞めることも、殴ることもできる。意識を失わせて無抵抗にし、鍵の掛った温室に放り込んで、偶然殺虫剤で死んだと見せかけよう。男たちが戻って来たら見つけるだろう。しかし問題は、ガファソンが初めはそこにいなかったのを連中が知っている点だ。殺虫剤に点火後も、奴を外で見かけているだろう。とは言え実はうっかり鍵は掛けられないままで、奴があわてて入って、逃げ出せず窒息したとも想像されるのではないか。ソープはガファソンに静かに近づいた。冷静にはっきりと犯行の順序を整理していた。

そのとき、自分の計画を思いとどまらせようとする事柄が心に浮かんだ。それはもっぱら、この事件によって引き起こされる社交上の支障であった。宴会の予定があった。公爵夫妻も来る。二人の話を妻はよくしていた。窒息死の庭師が主な話題になってしまうとは、何と惨めな。もちろん、館全体も多かれ少なかれ混乱するだろう。それに妻への影響は……。彼の犯行計画は、こういう思いで突如進行が止まった。惨劇が彼女に与える衝撃を考えると——控えめに言っても、とんでもなく悲惨な事件だと彼女は思うだろう——、そういった想像がソープの心をよぎった。延いては自分も精神的打撃を受けるだろう……。と、急に心が緩んでいった。一瞬にして、すべてが消え去った。妻の幸せを願うという深く優しい思いだけが、ソープの心を支配した。妻を傷つけたり悲しませたりする行動は、すでに考えられなくなっていると感じた。

「やあ、ガファソン」と、ソープは気づくと口にしていた。主人の態度としては、かなり遠慮した口調だった。まだ自分に気づいていないガファソンに近づいて、ソープは立ち止まった。彼を見下ろした。ソープの視線は優しくもあったが、同時に警戒していた。

ガファソンはうつむいた姿勢からおもむろに立ち上がって、相手を見た。その間ガファソンはゆっくりと誰だろうと考えていた。それから指を帽子の縁にあてた。「どうも。ご主人様。」

この服従の態度が非常に印象的だった。ソープは一瞬注意してじっと見た後、微笑みかけた。「ここに来てくれたと聞いて嬉しい」と好意を込めて明るく言った。「君みたいな評判のよい人なら、大変期待できると。」

「ありがたいことです」とガファソンは答えた。「仕事ぶりを分かってもらえるところにいられるのは。十年で六百回も試みて、ようやくアマリリスの一種とヒガンバナの一種を掛け合わせるのに成功しました。それから発芽するまで丹誠込めて育ててみました。それなのにご主人が興味を持たず、その種を持って展示会に行くお金も払ってくださらなかったら、何の甲斐もありません。誰だって失望します。」

「それはそうだ」とソープはいかにも高貴な人らしく思いやるように答えた。「ガファソン、ここではそういう心配はいらない。自由にしてもらうから。欲しければ何でも言ってくれ。君がやりすぎて自分たちが困るということはないから。」

「ありがとうございます」とガファソンが言った。それでソープが思った通りに話が終わった。

ソープは振り向いて、肩越しに短く斜めに頷いてみせた。そして戸外へと出て行った。歩きながらほっと長くため息を何度も洩らしていた。自分自身がまるで人殺し殺虫剤の煙から逃げてきた気分だった。ケースから一番大きな葉巻を取り出し、火をつけた。テラスに戻りながら、煙混じりの安堵の息を洩らした。

とは言え数分前には、悪夢にさいなまれ、どうしようもない無力な思いで葛藤していたのだった。恐怖がはるか遠くに消えた。ソープは落ち着いてそういう恐怖感に別れの一瞥をくれた。以前、夜明けに心が乱れて休まらなかったとき、朝食後の葉巻でそうしていたように。思い出す価値のあるものなどない。ただあるのは、悪夢の醜く不条理な重みだけなのだから。

そんなのにはもう二度と煩わされない。そういう確信が、心に浮かんできた。心の中ではっきりと、悪夢に惑わされる自分が拭い去られていくのを感じた。ちょうどヘビの脱皮みたいに。かつては二人のソープがいた――一人は不正な策略を弄し、利益を得ようと目論む。そしてついには切れ者の盗賊さながらに見事な企みで百万ポンド近くをくすねてしまった。この略奪物を守るためなら、さらに殺人を犯すことも何ら厭わない――そういうソープは完全に消えたのだ。このソープに出番はもうない。他人が目にすることもないだろう。善良なソープだけが残った。快活で、善意の金持ち紳士である。立派な市民、情け深い主人であり、彼に対してはガファソンでさえ、他の使用人と同じく敬意を込めて挨拶するのである。

善良なソープが悪のソープから略奪物を引き継いだことは、夢想の中では美徳の勝利だと思えた。あらゆる意味で幸運である。なぜなら、それが価値ある形で使われるだろうから。博愛精神にも似た気分に、このところ自分は浸っていた。自らが慈善家になるのは、彼にとってはごく自然な話なのであった。慈善家という言葉をつぶやいてみただけでも、言葉が意味する様々な可能性が心の中で広がっていった。眠っていた、ぼんやりとしていたかつての権力への渇望が、再び鼓動し始めた。権力には何が伴うだろうか。ありとあらゆる各方面からの賞賛、感謝、隷従――そういったものが知的で寛大な慈善家には与えられるのだろうか。

知性、それこそが問題点だ。多くの金持ちは寄付に半ば道楽で手を出す。しかも非常に稚拙にいい加減に。だから信用されない。世間で億万長者と認められている人物や、一流新聞の社主とか、醸造関係のお偉方とかいった者たちは、ものごとを上手に運ぶ方法を知っているはずなのに、たとえば貧民用の住宅建設のために巨額を公的に寄付しても、どういうわけか然るべき賞賛を得られない。自分ならそういう失敗はしない。

どこで連中が間違ったのかは簡単だ。彼らはおざなりに寄付する。いかにも保守党的な優越感を露に高踏的に資金を提供するからである。それで下層の過激な連中は、贈り物を受け取りながらも鼻であしらったり不平を言ったりするのだ。すべて無意味だ。こういった貴族や、あるいはおべっか使いの慈善家は、正真正銘の馬鹿者だ。頭を使ってやったなら、たった数千ポンドで簡単に済むところに、無駄に何百万ポンドも準備する。彼らの巨額な施し物に対しても、ただ感謝の言葉だけ、いや多くの場合感謝の言葉さえ与えられない。というのも、連中には知恵がないからだ。些細だが面倒な虚栄を捨て、無意味な偏見を自制する知恵が……。いつだって連中は自らの施しに対して感謝されないどころか、軽蔑され、実質上施しを掃き溜めに捨てている。どうしてお返しとして愛されないのかと、恐る恐る不思議に思いながらも……。それは連中が愚鈍だからだ。自分たちが支配しようとする人々を理解できないか、または理解しようとしないからだ。

真の頭脳を持った、本当に心が広くて活力に溢れた強靭な人間なら、二十万ポンドもあればロンドンでできないことがあるだろうか。支配者となれるだろう。俗物たちや中産階級の政治的優勢を粉砕するのだ。市の議員団の勢力を逆転させてみせる。議会に自分の党を率いて進出するだろう。それは統制の取れた結束の固い集団で、覚醒したロンドンにおいて、妥協を許さない民主主義を代表するものとなる。そういう力を背景に、大臣たちを意のままに操り、イギリス政治を刷新する。オリバー・クロムウェルのような役割もそう遠い夢ではない。

ソープは葉巻を放り投げた。気づくとほとんど暗くなっていた。大股で歩いてテラスに向かった。その歩幅に、久しぶりの力と高揚を感じていた。新たな意欲が生まれ、血管の中で沸き立つ興奮を感じていた。

「令夫人は居間におられます」と、ホールで召使がソープの質問に答えた。その呼び方が改めて彼の注意を引いた。それを意識しつつ廊下を歩いて、扉をノックした。声を聞いて扉を開け、中に入った。

妻は見上げると、夫の表情の著しい変化に気づき、何だろうと思った。彼は気分よさそうにすっと立っていた。大きな肩をいからせ、頭は上向きで。大柄の顔に微笑を浮かべていた。快活だが冷静で、自分に満足している力強い男の。

立たなくてはいけないと妻は感じた。自分も微笑みながら、夫の変貌の理由をどうしても知りたいといった気持ちをそこに込めた。

「そうすると頭痛は治ったのですか」と彼女は聞いた。

ソープは一瞬戸惑った表情を見せたが、それから軽く笑って、「もちろん」と答えた。前に進み、妻をいきなり、かなり激しく腕に抱いた。そしてキスするために無理やり上向きにさせた顔に、かぶさるようにした。

妻はこの力強い抱擁から解放されると、立ったままあえいで顔を紅潮させ、目を細めてじっと夫を見た。機嫌を損ねたわけではなかった。目の輝きが、一体どうしたのかという不審な気持を和らげていた。が、ソープが要求を言い出すと、妻はさらに当惑した。

「ソープ夫人」と彼は意味ありげな言い方をした。目は微笑んでいて、言葉の奥にある優しい気持ちを表していた。「今晩晩餐のための正装をお願いしたいんだが。食堂ではなく、朝食堂で食べたい。」

「もちろんです。あなたがよければ」と彼女は答えたが、なお困惑して夫を見ていた。

「色々考えがあるのだ」と、話す順番を考えるのも面倒な様子で、夫は衝動的に説明を始めた。「凄いことが待っている。一瞬にしてそういう考えが浮かんだ。ただし一年かけても、こんなにはっきりは浮かんで来なかっただろう。恐らくずっと考えていたのに、気づかなかったのかと。ともかく、先がはっきり見える。やりたいことがあるというだけで、どれほど僕にとって大きな意味があるか、君には分からないかもしれないが……。それを思うだけで、自分が生まれ変わった気分だ。別人、そう全く。やり甲斐のある話だ。よし、やるぞ！」

妻は夫の顔を見た。じっと観察すると、そこには本来の、荒々しい、有無を言わせない雄々しさが表れていた。この不毛な一年によって纏わされた、無気力な表情を打ち破って……。その大柄な顔がなぜかさらに大きく見えた。岬の荒々しい稜線が海に突き出ているような、そういう様相が顔を支配していた。征服者の顔つきだ。自分の中に力を漲らせ、それを同胞に広げようとしている。欲望、活力、冷酷さ、猛獣の大胆さを。妻の視線は少し揺らぎ、ほとんどたじろいだ。自分を見下ろす表情に権力のあからさまな野蛮さを見たのだ。次の瞬間、妻はそれ以上の何かを見て取った。そこには寛大さ、庇護する気持ち、それを発揮しようとする感情が、自分だけのために取って置かれている。夫は爪で引き裂くだろう。バラバラにし、他者を食い尽くすだろう。でも自分の連れ合いだけは、全力で匿い、守り、愛するだろう。思わず震えるスリルが彼女の全身を走った。彼女は夫に微笑んだ。

「何をされるおつもり？」と思わず妻は尋ねた。彼女の心は遠くをさまよっていた。

「イギリス征服だ！」と真面目にソープは答えた。

当座その言葉には、おかしなものなどないと妻は思った。夫を見ると、まるで聳え立っている。新たに飛翔する自信を身につけて……。夫にとってできないことを挙げるのは容易ではない。

一瞬間を置いて彼女は笑った。その笑い声には夫がこれまで耳にしたことのない率直な仲間意識がうかがえた。「面白いですわ」と妻は明るく答えた。「私が充分理解しているかどうか、自信はありませんが、つまり、その計画と朝食堂で正装して晩餐するのとの正確な繋がりを。」

ソープは妻のそういう言い方を機嫌よく理解し、頷いてみせた。「気まぐれだよ」と言った。「ただし、自分の計画というのは儀式とは全く相反する。大きな部屋で、召使が見守っているという堅苦しいものとは。今何よりも望むのは、君だけとささやかに静かで快適な夜を過ごすことだ。君と話をしながら、二人だけになれる。君も好むだろう。そうではないかね。」

妻はためらった。改めて赤くなった顔と伏し目にした睫に戸惑う表情がうかがえる。これがソープにとっては、最初見たときから、いつも世界で最も美しい顔だった。その姿は上品で比類なく、顔の線は繊細だが落ち着いていて、しかも優雅なのだ。その上夫がこれまで目にしたこともなく、予想もしないものがあった。いかにも女性らしい困惑が、この上ない美しさにさらに加えられているのである。

「君も好むだろう。そうではないのかね」と、彼は低く、一層熱心な声で繰り返した。

妻は視線をゆっくりと上げ、夢の中で、半ば瞑想し、半ば気だるくまどろんで、夫の目ではなく、その肩の向こうを見ていた。夫の方に身体をさらに寄せるというより、よろめくようにした。

「そうですね」と、妻は思いに耽りながらつぶやいた。「そうですね。気に入るかと思いますわ。すべて。」

第二十七章

ソープは土曜の晩餐の後、グラストンベリー公爵と話をした。思ったよりはるかに面白かった。

グラストンベリー公爵は若くて華奢な感じで、姿形に全く特徴はない。しかし物腰には控えめな優雅さとでもいうべきものが備わっていて、目を引いた。顔には小さな黒い口髭をたくわえ、目は黒く大きくて、整った形をしていた。とは言え、どことなく異国風な面立ちであった。歩き方もイギリス人らしくなかった。彼の言葉はイギリス英語であったが、本から借りてきたようであり、巧みな言い回しが逆に生まれながらのイギリス人らしくなかった。いかにも愁いを帯びた若者というわけではないが、愁いの種をいつも心に抱いている印象はあった。しかしよく見ると、そういう雰囲気の奥にあるのは、実は憂鬱ではないと分かる。愛想はよいが疲れた真面目な表情に、時折快活なところが、視線や話し振りを通して表れるのである。

ソープは彼の劇的な人生を人から聞いていた。自分が相続権を持つ事実を知らないまま、貧乏教師で生計を立てていたが、数奇な運命のめぐり合わせで遺産相続人になった。伝統ある身分を継承しただけでなく、膨大な資産も受け継いだ。フランスで生まれ育ち、その地で自分の境遇の劇的な変化を知らされた。この話にはさらに色々あって、たとえば一族の遠い昔にまつわる、ぞっとする逸話も数多くあった。若き公爵を見ると、彼が今でもこういう過去を気にしているのが分かった。一方妻について言えば、目は灰色の落ち着いた感じで、もの静かな女性であった。顔色はよくなく、目を引く美貌ではなかったが、純粋な感じで知性も備えているように見受けられた。けれども公爵の結婚相手としては似つかわしくなかった。秘書やタイプ業などで自活した経歴を持っていた。夫は爵位を得た後、自らの意志で彼女を選んだのであったが、彼女をよく見ても、こういう経緯に戸惑っている形跡は全くなかった。

ソープは、何故公爵がこの女性を選んだかのという好奇心から、彼女をしきりに見ていた。公爵は未亡人のいとこ、つまりソープの妻であるクレシッジと結婚できたかもしれなかったのである。どうしてこの話を知ったのか、ソープにも記憶がなかった。ロンドンに滞在していた頃、噂話が飛び交う中に身を置いていた。その中で、どのようにしてか知った気がする。明らかに自分の妻は、この若き公爵にかつて強い好意を持っていた。それだけでなく、今でも非常に愛情を注いでいる。その気持ちを妻は全く隠さなかった。晩餐の席での視線や態度に、たとえば右に座った公爵に対し、横を向いて話すときなどに、はっきり見て取れた。とは言え、ソープは妻の公爵に対する気持ちを邪推したことはなかった。当然そうあるべきというマナーを妻が逸脱するときでさえも……。しかも今はさらに事情が違うのであった。というのも、愛する者としてこの上のない誇らしい思いがソープを包んでいたからである。真面目な顔をした若き公爵に、妻が姉のように、母のように、色々親切にしてみせる様子を見て、ソープはむしろ喜んでいた。ここ数日間で彼女には素晴らしい変化が生まれた。これはその一端なのである。温かくしなやかな態度、視線、微笑み、そして声なども……。

けれどもどうして、自分の妻と結婚するチャンスがありながら、公爵はタイピストなどと結婚したのだろうか。晩餐の間、ソープは会話よりもっぱらこの点に関心があった。傍らの若き公爵夫人とは時々話をしたが、明らかにおざなりだった。彼女は他の客たちの話を聞いていることが多かったから、ソープは彼女の横顔を静かに観察する時間が充分にあった。マドゥン嬢とウィニフレッド・プラウデンが会話の中心にいた。二人の話にはあまり興味がなかった。もっとも、時々笑っていたのだから、楽しかったのは事実であるが。彼は妻と公爵夫人を見比べていた。公爵はなぜ妻と結婚しなかったのか、何度も不思議に思いながら……。一度、じっと妻と公爵を眺めた。ようやくソープは妻の方から断ったのだと納得した。それ以来、妻は公爵に同情して、それで今も親切にしているのだ。そうだ、明らかにそうだ。自分も公爵が非常に気に入った。そうソープは改めて感じた。

しかし公爵の方が自分を好きかどうかは分からなかった。公爵夫妻は気を遣い、遠慮がちなほど丁寧であったが、そこには無理にという感じがあり、さり気なくする技を欠いていた。他の客たちもこの高貴な夫妻の例にならって、ある程度自分に丁寧に接しているようにソープには思えた。別の時ならば、あえてこう意識したら不愉快であったかもしれない。しかし今は、テーブルをはさんで妻の方を見ていればよかった。他人がどう思おうが、自分を好きだろうが嫌いだろうが関係ない。自分がひとたび決断したなら、いつでも自分の思いのままに他人を動かしてみせる。客たちは人の性格を読めないのだ。だから自分をイーディス・クレシッジと結婚した金持ちの部外者と見ている。彼らのひ弱さをソープは機嫌よく寛大な気持ちで眺めていた。時が来れば、自分が望めば、雷光、雷鳴と共に欺瞞から目を覚ましてやる。

そういう思いがたちまちある種の決心となって、公爵と親しく話してみようという気になった。公爵は賢く分別もあり、感受性が強そうであった。公爵にも話せば面白い話題があるのだろう。が、彼は話し手というより、聞き上手だとソープは思った。この場は非公式の席であるから、他の客から離すのは容易であろう。公爵は、普通の意味では社交界に入っていなかった。社交上の本格的パーティーであったなら、このハイ・ソープには来なかったであろう。静かな週末を求めて、妻の縁戚として、なおかつ友人として訪れたのだ。他の数人の客たちも、家族的集まりといった雰囲気にすぐ馴染んだようであった。晩餐後一時間ほどして、客間に集まっていると、皆すっかりくつろいでいた。ソープは公爵を喫煙室に誘った。ボールダー・プラウデンには淑女たちと一緒にと伝えた。

二人は背の低い柔らかな安楽椅子に腰掛けた。公爵は大きな葉巻を吸うソープを気にしなかった。それに気づいてソープは気分がよかった。しばらく黙っていた。

「あることについて、ご意見をお伺いしたくて」と、ソープは、前置きもせずに語り始めた。「資産のある人間がこのイギリスで、その資産でもって善行を成そうと思ったら、何が一番よいでしょうか？」

公爵はソープを見上げた。彼の憂鬱そうで変わりやすい表情に、驚きが一瞬浮かんだ。ややためらった様子の後、微笑んだ。「人間の究極の知恵を問うご質問で」と答えた。「最も難しい問題で、誰も解いた経験がないと。」

ソープは大きな頭でなるほどと頷いた。「だからこそ解かなくては」とゆっくり言葉を強めた。

公爵の表情と言葉遣いに、予想外の返事が返ってきたという気持ちが表れていた。「存じませんでした」と用心して言った。「あなたがこういう方面に関心がおありとは。大変嬉しいです。たとえ解決策が見出せなくても、できるだけ多くの人間が解決策を考えるのがよろしいかと。」

「いや、私が解くのです」とソープは自信満々に話した。

公爵は自分の葉巻を少し口から取り出して、考える姿勢を取った。「私を皮肉屋だと思わないでください。」彼は続けた。「あなたは世間を知った人で、自力でやって来られた。私より幻想など持っておられないはずです。あなたが善行は成しうると言われるのなら、私は反論できそうにありません。けれども、私は身近に非常に参考になる例を知っています。極めて大掛かりなものでしたが。結果は失望の一言でした。以来、私は疑っております。こういったことに、お金が思うほどものを言うのか。さらに言うなら、お金にそもそも力があるのかと。金銭を人から人へ移動させることで、当座事態は変わるでしょう。色々な手段を使えば変化も生まれるかと。でも効果は一時的に過ぎません。そういう力が取り除かれると、たちまち人間は以前とは変わらなくなります。元に戻るのです。永久に変える力を唯一持っているのは、お金ではなく人ではないかと。でもそれも定かでは……。私が知っている最高の、そして多くの面で有能なある人物が、物凄い精力と労力と、そしてもちろんお金とを、サマセットの数千の庶民に注ぎ込みました。自分の所有地で、極めて綿密に作られた理論を元に。多分イマニュエル・トールとそのコロニーについて聞かれたことがあるのでは？　彼の『システム』について。」★1

ソープは首を振った。

「彼は長年一生懸命働きました。だが病気で倒れ、その地から去って行きました。すると一日で彼の労力と出費は無に帰したのです。その土地は、今は私のものです。再び普通に農業が営まれています。かつて預言者みたいな人物がいた事実を、人々は既に忘れているのです。その人の傑出した人格さえ、人々の間に痕跡を残しているかどうか……。私は決してそこに行きません。そういった人々に耐えられない。できるなら、何らかの方法でその人たちを抑圧し、傷つけてやりたいとさえ思うことも。」

「そういう庶民は、それは下品な連中で」とソープが気軽に答えた。「連中も人間でしょうが、ただの道具です。世界を動かすために働かせる。」

「世界は放っておけばよいのでは」と公爵は反論した。「勝手に動くのですから。逆に放っておかなくても、同じでしょう。あなたの努力とは何ら無関係に……。中には人より賢く、騒がしく、落ち着きのない人物がいて、そういう人物の行動が、それぞれの時代において、変化とか特徴を生みだすときもありましょう。その記録、通常極めて誤った、しかも馬鹿げた記録ですが、それを歴史と呼びます。こういった過去の変化について、あるものは良くてあるものは悪いと人は評価します。けれども次の世代では、善悪の判断が全く違うでしょう。その代わり恐らくその次の世代は、今度は元と一致するでしょう。それが問題だとは思いません。何事も決定的だとは断定できないということです。世界はただ回っているという以外は。我々は、世界の片隅の暗闇から出現し、さまよった挙句、別の一端に放り投げられるのです。他に確実なことは何も。」

「ある者はその代償を払い、また払わない者もいるという以外はですね」とソープが言った。彼の口調には明らかに言外の意味が込められていたので、公爵は座り直すようにした。

「ではあなたは、私たちが支払っていないとお考えで？」と公爵が聞いた。表情は話すにつれて輝いてきた。「まさか！　我々は他の誰よりも払っています。我々の代金は段階性になっています。相続税と同じく。確かに怠け者で馬鹿な頭の悪い金持ちもいます。支払いをしないのが。しかしそういう連中には、それぞれ同じような貧乏人が千人はくっついている。たとえばあなたは大金持ちです。私も、罰として、巨額な資産という重荷を背負っている。今出かけていき、道を歩いて最寄りの村に行って酒場を見つけたとします。と、そこには我々より幸せな日雇いの労働者が十人ほどはいるでしょう。なぜかと言えば土曜の晩だから。十樽とはまでは言いませんが、まあそれ位の酒樽も並んでいるでしょう。ビールだけで幸せになっているのではありませんが、それは考えないでください。煩わされないという能力ですね。次の月曜まで何の責任もないという。日曜が来たからといって、あなたや私にそういう違いが生まれますか？　夜が来たら、一日をすべて忘れて眠る。次の日は人生が新しくなっているという違いが……。ありえないのです！　我々は疲弊しています。重荷を背から降ろせない。これでも払っていないというのですか！」

「これは」とソープが激しく声を上げた。彼は公爵の告白を、驚きを募らせながら聞いていた。話そうとしたときもまだ驚きは消えていなかった。が、話しているうちに納得した様子が口調に表れてきた。「あなたもまた不幸だと。若くて健康にも恵まれ、望んだ妻がいて、煙草の味も分かる。息子もいる。それは凄いことです。でも他にも凄いことがある。あなたはグラストンベリー公爵で、イギリスでも最古の貴族の称号をお持ちで、最高の金持ち、伝統ある貴族の中では最高の金持ちだと聞きました。なるほど、それでも不幸だというわけですね。」

公爵は微笑んだ。「実態が消失しても、形式だけは残存していますが」と堅い言葉で愛想よく続けた。「貴族や王族などは、富を独占していた時代であれば素晴らしい身分でした。快適かつ最高のものをほとんどすべて独占できました。芸術、書物、音楽家、絹にベルベット、風呂でさえ、生活を贅沢にするものすべてを独り占めしていました。戦争を楽しみとして行い、七つの大罪も犯しました。しかしこういう違いはもうありません。かつては貴族が独占していたものすべてが、今は誰の手にも届くところに……。罪さえも。それは貴族の地位まで皆が上昇したからではなく、貴族を皆が引きずり下ろしたからです。貴族は今や、他の人より高価な服さえ着られない。賭け事は、かつては貴族の普通の娯楽と認められていましたが、今は位が高ければそれだけ非難される。当然何をしてよいか分からない。制度として富を使え、輝く存在になれる――、貴族とはそれが可能だった時代の産物です。しかしこのビジネスの時代においては、富の使い方として認められるのは、より富を築くことだけです。貴族はあまりにも場違いで、どうやって輝くのか忘れてしまった。ある雑誌に写真付きの記事がありました。イギリスの歴史的に偉大なカントリー・ハウスの写真を掲載したものです。内装の部分を見てみるとよろしいかと。家具や装飾品は、まさしくブリクストン★2のお針子が買うような代物です。もしその娘に突然大金が入れば、の話ですが。」

「だから」とソープは執拗に聞いた。「あなたは幸せではないと。」

公爵は相手のしつこさに困って、少し顔をしかめた。それから肩をすくめ、やや明るい調子で話した。「そうは言い切れないと思いますが。私の運命にも気楽な面がありますから。それは認めます。世間の話では、私は極めて幸運だと。世間が全く間違っているとは言っていません。問題は、分かってくださるかどうか知りませんが、地位や財産が人にもたらすものには限界があるという点です。貧しい人なら楽しめることが、いとも簡単に奪われてしまう。誤っているかもしれませんが、広大な庭にブドウ畑や草木を所有する金持ちが、小屋に住む人間が自分の手で育てたささやかな花壇に対し抱く愛情を持てるとは思えません。言ってみれば金持ちというのは現実の外にいて、ただの傍観者に過ぎないのです。」

「それならどうして自分でやってみないのですか」とソープは尋ねた。「あなたの言うように、なぜ傍観しなければならないのか。」

公爵は頭を再び椅子の背に預けた。「私に何をしろと？」と彼は落ち着かない様子で聞いた。

「たとえば政治は？」
公爵は、その提案にある程度敬意を表すかのように頷いた。「不幸にして自分はあまりにも外国育ちで」と彼は言った。「イギリスの人や国をあまりにも知らなくて。でもいつか多分。」
「慈善活動を、あなたはお好きでないと」とソープが聞いた。
「そうまでは言っていませんが」と公爵は両手を振って否定した。「妻が非常に関心を持っています。ただし妻は慈善と呼びたくないだけの話です。ロンドン生まれですから、社会から見放され、自立できないロンドンの貧しい女性の助けをするのが、妻にとって大きな喜びなのです。一般的な慈善ではなく、そういう特定の活動ならば、私はそれほど懐疑的ではありません。実際、立派なことだとはっきり思っています。少なくとも親切を施しているわけですし、いい仕事だと……。思われているほど怠惰なわけではありません。夫婦で活発に活動しています。」
「私もロンドン生まれで」とソープは何となく言った。と、その直後、ソープは鋭く問いかけるような目を公爵に向けた。「そのロンドンでの活動ですが、何かあなたにやりがいを感じさせてくれますか？」
「やりがい？」と、公爵は意味が分からずに聞いた。
「仮にあなたが、ロンドンの人々にしてほしいと思うことがあったとします。あなたはその人たち、いやその女性たちに親切にしてあげている。だからという理由で、その人たちはあなたの望みを叶えてくれますか？」
公爵はやや戸惑ったようであった。「でも私には、ロンドンの人々に何かしてほしいとは……。そうは思っていません。自立といった以外は。」
「そこです」とソープが立ち上がりながら言った。しかし手で公爵には座っておくように合図した。彼は葉巻をくゆらせながら、先端の火が激しく燃えるまで吸った。それからポケットに両手を入れたまま、二、三歩歩いた。「その話に行き着きたかったのです。私もロンドン生まれですから、町は私の体の一部とさえ言えます。ソープ家は何世代も本屋を営んできました。その名前が今でも店の看板に書かれています。自分はロンドンの人間とは、どういうものか分かっていると思っています。いや、分かっているはずです。連中は贈り物など欲しくない。そう私は確信しています。受け取るでしょうが望んではいない。彼らは商売人です。世界でも最古の。商売の伝統、商人としてのプライド、それが骨身に染みついています。ただでものをもらうなどしない。公正な取引が好みです。双方にとって公正な。あなたが私を助けるならば、私があなたを助ける。そういうのが、唯一実行する価値のあるやり方です。」

「まあそうでしょうが」と公爵は控えめに返事した。

ソープは立ち止まって、また葉巻を指にはさんで、公爵を見下ろしていた。

「ロンドンに行って、成すべきこと、必要なことを調べてみましょう。それを二つに分ける。私的な活動に委ねるものと、公的にするべきものと。人々に話してみましょう。それほど言葉を使わずとも、頭のよい者なら理解できるように。皆さん。自分が資金を提供して一連の活動を行います。だから皆さんはお返しに私に従い、支援し、政府に他の一連の活動をさせるよう仕向ける力を私に与えてください。そういう言い方なら人を引きつけるでしょう。貧しい者は一歩も人を動かせない。なぜなら貧乏人は、自分が儲けようとしているという批判にいつも押し殺されるからです。逆に爵位を得ようと野心をたぎらせ、政治で年間五千ポンドの収入を得ることを目論む、こういう人なら人々は信用するでしょう。しかしたとえ年間数百ポンドだって、それが妻子のためというのであれば、その人は石を投げられ殺されるでしょう。あなたみたいな人間はロンドンでは何もできません。なぜなら、あなたは見返りを求めていないというのを、人々は理解しないから。それに彼らは貴族が嫌いです。忘れないでください。王を斬首した町ですから。」

「でも同時に」と公爵は明らかに面白がって反論した。「同じ王の息子を旗とリボンを飾って歓迎した町でもありますから。そう考えると、王は例外だったかと。」

「女がやらせたのです」とソープはすぐに反応した。「時々男が疲れると、女が出て来る。そして色々下らない愚行を犯す。けれども長続きしない。

チャールズ二世は『くず』みたいなものですが、誓って言いますが、父親は偉かった★3。彼の斬首を決めた判事の中にソープ家の者もいました。私は彼の直系です。」

公爵はまた少し肩をすくめた。「我が祖先の方は、とんでもないことをしでかす才能が非常にあったのです。そして実際やってしまった。でも今はそれが何の証明になるのか、よく分かりません。」

「いや、あなたはやっぱり分かっていない」とソープが諦めて言った。少しして、彼は口から葉巻を取り出し、背筋を伸ばした。「ともかく」と明言した。「私はやってみます。ロンドンは組織者を待っている。指導者を。もう百年もの間ずっと。まっとうな人間が、まっとうな方法で行えば、ロンドンを自立させられる。私がこの葉巻を燃やすみたいに確実に。私がやってみましょう。」

「非常に面白い話ですが」と確信なさそうに公爵は言った。「ともかく、ご婦人方が待っているのでは？　ご婦人たちを不当に待たせているのでは？」

この言葉に応えるかのように、扉が微かに叩かれた。開けると、濃い青色の靄を通し、ぼんやりと人影が見えた。外の天井からの光が、数人のカールされた髪を照らしていた。咳払いや笑い声が先に聞こえた。

「まあここはひどい煙で、凄い」とクレシッジが言った。「でも、あなた方と一緒に葉巻を吸おうと思いまして」と彼女が煙を通して伝えた。「差し支えないなら。」

「おいで」とソープが機嫌よく答えた。彼は部屋の端に行き、窓を開けた。さらに明かりをいくつかつけた。

明るくなった中を、クレシッジが入って来た。マドゥン嬢とウィニフレッドが後に続いた。「フランクは寝ました」と立ち上がった公爵にクレシッジが伝えた。それから夫の方を向いて、晴れやかな目で見た。「お邪魔しても気にしませんよね」と言った。

「気にするだって」とソープははっきりした口調で言った。「気にするだって！」言葉の意味を補うかのように、彼は立っている妻に自分の腕を緩やかに回して、自分の隣に導いた。他の者たちが座った後も、二人は暖炉の前で立っていた。

「ソープ氏が非常に素晴らしい計画を話されていたところで」と公爵が控えめに微笑みながら、一人一人の顔を見て言った。「慈善活動は、極めて高度な政治と結びつかないと失敗するそうです。私には新しい考えですが、非常に熱を込めて語ってくれました。それをご存じで、イーディス？」

「ええ、全部」とクレシッジが微笑みながら答えた。「私が最初の改宗者ですから。私が第一の使徒です。」

「最悪なのは」とソープがこの上なく機嫌よく言った。「僕の他のどんな理論にも、すぐ改宗することです。」妻を抱く腕をほんの少し強めた。「そうだよね」と彼は聞いた。

妻はこの愛情表現を全く恥ずかしがっていないらしい。遠慮した様子は表情にも声にも全くうかがえなかった。「実際」と彼女は優しい視線で、半ば謙遜して、半ば誇らしげに、他の人に向かっておもむろに話した。「実際肝心なのは、夫が目標を追うことです。征服しようとするものが、何か存在することです。それがないと夫は満足しません。最高の夫ではなくなる。軍隊でもよかったでしょう。その血に戦いの情熱を秘めていますから。今夫は、したいことが分かっています。だから私は嬉しいのです。善行がそこから生まれるなら、なおさら結構ですから。」

「でも、私は言いたいですわ」とマドゥン嬢は煙草に火をつけ、特にソープに対し気をもたせるようにしながら、口をはさんだ。「いつだって私は言い続けますわ。犯罪がご主人の本職だと。」

訳注

★1　この話がフレデリックの前作『グロリア・ムンディ』（*Gloria Mundi*: 1898）のメイン・プロットである。

★2　ブリクストン（Brixton）はロンドンの低所得者が住む地域。

★3　清教徒革命で一六四九年に斬首されたのがチャールズ一世（Charles I: 1600–1649）。一六六〇年に大陸から帰国して即位したのがチャールズ二世（Charles II: 1630–1685）。

訳者あとがき

本書はハロルド・フレデリック（Harold Frederic）（1856–1898）の『詐欺師ジョエル・ソープの変貌』（*The Market-Place*）（1899）の全訳である。フレデリックはアメリカ生まれのジャーナリストであるが、ロンドンに『ニューヨーク・タイムズ』の特派員として駐在して以来、小説執筆に本格的に身を入れた。作家生活の前半は、アメリカの片田舎を舞台とし、南北戦争以後の生活や政治を描いた、いわゆるリアリズムの地方作家と評価されることが多い。ところが、代表作『セロン・ウェアの破滅』（*The Damnation of Theron Ware or Illumination*）（1896）以降は、単なるリアリズムのマイナーな作家には収まらない大きなテーマ、言いかえれば普遍性のあるテーマに取り組むようになり、野心作『グロリア・ムンディ』（*Gloria Mundi*）（1898）を経て、最後に書いたのがこの『詐欺師ジョエル・ソープの変貌』であり、フレデリックの死後出版された。

本書の主人公ソープは一言で言えば詐欺師である。そもそもはロンドンの古本屋の息子であったが、勤労ということに一切興味がなく、常に一攫千金を夢見て、オーストラリア・メキシコ・アメリカなどを放浪する。が、常に同類の山師たちに苦杯をなめさせられ、四十歳まで不遇な人生を過ごしてきた。ところが彼はロンドンに舞い戻るとプラウデン卿という有力な後援者を得て、メキシコの無価値なゴムのプランテーション（しかも実際には自分のものではない）を元手に会社を興し、その株の売買で巨額の資産を築く。ソープは金融界から引退し、カントリー・ジェントルマンとして地方の名士に収まる。成り上がりと侮辱された（と本人は思った）ことから、プラウデン卿を裏切り、彼の恋人とも言えたクレシッジと結婚し、また過去の秘密を知る知人二人を殺すのもためらわない。そういう人間でありながらも、ソープは巨万の富によってロンドンでの慈善活動に乗り出そうとする。その真の動機は、支配欲のようである。

読者はソープの人生を通じて、十九世紀末のロンドンの株式取引の実態、成金に頼らざるを得ない貴族のあり様、さらに活気に満ちたロンドンという都市そのものを生き生きと見せられる。そのリアルな描き方も本書の魅力であるが、それ以上に悪人ソープ自身が強烈な存在感を持っている。彼は理性的な人間ではない。衝動的にものごとを決め、残虐な行為も厭わない。本質的に独裁志向であるが、その人物が慈善を隠れ蓑にして政治的野心を成就しようとする。彼のユダヤ人に対する異常な敵意と相まって、二十世紀の不吉な独裁者の前兆を見る読者もいるであろう。『詐欺師ジョエル・ソープの変貌』はフレデリックの作品の中では『セロン・ウェアの破滅』の次に評価が高いが、それは一重にソープの悪の魅力ゆえと言えるであろう。

ところで、この作品に登場するクレシッジやグラストンベリー公爵は『グロリア・ムンディ』に、またマドゥン嬢は『セロン・ウェアの破滅』に登場し、三者とも主要人物であった。その三人を再び登場させて物語を展開したところに、体調不良から死を意識していたと思われるフレデリックの総決算という意気込みがうかがえる。

訳にあたっては一八九九年出版の Frederick A. Stokes Company 社発行のものを使用した。作品は前年より新聞などで連載が開始されていたが、この単行本にはそのとき使われた挿絵も挿入されている。なお、フレデリックの（原文）選集が二〇一二年より University of Nebraska-Lincoln 出版局から順次刊行予定で、訳者は『詐欺師ジョエル・ソープの変貌』の編集を担当する。その作業（フレデリックの原稿との照合など）過程で、見つかった上記底本の明らかな間違いなどは、すでに訂正して訳文に反映させている。

訳者はすでに『セロン・ウェアの破滅』を翻訳出版したが（慧文社、二〇〇八年)、そのときと同じように、フレデリックの凝った文体には大変苦労した。思わぬ間違いもあるかもしれないが、ご指摘を賜れば幸いである。そしてこの度は、思いがけず慶應義塾大学法学研究会叢書（別冊）として、この『詐欺師ジョエル・ソープの変貌』の翻訳を刊行する機会に恵まれた。法学研究編集委員会に厚く御礼を申し上げる次第である。

久我 俊二

跋

学問的価値の高い研究成果であつてそれが公表せられないために世に知られず、そのためにこれが学問的に利用せられずして、そのまま忘れられるものは少なくないであろう。又たとえ公表せられたものであつても、口頭で発表せられたために広く伝わらない場合があり、印刷公表せられた場合にも、新聞あるいは学術誌等に断続して載せられた場合は、後日それ等をまとめて通読することに不便がある。これ等の諸点を考えるならば、学術的研究の成果は、これを一本にまとめて出版することが、それを周知せしめる点からも又これを利用せしめる点からも最善の方法であることは明かである。この度法学研究会において法学部専任者の研究でかつて機関誌「法学研究」および「教養論叢」その他に発表せられたもの、又は未発表の研究成果で、学問的価値の高いもの、または、既刊のもので学問的価値が高く今日入手困難のものなどを法学研究会叢書あるいは同別冊として逐次刊行することにした。これによつて、われわれの研究が世に知られ、多少でも学問の発達に寄与することができるならば、本叢書刊行の目的は達せられるわけである。

昭和三十四年六月三十日

慶應義塾大学法学研究会

著者紹介

ハロルド・フレデリック（Harold Frederic）

1856–1898年。アメリカ・ニューヨーク州の町ユーティカ生まれ。元々はジャーナリストであり、『ニューヨーク・タイムズ』の特派員としてロンドンに駐在して以来、本格的に小説執筆に身を入れた。主な作品に *The Damnation of Theron Ware or Illumination*（『セロン・ウェアの破滅』）や *Gloria Mundi* がある。本作（*The Market-Place*）は、フレデリックの最後の長編小説である。

訳者紹介

久我 俊二（くが しゅんじ）

慶應義塾大学教授（法学部・英語）。
1979年慶應義塾大学文学研究科英米文学専攻博士課程単位取得退学。
主要著作・論文に、『ハロルド・フレデリックの人生と長編小説―詐欺師の系譜』（慧文社、2005）、『セロン・ウェアの破滅』（訳）（慧文社、2008）、'The Sound and the Fury in Stephen Crane's *Maggie* and *George's Mother*,' *Stephen Crane Studies*, 17(2), 2008, 'Filling the Gap: How the Japanese Have Read and "Seen" Crane's Works,' *Stephen Crane Studies*, 19(1), 2010がある。

慶應義塾大学法学研究会叢書　別冊15

詐欺師ジョエル・ソープの変貌

2011年7月30日　初版第1刷発行

著　者――――ハロルド・フレデリック
訳　者――――久我俊二
発行者――――慶應義塾大学法学研究会
代表者　大沢秀介
〒108-8345　東京都港区三田2-15-45
TEL 03-5427-1842
発売所――――慶應義塾大学出版会株式会社
〒108-8346　東京都港区三田2-19-30
TEL 03-3451-3584　Fax 03-3451-3122
装　丁――――鈴木衛
組　版――――株式会社キャップス
印刷・製本――株式会社丸井工文社
カバー印刷――株式会社太平印刷社

Printed in Japan ISBN978-4-7664-1865-1
落丁・乱丁本はお取替いたします。